文學新象 262

RICH PEOPLE PROBLEMS

瘋狂亞洲富豪 遺產爭奪戰

KEVIN KWAN關凱文——著 陳思華——譯

III

高寶書版集團

困擾一

去到海濱別墅所在的世外小島，卻發現自己在某間豪華餐廳的固定座位上坐了人。

二〇一五年一月二十一日，巴哈馬哈勃島

貝蒂娜．奧蒂茲梅納不習慣等待。這位頂著一頭玫瑰金銅色頭髮的前委內瑞拉小姐（也是環球小姐亞軍）如今身為邁阿密汽車零件大亨赫曼．奧蒂茲梅納的妻子，在每間她選擇光顧的餐廳都備受尊敬，一進門就被領至想要的座位上。今天她想在「熙熙」（Sip Sip）位於露台角落的座位用餐，這是她在哈勃島最喜歡的午餐地點。她本想一邊吃著羽衣甘藍凱撒沙拉，一邊坐在舒適的橘色帆布摺疊椅上，欣賞碧綠色的海水輕柔地拍打海岸，不料有一群喧鬧的客人霸佔露台，似乎不急著離開。

貝蒂娜悶悶不樂地看著這群遊客在陽光下開心地享用午餐：看他們寒酸的樣子……女人曬那麼黑，臉上盡是皺紋，皮膚鬆弛下垂，也沒有適當拉皮或打肉毒。她突然很想走過去、每人發一張她皮膚科醫生的名片；男人嘛，就更糟糕了！一身皺巴巴的舊襯衫加短褲，戴著在鄧莫爾街的小飾品店買的便宜草帽。這樣的一群人到底為什麼會來這裡？

這塊三哩長的樂土包含一片純樸的粉色沙灘，是加勒比海鮮為人知的地方。這個富豪們的天

堂有著冰沙色調、古色古香的小木屋、魅力十足的精品店、改建成旅館的海濱別墅以及五星級餐廳，實可媲美聖巴瑟米（Saint Barthes）。在讓遊客登島前，應該先考考他們的時尚常識才對！感覺自己已經忍無可忍，貝蒂娜一陣風似地衝進廚房，直奔站在主爐前、一頭金色精靈短髮的女人，身上那件 Pucci 鉤織土耳其長衫上的流蘇大幅度地擺動。

「茱莉，這是怎麼回事？我等了**十五分鐘**還沒有人帶位！」貝蒂娜對著餐廳老闆發牢騷。

「抱歉，貝蒂娜，今天妳運氣不好，露台上那組十二位的客人比妳早來。」茱莉答道，把一碗香辣海螺肉遞給等在一旁的服務生。

「但露台是你們最好的位置！到底為什麼要讓那群遊客把座位全佔了？」

「因為那個戴紅色漁夫帽的**遊客**是格倫科拉公爵，他們剛從溫德米爾島搭船過來——停在岸邊的那艘船就是他的皇家休斯曼，那應該是妳見過最美的帆船吧？」

「我對大船沒興趣。」貝蒂娜氣憤地說，暗地裡卻對頭銜響亮的人十分憧憬。她透過廚房窗口，用不同的眼光審視露台上的那群人。這些英國貴族真是群怪胎。的確，他們平時穿戴的是在薩佛街訂製的服裝和祖傳皇冠，但只要一旅行，就會變得非常邋遢。

貝蒂娜這時才注意到鄰桌坐了三個古銅膚色、體格健壯的男人，穿著合身的白T恤和黑色防摔褲。他們沒有點餐，只是警惕地坐在座位上，慢慢喝著氣泡水。「我猜那些人是公爵的隨扈？簡直明顯到不行。難道他們不知道會來布里蘭[1]的都是億萬富翁，帶保鑣不是我們的作風嗎？」

---

1 雖然誇張了點，但這座長達三點五哩長的島嶼被當地人親暱地稱為布里蘭（Briland），是十二位億萬富翁的家（最後統計，取決於統計者的判斷）。

貝蒂娜嘖嘖喟嘆。

「事實上，那是公爵招待的貴客帶的保鑣，這些客人進來前，他們把整個餐廳掃過一遍，連冷凍室也不放過。看到那桌最裡面的那個華人了嗎？」

貝蒂娜瞇起藏在Dior Extase太陽眼鏡後的眼睛，看向那個七十多歲、發福禿頭的亞洲人，白色短袖高爾夫球衫加灰色長褲，一身不起眼的打扮。「噢，我剛才根本沒注意他，他很有名嗎？」

「他是**阿爾弗雷德·尚**。」茱莉壓低聲音。

貝蒂娜忍不住笑出聲來。「他看起來像他們的司機，不覺得他跟〈鷹冠莊園〉（*Falcon Crest*）裡載著珍·惠曼到處跑的那個人很像嗎？」

茱莉試圖專心將一塊鮪魚表面烤至近乎完美，抿嘴微笑，搖搖頭說：「我聽說那個司機是全亞洲最有權勢的人。」

「妳說他叫什麼名字？」

「阿爾弗雷德·尚。人家告訴我，他是新加坡人，常年住在英國。他的莊園有半個蘇格蘭那麼大。」

「我從未在任何富豪排行榜上見過他的名字。」貝蒂娜嗤之以鼻。

「貝蒂娜，我相信妳很清楚，這世上就是有人有錢有勢到不會出現在那些排行榜上！」

困擾二

每年預付一百萬聘請的私人醫生本應隨時待命，卻忙著照顧其他病患。

坐在露台上眺望哈勃島傳說中的海灘，阿爾弗雷德・尚驚嘆於眼前壯觀的美景。是真的——沙灘真的是粉紅色的！

「阿爾弗雷德，你的龍蝦起司餡餅要涼了！」格倫科拉公爵突然出聲，打破他的遐想。

「你大老遠把我拉來這裡就是為了這個？」阿爾弗雷德說，盯著面前那盤擺盤巧妙的三角形厚餅。撇除他住在墨西哥城的廚師朋友史利姆做的菜，他其實對墨西哥料理不感興趣。

「先吃吃看再說。」

阿爾弗雷德小心翼翼地咬了一口，默默地感受半脆玉米餅、龍蝦和酪梨醬搭在一起所產生的魔力。

「很棒吧？這幾年我一直在說服威爾頓的大廚複製這道菜。」公爵說。

「他們家的菜半個世紀來不曾變過，要把這道菜加到菜單裡感覺不太可能。」阿爾弗雷德笑了笑，撿起掉在桌上的龍蝦肉丟進嘴裡。就在這時，他放在褲子口袋的手機震了起來。他拿出手機，煩躁地盯著螢幕。大家都知道他和公爵一年一度的釣魚之旅是不容打擾的。

螢幕顯示的來電者是：泰瑟爾二樓警戒。

是他姊姊素儀打來的，唯有她的電話無論何時他都會接。他立刻按下通話鍵，一個意料外的聲音從另一頭傳來，用廣東話說：「尚先生，我是阿玲。」

他頓了幾秒才想起這個跟他說話的人是泰瑟爾莊園的管家。「噢……玲姐！」

「我家太太要我打電話給您。她今晚人不太舒服被送到醫院，我們認為是心臟病。」

「妳說**你們認為**是什麼意思？是心臟病還是不是？」阿爾弗雷德語氣慌張，一下從裝模作樣的英國腔換成廣東話。

「她……她沒有胸痛，但她流了很多汗，還吐了。她說她感覺自己心跳很快。」阿玲緊張地結巴起來。

「溫教授去看了沒有？」阿爾弗雷德問。

「我打教授手機，直接進到語音信箱，又打去他家，對方說他人在澳洲。」

「為什麼是妳一個人在連絡？維多莉亞不在家嗎？」

「尚先生，維多莉亞不是去英國了嗎？」

阿啦嘛，他完全忘了他的外甥女——素儀的女兒，現居泰瑟爾莊園——此時此刻正在他薩里的家裡，不用說，絕對是跟他的妻女一起展開一場八卦饗宴。

「費莉希蒂呢？她去醫院了嗎？」阿爾弗雷德問起素儀住在附近的大女兒，她家就在那森路上。

「今晚無法聯絡梁太太。她家女傭說她去了教堂，她在教堂時通常會關機。」

這一個一個，真是沒用！「叫救護車了嗎？」

「沒有，她不想坐救護車。是維克拉姆開車，在她的侍女和兩名廓爾喀兵的陪同下去了醫院。但她臨走前跟我說您知道如何與溫教授取得聯繫。」

「好了好了，我會處理。」阿爾弗雷德惱怒地說，掛上電話。

在場的每一個人都殷切地看著他。

「我的天，聽上去挺嚴重的。」公爵開口，擔憂地抿緊嘴唇。

「容我失陪一下……各位請繼續。」阿爾弗雷德從座位上站起來。他的隨扈跟著他穿過餐廳，走出門外進到花園。

阿爾弗雷德利用快速撥號打了另一通電話：溫教授家。

一個女人接起了電話。

「是奧莉薇亞嗎？我是阿爾弗雷德．尚……」

「噢，阿爾弗雷德，你找法蘭西斯嗎？」

「對，我聽說他現在人在澳洲？」到底為什麼他們要每年付給這個總是鬧失蹤的醫生一百萬？

「他一個小時前剛出發前往雪梨，明天要幫那個奧斯卡得主做冠狀動脈繞道手術……」

「所以他現在在飛機上？」阿爾弗雷德打斷她的話。

「對，你找他的話，他會在幾小時內抵達……」

「把他的班機號碼給我。」阿爾弗雷德嚴斥道，隨即轉向他的隨扈人員。「誰有新加坡的手機？馬上幫我接通總統府。」

接著對另一個隨扈說：「再幫我點一份龍蝦起司餡餅。」

困擾三

班機被迫降落的時間，還不夠喝完一杯香檳王（Dom Perignon）。

同一天在印尼東爪哇省（East Java）……

當這架巨型雙層客機空中巴士 A380-800 攀升到舒適的飛行高度三萬八千呎時，頭等艙的乘客不再需要紀梵希絲綢被，大多數都舒服地窩在座位上，瀏覽新上映的影片。片刻後，新加坡航空飛往雪梨 231 號班機機長在飛越印尼領空時，收到來自雅加達飛航管制塔台非比尋常的指示。

飛航管制員：新加坡 231 號，這裡是雅加達。

機長：這裡是新加坡 231 號，請說。

飛航管制員：我接到指示要你們立刻掉頭，返回新加坡樟宜機場。

機長：雅加達塔台，你們要我們返回樟宜機場？

飛航管制員：是的，請你們立刻將飛機折返。我這裡有修正過的飛行航線可供複製。

機長：雅加達塔台，為什麼需要修正飛行航線？

飛航管制員：我沒有得到相關訊息，但這是由民航局直接下達的命令。

兩位駕駛難以置信地面面相覷。「真的要這麼做嗎？」機長直接說出內心的疑惑。「這樣我們在降落前，就必須傾倒二十五萬升的燃料！」

這時候，機上的選擇呼叫無線電系統亮燈，一個訊息傳了進來。副機長很快地讀了後，一臉不可思議地看向機長。「我靠！是天殺的國防部長傳來的，他說馬上返回新加坡！」

當飛機在起飛後三個鐘頭出於意外返回樟宜機場時，機上乘客全被這個異常事件搞得一頭霧水，人心惶惶。而後對講機傳來廣播通知：「各位貴賓您好，由於意外事故，我們已緊急返回新加坡。請您留在座位上並繫好安全帶，本航班將在加油完畢後立刻起飛前往雪梨。」

兩名穿著深色西裝的男子一身隆重地登上飛機，走近坐在編號3A座位的男人——法蘭西斯・溫教授，新加坡的首席心臟病專家。「你是溫教授？我是SID[2]的萊恩・陳中尉，請跟我們來。」

「我們要下飛機？」溫教授問，全然不知所措。上一秒他還在看《控制》（*Gone Girl*），下一秒飛機便回到了新加坡，他甚至尚未從這部電影令人心痛的劇情中恢復過來。

陳中尉簡短地點頭。「是的，請務必攜帶所有行李——你不會再回到這架班機上。」

「但、但……我做了什麼？」溫教授突然感到一陣不安。

「別擔心，你什麼也沒做，但我們得把你帶下飛機。」

2 新加坡保安與情報司（The Security and Intelligence Division, SID），新加坡相當於美國中央情報局或英國軍情五處的隱密機關，鮮少人知道其存在。沒錯，在聯總平價合作社外吃著一串魚丸的人很可能就是新加坡的詹姆士・龐德，而你根本不會曉得。

「只有我要下飛機？」

「是的。我們會直接送你到伊麗莎白醫院，有人要求你前去照顧一位 VVIP 病患。」

溫教授這才明白尚素儀肯定出事了，因為只有尚家擁有這種權力——讓載著四百四十位乘客的飛機返航。

第一部

富人唯一讓我喜歡的地方就是他們的錢。

——南西．阿斯特（Nancy Astor），阿斯特子爵夫人

瑞士，達佛斯

艾迪森．鄭抬頭盯著這個白色大禮堂挑高的蜂窩狀天井，感覺自己是全世界最幸福的人。我來了，我終於來到這裡了！這麼多年來，他以奧林匹克等級的努力打通關係網，現在終於實現願望——受邀參加世界經濟論壇（World Economic Forum）在達佛斯舉辦的年會。只有受邀者有資格參加[3]，這個赫赫有名的活動是屬於全球上流人士的聚會。

每年一月，世界上最重要的國家元首、政治家、慈善家、企業執行長、科技領袖、思想領袖、社會運動家、公益創業家，當然還有影星[4]都會搭乘私人飛機來到這個瑞士阿爾卑斯山的滑雪勝地，入住豪華飯店，穿上價值五千美元的滑雪外套和滑雪靴，展開關於全球暖化和不平等現象加劇等緊迫議題間有意義的對話。

而現在艾迪也成了這個超級俱樂部的一員。作為列支敦堡集團（Lichtenberg Group）新任命的全球私人銀行執行副主席，他人就站在會議中心裝潢前衛的禮堂，呼吸稀薄的空氣，並在禮堂椅鉻合金的椅腳上捕捉自己的倒影。他穿著一件訂製的 Sartoria Ripense 西裝，裡面另外加了十層羊毛內襯，這樣他就不必穿上滑雪外套保暖；最近新買的 Corthay 松鼠絨面革恰克靴有特殊的防雪

3 倘若你碰巧受邀參加，你得知道你有義務支付兩萬美元的出勤費，除非你被列入下方的備註名單中（外貌賞心悅目的人永遠不需付任何費用）。

4 李奧納多、布萊德．彼特、安潔莉娜．裘莉、波諾都出席了。

橡膠鞋底，可讓他免於在濕滑的阿爾卑斯街道滑倒；手腕上戴著新到手的錶款——限量版的朗格陀飛輪腕錶，剛好從他的袖口露出來，可讓其他愛錶族看見。但最重要的是掛在這身光彩奪目衣裝外的東西——帶有黑色掛繩的塑膠徽章，中間印有他的大名**艾迪森．鄭**。

艾迪摩挲著表面光滑的塑膠徽章，彷彿這是達佛斯之神親自授予他的珠寶護身符。這個徽章將他和會議中其他不重要人士區隔開來。他並非什麼公關、記者，或某個定期參加的與會者。這枚下方畫有藍線的白色徽章意味著他正式代表的身分。

艾迪環顧周遭小聲交談的人們，想找看看有哪個專權者或企業家是他認識、可與之接觸的。他眼角餘光瞄見一個身材高挑、穿著橘色滑雪風衣的華人男子，正從禮堂側門往內窺看，似乎是迷了路。等等，我認識他，那不是查理．胡嗎？

「喂——查理！」艾迪匆匆走向查理，大聲喊道。等著看我的正式代表徽章吧！

查理認出他後露出笑容。「艾迪．鄭！你從香港飛來的？」

「其實我是從米蘭來的，我才剛參加艾綽（Etro）男裝秋季時裝秀——坐在第一排。」

「哇，身為《香港快速時尚》最佳著裝男士之一的工作還滿嚴肅的嘛？」查理打趣地說。

「其實我去年入選了最佳著裝名人堂。」艾迪認真地回答。他很快掃了查理一眼，注意到他穿著卡其色工裝褲，橘色滑雪風衣下則是深藍色的高領毛衣。真可憐——他年輕時打扮那麼出眾，現在卻穿得跟其他普通科技宅沒什麼兩樣。「查理，你的徽章呢？」艾迪問，自豪地把自己的秀給查理看。

「噢，對，我們要一直戴著吧？謝謝你提醒我——我把它丟在我的郵差包裡了。」查理翻了幾秒鐘的包包，才把徽章拿出來。艾迪瞥了一眼，好奇心瞬間轉為驚愕。查理拿著一個白色徽章，上面貼著一張閃爍的鐳射貼紙。

幹他媽的，這是大家夢寐以求的徽章！只有各國首腦拿得到！他目前也只見比爾．柯林頓戴過！查理是怎麼拿到的？他不過是開了家全亞洲最大的科技公司而已啊！

為了掩蓋他的忌妒，艾迪脫口而出：「嘿，你要來聽我的專題——『天啟亞洲：若中國泡沫經濟真的破裂該如何挽救資產』嗎？」

「其實我正準備出席IGWEL[5]演講，你的專題什麼時候開始？」

「下午兩點，你要講什麼？」艾迪問，心想他或許可以跟查理一起參加。

「說實話，我什麼也沒準備。我猜安格拉．梅克爾和那些北歐人只想跟我討教問題。」

就在此時，查理的助理愛麗絲走了過來。

「愛麗絲，看我遇到誰了！我就知道我們遲早會遇到同樣香港來的人！」查理說。

「鄭先生，很高興在這裡見到你。查理——可以跟你說句話嗎？」

「當然。」

愛麗絲瞥了眼艾迪，發現對方還站在原地，看上去一副殷切期盼的模樣，讓她難以開口。

「呃……你能跟我來一下嗎？」她委婉地說，帶著查理走進旁邊的接待室，裡面擺了好幾張躺椅

5 世界經濟領袖非正式聚會（Informal Gathering of World Economic Leaders）的縮寫，為會議中獨特的內部聚會。由於極其私密，所以在會議中心某個隱密地點舉辦。

和方形咖啡桌。

「什麼事？妳還沒從和菲瑞同桌吃早餐的震撼恢復過來嗎？」查理調侃道。

愛麗絲緊張地笑了笑。「有個狀況持續了整個上午，我們在詳細了解以前一直不想打擾你……」

「妳直說吧……」

愛麗絲深吸口氣後開口：「我剛接到香港保全主管的訊息，不知道該怎麼跟你說。克蘿伊和達芬妮失蹤了。」

「妳說**失蹤**是什麼意思？」查理很震驚，因為他派人全天候跟著他的女兒，無論接送都是由他手下受過英國特勤隊培訓的保全部隊負責。失蹤不會是他們人生中的問題。

「重慶小組計畫下午三點在拔萃女小學外頭接她們，卻找不到定位。」

「找不到定位……」查理愣愣地喃道。

愛麗絲接著說：「傳簡訊克蘿伊沒有回，達芬妮也沒有去下午兩點的合唱團。他們以為她大概又跟上次一樣，和她的同班同學凱瑟琳．陳溜去優格冰淇淋店，後來發現凱瑟琳去了合唱團，達芬妮卻沒出現。」

「她們兩個有啟動警戒碼嗎？」查理問，試圖保持冷靜。

「沒有，她們的手機一直都是停用狀態，所以我們無法追蹤她們。二〇四六小組已跟郭中校聯絡——香港警方目前處於高度戒備狀態。我們也動員四個小組進行搜索，校方現在正與田先生一起檢查校內所有監視錄影機。」

「你們應該有人問過她們媽媽了吧？」查理分居的妻子——目前住在他們位於太平山的房子——孩子們每隔一週會到她那邊住。

「找不到伊莎貝爾，她告訴管家她中午要在九龍木球會跟她母親吃飯，但她母親說她們已有一個星期沒聯絡了。」

這時候，愛麗絲的手機響了起來，她很快接起來，默默聽著，時不時點頭。查理若有所思地看著她。不會的，不會發生這種事。十年前他弟弟羅勃遭三合會綁架，這一切彷彿似曾相識。

「好，多謝多謝。」愛麗絲說著，掛斷電話。她看向查理，開始彙報：「天使小組的負責人打來說，伊莎貝爾可能出國了。他們詢問過二樓的女傭，發現她護照不見，但出於某個原因她沒帶行李箱。」

「她不是在做某個新療程嗎？」

「是的，但顯然她在這週跟精神科醫生約好的時間沒有出現。」

查理重重地嘆了口氣，這不是好現象啊。

新加坡，富麗敦酒店

已故房地產億萬富翁方祖耀的長女朵莉絲・方每個月都會在富麗敦酒店豪華宴會廳舉辦基督徒團契餐會，邀請三百位私密女性朋友前來參加。這種場合的邀請函十分受到新加坡社會上某些人的渴望，與宗教信仰無關，因為這代表受到守舊派的認可（餐會上看不到任何印尼華僑或中國大陸人），而且食物可謂天堂級的享受——朵莉絲帶了自己的廚師，讓他們接管廚房一天，準備豪華自助餐，包括各式各樣令人垂涎的新加坡佳餚。最重要的是，由於朵莉絲的慷慨，這個福音狂歡自助餐完全是免費招待，雖然禱告結束後，賓客會被要求在供籃裡貢獻東西[6]。

黛西・傅計畫性的選擇靠近自助餐區的座位，看到亞拉敏塔・李正在排隊等著盛米暹時嘆了口氣。「哎呀，那個亞拉敏塔——**變遐呢老**[7]！」

「她不老，只是沒化妝。那些名模沒化妝時就是個普通人。」娜汀・邵說，囫圇吞棗地吃起面前那碗熱騰騰的馬來滷麵。

埃利諾・楊在印度炒麵上淋了更多辣油後，接續話題：「跟那無關啦，我之前在邱吉爾俱樂部碰見她去游泳，當時她剛從泳池出來完全素顏，看起來還是很漂亮。她只是臉部有了些變化，

6 多數賓客會在每個供籃裡留下五到十美元，唯有李詠嫻女士除外，她從未放過半毛錢，總是說：「我都透過李氏家族基金進行捐贈。」

7 閩南語的「變那麼老！」

我一直都知道她這樣的臉老得快。她現在幾歲……二十七、二十八？她完了啦。」

此時，洛蕾娜．林和卡蘿．戴端著快要滿出來的盤子來到桌邊。「等等……妳們說誰老了？」洛蕾娜殷勤地問。

「亞拉敏塔．李，她在那桌跟邱家坐在一起，不覺得她看起來很憔悴嗎？」娜汀說。

「阿啦嘛，娜汀！妳不知道她才流產沒多久嗎？」卡蘿輕聲道。

所有人頓時目瞪口呆地盯著卡蘿。「又流產了？妳不是說笑吧？誰告訴妳的啦？」黛西邊問，嘴裡仍邊嚼著麵薄。

「還有誰，當然是凱蒂囉。凱蒂和亞拉敏塔現在是很好的朋友，她這次流產後，就常待在凱蒂家跟吉賽兒玩。她簡直傷心欲絕。」

「妳跟凱蒂和吉賽兒多久見一次面？」洛蕾娜對卡蘿如此大度對待自己的前兒媳——背叛她的兒子伯納德，跟在她亡夫葬禮上認識的男人搞外遇——感到不可思議，之後又讓伯納德陷入十分火爆的離婚場面和監護權之爭。（當然啦，卡蘿不會因此緩解對她兒子沉迷於練瑜伽的新生活和愚蠢的「侏儸紀公園節食法」的厭惡，這兩樣就她而言都屬於撒旦惡魔。）

「我每週至少去一次凱蒂家，週日吉賽兒會跟我一起上教堂。」卡蘿自豪地表示。

「亞拉敏塔流產後還跟妳孫女一起玩，這樣健康嗎？」娜汀說出心裡話。

「哎呀，我想邱老太太一定給亞拉敏塔過多生小孩的壓力！她嫁給柯林都五年了！我家尼基和瑞秋結婚到現在也兩年了，他們還沒打算生個金孫給我抱！」埃莉諾抱怨道。

「但亞拉敏塔還年輕，她還有很多時間啦。」娜汀反駁。

「多蘿西・邱那邊被剝奪繼承權，普安那邊又一事無成；奈傑爾・邱離家跟一個俄羅斯唱跳歌手結婚，她年紀大到明顯無法生囝[8]。所以柯林和亞拉敏塔現在是邱家傳承姓氏的最後希望。」黛西說。生於從事錫礦業的黃家，黛西對於新加坡的社會歷史有如百科全書般瞭若指掌。

所有人搖了搖頭，朝亞拉敏塔投去同情的目光，後者穿了件 Jacquemus 的黃色條紋小禮服，在她們萬分挑剔的眼光中也是非常美麗動人。

「噢，埃莉諾，妳的外甥女艾絲翠來了，她似乎都不會老。」卡蘿觀察道。

她們全轉過頭看著艾絲翠和她媽媽費莉希蒂・梁從弧形螺旋梯走下來，與她們同行的還有社交皇后李詠嫻老夫人，以及另一個上了年紀的女性，包著鈷藍色帶有亮片的頭巾。

「那個戴著大紅寶石頸鍊的馬來女人是誰啊？那寶石如果真的有從這裡看過去那麼大的話，那它差不多就跟荔枝一樣大！」洛蕾娜驚呼道。她嫁進東方珠寶集團家族已有三十年，對珠寶的事絕對很在行。

「噢，那是帕拉越蘇丹皇太后，她會跟梁家一起出席是理所當然的。」埃莉諾說。

「阿啦嘛，皇室成員到家裡作客很麻煩呀！」黛西抱怨道。

正如餐會上大部分的女性賓客，洛蕾娜在艾絲翠走向座位時，從頭到腳將她打量一遍。她穿著一件清爽的男士扣領襯衫，衣襬塞進下身的格紋煙管褲。「真的，每回我見到她都感覺她變年輕了，她不是三十幾快四十了嗎？看起來好像循道衛理女子學校的學生剛下校車！她肯定偷偷

8 閩南語的「生小孩」。

跑去做了什麼吧？」

「我可以保證她**什麼也沒做**，她不是會做那種事的人。」埃莉諾說。

「這就是她比別人更勝一籌的原因。女生到了她這年紀都打扮得跟聖誕樹一樣花枝招展，但妳看艾絲翠……紮著滑順馬尾，穿了雙芭蕾平底鞋，身上一點珠寶也沒有，只戴了十字項鍊……那是綠松石吧？還有那身**穿著**！簡直就是試鏡前的奧黛麗．赫本。」黛西邊說，邊翻著她新的思琳（Celine）手提包找牙籤。「媽的！妳們看我那勢利的媳婦要我帶這什麼包？我生日時她送我這個花俏的手提包，因為她覺得站在拿著無牌包的我旁邊很丟臉，但這個包根本找不到東西！那麼大，還有那麼多該死的內袋！」黛西抱怨道。

「黛西，可以不要再罵髒話了嗎？我們現在可是在主的面前。」卡蘿告誡她。

就在這時，基督徒團契餐會的主辦人朵莉絲．方起身走上台。朵莉絲是一個身材矮胖、六十幾歲的婦女，燙了一頭毛躁的螺旋捲髮，穿著看似每個繼承家業的新加坡富家女到了中年的獨有裝扮——無袖印花襯衫，大概是在John Little百貨清倉特賣時買的，下半身則是灰褐色的彈力腰褲和矯形露趾涼鞋。她在台前對所有齊聚一堂的朋友笑了笑。

「各位女士，感謝妳們今晚前來參加這場與主密契。在開始前有一點小警告：我聽說今晚的叻沙非常辣，雖然不知道怎麼回事，但就連眾所皆知每餐必備辣椒的瑪麗．劉都跟我說她袂得堪[9]。在繼續滋養我們的胃與靈魂前，先請施倍賢主教為這場活動祝禱祈福。」

9　閩南語的「受不了」。

正當主教開始他為人熟知無聊的禱告時，宴會廳其中一側的門後突然傳來奇怪的嘈雜聲。聽起來像是外頭起了很大的爭執，夾雜著一連串低沉的碰撞與刮擦的聲音。然後門忽然打了開來。

「**不行，我說了妳不能進去！**」一個女服務生大喊，打破一室寂靜。

宴會廳一側傳來一個聲音，彷彿動物似的斷斷續續地哭著。黛西戳了戳鄰桌為了看得更清楚而站起來的女人。「妳看到什麼了？」她焦急地問。

「不清楚啦——感覺像……某個無家可歸的人。」對方答道。

「什麼叫『無家可歸』？新加坡不會有無家可歸的人！」埃莉諾大聲說。

座位在舞台另一端的艾絲翠因為離得遠，尚未弄清楚發生什麼事，一個頭髮蓬亂、穿著染色瑜伽褲的女人突然出現在她那桌，兩手拉著兩名身穿校服的女孩。李詠嫻老夫人嚇得倒抽口氣，把零錢包緊緊地抓在胸口。艾絲翠驚訝地發現那兩名女孩正是查理・胡的女兒克蘿伊和達芬妮，那個看似瘋癲的女人不是別人，就是查理・胡的妻子伊莎貝爾！上一次艾絲翠見到伊莎貝爾是在威尼斯雙年展上，她一身迪奧高雅大器。現在的她完全讓人認不出來，她們來新加坡要幹嘛？

在艾絲翠做出適當反應前，伊莎貝爾・胡抓著她大女兒的肩膀推向艾絲翠。「她就在這！」她叫道，嘴角冒泡。「我要讓妳們親眼見見她！見見這個對妳們爹地張開大腿的妓女！」

在場的每個人都嚇了一跳，朵莉絲・方立刻在胸前畫了個十字，彷彿這樣就能阻止她的耳朵聽見淫穢的詞語。酒店的保全人員急忙趕來，但伊莎貝爾在受到正當制伏前，抓起離她最近的一碗叻沙扔向艾絲翠。艾絲翠反射性地往後退，碗打到桌角彈飛出去，熱騰騰的特製辣湯全灑在費莉希蒂・梁、李詠嫻老夫人和帕拉越蘇丹皇太后身上。

紐約，無線電城音樂廳

尼可拉斯．楊放在牛仔褲口袋的手機像鞭炮一樣點亮時，佩蒂．史密斯正放聲高唱〈因為夜晚〉（*Because the Night*）這首歌。尼克沒有理它，但在演唱會最後的安可時間，手機又亮了起來，他瞄了眼螢幕，詫異地發現有一通來自他表姊艾絲翠的語音留言，另一通則是他的死黨柯林．邱打的，然後是他媽媽傳給他的五封簡訊。他媽從來不傳簡訊，他甚至不認為她知道怎麼用。簡訊寫道：

埃莉諾．楊：4?Z 尼基 #

埃莉諾．楊：馬上打給我！你在哪？

埃莉諾．楊：喂？你幹嘛不接電話？

埃莉諾．楊：阿嬤心臟病很嚴重！

埃莉諾．楊：馬上打給我！

尼克把手機遞給妻子瑞秋，頹喪地陷入座椅中。精神亢奮地看完演唱會後，他突然感覺像被人揍了一拳般地洩氣。

瑞秋很快地看過簡訊，隨即擔憂地看向尼克。「你趕快打個電話比較好吧？」

「大概吧。」尼克答道：「但我們得先出去，我需要呼吸新鮮空氣。」

兩人從無線電城音樂廳出來，迅速穿過第六大道，避開仍聚集在那個著名招牌下的人群。尼克在時代生活大樓外的廣場周圍踱步打電話。電話裡每響一聲便有一秒鐘熟悉的停頓，通常他打過去都會聽到新加坡獨特的來電答鈴，但今天他媽媽的聲音突然傳了過來，讓他有些措手不及。

「**尼基**？尼基啊？是你嗎？」

「對，媽，是我。聽得到嗎？」

「哎呀，你怎麼這麼久才打給我？你在哪？」

「妳打給我的時候我在聽演唱會。」

「演唱會？你去了林肯中心？」

「不是，我在無線電城音樂廳聽搖滾演唱會。」

「什麼？你去看搖臀的火箭女郎踢大腿舞？」

「不是啦，媽，是**搖滾演唱會**，不是搖臀。」

「**搖滾演唱會！**阿啦嘛，希望你有戴耳塞。聽說現在的人因為常去聽搖滾演唱會，導致聽力下降的年齡層越來越低。那些留長髮的嬉皮年輕人耳聾了，都是活該。」

「媽，演唱會的音量有控制——無線電城的音響效果是世界頂級的。妳現在在哪？」

「我剛離開伊麗莎白醫院，艾默正載我去卡蘿．戴家——今天她家辦辣椒蟹派對。醫院病房太混亂了，我不得不離開。費莉希蒂一如往常擺出霸道管家婆的姿態，說我不能進去看阿嬷，因為太多人來探病了，所以他們現在必須嚴格控管訪客人數。我就在外面坐了一會兒，跟你表姊艾絲翠一起吃自助餐。我得露一下臉，不然別人會說我沒有做到長媳的責任。」

「那阿嬤現在怎麼樣了？」雖然尼克不願承認，但他非常憂心他奶奶目前的情況。

「他們設法穩定她的生命跡象，所以現在沒事了。」

尼克抬眼看向瑞秋，以嘴型說：「她沒事。」另一頭的埃莉諾繼續報告情況。「他們幫她打了嗎啡，她現在正在醫院的皇家套房休息。但溫教授的太太跟我說情況不樂觀。」

「溫教授的太太是醫生？」尼克疑惑地問。

「不是啦！但她是他太太呀——她是直接從可靠人士口中聽說阿嬤堅持不久了。阿啦嘛，你還想聽到什麼消息？她有鬱血性心衰竭，又已經九十六歲了——這時候他們根本什麼也做不了。」

尼克可笑地搖搖頭，顯然病患保密原則對法蘭西斯・溫而言不是很重要。「溫太太為什麼去醫院？」

「你不知道溫太太是新加坡第一夫人的姪女嗎？第一夫人、你姑婆蘿絲瑪麗・錢和莉蓮・梅－陳跟她一起來的。因為你阿嬤、李詠嫻老夫人和帕拉越蘇丹皇太后的關係，伊麗莎白整個樓層都被封鎖起來，成了限制出入的超級貴賓層。他們為了誰住皇家套房[10]這件事有點小爭執，馬來大使堅持要讓蘇丹皇太后住，但第一夫人插手告訴醫院主任：『這沒什麼好討論的，皇家套房

10 伊麗莎白醫院的皇家套房最初是由汶萊皇室建造，供私人使用，但現在開放讓其他VVIP病患入住。

當然要讓尚素儀住。』」

「等等，妳說李老夫人和帕拉越蘇丹皇太后？我不懂妳的意思……」

「唉唷，你沒聽說那件事嗎？伊莎貝爾．胡因為精神失常，從學校綁架了她女兒，帶著她們飛到新加坡，闖入朵莉絲．方的基督徒團契餐會，把一碗超辣叻沙扔向艾絲翠，沒砸中卻潑到其他人身上。還好費莉希蒂穿了件夜市貨[11]——在中峇魯市場買的人造纖維禮服，所以沒被燙到，湯汁像打到鐵氟龍般順著衣料滑下來，反倒是可憐的李老夫人和蘇丹皇太后遭到一度灼傷，治療過後正在康復中。」

「好吧，我完全聽不懂妳在說什麼。」瞥見瑞秋一臉詢問的表情，尼克煩躁地搖搖頭。

「我以為你知道。伊莎貝爾．胡指控艾絲翠張開大腿……我是說和她丈夫查理．胡搞外遇！就在宴會廳當著施倍賢主教和大家的面！唉唷，真是太丟臉了——現在事情已經整個傳開，全新加坡的人都在討論這件事！是真的嗎？艾絲翠真的是查理的情婦？」

「她不是他的情婦，媽，我只能這麼跟妳說。」尼克謹慎地回答。

「你和你表姊——什麼事都不告訴我！可憐的艾絲翠到醫院時看起來完全嚇壞了，但她還是盡力扮演親切的家屬面對所有訪客。不管了，你什麼時候回家？」

尼克頓了一會兒，果斷地表示：「我不回去。」

「尼克，別說傻話！你**必須**回來！每個人都回來了——你爸已經在從雪梨回家的路上，阿

11 這裡是埃莉諾暗示費莉希蒂的訂製服看起來像街市的破布。

爾弗雷德舅舅幾天後會到，你雅莉絲姑媽和麥爾坎姑丈會從香港過來，就連你小凱姑媽（凱薩琳的暱稱）也會從曼谷回來。還有聽我說，你泰國那邊的表兄弟們都會回來！你相信嗎？你那些高貴的皇家表兄弟從未屈尊入境新加坡，但我告訴你……」埃莉諾中途打住，瞄了眼她的司機，然後用手圈住手機，非常失禮地低語道：「……他們都覺得她快不行了，所以他們想在你阿嬤床邊露面，以確保他們的名字有被寫進遺囑中！」

尼克翻了個白眼。「只有妳會說這種話，我很確定大家根本沒那麼想。」

埃莉諾嘲諷地笑了聲。「我的老天，別天真了。我向你保證**大家**唯一想的就是這件事！現在禿鷹都瘋了似的盤旋，所以趕緊收拾東西搭下一班飛機！這是你最後跟你阿嬤和好的機會……」她再次放輕音量，「而且如果你處理得當，還是有機會拿到泰瑟爾莊園！」

「我倒認為木已成舟，相信我，我覺得他們不歡迎我回去。」

埃莉諾無力地嘆了口氣。「你錯了，尼基，我知道你阿嬤在見你最後一面前，是絕對不會闔眼的。」

尼克掛上電話後，很快地把他阿嬤的情況和伊莎貝爾．胡的熱湯事件告訴瑞秋，然後一屁股坐在廣場清水池的邊緣，突然感到精疲力盡。瑞秋坐到他旁邊，用手環住他的肩膀，不發一語。她知道他與他阿嬤之間的情感有多麼複雜。他們曾經非常親密——因為尼克是她唯一繼承楊姓的孫子，而且也是一眾孫輩中，唯一住在泰瑟爾莊園的人——但現在他們已有四年多沒見面或交談了，這全都是因為她。

素儀突然現身在本該很浪漫的馬來西亞金馬崙高原之旅，命令尼克跟瑞秋分手。尼克不僅拒絕了她，還一反常態地在眾人面前對他祖母說了傷人的話——這個備受崇敬的女人一生中可能從未遇過這種事。而在過去幾年，自從尼克義無反顧地和瑞秋在加州完婚，把他奶奶和他龐大家族大多數親戚屏除在賓客名單外後，鴻溝便越擴越深。

這個女生沒有優良的家世！瑞秋的腦海仍可清晰浮現素儀的責難，頓時感到一股涼意。但在紐約，尚素儀的影子不再糾纏著她。過去兩年間，她和尼克開心地享受不受任何家人打擾的婚姻生活。偶爾瑞秋會想做些什麼彌補尼克和他奶奶之間的藩籬，但他一直固執地不願深談。她知道要是尼克沒那麼在乎他阿嬤，就不會有如此憤怒的反應。

瑞秋直視尼克的臉。「你知道，就算我不願承認，但你媽媽說的對——你應該回家一趟。」

「我家在紐約。」尼克面無表情地說。

「你知道我的意思，你奶奶的情況聽起來很不樂觀。」

尼克抬頭盯著這麼晚了依然燈火通明的洛克菲勒中心的窗戶，避開瑞秋的視線。「我餓了，我們要去哪吃宵夜？法式小酒館還是藍絲帶烘培屋？」

瑞秋感覺再逼他也沒意義。「我們去法式小酒館吧，他們的紅酒燉香雞正適合這時候吃。」

尼克頓了一下，說道：「或許今晚我們應該避開任何有熱湯的地方！」

新加坡，伊麗莎白醫院

在加護病房待了五個小時，又在她外婆病床邊坐了會兒，負責接待來訪的賓客、安撫她媽媽緊張的神經、負責與岷江餐廳外燴人員在貴賓訪客休息室設置自助餐[12]事宜，艾絲翠實在需要喘口氣，呼吸一下新鮮空氣。她搭電梯下樓到大廳，走到側門外益樂街入口附近的一小片棕櫚樹林旁，用WhatsApp傳訊息給查理。

艾絲翠．梁－張：抱歉剛才無法接電話，加護病房不能用手機。

查理．胡：沒關係，妳阿嬤還好嗎？

艾絲翠．梁－張：正在休息，但預後不樂觀。

查理．胡：我很抱歉。

艾絲翠．梁－張：伊莎貝爾和孩子們還好嗎？

查理．胡：嗯，班機兩小時前到了，還好伊莎貝爾的媽媽在飛機上讓她冷靜下來。她住進了養和醫院，她的醫生正在照顧她。孩子們沒事，只是有點嚇到。克蘿伊一樣黏著手機不放，我現在躺在這陪達芬妮睡覺。

---

12 可保證岷江餐廳傳說中的北京烤鴨——首先將酥脆鴨皮蘸細砂糖，包在沾了甜醬的自製餅皮中享用；再來吃鴨肉切片炒麵——會是費莉希蒂現場安排的加護病房自助餐一部分。

艾絲翠・梁－張：我跟你說——她們整個就是天使。我感覺得出她們努力在保持鎮定。達芬妮跑到李詠嫻老夫人身旁，克蘿伊因為被抓著，一直試圖安撫伊莎貝爾。

查理・胡：真的**很抱歉**。

艾絲翠・梁－張：別道歉，不是你的錯。

查理・胡：**是我的錯**。我應該察覺到的，她本該在這禮拜簽離婚協議書，我的律師一直向她施壓，所以她才會突然爆發。而且我的保全團隊完全搞砸了。

艾絲翠・梁－張：搞砸的不是學校嗎？讓伊莎貝爾就這麼走進去，在上課期間帶走她們。

查理・胡：顯然她的演技跟奧斯卡有得一拚，因為她看起來真的就像家裡有急事。捐太多錢給學校就會發生這種事——他們根本不會過問。

艾絲翠・梁－張：我覺得沒人想得到會發生這種事。

查理・胡：我的保全團隊應該要知道！這搞砸程度真是史詩級的。他們壓根沒看到伊莎貝爾帶孩子們離開，因為他們只知道盯著前門。伊茲（Izzie，伊莎貝爾的暱稱）以前也上同所學校，所以她知道任何溜出去的管道。

艾絲翠・梁－張：OMG，我沒想過這個！

查理・胡：她帶她們從洗衣房的門離開，搭地鐵直接去機場。還有，我們查到她是怎麼找到妳的了。朵莉絲・方在她 FB 上個月的基督徒團契餐會活動 tag 妳的照片。

艾絲翠・梁－張：真的？我很少上 FB，大概一年看一次。

查理・胡：伊莎貝爾的媽媽跟朵莉絲是 FB 好友。她三天前傳訊息問朵莉絲妳會不會去，朵莉絲回答她說會，還把妳坐主桌的事告訴她。

艾絲翠．梁－張：這就是她能在這麼多人之中找到我的原因！她對我大吼時，我真的嚇到了。

查理．胡：祕密曝光了，我猜現在大家一定都在談論我們。

艾絲翠．梁－張：不知道，也許吧。

查理．胡：妳媽有說什麼嗎？發現我們的事後她有很生氣嗎？

艾絲翠．梁－張：她目前什麼也沒說，我甚至不確定她是否把一切都串聯起來。當時她忙著用衛生紙幫李老夫人和皇太后擦拭，擦到一半，亞拉敏塔又匆匆走過來說：妳聽說了嗎？妳外婆心臟病發了！

查理．胡：妳還真是過了水深火熱的一天啊。

艾絲翠．梁－張：跟孩子們比不算什麼，我很難過她們遇到這種事，看見她們媽媽那個樣子……

查理．胡：她們之前就看過了，只是沒那麼糟。

艾絲翠．梁－張：我本想抱抱她們，親自帶她們飛去找你，但當時所有事都參雜在一起，完全一片混亂。

查理．胡：**妳**才需要擁抱。

艾絲翠．梁－張：嗯……有的話還不錯。

查理．胡：真不知道妳如何受得了我，還有這些日子發生的這麼多事。

艾絲翠・梁－張：我跟你有相同疑問。

查理・胡：妳的事比我的好處理多了。

艾絲翠・梁－張：你等著瞧吧，等我阿嬤情況穩定了，之後會發生什麼事我也不知道。這星期我家族的人會齊聚一堂，到時候一定很難過。

查理・胡：跟〈摩登家庭〉（*Modern Family*）一樣嗎？

艾絲翠・梁－張：更像是〈權力遊戲〉（*Game of Thrones*）的紅色婚禮場景。

查理・胡：天啊。說到婚禮，有誰知道我們的計畫嗎？

艾絲翠・梁－張：沒有，但我覺得這可能是讓我家人有心理準備的好時機……讓幾個跟我親近的親戚知道我要跟麥可離婚，然後有個新男人會進入我的生命中……

查理・胡：妳的生命中會有新男人？

艾絲翠・梁－張：對呀，他叫瓊恩・雪諾。

查理・胡：雖然我討厭劇透，但瓊恩・雪諾死了[13]。

艾絲翠・梁－張：他才沒死，你很快就知道。:-)

查理・胡：說真的，妳需要我時我就在這裡，要我去找妳嗎？

艾絲翠・梁－張：不，我沒事。克蘿伊和達芬妮需要你陪著。

13 二〇一五年世界重大事件包括經濟是否復甦、如何防止非洲伊波拉病毒爆發成為全球流行病、巴黎恐襲之後伊斯蘭國的下一次攻擊、如何幫助尼泊爾大地震災民、下一屆美國總統競選誰將拔得頭籌，還有〈爆雷預警〉喬治・馬丁〈權力遊戲〉系列影集中的英雄之一，守夜人軍團的指揮官瓊恩・雪諾是否在季末死了。

查理．胡：但我需要妳，我隨時可派私人飛機過去。

艾絲翠．梁—張：先看看這禮拜跟我家人的情況，我們就可以真的開始計畫……

查理．胡：我等不及了。

艾絲翠．梁—張：我也是……XOXOXO

巴黎，布瓦西—丹格拉斯路

站在詹巴迪斯塔．瓦利高雅的指定工作室裡的一個鏡面平臺上，凱蒂．龐盯著上方閃爍的吊燈，努力不要動，讓兩名女性裁縫師重新為她身上的蓬蓬裙縫製細密的下襬。她望向窗外，看見一個小男孩抓著一顆紅氣球走在石子路上，不禁納悶他要去哪裡。

脖子上戴了串巴洛克珍珠項鍊的男人對她微笑。「Bambolina（法文的「洋娃娃」之意），可以請妳轉一圈嗎？」

她立刻旋轉了下，周圍的女人全都讚嘆不已。

「J'adore（法文的「我喜歡」之意）。」喬治娜一臉迷醉的表情。

「噢，詹巴，你說得沒錯！才收短兩吋，這條裙子便活了起來，好像一朵花在我們眼前綻放似的！」溫蒂驚訝地說。

「就像一朵粉紅牡丹！」塔蒂亞娜讚不絕口。

「這件洋裝的靈感來自毛茛植物。」設計師表示。

「雖然不知道是什麼花，但詹巴，你是天才！絕對是天才！」塔蒂亞娜稱讚連連。

喬治娜繞著平臺轉一圈，從各個角度檢視這身衣裳。「我必須承認凱蒂告訴我這件洋裝要十七萬五的時候，我有點嚇到，但現在我覺得這錢花得值得！」

「我也覺得。」凱蒂輕聲說，透過牆邊那面洛可可風鏡子，欣賞身上這件長及腳踝的中長禮服。「吉賽兒，妳喜歡嗎？」

「喜歡，媽咪。」五歲小女孩回答。一直站在炙熱的聚光燈下讓她有些倦了，心想不知道什麼時候才能拿到獎勵。媽咪答應她試裝時好好站著不動，就可以吃大號的冰淇淋聖代。

「好。」凱蒂看向詹巴迪斯塔．瓦利的助理。「這些衣服各要三套。」

「三套？」這位身材高大、手腳笨拙的助理驚訝地看著凱蒂。

「是呀，我每件衣服都會買三套給我自己和吉賽兒穿——我們在上海、新加坡和比佛利山莊家裡的衣櫃各放一套。但這件要在三月一號，她在新加坡的生日派對前準備好。」

「沒問題，邴夫人。」詹巴迪斯塔插嘴道：「好了，女士們，希望妳們不介意我讓路卡留下為妳們介紹新的作品，我跟薩克斯的時尚總監有約，要先走一步。」

所有人紛紛送上飛吻送這位設計師離開，吉賽兒跟著保母去附近的安潔莉娜甜點店吃冰淇淋。之後越來越多凱歌香檳和奶油咖啡被送進陳列室，凱蒂舒服地躺在典雅的躺椅上，心滿意足地發出讚嘆。這還只是她們抵達這裡的第二天，她就已經度過了人生中最快樂的時光。她和她的死黨——溫蒂．梅嘉赫多、塔蒂亞娜．薩瓦林和喬治娜．陳——一起來場巴黎瘋狂購物之旅，而這場旅行跟以往很不一樣。

她一踏出Trenta——她最近翻新的波音747-81VIP商務機，為了讓它看起來跟王家衛電影[14]

14 王家衛的〈一代宗師〉（*The Grandmaster*）。雖然我個人更喜歡〈花樣年華〉（*In the Mood for Love*）這部電影，但此場景的設計令人為之驚嘆。

的上海妓院場景一樣——便受到過去從未體驗過的阿諛奉承。

當她們的勞斯萊斯車隊抵達巴黎半島酒店時，飯店管理階層全體人員在門口整齊地列隊歡迎，總經理還親自送她到令人讚嘆的半島套房。她們去萊都燕餐廳吃晚餐，服務生不斷點頭哈腰，差點讓她以為他們會整個人翻過去。而就在昨天，她到康朋街的香奈兒試衣，**卡爾．拉格斐的私人助理竟然帶著這位偉大設計師的親筆便條下樓！**

凱蒂知道這些皇家待遇全是因為她這次來巴黎是以傑克．邴的太太的身分。她不再是隨便一個億萬富翁的妻子，而是中國第二[15]且名列世界前十富豪的新婚妻子。想想看龐莉莉，一個青海清潔工的女兒，在年僅三十四歲的年紀就達到如此高度（雖然她對外宣稱才三十）。這一切都很不容易，她終其一生都在努力爬到現在這個位置。

她母親來自一個受過良好教育的中產家庭，在毛澤東推動的「大躍進」期間，被家人帶到了鄉下；但她一直教導凱蒂離開那裡唯一的方法就是讀書。在青春期，凱蒂非常用功讀書，班上、校內和國考成績都是名列前茅，卻眼睜睜看著她獲得高等教育的機會被某個有後台的男生搶走，拿到他們那區唯一一個大學名額——那名額本來是屬於她的。

然而凱蒂沒有放棄，她持續奮鬥，首先搬到深圳在某家 KTV 酒吧工作，在那裡她不得不做些不可描述的事情；接著到了香港，在當地的肥皂劇中演一個小角色，藉由成為導演情婦晉升為固定班底。跟幾個無關緊要的男人交往後遇見阿歷斯泰．鄭，一個善良天真的男孩，對別人比自

15　或說排行第三、第四或第七的富豪，全看哪家金融小報能取信你。

己還好。之後跟他一起參加邱家的婚禮結識伯納德．戴，與伯納德跑到拉斯維加斯結婚，在伯納德父親葬禮上遇見傑克．邴後，跟伯納德離婚，最後投奔傑克的懷抱，這個男人才是真正值得她所有努力的人。

現在她已為他生下邴家的長子（哈沃德．邴，二〇一四年八月八日生），代表她可以做任何她想做的事。她可以搭私人大型噴射機去巴黎，帶上一名法文譯者、她的兩個孩子、三名感情好的女性朋友（全都跟她一樣一身光彩亮麗、昂貴的穿著，也是上海、香港和新加坡三地外籍富商的妻子）、四名保母、五名私人女傭以及六個保鑣，而後包下整個半島飯店頂層（她的確這麼做了）；她可以訂製所有香奈兒秋冬時裝系列單品，每件訂製三套（她做了）；她可以跟主要策展人在私人導覽員的帶領下參觀凡爾賽宮，享用雅尼克．亞蘭諾在瑪麗．安東尼皇后的小村莊為他們準備的特製露天午餐（日期訂在明天，全託奧利佛．錢的福），若是有人將她的事蹟寫成書，肯定沒有人會相信。

凱蒂輕啜香檳，看著陳列在她面前的晚禮服，突然覺得有點無聊。的確，這些禮服都很漂亮，但在第十件以後，看起來全都差不多。難道看太多美的事物也會感到疲乏？她可以在睡夢中買下整個系列，隨即忘記自己有這些衣服。她渴望更多，或許離開這裡去看點尚比亞祖母綠寶石也不錯。

路卡知道凱蒂的表情代表什麼意思，他經常在某些極具特權的客戶——這些女性時常毫無節制地追求內心渴望的東西——臉上見到同樣的神色，能坐上這個位置的通常是女性家族繼承人、名人以及公主。他很清楚他必須改變方針，轉換房間的能量，重新賦予這位闊綽的客戶活力。

「女士們，我帶妳們去看詹巴忙了好幾個星期的特別作品，跟我來。」他按下其中一面護牆板，揭開詹巴迪斯塔的密室。這間隱藏的工作室，只陳列一件禮服，就穿在房間中央的人型模特兒身上。「這件衣服的靈感來自古斯塔夫・克林姆（Gustave Klimt）的〈艾蒂兒肖像〉（*Portrait of Adele Bloch-Bauer*），妳們知道這幅畫嗎？羅納德・蘭黛以一億三千五百萬美元的金額買下這幅畫，放在紐約新畫廊展覽。」

每個人都對那件露肩晚禮服散發出的藝術感感到難以置信，上身是象牙薄紗，往下延伸至中途成了燦金色的直筒裙，加上一條層層堆疊的拖擺，上面繡著成千上萬的金箔、青金石和珍稀的寶石，煞費苦心地佈置在漩渦狀的馬賽克圖騰中，看起來彷彿克林姆的畫作活過來似的。

「我的天哪，真不敢相信！」喬治娜尖聲叫道，用一隻修過的長指甲滑過鑲滿寶石的衣身。

「Ravissement（法文的「陶醉」之意）。」塔蒂亞娜說，誤以為自己完美地秀了一把中學程度的法語。「Combien（法文的「多少」之意）？」

「目前尚未定價。這個特別委託的工作請了四位全職刺繡師，到現在已經花了三個月的時間，但我們仍然有幾個星期的工作要完成。算上這件衣服所有玫瑰金亮片和珍稀寶石的話，我認為最後總價會超過兩百五十萬歐元。」

凱蒂盯著這件禮服，心臟突然怦怦地跳了起來，就跟每次被勾起興趣時是一樣的感覺。「我要它。」

「噢，邴夫人，很抱歉，但這件禮服已經有人預訂了。」路卡抱歉地笑了笑。

「那就再幫我做一件，我是說三件。」

「我們恐怕沒辦法幫妳製作這件特製禮服。」

凱蒂不明所以地看向他。「噢，我知道你可以。」

「夫人，希望妳能明白……詹巴迪斯塔會很開心為妳製作另一件禮服，付出同等的精力，但我們無法重製這件禮服。這件禮服是為我們的特殊客戶製作的獨一無二的作品，她也來自中國……」

「我不是中國人，我來自新加坡。」凱蒂表示[16]。

「這個『特殊客戶』是誰？」溫蒂問，那頭紅銅色的濃密鬈毛──染得跟碧昂絲一樣──憤慨地顫抖著。

「她是詹巴迪斯塔的朋友，我只知道她叫柯萊特。」

室內忽然陷入一陣沉默，每個人都不敢把內心的疑問說出口。溫蒂終於鼓起勇氣：「呃……你是說柯萊特．邴？」

「我不確定她是不是姓邴，我查一下。」他把頭轉向一張紙。「啊，沒錯，是姓邴。Une telle coïncidence（法文的「這麼巧」）！邴夫人，妳們兩人有關係嗎？」路卡問。

凱蒂露出像鹿一般被車燈嚇傻的表情。路卡在開玩笑嗎？他當然知道柯萊特是她丈夫和前妻所生的女兒吧。

塔蒂亞娜很快地打岔道：「沒關係，但我們聽過她。」

16 凱蒂只在新加坡生活兩年，但正如其他中國大陸移民一樣，將其稱為家。

「是啊。」溫蒂嗤之以鼻，心想她是否該告訴路卡，柯萊特無恥的潑婦影片是如何在中國大肆傳播，僅在微信上就有超過三千六百萬次的點閱數，讓她成為著名的典型不良富二代，被迫背負恥辱逃往倫敦。但她又覺得現在最好不要提起這件事。

「所以這件禮服是為柯萊特製作的？」凱蒂摸著其中一邊宛如蛛絲的蟬翼紗袖。

「對，是她婚禮要穿的。」路卡微笑地說。

凱蒂驚訝地抬頭看他。「柯萊特要結婚了？」

「是的，夫人，這件事傳得沸沸揚揚。她要嫁給路西恩．蒙塔古－史考特。」

「蒙塔古－史考特？他家族是做什麼的？」溫蒂問，因為她生活的中心全圍繞著某個十分富裕的印尼家庭。

「我不了解他的家族，但他好像是個律師？」路卡答道。

塔蒂亞娜開始上網搜尋他的名字，大聲念出一個跳出來的連結標題：「路西恩．蒙塔古－史考特是英國新世代的環境律師，牛津大學『ㄇㄡˊ』德林學院（Magdalen College）畢業……」

「是念『ㄇㄛˊ』。」喬治娜糾正道。

「……莫德林學院。路西恩和他的朋友大衛．德．羅斯柴爾德搭乘用一萬兩千五百個回收寶特瓶打造的雙體船橫跨太平洋，以突顯全球海洋汙染的問題。最近他參與了宣傳印尼和婆羅洲的環境危機……」

「唸的我都要睡著了。」塔蒂亞娜嘲笑地說。

「他是富有魅力的紳士——和她在一起簡直絕配。」路卡評論道。

「我萬萬想不到柯萊特會跟這樣的一個男人結婚，他連併購律師都稱不上，他一年的薪水都不夠買她的一件裙子！我猜她一定很想生個混血寶寶吧。」喬治娜說，偷偷看了凱蒂一眼，希望她不要因為這個消息生氣。而凱蒂只是站在那兒盯著禮服，表情捉摸不定。

「噢……我也想生個漂亮的混血寶寶！路卡，你有認識哪個性感的單身法國伯爵嗎？」溫蒂問。

「抱歉，夫人，我唯一認識的伯爵已經結婚了。」

「結婚也可以呀……我也結婚了，但只要能生出有一半法國血統的漂亮寶寶，我可以甩掉我那無趣的丈夫！」溫蒂咯咯地笑著。

「溫蒂，有這種想法要小心，妳永遠不知道會生出怎樣的小孩。」塔蒂亞娜說。

「才不呢，只要是跟白人生的小孩，幾乎可以保證會很漂亮，有百分之九十九的機率看起來像基努李維，所以才會有這麼多亞洲女性想找個白人當伴。」

「首先，基努李維不算黃白混血，而是四分之三的白人血統——他媽媽只有一半夏威夷血統，他爸爸則是美國人[17]。我不是要潑妳冷水，只是我曾看過混得不好看的混血兒。」喬治娜堅決表示。

「是沒錯，但那很少見，而且如果發生這種事真是太慘了！真的——你們聽說中國有一個人就因為小孩生得太醜控告自己的妻子嗎？他特意跟這個漂亮女人結婚，結果發現她在婚前做了

17 基努李維實際上在黎巴嫩的貝魯特出生，母親為英國人，父親則擁有夏威夷、中國和英國血統。

無數的整容手術！」溫蒂笑了起來。

「那故事是假的！」塔蒂亞娜語氣堅定地說：「我記得當時到處瘋傳，結果發現是報紙編造了整個故事，拍了兩個模特兒跟一群醜小孩站在一起的照片。」

發覺醜小孩的話題實在叫人厭惡，路卡試著轉變話題。「我覺得路西恩先生和柯萊特小姐會生出漂亮的小孩，因為他們男的俊，女的美。」

「那很好啊。」凱蒂語氣愉悅地說：「談這麼久小孩的話題讓我想幫吉賽兒看一下外出服，可以嗎？還有你這裡有沒有好玩的中性童裝可讓哈沃德穿？」

「Oui（法文的「是的」之意），女士。」當他走向主展廳時，喬治娜挽上他的胳膊。「路卡，你住二樓嗎？」

路卡立刻笑著回答。「是的，小姐，我想妳以前見過我。」

溫蒂和塔蒂亞娜站在門口，看著凱蒂在禮服旁逗留了一會兒。在她轉身離開時，抓住那件被賦予克林姆靈魂珍貴的裙子背面，迅速用力一扯，從中間撕成兩半。

新加坡，那森路十一號

那森路位於武吉知馬中心地帶，是新加坡為數不多風景如畫的綿長街道之一，依然保有優雅古樸的排外性。歷史悠久的豪宅改建成大使館，南洋風的現代平房有著修剪整齊的草坪，以及殖民時代遺留下來、莊嚴的黑白建築。那森路十一號正是黑白建築的絕佳範例，因為自一世紀前建成後，這棟建築只轉手過一次。最初是由寶德公司委任出售，在一九一八年被S.K.梁買下，自此這棟建築的每個原始細節都被梁家三代人保存下來，精心維護。

艾絲翠將車開進她長大的家門前那條綿長的車道，兩旁矗立著地中海柏樹。當她停下車時，前門打開了，管家利亞示意艾絲翠下車。艾絲翠皺了下眉——她準備接她媽媽去醫院，而他們就快趕不上溫教授的晨間檢查報告了。艾絲翠從她的深藍色Acura ILX下來，進入拱形門廊，在門廳碰到了她的大嫂凱思琳。對方正坐在紅木凳上繫鞋帶。

「早啊，凱思琳。」艾絲翠打了聲招呼。

凱思琳抬頭看她，表情一言難盡。「他們還在吃，妳確定不改天再來？」

艾絲翠在想凱思琳說的應該是那晚伊莎貝爾．胡惹出的禍端。因為當時大家的注意力都放在她阿嬤身上，她父母完全沒提起這件事，但她知道這份安寧持續不了多久。

「趁現在解決吧。」艾絲翠在走向早餐室的同時，做好心理準備。

「祝妳好運。」凱思琳抓起她的瓊斯百貨購物袋[18]走出門外。

那森路的早餐時光總會在鄰近客廳的夏季玻璃門廊度過。那裡擺了張荷屬東印度公司的圓形大理石柚木桌，藤椅上放著古怪的猴子花布坐墊，牆上掛了很多來自泰瑟爾莊園溫室的蕨類花盆，是這棟建築最漂亮的房間之一。艾絲翠走進去時，她的大哥亨利瞪了她一眼，起身離開餐桌，經過她身邊時低聲說了些什麼，但艾絲翠沒聽清楚。她首先看向她的爸爸，後者坐在他平時的座位上，有條不紊地幫吐司抹上黏糊糊的馬麥醬。然後看向她媽媽，面前放了一碗沒動過的粥，手中捏著一團衛生紙球，一張臉哭得通紅浮腫。

「天啊，阿嬤怎麼了嗎？」艾絲翠擔心地問。

「哼，我覺得妳應該問：『如果阿嬤看到這個會不會又心臟病發？』」費莉希蒂表情嫌惡地把一張紙扔到桌上。

艾絲翠抓起那張紙，驚慌地盯著其內容。那是全亞洲最受歡迎的線上八卦專欄的影本。

18 凱思琳．賈－梁，哈利和費莉希蒂．梁長子亨利的妻子，對自身節儉的個性感到自豪。她是新加坡一家備受尊敬的律師事務所合夥人，每天搭公車上下班。作為已故銀行大亨賈欽吉的孫女，縱使買得起戈雅（這裡指的不是戈雅托特皮包，而是整間公司），卻用當地社區美食雜貨店的塑膠袋裝法律簡報。

萊昂納多・賴每日精選

魅惑的女繼承人捲入伊莎貝爾・胡的潑湯事件！

近日，許多朋友時常關注科技大亨查理・胡的妻子伊莎貝爾的「滾燙」醜聞，幾乎引發馬來西亞和香港間的國際糾紛，請繫好你們的安全帶，因為我接下來要說的將讓你們無比震撼！想必大家還記得查理和伊莎貝爾在二〇一三年宣布分居，據知情人士透露他們從那時就在私下討論離婚協議的內容，其攸關著胡家財產的分配、位於山頂道（Peak Road）的豪宅，以及兩個女兒的監護權。然而，伊莎貝爾的好友表示，這段日子對伊莎貝爾來說十分煎熬，離婚帶給她的情緒壓力和另一名女子的介入都讓她處於崩潰當中。

是的，我沒亂說。震撼點一：每日精選已證實另一名女子正是艾絲翠・梁—張，帥氣性感的新加坡風險投資家麥可・張（他沒有成為卡爾文・克雷恩（Calvin Klein）的內衣模特實在可惜）美如天仙的妻子，還是一名七歲男孩卡西斯的母親。查理和艾絲翠已偷情了五年，打得火熱，事實上……震撼點二：湯姆・昆迪格設計的驚天豪宅目前正在石澳施工中，所有人都以為那棟建築是李奧・明新建的個人博物館，但其實是查理和艾絲翠在可以合法同居後的愛巢！（顯然艾絲翠和麥可・張夫婦也正走向離婚一途。）

這位美麗尤物的名字艾絲翠可能對香港的讀者很陌生，但她背景雄厚。根據某個新加坡內部人士表示艾絲翠是哈利・梁唯一的女兒。哈利・梁是東南亞國家協會研究中心的榮譽主任，非正式的說，他是新加坡最有政治影響力的人之一，也是梁氏控股私人有限公司的負責人。傳聞這家巨型企業旗下擁有婆羅洲銀行、雪蘭莪礦業、新馬來西亞郵政和世界最大的棕櫚油企業集團——棕櫚灣有限公司。除此之外，根據內部人士的消息，艾絲翠的母親費莉希蒂．楊來自新加坡最富有的家族之一。楊家的層級與其他人不同，與尚家、錢家和陳家有親戚關係，他們幾乎跟每個人都有關係，而費莉希蒂的母親尚素儀擁有新加坡最壯觀的私人地產泰瑟爾莊園。

去到倫敦和巴黎讀書，讓艾絲翠躋身上流圈，朋友包括廢黜的歐洲王室、知名的時尚設計師以及名人藝術家。伊莎貝爾如何比得過她？她不是什麼有錢的家族繼承人，她的工作是為香港貧困和被壓榨的人民發聲，而不是搭私人飛機滿世界跑，然後坐在前排欣賞時尚秀。也難怪她會崩潰！查理當然會被艾絲翠超級令人嚮往的生活所吸引，過去他就曾受她誘惑。

這也揭開了震撼點三：查理和艾絲翠事實上在他們大學時代曾經訂過婚。但卻因為女方家族反對而破局，因為那些傲慢的新加坡人認為香港胡家不夠格！這對星光熠熠的戀人似乎都忘不了對方，因此才會演變成今日這般難堪的局面。敬請繼續關注我們的每日精選，我們將為各位帶來更多震撼！

艾絲翠一下坐到椅子裡，努力平復看完這個煽動性專欄文章的情緒。她感到一股煩躁，甚至不知道該從何開口。「這是誰寄來的？」

「誰寄的很重要嗎？這件事已傳遍大街小巷，現在大家都知道妳的婚姻觸礁，而責任在妳！」費莉希蒂哀號道。

「拜託，媽，妳很清楚這件事跟我無關。妳知道過去一年我有多謹慎在處理離婚的事，這篇文章到處都是錯誤資訊和謊言，我什麼時候坐在第一排看時裝秀了？我都在後台幫忙。妳看，他們連卡西恩的名字都寫錯……」

她媽媽露出責備的眼神。「所以妳是否認了？妳沒有跟查理．胡搞婚外情？」

艾絲翠深深嘆了口氣。「沒有五年，我和查理才在一起一年半——而且是在我跟麥可分居，查理也跟伊莎貝爾提離婚後開始。」

「那就是真的了，所以伊莎貝爾．胡才會抓狂跑來攻擊妳！妳毀了她的婚姻……毀了她的家庭！」費莉希蒂滿臉淚水喃喃地說。

「媽，伊莎貝爾．胡和查理的婚姻本來就不快樂，他們會離婚跟我一點關係也沒有。妳想知道真相那我告訴妳，她背著他外遇了好多年，跟無數的男人……」

「但那不是妳成為安娜．卡列尼娜的理由。妳還是對丈夫不忠！你們兩個在法律上還是夫妻！老天，施主教得知這件事後會怎麼想？」

艾絲翠翻了個白眼，她他媽的根本不在乎施主教的想法。

「所以呢？妳離婚後會跟查理搬進那個『愛巢』同居嗎？」

「那也是假的……那房子不是我們的愛巢，查理蓋那房子很久了，那時我們根本還沒在一起。他剛跟伊莎貝爾分居時就買下那塊地——那是四年前的事了！」艾絲翠深吸一口氣，做好準備，是時候跟她父母攤牌了。「但我想該讓你們知道了，我跟查理的確打算在確定離婚後舉行婚禮，而我可能會長住香港。」

費莉希蒂驚恐地看向她的丈夫，等他說些什麼。「妳**想**應該要讓我們知道？妳決定今年結婚，卻現在才告訴我們？不敢相信發生這樣的事後妳還要嫁給查理。丟臉……妳真丟臉！」

「我不知道這有什麼好丟臉的，媽，我和查理彼此相愛。我們各在艱難的時期誠實無欺，只是很不幸伊莎貝爾再度神經衰弱而已。」

「神經衰弱！她當著全世界的面把妳說得這麼不檢點！我這一生從未感到這樣的恥辱！還有那兩位可憐的女士！我還有什麼臉去見帕拉越蘇丹？我們差點害死他母親。」

「薩拉阿姨沒事，媽。妳自己也看到了，她的頭巾滿滿都是鑽石，硬得不得了，根本沒東西透得過去。她發現叻沙不符合教規的時候還比較驚嚇呢。」

「那個查理．胡──都是因為他，我們家才會攤上這灘渾水！」費莉希蒂憤恨地接著數落。

艾絲翠沮喪地嘆道：「我知道妳從沒喜歡過查理和他的家人，所以那麼多年前妳才會拆散我們。情況不一樣了，媽，已經沒人在乎血統和那些雜七雜八的東西。現在大家不再把胡家視為暴發戶，他們已經是根基穩固的家族了。」

「穩固個頭！胡浩連的父親以前是騎腳踏車賣醬油的！」

「或許他們是賣醬油起家，但查理爺爺那代已經過了很久，查理創立了全世界最受景仰的公司之一。看看妳的手機──螢幕、殼套，我敢說至少有一半的零件是由胡氏科技生產的！」

「我**討厭**這手機！我到現在都還不會用這蠢東西！我滑來滑去打不成電話，反倒一個印度奶奶唱著〈小星星〉的白癡影片一直跑出來，每次我都要叫拉希米或帕德梅幫我打那該死的電話！」費莉希蒂發火道。

「我很遺憾妳到現在還不會用智慧手機，但那跟現在胡家在大眾前的觀感無關，想想胡太太捐多少錢給白加道上那間教會……」

「那些姓胡的就是一群普通人，從他們捐一堆錢給教會就可證明這一點，以為砸幾個臭錢就可以進天堂！」

艾絲翠只是搖搖頭。「別不講理了，媽……」

「妳媽沒有不講理，」艾絲翠的爸爸打斷她的話，這是他整個早上第一次開口。「看看現在的情況，今天以前，我們家都還可以享受完全隱蔽和乏人問津的生活。梁家人的名字從不出現在八卦專欄中，更不用說這個愚蠢的……愚蠢的……我甚至不知道這個網上的鬼東西叫什麼。」

「然後你把這事怪到查理頭上？」艾絲翠搖搖頭，不懂她爸的邏輯。

「我是怪妳，妳沒有意識到妳的行為會造成這個後果，如果妳沒有跟這些人糾纏不清，我們家的生活就不會被攤在陽光下……」

「拜託，爸，你這是沒事找碴……」

「**給我閉嘴，不要在我講話時插嘴！**」哈利一拳敲在桌子上，嚇到了艾絲翠和她媽媽，她們兩人都不記得上次他像這樣提高音量講話是什麼時候。

「妳完全露出檯面上！連帶我們這些家人也跟著暴露。我們公司的獲利已有兩百多年沒有遭到審查，但現在很快就會了。妳難道還看不出來這件事的影響有多深嗎？我不覺得妳有意識到自已造成了多大傷害，不只我們，還有妳媽那邊的家族。文章裡提到了尚家和泰瑟爾莊園，且是在妳外婆病重這個如此不適當的時機。下午妳阿爾弗雷德舅公來的時候，妳要拿什麼臉見他？」

艾絲翠一下被說得目瞪口呆。她並未想過這個八卦新聞可能帶來的影響，最後開口說：「我會自己向阿爾弗雷德舅公解釋，如果這是你們的意思的話。我會告訴他事情的原委。」

「哼，妳運氣好不用親自向他解釋。這個專欄和那個莫名其妙的網站已經被刪除了。」

艾絲翠一時間驚訝地看向她爸。「文章真的刪除了？」

「刪得一乾二淨！雖然傷害已經夠大了——不知道刪掉以前有多少人看過這篇垃圾。」

「但願沒有很多人。謝謝爸，謝謝你這麼做。」艾絲翠鬆了口氣，小聲呢喃道。

「噢，不是我做的，謝妳的丈夫吧。」

「是**麥可**做的？」

「沒錯，他把經營這個惡毒網站的公司買下來，終止謠言散播。這大概是麥可做過最有用的一件事，保護了妳的名譽。比查理．胡好多了！」

艾絲翠坐回椅子上，感覺臉因為憤怒而發燙。這全是麥可幹的。他肯定想先用這篇文章驚動她爸媽，當然他絕對很開心利用她爸媽來挽救局勢。媽的，他很可能就是萊昂納多．賴文中的「內部人士」，享受這個刺傷查理的機會——當然還有她。

西四街十九號

瑞秋的媽媽打來時，她正在紐約大學的辦公室和她的朋友席爾薇亞．王─施瓦茨分享艾美麵包坊的德式巧克力蛋糕。

「喂，媽！巴拿馬好玩嗎？」瑞秋用中文問道。她媽媽目前正在朱家的家族聚會，參加巴拿馬運河的郵輪之旅。

「不知道，我沒下船。」凱芮．朱回答。

「你們都已經在河上四天了，船都沒有靠岸嗎？」

「不是啦，船有靠岸，但大家都不想下船。妳金阿姨和芙蘿拉阿姨不想白花錢，所以她們整天都坐在吃到飽自助餐廳裡，塞得滿口的食物，然後妳華特叔叔和瑞伊舅舅又開始冷戰了。兩個人都去了賭場，各坐在不同桌。華特玩的是二十一點，據說瑞伊玩百家樂時把上衣都輸了，還是不肯罷手。」

「瑞伊舅舅付得起啦。」瑞秋輕笑道，很開心她決定不參加家族旅遊。

「是呀，妳應該看看他妻子，她一天換四次衣服，每天晚上都穿不同的晚禮服、戴不同的首飾。真不知道她以為自己在哪──我們是在郵輪上，不是奧斯卡頒獎典禮。」

「那是貝琳達舅媽的嗜好嘛，媽。」

「她只是想向我們炫耀而已，這才是她的目的！妳表妹維恩每次都問她穿什麼牌子的衣服，然後貝琳達就會說像『噢，這件是我在多倫多的霍特倫弗魯百貨買的』，或是說『這件是利伯拉契特價的時候買的，原價七千五，下殺到三千元。』之類的話。」

「利伯拉契？我不知道他有設計衣服耶，媽。」

「就是那個義大利設計師啊，在邁阿密被槍殺那個。」

「噢，妳是說**凡賽斯**喔。」

「哎呀，利伯拉契、凡賽斯，對我來說都一樣，只要是在羅斯百貨特價期間賣的，我管他什麼牌子。」

「我想維恩的關注一定讓貝琳達舅媽很高興，顯然她是船上唯一可以跟貝琳達舅媽聊時尚的人。」瑞秋笑著說，咬了一口蛋糕。

「妳和尼克應該來的，妳那些表兄弟姊妹看到妳會很高興，妳知道這是歐莉出生之後維恩的第一個假期嗎？」

「我也想見見大家，媽，但日期剛好跟我的課程有衝突，而且我也無法想像尼克在郵輪上的畫面，他大概會在開船前跳船吧。」

「哈哈，妳丈夫只喜歡私人遊艇啦！」

「不，妳錯了，比起搭豪華郵輪，他更喜歡刺激的冒險。我可以預見他搭著遠征艦去往極地，或是在新斯科舍的某艘漁船上，而不是什麼浮在海上的宮殿。」

「漁船！這些有錢人小孩長大後都想體驗窮人的生活。不說了，尼克還好嗎？」

「他很好，但是他奶奶上星期心臟病發了。」

「是嗎？那他要回新加坡嗎？」

「不知道，媽，妳也知道他對他奶奶的事有多敏感。」

「尼克應該回去一趟，妳要說服他回去——這可能是他見老太太的最後一面。」

瑞秋突然意識到了什麼。「等一下……尼克的媽媽找過妳，是不是？」

凱芮．朱頓了一段不短的時間，然後說：「沒——有，我們好幾年沒通電話了。」

「別騙我，媽，只有埃莉諾會稱尼克的奶奶『老太太』！」

「哎呀，真是騙不過妳，妳太了解我了！對啦，埃莉諾打給我，打了好幾次，一直煩我。她覺得只有妳可以說服尼克回去。」

「我不能強迫尼克做他不想做的事。」

「妳知道尼克本該繼承那棟房子嗎？」

「對，媽，**我知道**，因為我就是讓他的名字被剔除在外的原因，所以難道妳不明白最不該叫他回去的人就是我嗎？」

「但他奶奶大概只剩下幾個星期了，只要他處理得當，還是有可能拿到房子。」

「天哪，媽，不要學埃莉諾．楊講話！」

「哎呀，我沒有學埃莉諾，我是妳媽媽——我是在為**妳**著想！想想看這棟房子對你們的生活會有多大幫助。」

「媽，我們住紐約，除了多一間房子要打掃外，對我們一點用也沒有！」

「哎呀，我又不是說要你們搬過去住，你們可以把它賣了，想想你們會拿到多少錢。」

瑞秋翻了個白眼。「媽，我們已經比世界上其他人還有錢了。」

「我知道……但想像一下，如果尼克繼承那棟房子，你們**現在**的生活會有什麼改變。我聽說那房子價值**上億元**，感覺就像中樂透一樣。有了這麼大一筆錢就可以改善生活，讓妳可憐的媽媽不用再這麼努力工作。」

「媽，其實妳好幾年前就可以退休了，但妳喜歡這份工作。三年來，妳一直是庫帕提諾的頂級房產經紀人。」

「我知道，但我希望妳能想想看假使手頭有那麼多錢，日子會變得如何。我希望看到妳和尼克用那筆錢做好事，就像那個嫁給Facebook那人的中國女生——他們捐出了數十億美元，想想她父母對自己的女兒有多麼驕傲！」

瑞秋看向席爾薇亞，後者正把椅子往後斜，搖搖欲墜地將手伸到茶几上拿蛋糕。

「我不跟妳說了，媽，席爾薇亞要摔倒了，可能會摔斷脖子。」

「再打給我！我們要……」

瑞秋掛電話的同時，她朋友正好用手指刮了一點巧克力和椰子糖霜，然後恢復她慣常的坐姿。

「不錯嘛，拿我當藉口掛妳媽的電話。」席爾薇亞把手指吮乾淨後，咯咯笑了起來。

瑞秋笑了笑。「有時候我會忘了妳聽得懂中文。」

「我中文比妳好多了，亞裔妹！聽起來妳媽進入了瘋狂嘮叨模式。」

「是啊，她對某件事異常執著，就是不肯放下。」

「如果她跟我媽是同一類人的話，她今晚會再打給妳，然後會說些讓妳覺得內疚的話。」

「或許真被妳說中了，所以現在我要問一下尼克中午要吃什麼。」

幾個小時後，尼克和瑞秋坐在兩人在「茶與同情」最喜歡的靠窗位置。餐廳的老闆妮琪沉浸於分享她養的鬥年犬卡斯伯特的搞笑影片，而他們的午餐才剛上桌。在這個下雪的一月午後，窗戶因為室內舒適的溫度起了霧，營造出一個溫馨的氛圍，讓瑞秋更能好好地享受眼前的鹹雞派。

「這裡真是太棒了，妳怎麼知道我想來『茶與同情』吃午餐？」尼克問，吃起了他最常點的酪梨培根三明治。

趁著他心情好，瑞秋直接切入重點。「早前我跟我媽通過電話，我們的媽媽很顯然有在聯繫……」

「天啊，她們不會又再說關於金孫的話題了吧？」

「不是，這次是關於你的事。」

「讓我猜……我媽要妳媽幫忙說服我回新加坡。」

「猜得真準。」

尼克翻了個白眼。「我媽的行為很好看穿，我覺得她根本不在乎我奶奶是死是活，她只關心我能不能拿到泰瑟爾莊園，這就是她存在的理由。」

瑞秋用叉子壓破鹹雞派那層厚厚的黃金外殼，冒出裊裊蒸氣。她嘗了下熱騰騰的奶油醬，然後說：「我不懂的是為什麼大家都認為那房子是你的？你爸或你姑媽？難道他們不比你有權利繼承嗎？」

尼克嘆氣道：「我阿嬤正如妳所知，是非常傳統的華人婦女。她一直都是喜歡兒子多過女兒——所有的女兒都應該嫁出去，由丈夫的家族照顧，我爸則要繼承泰瑟爾莊園。這個扭曲觀念是由中國的古老習俗和英國長子繼承混合形成的。」

「但那實在太不公平了。」瑞秋喃喃地說。

「我知道，但事情就是如此，我姑媽她們一直是在清楚她們最後會得到不公平的待遇下長大的，不過我得告訴妳，她們每一個人都能拿到金融股份，所以她們不會因為錢傷感情。」

「那為什麼你突然變成繼承泰瑟爾莊園的第一人選了？」

尼克往後靠到椅背上。「妳還記得賈桂琳．凌幾年前來紐約請我上她的遊艇跟她共進午餐嗎？」

「當然記得，她讓兩個瑞典金髮美女在上課途中把你綁走！」瑞秋笑道。

「現在賈桂琳是阿嬤的教女，感情非常親密。賈桂琳跟我說在九〇年代早期，我爸決定長年住在澳洲這件事激怒了我阿嬤，她想改變遺囑不讓我爸繼承泰瑟爾莊園，所以跳了一代讓我成為房子的繼承人。但後來我跟妳結婚了，現在她大概又改遺囑了吧。」

「你覺得現在誰是她最中意的繼承人選？」

「老實說我不知道。可能是艾迪，可能是我其中一個泰國表親，或者她會把房子留給她愛的芭樂樹。重點是我阿嬤一直利用她的財產控制整個家族，她心血來潮就會更動遺囑，沒人知道她會怎麼做，現在我已經不在乎了。」

瑞秋直直地看著尼克。「聽我說，我知道你不在乎你阿嬤要把遺產留給誰，但你不能自欺欺人說你不在乎她，這也是我覺得你應該要回去的原因。」

尼克盯著起霧的窗戶好一會兒，避開她的視線。「我不知道……我想一部分的我仍很氣她那樣對妳。」

「尼克，拜託不要因為我這麼想，我很久前就原諒你奶奶了。」

尼克懷疑地看向她。

瑞秋把手放到他的手上。「我說的是真的。我覺得對她生氣是在浪費時間，因為她根本不了解真正的我。她從未給我機會——我就是一個搶走她孫子的怪女生。但時間越長，我發現自己其實很感激她。」

「感激？」

「尼克，你想想看，如果不是你奶奶這麼反對我們在一起，如果她沒有支持你媽玩的那些手段，我就永遠找不到我的親生父親，就不會遇見卡爾頓，如果我沒遇見他們，真不知道我的生活會變得怎樣？」

在瑞秋提到她同父異母的弟弟時，尼克的態度也為之軟化。「但我能想像卡爾頓沒遇到妳的生活會是什麼樣子——他可能已經撞壞十幾輛跑車了。」

「拜託，別說這種話！我的重點是，我覺得你要設法說服自己原諒你奶奶，因為這顯然是你現在要面對的問題，如果你不去面對遲早會心神交瘁。記不記得那個電台主持人黛莉拉說過的話？**寬恕是給自己的禮物**。如果你覺得不去見她就可以放下這件事，那加油吧，我不會強迫你上飛機。但我覺得你應該去見她一面，我猜她大概也很想見你，只是就跟你一樣，拉不下臉來承認這點。」

尼克低頭看著他的茶杯，茶盤上印有英國女王伊莉莎白二世的圖像，瓷器的金色滾邊突然帶他回到記憶中的泰瑟爾莊園，就是在他六歲那年，和奶奶坐在十八世紀華麗的法式涼亭裡俯瞰蓮花池，學習如何正確為女士倒茶。他還記得自己小心翼翼地捧著茶壺湊向杯口時，那只龍泉青瓷茶壺在他手中的重量。要是管家沒注意她的茶杯空了，你就要為她倒茶。但在倒茶的時候，千萬不要把茶杯拿離茶盤，切記壺嘴不能朝向她。他奶奶指導道。

從回憶中回到現實，尼克說：「我們不能兩個人都在學期中飛回新加坡。」

「我不是說我們兩人都要回去——我認為你應該一個人回去。你正在休帶薪假，而且你現在準備寫的書也沒多少進展。」

尼克雙手撥了撥前額凌亂的髮絲，嘆了口氣。「我們現在的生活這麼美好，妳真的要我回去打開潘朵拉的盒子？」

瑞秋惱怒地搖搖頭。「尼克，睜開眼睛看一看，盒子早就打開了！在過去四年裡，盒子早被打破朝你敞開一個大洞！在一切還來得及前，你得回去修復它。」

印度，孟買

他的指甲就像縞瑪瑙似的，形狀漂亮且稍微磨平，只留有一絲光澤。素儀從沒見過將指甲修得如此漂亮的男人，忍不住盯著他數著盧比的手瞧。他把錢拿給站在推車前的女人，車上高高堆著顏色鮮豔的蠟燭和古怪的蠟雕，有些是嬰兒的樣子，有些是房屋，還有像是手臂和腳的形狀。

「這些蠟雕是做什麼用的？」素儀問。

「人們燒蠟雕作為獻禮，希望祈禱能被聽見，嬰兒是給想求子的人，房子是給想要新家的人，生病的人則會選擇與他患病部位相對應的蠟雕。所以如果想治好斷臂，就要選這個。」他說著，拿起一條握著拳的手臂蠟雕。「我買了淡藍色和紅色的蠟蠋，我只能找到這兩種跟英國國旗顏色最相近的。」

「你能教我怎麼做嗎？」她猶豫地問。

「很簡單，只要把蠟燭拿到廟裡點燃，再說些禱詞就可以了。」

當他們沿著小山丘往上走，欣賞阿拉伯海的美景時，素儀瞄了眼山上聖母聖殿雄偉的哥德式建築外觀。「你確定他們會讓我進去嗎？我不是天主教徒。」

「當然會囉，我也不是天主教徒，但所有人都可以來教堂參拜。如果有人問我們目的，就說我們要為新加坡點蠟燭祈福，大家都知道那裡現在發生什麼事。」

他豪爽地伸出手指向拱型的前門，素儀踏進教堂聖殿，聽見自己的高跟鞋踩在黑白大理石地板上發出的響聲，感到有點侷促不安。這是她第一次進到天主教堂，她迷醉地盯著朝氣蓬勃的壁畫和巨大拱型旁繪製的金色字體：**萬代要稱我有福**（All Generations Shall Call Me Blessed.）。主祭壇讓她聯想到中國廟宇，除了佛像換成一個小巧的聖母馬利亞木製雕像，身披金藍混搭長袍，抱著一個嬰兒耶穌[19]。

「我不知道印度有那麼多人信天主教。」她小聲對他說，發現教堂前四、五排的座位擠滿了禱告的人，有些則沉默地跪地祈禱。

「孟買在十六世紀是葡萄牙的殖民地，許多印度人受到影響。這整個地區，也就是班德拉，是主要信奉天主教的社區。」

素儀興致勃勃。「你才來幾個月，就已經對這座城市這麼了解了呀？」

「我喜歡探索不同的領域，大多時間純粹是因為無聊在城裡閒逛。」

「你的生活很無聊嗎？」

「在妳出現以前，所有事都很無聊。」他說，專注地凝視她的臉。

素儀垂下眼眸，臉頰開始發燙。他們走過側廊，來到旁邊的小教堂，裡面有數百根蠟燭閃爍不明。他把那根紅蠟燭遞給她，溫柔地引導她的手，用蠟燭燈芯去接火。整個儀式彷彿充滿奇異的浪漫色彩。

19　馬拉提語稱為「Moti Mauli」，或叫「珍珠聖母」。傳說這座雕像十六世紀時，由葡萄牙的耶穌會士帶到印度，遭海盜竊走。某天，一個漁民夢見雕像浮在海上，因而重見天日。

「現在去那裡為蠟燭找一個底座，妳喜歡的就可以。」他低聲說道。

她把蠟燭放到最低的一層架子上，旁邊那根蠟燭就快燒完了。素儀看著火焰逐漸變亮，想起她被迫逃離的島嶼。她仍希望自己能夠反抗父親的決定留下來，她知道她應該覺得感激而非生氣，特別是在最新消息傳出來的當下。就在昨天早上，裕廊克蘭芝防線（Jurong-Kranji defense line）最終遭到突破，入侵的日本軍現在很可能已遍及整個武吉知馬，在往市中心推進時蜂擁而至。她想知道泰瑟爾莊園目前的情況，是否遭炸彈轟炸，還是被軍隊發現掠奪一空。

素儀閉上雙眼，為留在泰瑟爾莊園的人們祈禱，她的表親、叔叔、阿姨以及朋友，任何來不及逃出那座小島的人。當她睜開眼睛時，發現詹姆斯就站在她面前，距離近到她可以感覺到他濕熱的呼吸。

「我的天，你嚇到我了！」她喘息道。

「妳要告解嗎？」他帶著她走向一間木造的屋子。

「不知道……我該告解嗎？」素儀問，心跳開始加速，不確定自己是否想進到那個黑暗的木箱裡。

「我認為是時候了。」他為她打開那扇格子紗門。

她遲疑地走進告解室，坐下時驚訝地發現椅墊很舒服。椅墊是長毛絨面，讓她突然有種感覺，彷彿此時此刻正坐在父親在她十六歲生日送她的那輛 Hispano-Suiza 裡。每當她開車進城，總會有一群人興奮地跟在她車屁股後面跑。那些盎格魯白人會在旁觀望，好奇那輛豪華跑車內坐著哪個高官，她喜歡看到他們發現車子的主人是個華人女孩時，臉上錯愕的表情。孩童們會試圖抓住她的車，想追求她的年輕人則會往車窗裡扔玫瑰，希望贏得她的青睞。

隔開告解室的窗戶往旁拉開，她看見詹姆斯就坐在另一邊，扮演神父的角色。

「告訴我，孩子，妳有罪嗎？」他問。

她並不想回答，但忽然間，她發現自己的嘴唇無法控制地移動。「是的，我有罪。」

「我聽不見……」

「我有罪，我對你犯了罪。」縱使她努力閉緊嘴巴，這些話語仍傾瀉而出。

「大聲說出來，親愛的，妳聽得見嗎？」

「我當然聽得見，你就坐在離我一步之遙的位置。」素儀說，一道亮光忽地穿過格子紗門射進她的眼，讓她有些惱怒。

「妳聽得見嗎？」聲音突然從英語變成閩南語，聽起來含糊不清。

四周一下變得明亮，她不再身處孟買山上聖母聖殿的告解室，而是醫院的病房，她的心臟科醫生正盯著她看。「楊太太，妳聽得見嗎？」

「聽得見。」她虛弱地說。

「好、好。」溫教授說：「妳知道妳現在在哪嗎？」

「醫院。」

「對，我們在伊麗莎白醫院，妳心臟病發作，但已經穩定下來了，很開心妳目前狀況還不錯，妳有覺得哪裡痛嗎？」

「還好。」

「很好，不痛是對的，我們讓妳服用定量的氫可酮，所以妳現在不會有任何不舒服的症狀。我去帶費莉希蒂進來，她很想看看妳。」

費莉希蒂進到病房中，笨拙地踮著腳尖走到她母親床邊。「噢，媽咪，妳終於醒了，他們幫妳用了兩天的鎮定劑，讓妳的心臟可以休息，現在覺得怎麼樣？妳快嚇死我們了！」

「瑪德利和帕翠薇娣呢？」

「噢，妳的侍女們就在外面。她們一直陪在妳身邊，但妳失去意識，法蘭西斯一次只准一個人進來看妳。」

「我口很渴。」

「對、沒錯，他們給妳這種藥物，又在妳鼻孔插了氧氣管，的確會讓妳喉嚨發乾，我去幫妳找水。」費莉希蒂四處張望，看到一旁的桌子上有一個水罐。「嗯……不知道這水有沒有過濾，還是直接從水龍頭裝的。噢，天啊，他們只有紙杯，妳介意用紙杯喝嗎？我趕快拿些合適的玻璃杯來，不知道為什麼這裡只有紙杯。不知道妳看不看得出來，但妳住的這間是汶萊王室建的皇家套房，我們特別為妳安排的，但說真的，他們需要放一些適當的杯子。」

「我不在乎。」素儀不耐煩地說。

費莉希蒂倒了水到杯子裡，走到她母親旁邊，把杯子湊到她嘴邊，向前傾斜，發現自己的手一直在抖。「噢，我真笨，我需要吸管，我可不想灑到妳身上。」

素儀嘆了口氣，即使她現在頭腦昏沉，仍可察覺她的大女兒身上帶著某種源源不絕的能量。她總是急於討好別人，但這種巴結逢迎的方式卻讓素儀覺得很厭煩，從小就是這副德行，這習慣到底從哪兒學來的？

費莉希蒂在一旁的桌上發現一綑吸管，匆忙地放了一根到紙杯裡。「來，這樣好多了。」當她把吸管放進她母親嘴裡時，瞄了眼心臟監測器，發現數值開始慢慢上升：95、105、110……她知道自己讓她母親變得焦躁，手又開始顫抖，因此灑了幾滴水到她母親下巴上。

「拿好！」素儀輕斥道。

費莉希蒂牢牢地抓著紙杯，感覺自己突然回到了十歲，坐在母親臥房的椅凳上，讓她的一位泰國侍女為她編辮子。只要身體稍微晃動，她母親就會生氣地數落她：「坐好！希莉幫妳綁的辮子步驟繁複，綁錯一步就會功虧一簣！妳想要在蒙巴頓伯爵夫人的茶會上成為唯一髮型很醜的女生嗎？大家都因為妳是我女兒，所以對妳特別關注。妳想因為沒好好打扮讓我丟臉嗎？」

想起那些回憶讓費莉希蒂感覺脖子的脈搏開始抽動，她的血壓藥放哪兒了？她無法跟這樣的媽咪待在一塊兒，她甚至討厭看到她這樣，穿著醫院病服，頭髮毫無章法。媽咪絕不能沒有打扮。現在她清醒了，他們必須帶一些她自己的衣服過來，讓賽蒙幫她梳頭髮，還要戴些首飾。她那條總是戴在胸前的玉佩去哪兒了？她焦慮地盯著心臟監測器的螢幕：112、115、120……噢，天啊天啊，她不想害她又一次心臟病發，她現在就要離開病房。

「其實艾絲翠一直很想看妳。」費莉希蒂脫口而出，被自己說出的話嚇了一跳。她把紙杯拿離她母親嘴邊，奪門而出。

過了一會兒，艾絲翠進到病房，從門口洩進來的亮光，讓她看起來就像天使一樣閃耀。素儀向她微笑，無論什麼場合，她最鍾愛的孫女看上去總是非常冷靜的樣子。今天她穿了件淡紫色的百褶洋裝，腰間綁著低腰腰帶。一頭長髮在後頸紮成鬆散的髮髻，垂在側臉的幾綹髮絲勾勒著她的臉，看起來就像波提且利畫中的維納斯。

「哎呀，妳看起來真美！」素儀用廣東話說，她喜歡用方言跟自己的孫輩們講話。

「記得這件裙子嗎？這是妳的一件波烈（Poiret）洋裝，一九二〇年的設計。」艾絲翠在她旁邊坐了下來，握住她的手。

「當然記得，這件裙子其實是我母親的，她給我的時候我覺得不太時髦，但妳穿起來很好看。」

「但願我也能見見曾外祖母。」

「妳會喜歡她的。她很漂亮，就跟妳一樣，她總是跟我說我長得像父親很可惜。」

「噢，但阿嬤，妳很漂亮呀！當時妳不是初亮相就成為第一交際花嗎？」

「我雖然沒有不好看，但跟我母親比起來差遠了，我哥哥跟她長得更像。」素儀嘆了口氣。

「妳見到他本人就會知道。」

「妳是說亞歷山大舅公？」

「我都叫他的中文名字，阿傑。他長得很帥，人又好。」

「妳常這麼說。」

「他走得太早了。」

「因為霍亂，對嗎？」

素儀頓了一會兒，而後說；「對，當時這個傳染病在巴達維亞蔓延，我父親送他去那裡管理生意。如果他還活著的話，我們所有人的生活都會變得很不一樣。」

「什麼意思？」

「一方面是因為他的行事作風跟阿爾弗雷德不同。」

艾絲翠不確定她外婆所指何事，但她不想刺激她惹她生氣。「阿爾弗雷德舅公要回來了，妳知道嗎？他星期四會到，小凱姨媽和雅莉絲姨媽正在過來的路上。」

「為什麼大家都要來？他們以為我要死了？」

「不是這樣，大家只是想來看妳。」艾絲翠輕笑道。

「嗯……那樣的話，我想回家。請妳跟法蘭西斯說我今天要出院。」

「我覺得妳現在還不能出院，阿嬤，必須等妳身體好一點才行。」

「胡說！法蘭西斯呢？」

艾絲翠按下床邊的按鈕，片刻後法蘭西斯．溫帶著幾名他的隨行護士進到病房裡。「一切還好嗎？」他問，看上去有些慌張。在她面前他總是慌慌張張的。艾絲翠注意到他嘴角沾了辣椒醬，試圖無視它。她用英語說：「我外婆想出院。」

溫教授走近他的病患，再次換成閩南語說：「楊太太，我們還不能讓妳出院，妳身體太虛弱了。」

「我感覺很好。」

「但妳得**感覺更好**，我們才能讓妳出院。」

艾絲翠打岔道：「溫教授，我覺得我阿嬤在家更能好好休息，我們不能幫她在泰瑟爾莊園佈置一個病房嗎？」

「呃，事情沒有那麼簡單，可以請妳出來一下嗎？」這位醫生的口氣露出些微不安，艾絲翠跟著他走出病房，對他魯莽的處理方式感到不滿。現在她外婆肯定知道他們是在討論她的病情。

溫教授不自覺地盯著艾絲翠看。這個女人非常漂亮，讓他只要跟她待在一起就很緊張。他覺得自己隨時會失控，說出一些不恰當的話。「呃、艾絲翠，我必須跟妳……呃、直言不諱。妳外婆現在的情況……其實很……危在旦夕。她心臟的結痂組織已經很大，而她的射精……我是說射出分率是百分之二十七。我知道她感覺好像有在恢復，但妳得明白我們是付出很多心力才讓她維持生命跡象，那些機器……她非常需要，而且還需要不間斷地護理。」

「老實說她還剩多久時間？」

「很難說，但就剩幾個星期。她的心肌已有不可逆的損害，她身體的狀況也一天不如一天。說真的，她隨時可能離開。」

艾絲翠長長地嘆了口氣。「那麼，我們現在就更有必要帶她回家了。我知道我外婆不會想在醫院度過最後的日子。我們不能把全部機器移過去嗎？在家裡幫她建一個像這樣的醫療房，你和其他醫療人員可以常駐那裡。」

「這種事以前從沒人做過，在私家設立一間移動式心臟加護病房，需要配備所有儀器，全天候的醫生與護理師——這項任務非常困難，而且要鉅額花費。」

艾絲翠側過頭，給他一個有點睥睨的眼神：你認真的？我們真的必須談這個話題？「溫教授，我想我可以代表我的家族說話，錢不是問題，就這麼做吧，可以嗎？」

「好吧，我會去辦的。」溫教授回答，臉頰脹紅。

艾絲翠回到病房，素儀對她莞爾一笑。

「全都說好了，阿嬤，他們會盡快讓妳出院，只是要先幫妳設置一些醫療儀器。」

「謝謝，妳做事比妳媽牢靠多了。」

「哈！這種話可別讓她聽到。但妳該好好休息，不要說太多話。」

「噢，我覺得我躺得夠久了。在我醒來前，我夢到妳的外公阿葉。」

「妳常夢到阿葉嗎？」

「很少，但這個夢很怪，一部分感覺很真實，因為真的是在戰爭期間發生的事，我被送往孟買……」

「但阿葉沒有去孟買不是嗎？妳不是回到新加坡後才認識他的？」

「是啊，在我回家的時候。」素儀閉上眼睛，沉默了一會兒。正當艾絲翠以為她又睡過去時，她睜開雙眼，說道：「我要妳幫我做一件事。」

艾絲翠坐直身子。「沒問題，妳要我做什麼？」

「這件事妳必須立刻幫我辦妥，非常重要……」

新加坡，泰瑟爾莊園

搪瓷壺的蓋子發出碰撞的聲響，楊家的管家阿玲從電爐上拿起水壺，將滾燙的開水倒進她的茶杯裡。她全身放鬆地坐在扶手椅裡，先聞了聞英德紅茶混合大地和麝香的香氣，才啜飲一口。過去二十年來，她的弟弟每年都會從中國寄這種茶給她，以牛皮紙層層包住，再用老式的黃色透明膠帶捆起來。這種茶葉種在她家村莊上方的山丘，而喝這種茶成了她最後與自己家鄉的連結。

正如同世代的其他女孩，李阿玲在年僅十六歲時離開位於英德市（Ying Tak）郊區的小村莊，從廣州搭船前往南洋的一座偏遠島嶼。她還記得大部分的女孩在航行途中，每晚都會在擁擠悶熱的船艙內難過哭泣。而阿玲會想她是否是個糟糕的人，因為她不但不悲傷，反而覺得很興奮。她一直都夢想著能看見村莊外的世界，不在乎完成夢想就意味著離開家人。她離開了那個令人痛苦的家——父親在她十二歲那年過世，母親似乎從她出生那一刻起便不喜歡她。

現在她至少能做點什麼撫平她母親的怨恨——為了拿到供她弟弟上學的適當金額，她必須出國，接受終身不婚的誓約，成為身穿白衣黑褲的媽姐[20]，在其餘生於陌生的土地上為不知名的家庭幫傭。

---

20 這些「身穿黑白兩色衣服的媽姐」現今在新加坡已很少見到了。她們是來自中國的專業家傭，通常是發貞潔願、終身不婚的女子，將一輩子奉獻給幫傭的家庭。（她們常負責照顧家中幼兒的工作。）她們指標性的制服就是白色上衣配黑褲，長髮總會梳成乾淨俐落的圓髮髻盤在頸背。

到了新加坡，她被安排到一戶鄭姓人家工作。鄭姓一家人是由一對三十幾歲快四十的夫婦，加上兩個兒子和一個女兒組成，住在一棟比她夢寐以求的房子還更奢華的豪宅裡。事實上，這是一棟在實龍崗路上毫不起眼的平房，但在阿玲沒見過世面的眼中，這棟房子大概堪比白金漢宮。家中還有另外三個跟她一樣的媽姐，但她們已經做了好幾年。阿玲作為新來的幫傭，在接下來的六個月裡，刻苦鑽研家務方面的所有細節，也就是如何正確地清理上過清漆的木製品及銀器。

有一天，鄭家最資深的女傭告訴她：「鄭太太認為妳準備好了，去打包行李吧——我們要送妳去楊家。」一直到那時，阿玲才發現她在鄭家幫傭的時光不過是職前訓練，而她通過了某個無名測驗。另一個資歷才十年的女傭阿蘭對她說：「妳很好運，人長得漂亮，又擅長拋光銀器，所以可以去大房子工作，但絕不要因此自命不凡！」

阿玲不明白她的意思，她無法想像有豪宅比自己所在的這棟房子還大。很快她便坐上一輛 Austin Healey，開車的人是鄭先生，鄭太太則坐在後座，而她永遠不會忘記這次經歷。車子駛進一條看似林間小徑的地方，到了一塊空地後，在巨大的淺灰色鐵柵門前停下來。她還以為她在作夢，在這茫茫荒野中突然出現一道古怪華麗的門。

一名長相凶狠的印度加嘎[21]身穿筆挺的橄欖綠制服，圍著一條鵝黃色的特本頭巾從哨房出來，透過車窗仔細地審視他們，鄭重其事地擺手讓他們通過大門。他們沿著漫長蜿蜒的碎石路往

21 Jaga，印度語的「守望者」，用於表示任何類型的守衛。泰瑟爾莊園的加嘎當然是高度培訓的廓爾喀兵，只用匕首兩擊便能將一個人開膛剖肚。

前，似乎已穿過方才那片茂密的樹林，進入一條兩側壯碩棕櫚樹林立的大道，一棟前所未見的宏偉宅邸映入眼簾。「這裡是哪裡？」直到現在她才想起要發問，突然感到恐懼。

「這裡是泰瑟爾莊園，詹姆斯．楊爵士的家，從現在開始妳要在這裡工作。」鄭太太這麼告訴她。

「他是新加坡總督嗎？」阿玲心存敬畏地問。她從來沒看過這麼龐大的房子……看起來就像她在明信片上看過的上海濱水區壯麗的老建築。

「不是，但楊家比總督更重要。」

「詹姆斯先生……爵士……是做什麼的？」

「他是醫生。」

「我都不知道醫生這麼有錢……」

「他是很有錢，但這棟房子其實是屬於他太太素儀的。」

「這棟房子屬於一個**女生**？」阿玲從未聽過這種事。

「是啊，她在這裡長大，這是她爺爺的房子。」

「也是我爺爺……」鄭先生轉向阿玲微微一笑。

「這是你爺爺的房子？那你為什麼沒住這裡？」阿玲一頭霧水。

「哎呀，別問東問西的，」鄭太太喝斥道：「到時候妳就會知道這個家族更多的事——我相信其他傭人馬上就會告訴妳所有八卦，妳很快就會知道這個家是素儀在管事，只要妳努力工作，不要惹她生氣，就會做得很好。」

阿玲不只做得很好。過去六十三年來，她從十二名初級女傭中脫穎而出，成為楊家最值得信賴的保母之一——幫忙照顧素儀年紀較小的孩子維多莉亞和雅莉絲，以及下一代的尼克。現在她已是這個家的行政管家，管理過最多五十八名職員，但在過去十年裡，員工一直維持在三十二人。現在她坐在自己房裡，邊喝茶邊吃著 Jacobs 奶油蘇打餅乾，抹上花生醬和 Wilkin & Sons 的紅醋栗果醬——這是她從菲利普．楊身上學來的古怪嗜好——一張圓潤的笑臉突然出現在窗外。

「阿達！老天，我剛坐在這想你外婆的事，你就突然出現！」阿玲倒抽了一口氣。

「玲姐，妳不知道我別無選擇必須在這個下午過來嗎？女王殿下召喚我呢。」阿達用廣東話回答。

「我都忘了，今天我有很多雜事要處理。」

「我能想像！嘿，雖然我不想增加妳的麻煩，但妳能幫我嗎？」阿達提起一個美羅百貨的購物袋，裡面裝滿衣服。「這些是我媽的衣服……」

「當然沒問題。」阿玲接過袋子。阿達是楊家素儀這邊的遠房親戚[22]，阿玲從小就認識阿達的媽媽柏妮絲．鄭——她就是當初她剛抵達新加坡時，負責「訓練」她的那對夫婦的女兒。柏妮絲經常偷渡她的一些精緻衣服到泰瑟爾莊園清洗，因為她知道這裡有一整組浣衣女傭會用手仔細清洗每件衣服，在太陽底下曬乾，然後用薰衣草香水燙好。新加坡境內所有洗衣店的服務都比不

22 阿達是尚素儀的祖父尚朝輝的曾孫。他祖父娶了五名妻子，而他是第二個妻子的子孫，所有來自此一分支的孩子皆未能繼承尚氏帝國任何實質性的財產，被視為不重要的「遠房」表親，但他們的血緣關係實際並不遠。

上這裡。

「我媽要我給妳看這件衫褲[23]……魔鬼氈脫落了……」

「放心，我們會把它縫回去。我記得這件復古衫褲——這是素儀很多年前給她的。」阿達接著從另一個袋子拿出一瓶中國製的蘭姆酒。「這給妳，我媽給的。」

「哎呀，跟你媽說不用客氣啦！她一年前給我的那瓶還有呢。我哪來的時間喝酒啊？」

「如果我跟妳一樣要管一個這樣的地方，我絕對會每晚把自己灌醉！」阿達輕笑道。

「要上樓了嗎？」阿玲站起身，做了個手勢。

「好，她老人家還好嗎？」

「老樣子，很急躁。」

「但願我能幫忙解決這個問題。」阿達爽快地回答。阿達常出現在泰瑟爾莊園，不是因為他們關係親密，而是因為他的專業知識能滿足那些極具權勢的親戚。在過去的二十年裡，阿達巧妙地利用他家族的關係，創建了「五星緣」這個網站，提供獨家豪華的禮賓服務，客戶取向為被寵壞的新加坡人。從在深鯨黑賓利 Bentayga 上市前好幾個月就搶先購入，到為無所事事的情婦安排隱密的豐臀手術，都是他的服務範圍。

穿過隔開傭人住的側翼和主宅的方院，他們經過精心種了一排排新鮮香草和蔬菜的廚房花園。「噢，看看這些小辣椒——我敢說一定超辣！」阿達欽佩地說。

---

23 Sam fu，客家話的上衣與褲子，泛指衣服。

「是啊，辣到嘴巴都會噴火。等等別忘了摘一些給你媽媽。我們也種了很多羅勒——越長越多，也帶一些回去？」

「我不確定我媽會用那個做什麼菜？那不是紅毛[24]的香草嗎？」

「我們這兒會用來作泰國菜，偶爾她老人家也想吃一些紅毛料理。她喜歡吃一種味道噁心的『青醬』，大量的羅勒葉只能做出一點點青醬，然後她會吃一小盤細扁麵拌青醬，剩下的就扔掉。」

一個年輕女傭經過他們，阿玲換回中文吩咐道：「蘭蘭，請妳幫鄭先生摘一大籃小辣椒讓他帶回家。」

「好的，女士。」女孩羞澀地回答後，很快地走開。

「真可愛，她是新來的？」阿達問。

「對，但她不會留太久。明知道違反規定，還是常看手機。這些年輕的中國女生都沒有當初我們那代的職業道德。」阿玲抱怨道，帶著阿達通過廚房，六名廚師圍坐在木製工作台旁，屏氣凝神地製作小糕點。

「太棒了！你們在做鳳梨酥！」阿達說。

「是啊，每次阿爾弗雷德．尚過來的時候，我們都會做一大堆。」

---

24 閩南語直譯為「紅頭髮」，但這在口語上是用來形容任何起源西方的人事物。對於新加坡很多老一輩的華人來說，西方人都被認為是「紅毛高賽」——紅髮狗屎。

「但阿爾弗雷德不是帶了自己的新加坡廚師去英國嗎？那個很厲害的海南人？」

「是呀，但他還是喜歡我們這裡的鳳梨酥。他抱怨馬可仕在英國做的味道不一樣……好像是麵粉和水不同的緣故。」

瘋狂有錢的混蛋，阿達心想。即使打從他有記憶以來便一直往這裡跑，也從未停止對泰瑟爾莊園的敬畏。當然他待過許多高貴的住家，但沒有一個比得上這裡，就連廚房都超乎想像，令人讚嘆不已——好幾個內部寬廣的拱型空間，牆壁貼著美麗的琺瑯磁磚，一排排閃閃發亮的銅鍋和燒焦的炒鍋掛在巨大的Aga瓦斯爐上方。這個廚房看起來就像在某個南法歷史悠久的度假飯店裡。阿達記得他爸跟他說過一個故事：戰爭爆發以前，你公公（廣東話的「祖父」）喜歡娛樂——每個月都會邀請約三百人到泰瑟爾莊園宴會，而我們這些小孩不被允許參加，所以我們會穿著睡衣從樓上的陽臺偷看客人。

從旁門的樓梯上到二樓，他們穿過另一條通往東翼的走廊。在那裡，阿達看見自己的表姑維多莉亞．楊坐在書房的沙發上，隔壁就是她的臥房，和她的私人女傭一起翻閱舊報紙。維多莉亞是素儀的兒女中，唯一仍住在泰瑟爾莊園的人，而有時候她比她母親還更專橫跋扈，也造就阿達和阿玲總在背後用綽號叫她。阿達在房裡站了幾分鐘，看來她是沒打算理他了。至今他已經習慣這種冷淡的待遇，因為他一家三代基本就是負責吹捧這些遠親，但他還是覺得有點受辱。

「林肯，你早到了。」維多莉亞終於抬頭看了一下，發現他的存在。邊翻著一疊藍色的航空郵件，邊用阿達的英文名字叫他。「這些都可以切了。」說著，把那疊信交給女傭，後者立刻將信放進碎紙機裡。

維多莉亞那頭嚴格的齊耳短髮比平常都還要灰白毛躁，不曉得她有沒有聽過一種叫做潤髮乳的東西。她穿了件沾到油漆漬的醫生白袍，裡面則是豹紋尼龍短衫，下身穿著看似白色的絲綢睡褲。若她不姓楊，可能會被認為是從伍德布里奇（Woodbridge）[25]逃出來的。受夠了等待，阿達試圖打破沉默。「看起來資料很多啊！」

「這是媽咪的私人文件，她想把全部銷毀。」

「呃……妳確定這樣做好嗎？不覺得歷史學家會想研究素儀姑婆的信件嗎？」

維多莉亞對阿達皺了下眉。「所以我才要全部看過，我們會把一些送去國家檔案館或相關的博物館保存，但其他私人信件，媽咪想在她死前處理掉。」

阿達對維多莉亞平鋪直敘的語氣感到吃驚，想換個比較愉快的話題。「妳會很滿意……一切都按計畫進行。明天海鮮供應商會用大卡車把所有食材送過來，他們答應我給我最棒的龍蝦、大蝦和黃金蟹，他們以前從未接獲如此龐大的訂單。」

「很好。」維多莉亞點點頭。

阿達很高興可從海鮮供應商那兒拿到巨額的回扣，但他仍然不敢相信他表姑凱薩琳．楊－尤加拉——素儀的次女——的兩個媳婦僅以貝類為主食，其他食物一律不碰。

25 官方稱為心理衛生學院，是新加坡第一家精神病院。一八四一年建於勿拉士峇沙路和明古連街的轉角。最初命名「瘋人院」，後來遷到舊竹腳婦幼醫院附近時，改名「精神病院」。一九二八年，楊厝港路上蓋了棟新建築，歷經幾次改名，像是「新精神病院」和「心理醫院」，為了去除因過去命名而背負的惡名，更名為「伍德布里奇醫院」。然而，伍德布里奇一詞對新加坡人一連好幾代都只代表一件事：你瘋了。

「然後我想辦法找到了阿德爾博登的礦泉水。」阿達說。

「他們能及時把水送過來嗎？」

「呃，因為是從瑞士送來，大約要一星期……」

「小凱一家人星期四就到了，你不能用空運嗎？」

「我是用空運啊。」

「好吧，林肯，那就叫他們加快動作，如果他們不能及時送達，就改用航空包裹。」

「要在一個晚上把五百加侖的礦泉水送過來要花很大一筆錢耶！」阿達驚呼道。

維多莉亞給了他一個「我他媽的看起來像是在乎花多少錢嗎？」的眼神。

每到這種時候，阿達就不禁懷疑他是否真的跟這些人有血緣關係。他終其一生都想不透為什麼他必須專門為尤加拉一家空運來自伯恩高地（Bernese Oberland）某個野泉的瓶裝礦泉水。難道新加坡自來水（被評為世界最佳水質之一）對這些人而言不夠好嗎？或者天殺的沛綠雅礦泉水？這些崇高的泰國王室喝了沛綠雅礦泉水會死嗎？

「病房準備得如何？」維多莉亞問。

「明天早上他們會來把所有儀器裝好，我還租了兩個拖車屋，可以停在法式圍牆花園後面，醫生和護理師可駐紮在那裡，因為妳不想讓他們在屋裡走動嘛。」阿達表示。

「不是我不想讓他們住，因為雅莉絲和麥爾坎夫婦會從香港過來，尤加拉一家會帶上全部女傭，家裡根本沒有其他空房間。」

阿達不太相信她的說詞。這裡可是全新加坡最大的私人住宅，他從來沒能好好計算到底有多少間房間，他們卻騰不出空間給那些負責照顧他們病入膏肓的母親的人住？

「小凱表姑會帶多少女傭來？」

「她自己一個人通常是三個，達信也來就會帶五個，但她的兒子媳婦都來的話，就要問老天了。」維多莉亞嘆了口氣。

「伊麗莎白醫院的人稍早過來做評估，他們覺得設置心臟加護病房最佳地點是在溫室。」他試著疏通道理。

維多莉亞猛地搖頭。「不行，媽咪想在樓上她自己的臥房裡。」

此時，阿玲覺得她不得不打岔他們的對話。「但維多莉亞，溫室是個很好的選擇，如此一來，他們就不必將她轉移到二樓，更別說所有的儀器和發電機了。那裡不會被傭人側屋的噪音干擾。他們可以把儀器設在隔壁的餐廳，從溫室的門拉線。」

「妳跟我爭這個沒用，一年前我建議媽咪把臥房移到樓下，這樣她就不必一直爬樓梯，她跟我說：『我絕對不會睡在樓下，傭人才在樓下睡，而在我家族裡唯一睡樓下的人都躺在棺材裡。』相信我，她會希望把所有設備放她房裡。」

阿達強忍住翻白眼的衝動，他的這位姑婆素儀即使躺在病床上，也妄圖掌控全世界，而只要她老人家表現出一點感激就已經不錯了——他馬不停蹄地處理這麼多事，維多莉亞一句「謝謝」也不曾施捨給他。

這時候，一名女傭輕輕地敲門，探頭進來。

「什麼事？」維多莉亞問。

「有個消息要告訴阿玲。」她的嗓音柔和。

「那就過來這裡說，不要偷偷摸摸地躲在門後！」維多莉亞斥責道。

「抱歉，女士。」女傭說，緊張地看著阿玲。「呃、警衛室打來說雅莉珊卓・鄭太太一家人到了。」

「妳說到了是什麼意思？」阿玲問。

「他們的車正往這裡來。」

「現在？但他們不是跟其他人一樣星期四才會來嗎！」阿玲埋怨道。

「噢，天啊，是他們給錯日期了嗎？」維多莉亞怒氣沖沖地說。

阿玲看向窗外，發現從車上下來的不只雅莉絲和她丈夫麥爾坎・鄭。外面停了三輛車，而他們該死的一大家子全來了——阿歷斯泰・鄭、賽希莉亞・鄭－蒙庫和她丈夫托尼、兒子傑克，那個剛踏出車外、一身白色亞麻西裝的人又是誰？噢，我的老天，不會吧，她一臉驚恐地看向維多莉亞，脫口而出：「**艾迪**來了！」

維多莉亞呻吟出聲。「雅莉絲沒說他要來啊！我們要讓他住哪？」

「不只他……費歐娜和孩子們也來了。」

「好極了，他又要大呼小叫地要求住珍珠套房了，那可是為了凱薩琳和達信星期四要來特別保留的。」

阿玲搖了搖頭。「事實上，凱薩琳的侍女從曼谷來電表示要讓亞當和他妻子住珍珠套房。」

「但亞當是他們最小的兒子，為什麼要讓他住那間？」

「顯然亞當的妻子身為某位王子的女兒，位階比達信還高，所以珍珠套房必須給他們住。」

「對耶，我都忘了這些亂七八糟的禮節。那麼，阿玲，告訴艾迪這件事的任務就交給妳啦。」維多莉亞狡黠地一笑。

上海，波托菲諾高級住宅區

六名隨從站在花崗岩和混凝土結構的台階上，以軍事戒備的精準度完美排列。過去當柯萊特・邴還是房子的女主人時，因為其父親傑克的嬌慣，這裡的職員全穿上時尚的黑色T恤和James Perse黑色牛仔褲。但自從凱蒂・龐－戴－邴接管了這棟位於波托菲諾高級住宅區的豪宅後，她便讓男生穿上打黑領帶的小禮服，女生則是典型的法國黑白女僕裝。

當一隊黑色奧迪SUV的車隊停在門口，凱蒂和她女兒吉賽兒、尚在襁褓的哈沃德以及保母紛紛從車上下來後，所有員工便齊聲鞠躬，隨即匆忙地卸下車上行李。

「噢！回家的感覺真好！」凱蒂叫道，踢掉腳上那雙Aquazurra絨面流蘇涼鞋進入現在成了工地的大廳，牆上搭著鷹架，所有家具都包上防水布，天花板則佈滿外露的電線。為了去除任何關於柯萊特品味的東西，凱蒂在過去一年與狄耶里・卡特魯「合作」——這位著名的室內設計師只為億萬富翁工作——為這座宅邸的每一吋空間重新設計。

「我丈夫呢？」凱蒂問向洛朗——她從某個科技大亨在科納的家挖來的房產管理人——目的是取代柯萊特請來的英國管家沃斯利，他曾為肯特麥可王妃管理肯辛頓宮。

「邴先生正在日常按摩中，夫人。」

凱蒂走向溫泉館，沿著台階下到地下游泳池，周圍環繞著雕刻的大理石柱。當她走在通往芳療室的朱紅色走廊上時，樂孜孜地想著這裡也得拆除——柯萊特的土耳其水療中心將變成未來派埃及夢幻溫泉館，靈感來自電影《星際奇兵》（*Stargate*），這是她的主意！

凱蒂走進點著香薰蠟燭的芳療室，傑克正頭朝下趴在按摩床上。乳香的味道瀰漫在空氣中，背景是王菲輕柔的歌聲。其中一名女性治療師[26]在幫傑克的足部做反射療法，另一個則如走鋼索般地走在他的脊椎上，抓著固定在天花板上的支撐架，以精確掌握踩在肌肉痠痛部位的力道。

「啊——那裡，就是那裡！」女人站在他背上，用腳掌蹠球的部位按著他肩胛骨下方，傑克的呻吟聲透過護頸枕傳出來。

「看來某人按得很開心嘛！」凱蒂說。

「對……對啊，妳回來了。」

「我還以為你會在前門迎接我！」

「因為我聽說飛機誤點，就想說我……噢、可以先按摩一下！」

「那群笨法國佬因為什麼白癡炸彈恐嚇事件讓飛機延後兩小時起飛。他們甚至不讓我先上飛機，我就跟**其他民眾**一起困在那個陰森的航廈。」凱蒂噘著嘴，坐到傑克旁邊的豪華躺椅上舒展身體。

「很遺憾聽到妳必須跟民眾待在一起，心肝寶貝，巴黎好玩嗎？」

「當然啦！你知道我在那兒聽到什麼開心的消息嗎？」

「啊哦！輕、輕一點！什麼？」

26 凱蒂還讓跟江青女士很像的中年華人女子取代柯萊特雇用的迷人東歐治療師。

「你會很高興知道你女兒終於要結婚了。」凱蒂的語氣充滿諷刺。

傑克發出一聲緩慢的哼聲。「嗯……真的？」

「是呀，嫁給一個**英國人**，你應該早就知道了吧？」

「怎麼可能？自從我跟妳結婚後，我們已有兩年沒說話了。」

「但你看起來沒有很驚訝……」

「為什麼要驚訝？她總有一天要結婚啊。」

「但嫁給英國人耶？」

「這個嘛，卡爾頓．鮑不再理她，里奇．楊也不要她，所以她在中國的選擇也不多了，那男的家世如何？」

「不怎麼樣，就是某個致力拯救地球的非營利律師。我猜你前妻大概要養他們兩個一輩子了吧，你知道我還聽到什麼嗎？柯萊特的婚紗要價兩百萬美元。」

「太荒唐了，那是金做的嗎？」

「事實上，上面的確繡有金箔，還鑲了寶石，真的很離譜。」凱蒂說著，聞到放在一旁桌上的身體乳液，便擠了一些擦在手臂上。

「不過她要用她的錢做什麼都可以。」

「但我以為你完全切斷她的金援了？」

傑克沉默了一會兒。「啊——！怎麼這麼痛？」他突然放聲呻吟。

治療師以拇指和食指揉著他腳掌上的一個穴道，嚴肅地說：「先生，這裡是你的膽囊，現在是完全發炎的狀態，你一定昨晚吃太多油膩食物，還喝白蘭地，你是不是又偷吃我禁止的炸牡蠣和鮑魚麵了？」

「啊！啊！放手！放手！」傑克尖叫道。

「傑克，回答我，你說她的錢是什麼意思？」凱蒂不顧他的痛苦，逼問道。

當治療師放開他的腳時，傑克終於鬆了口氣。「柯萊特的收入來自信託基金，這是我跟萊娣離婚協議的一部分。」

「為什麼我現在才知道這件事？」

「我覺得妳不會想聽我離婚的細節……」

「萊娣不是只拿到二十億嗎？」

「是啊，但作為她安靜離開的交換，就是為柯萊特設立信託基金。」

「是嗎？那她的信託基金投了多少錢？」

傑克低聲回答。

「大聲點，老公，我沒聽見……你說多少美金？」

「大約五十億。」

「你給你女兒五十億美金？」凱蒂從躺椅上直起身子。

「不是我給她五十億，是她可從價值五十億的信託基金獲得收入。反正這個基金跟我公司的股票綁在一起，所以她的收入會隨股息率浮動。而且只在她生前。」

「那她**死後**呢？」

「全歸她子女所有。」

忽然間，柯萊特和她未來混血小孩的畫面浮現在凱蒂腦海中。她一襲白色夏日洋裝，赤腳奔過英國鄉村的田野，身邊跟著一個開懷大笑的金髮小孩。她在腦裡計算著數字，憤怒在她內心沸騰。即使信託基金只會從五十億美元中提撥少少百分之一的利息到她口袋——她本以為都是她那只拿到二十億元可憐的媽媽在養她——**每年至少會有五千萬美元的淨收入！**而她那不怎麼上相的孩子也會因此受益，就算他根本不知道自己的外公是誰！

「那我們剩下什麼？」凱蒂陰鬱地說。

「什麼意思？」

「既然你為你親愛的女兒和她未出生的混血小孩留下那麼多錢，即使她根本不屑跟你說話——那你又為你其他小孩和可憐的妻子做了什麼？」

「我不懂妳的問題，我為你們做了什麼？我為你們辛苦工作，讓妳過神仙般的生活，得到妳想要的一切，妳不是才在巴黎花了一千萬嗎？」

「九百五十萬——我是香奈兒的特級客戶，他們給我特別的折扣。但要是你出事了呢？我們怎麼辦？」凱蒂咄咄逼人。

「我不會出事，但妳放心，我會好好照顧你們。」

「你說『照顧我們』是什麼意思？」

「妳也會有二十億的基金。」

所以我還是沒你女兒重要，凱蒂心想，感覺滿腔怒火噴湧而出。「那哈沃德可以拿到多少？」

「哈沃德是我的兒子，當然所有東西都是他的，讓我提醒妳那可是超過五十億美元。」

「吉賽兒呢？」

「我幹嘛要留給吉賽兒？她遲早會繼承戴家的財產。」

凱蒂從躺椅上站起來走到門口。「聽你說這些東西真是太有趣了，現在我總算看出來你心中最重要的人是誰了……」

「妳這話什麼意思？」

「你根本沒有為我著想……或為我們的孩子著想。」凱蒂的聲音滿是激動。

「我當然有。」

「你沒有！你根本不在乎我們！」

「心肝……不要無理取鬧……嗚——噢——別那麼用力按那裡！」傑克對現在爬到按摩床上的治療師吼道，後者正用全身重量以赤腳踩著他的臀部。

「先生，你平常坐太久了，所以臀部才會這麼痛，我幾乎沒用力踩。」女人語氣和緩地說。

「真不敢相信在你女兒做了那些事後，你還把五十億美元給了她！」凱蒂哭喊道。

「唉唷……啊……凱蒂，妳根本不講道理！柯萊特是我唯一的女兒，我都給妳全部妳想要的，給她五十億又算什麼？唉——唷！」傑克呻吟道。

「用力踩他屁股！往下踩他鬆弛的睪丸！」凱蒂大喊，淚流滿面地衝出門外。

香港

查理摩挲她的背半小時後，克蘿伊終於陷入沉睡。他悄悄回到自己的臥房，靠著床腳坐了下來，面對可看到維多利亞港全景的落地窗，撥通了艾絲翠新加坡的私人號碼。電話響了幾聲，就在查理認為他打的時間太晚時，耳邊便傳來艾絲翠昏昏欲睡的聲音。

「抱歉，我吵醒妳了嗎？」查理稍微壓低音量。

「沒有，我只是躺著，你回家了嗎？」

「我整晚都在家，但一直忙著救災。」

「又是伊莎貝爾？」

查理嘆了口氣。「這次不是她，克蘿伊整個星期都在求我讓她看電影，然後今晚我笨到讓她和達芬妮看了……《生命中的美好缺憾》（*The Fault in Our Stars*）。」

「我不知道這部電影。」

「我以為是給小孩看的，但相信我絕對不是。這部電影有點像現代版的《愛情故事》（*Love Story*）。」

「不會吧，青春愛情，悲慘結局？」

「妳不知道……當我意識到劇情的走向後，想把電影關掉，但孩子們大喊大叫的，我就讓她們繼續看。克蘿伊很喜歡電影裡的角色，那個金髮傻小子，然後看到最後……天啊……」

「兩個人都哭了？」

「哭得無法自己。我覺得達芬妮有了人生創傷。」

「查理．胡！她才八歲！你到底在想什麼？」艾絲翠斥責道。

「我知道、我知道……是我偷懶，看了 DVD 封底文案前兩行後，覺得沒什麼傷害。」

「你不如讓她們看《發條橘子》（*A Clockwork Orange*）算了。」

「我不是個好爸爸，艾絲翠，所以妳是我人生中不可或缺的。孩子們需要妳，他們需要一個聰明的人，為她們帶來好的影響。」

「哈！我覺得我媽不會贊同你說的話。」

「我知道，她們會喜歡妳的，艾絲翠，還有卡西恩。」

「我們會成為亞洲的《脫線家族》（*Brady Bunch*），只是沒那麼多小孩。」

「我等不及了。對了，我昨天跟伊莎貝爾的律師談得不錯，感謝上天他們總算不再反對。雖然莫名其妙，但伊莎貝爾在新加坡搞出的爛戲成了我們的優勢。她的律師很怕我會藉此爭取孩子們的完全監護權，所以撤回了大部分要求，並願意現在就解決。」

「這真是這星期我聽到最好的消息。」艾絲翠閉上眼睛片刻。眼前慢慢清晰地浮現她和查理在一起的生活。她描繪著自己在他們位於石澳美麗的新家，躺在那張新買的床上依偎在他身邊的畫面，遠離香港或新加坡的人群，沐浴在月光下，聽著下方傳來海浪打在崖壁上的聲音。她可看見克蘿伊和達芬妮在媒體室觀看符合她們年齡的電影，帶著她們異父異母的弟弟卡西恩一起，捧著一大桶義式冰淇淋，在三人間傳來傳去。

查理的聲音忽地將她從她的白日夢中驚醒。「對了，我明天要去印度，參訪我們在邦加羅爾的工廠，之後會去焦特布爾參加我們贊助的慈善馬球賽。妳要不要一起來過週末？」

「週末？」

「對啊，我們可以住在烏邁德宮，妳有去過嗎？那是全世界最華麗的宮殿之一，泰姬陵集團把它作為豪華飯店管理，未來的摩訶羅闍希夫拉傑是我的一個好友，我們住那可享有君王般的待遇。」查理好言好語地誘說。

「很讓人心動，但阿嬤現在病得很厲害，我不能離開新加坡。」

「她不是好多了嗎？而且妳不是說會有很多親戚住進泰瑟爾莊園嗎？才兩、三天，就算妳不在也不會有問題。」

「就是因為有很多親戚要來，他們需要我，我有這個責任照顧好每一個人。」

「對不起，我覺得自己好自私，妳對妳家人真的很好，只是我好想妳。」

「我也想你，不敢相信我們已經有一個月沒見面了！但因為我阿嬤的病、伊莎貝爾和麥可的事，而且我們厲害的律師團目前還在交涉，你不覺得我們現在應該低調一點，不要被目擊在一起比較好嗎？」

「誰會知道我們去了印度？我要飛孟買，妳可以直接去焦特布爾，我們會一直待在飯店不被打擾。老實說，如果事情照我安排的進行，我們整個週末都不會離開房間。」

「事情照你的安排？這是什麼意思呀，格雷先生？」

「不告訴妳，但會有巧克力慕斯、孔雀羽毛和不錯的碼錶。」

「嗯……我確實喜歡好的碼錶。」

「來嘛，很好玩的。」

艾絲翠再三考慮後，說道：「這星期卡西恩會去麥可那兒住，我應該代表我家族參加星期五在馬來西亞的皇家婚禮，婚宴後我大概可從吉隆坡飛……」

「我會準備好飛機等妳。」

「我跟新娘卡莉妲是好朋友，我知道她會幫我掩護，我可以說我別無選擇，只能週末留下來參與慶典。我被綁住了。」

「那我會抓著繩子的另一端，我必須見妳。」查理懇求道。

「你還真是個壞蛋，我們大學時期住在倫敦的時候，你總帶著我做壞事。」

「那是因為我知道妳的內心深處其實不願當個乖乖牌。妳就承認吧，其實妳想讓我帶妳飛到印度，用寶石讓妳淋浴，整個週末都在宮殿跟妳做愛。」

「這個嘛，既然你都這麼說了……」

新加坡，樟宜機場

當尼克推著他的行李車進入第三航廈的入境大廳時，看見一張熟悉的臉孔，舉著一張寫著「尼可拉斯．楊教授，哲學博士」的牌子。機場裡大部分的人都會覺得這個穿著褪色印有英華校徽的黃背心、愛迪達深藍運動褲和一雙夾腳拖的人，是個受聘為代駕的衝浪迷，而非新加坡某個鉅額財產的繼承人。

「你怎麼在這裡？」尼克上前擁抱他的死黨柯林．邱。

「你從二〇一〇年後就沒回來了，我才不會讓你無人迎接地入境呢。」柯林愉快地說。

「你看你！曬成這樣，還綁了一個髮髻，你爸看你這樣子怎麼說？」

柯林露出微笑。「他很討厭，說我看起來像吸毒犯，如果我在七〇年代入境樟宜機場，李光耀會親自到海關揪著我的耳朵，把我拖到就近的印度理髮店理成botak[27]！」

他們搭乘觀光電梯下到地下二樓，柯林的車停在那裡。

「你最近開什麼車？保時捷卡宴？」尼克在柯林幫他把行李放到那輛SUV後車箱時，問道。

「不是，這台是保時捷二〇一六最新款Macan，這車款三月後才正式上市，但他們特別讓我

27 馬來語的「光頭」。出於某種原因，大家流行將這個詞作為理平頭男孩的綽號。

試駕。」

「真好。」尼克說著，打開副駕駛座的車門。座椅上放了條羊絨披肩。

「噢，丟到後座就好，那是敏敏（亞拉敏塔的暱稱）的，每次她坐前座都會覺得冷。她要我向你問好——她去她媽在不丹的度假村冥想靜修。」

「聽起來不錯，你怎麼不去？」

「不要——你也知道我，我是完全的注意力不足過動症，我一生都無法冥想。我冥想的方式就是打泰拳。」柯林說，以時速六十哩的速度從停車位倒車出去。

尼克努力穩住自己，問道：「聽起來亞拉敏塔現在好多了？」

「呃……差不多吧。」柯林有些遲疑。

「那太好了，我知道這段時間很不好過。」

「是啊，你也知道情況——難過的事接踵而至。這次流產真的讓她打擊很大，她很努力養身體，做這些冥想靜修，減少工作量。她現在還去看一個很厲害的心理醫生，雖然她父母沒有很開心……」

「還是一樣？」

「是啊，她爸要她的醫生簽一大堆保密協議，你也知道心理醫生早就受到保密規範的約束。但彼得．李要那醫生保證他絕對不會公開敏敏是他的病患之一，或承認她需要接受丟臉的治療。」

尼克搖了搖頭。「我很訝異這裡竟然還有心理疾病很丟臉的想法。」

「『丟臉』代表存在，社會卻對此有偏見。你看，即使它存在大家還是一味地否認！」

「這就解釋了為什麼你沒被關起來。」尼克故作嚴肅地說。

柯林笑鬧地打了尼克一拳。「見到你真好，可以大聲說出這些話。」

「你還是有其他人可以聊吧？」

「沒人想聽到柯林．邱和亞拉敏塔．李這對夫妻間有任何問題。我們有錢到不能有問題。因為我們是神仙眷侶，不是嗎？」

「你們的確是神仙眷侶，我看過照片了！」

柯林嘲弄地笑了笑，想起新加坡的《Elle》雜誌那次遺臭萬年的時裝拍攝。他穿了身詹姆士．龐德的衣服，亞拉敏塔則全身彩繪成金色。「我人生犯下最大的錯誤就是拍了那張照片，我永遠都抬不起頭來了。你知道我有天在百麗宮去了廁所，然後隔壁小便斗一個男的突然看著我說：『我靠！你不是那個黃金神嗎？』」

尼克爆笑出聲。「那你有給他電話嗎？」

「去你的！」柯林答道：「更怪的是，你知道最近敏敏跟誰走得很近嗎？凱蒂．龐！」

「凱蒂！真的假的？」

「對，敏敏的心理醫生就是她介紹的，我想是因為凱蒂不是本地人，不像我們有這麼多包袱，所以亞拉敏塔覺得可以對她侃侃而談，因為她完全不是我們這個小圈子裡的人。她不是讀萊佛士書院，也不是循道衛理女子學校或新加坡華人女子學校畢業的；她也不是邱吉爾俱樂部的成員，她偏向外國掛的。」

「很符合啊，她已經是邴太太了。」

「是啊，我有點為伯納德．戴感到難過。雖然他以前非常的混蛋，但就我所知他是個好爸爸。不過他完全被凱蒂騙了，我覺得他根本沒想過這個傑克．邴會插足他的婚姻。對了，他女兒後來怎麼了？」

「柯萊特？鬼才知道。在她對瑞秋下毒後，我們就對她避之唯恐不及。你知道其實我想告她，但瑞秋不答應。」

「嗯……瑞秋鐵定很寬宏大量。」

「她是啊，所以現在我才會在這裡。我接獲特別的命令回來跟我阿嬤和解。」

「你也想這麼做嗎？」

尼克頓了一會兒。「老實說，我不知道。一部分的我覺得這是很久以前的事了，我們平時的生活跟這裡差距頗大。一方面我無法釋懷瑞秋所遭受的對待和我阿嬤對我的不信任，另一方面又覺得不管她接不接受，都有點無所謂了。」

「在失望面前，什麼都會感覺無所謂。」柯林說，將車子開上東海岸公園大道。「那我要先送你回家，還是你想先去吃點東西？」

「現在很晚了，或許我該直接去莊園，我很確定那裡一定有東西吃。因為大家都來了，阿清的廚房人手一定是片刻不停地準備食物。」

「沒問題，目的地泰瑟爾莊園，準備出發！我都可以想像上百串的沙嗲在我面前的畫面。我也不是要逼你，但我挺喜歡你奶奶的。她總是對我很好。你記得我繼母威脅要把我送到塔斯馬尼亞州上寄宿學校的時候，我離家出走，然後你奶奶讓我們兩個躲在泰瑟爾莊園樹屋上的事嗎？」

「記得，然後每天早上她會讓廚師做一堆好吃的早餐裝在籃子送到樹上。」尼克補充道。

「這就是我要說的！我對你奶奶的印象都建立在吃的上面。我一輩子也忘不了放在那些竹托盤上的拉腸粉和叉燒包，還有現煎的印度煎餅！我們就像國王一樣被好好伺候著！後來我被送回家，就一直想再找理由離家去樹屋。我家的廚師跟你家的根本不能比！」

「哈哈！我記得你離家出走好幾次。」

「對啊，我繼母害我過得好痛苦。我沒記錯的話，你只離家出走過一次。」

尼克默默地點了點頭，那段回憶開始在他腦海中浮現，帶他回到八歲那年……

他們正在吃晚餐。他和他的父母三人在廚房外的早餐室吃飯，因為他父母沒有在正統飯廳款待客人的習慣。他甚至還記得那天晚餐吃了什麼——肉骨茶。他澆了太多滷水在飯上，飯變得湯湯水水的，他不太愛吃，但他媽堅持要他吃完才能離開飯桌。那天她比平時還暴躁，感覺他父母的關係已緊張了好幾天。

一輛車急駛在車道上，車速過快。不像其他客人會停在前廊，那輛車直直開到後門，在車庫前停了下來。尼克望向窗外，看見他父母的好友奧黛麗阿姨從她的本田 Prelude 下來。他喜歡奧黛麗阿姨，因為她常會做好吃的娘惹糕帶到他家。她今天又帶什麼好吃的甜點過來了嗎？她從後門衝進來，尼克看見奧黛莉阿姨的臉腫了起來，還有瘀青，嘴唇上滲著血。她上衣的袖子被扯破，看上去神情恍惚。

「阿啦嘛，奧黛麗！發生什麼事了？」他媽驚呼道，幾名女傭匆匆進了房間。

奧黛麗沒有回答，反而一股腦地盯著他爸菲利普。「你看我丈夫怎麼對我的！我要你看看那個魔鬼對我做的好事！」

他媽迅速去到奧黛麗身旁。「這是戴斯蒙做的？我的天啊！」

「別碰我！」奧黛麗邊喊邊蜷縮在地上。

他爸爸從桌邊起身。「尼基，上樓去！」

「但、爸……」他試圖爭取。

「馬上！」他爸爸大聲吼道。

玲姐趕緊來到尼克身邊，把他趕出飯廳。

「發生什麼事了？奧黛麗阿姨沒事吧？」尼克擔心地問。

「別擔心，我們回房。我陪你玩骨牌。」他的保母趕他上樓，用廣東話平靜地回答。

他們在他房間坐了大約十五分鐘。玲姐拿出西洋骨牌擺了起來，但他因為樓下的聲音頻頻分心。他聽見低沉的喊叫和女人的哭聲。是他媽在哭，還是奧黛麗阿姨？他跑出房外到樓梯轉角，聽到奧黛麗阿姨喊道：「你們以為姓楊，就能隨處亂搞嗎？」

他不敢相信自己的耳朵，他從未聽過任何一個大人這樣使用「巜」開頭的字，那是什麼意思？

「尼基，馬上回到房間來！」玲姐喊道，拉著他回到房裡。她緊緊關上門，匆匆把房裡的固定百葉窗拉起來，打開空調。突然外頭傳來熟悉的「答、答」聲。一輛老式計程車正從陡斜的車道往上爬。尼克跑到陽臺探出身去，看見來人是戴斯蒙叔叔——奧黛麗阿姨的丈夫——他搖晃著身軀下了車。他爸爸走出門外，他可聽見兩人在一片漆黑中爭吵。戴斯蒙叔叔央求道：「她在說謊！我跟你說，這全是騙人的！」他爸原本還在小聲說話，突然拉高音量，強硬地說：「不要在我家，不要在我家！」

他一定是在某個時候睡著了，他醒來後，不知道現在時間幾點。玲姐已經不在房間，空調被關掉了，但百葉窗還關著。他感到非常悶熱，小心翼翼地打開門，隔著走廊瞥見他父母臥房門縫亮著光。他要離開房間嗎？他們不會還在吵架吧？他不想聽到他們吵架，他知道他不應該偷聽。他覺得口渴，去到了樓梯轉角，那裡有一個冰箱，裡面總是有冰塊和一壺水。他打開冷凍庫，站在冰箱前面感受冷空氣傳遍他的身體，而後聽見他父母的臥房傳來啜泣聲。他踮著腳尖來到爸媽房前，聽見他媽媽突然放聲尖叫：「你怎麼可以！怎麼可以！你會看見你名字出現在明天頭條！」她喊道。

「別叫了！」他爸爸生氣地吼回去。

「我告訴你，我要毀了你的名聲！我這麼多年忍受你和你家的全部！我要離開！我會帶尼克去美國，你這輩子都別想再見到他！」

「要是妳帶走我兒子，我會殺了妳！」

尼基感覺得到自己心臟跳動的聲音，他從沒聽過他爸媽這麼生氣過。他跑回自己的房間，剝掉身上的睡衣，接著套上T恤和足球短褲。他從一個小小的鐵盒子裡拿出自己存下來的所有紅包錢——共七百九十美元——抓起他的銀色手電筒，插進短褲上的腰帶。他走到陽臺，一棵巨大的芭樂樹彎到了二樓，他攀在其中一根粗壯的樹枝上，晃到樹上，迅速地滑到地面，這個動作他已經做了上百次。

跳上十段變速腳踏車後，他匆匆騎出車庫，沿著都鐸胡同的房子往下。他聽見鄰居養的德國牧羊犬開始吠叫，不禁騎得更快了。他加速通過哈林路的長坡，直到抵達貝里馬路。他站在右側第二棟宅邸高大的電動金屬門前，四下張望。混凝土的防撞欄上方還有玻璃釘，但他想著自己爬不爬得上去，他攀住邊緣，在被劃到前迅速翻過去。他仍因為倉皇離家而氣喘吁吁，一名馬來西亞警衛從哨所出來到大門旁，被一個凌晨兩點站在那兒的男孩嚇了一跳。

「有什麼事嗎，孩子？」

這名夜間警衛不認識他。「我要找柯林，你能幫我跟他說尼基來找他嗎？」

警衛一時露出困惑的表情，然後回到哨所撥了電話。幾分鐘後，尼克看見屋裡的燈亮了起來，金屬門開始往旁滑動，發出不大的鏗鏘聲。當尼克沿著車道走向主宅時，門廊的燈亮了起來，然後前門打開了。柯林英國籍的奶奶溫妮菲德．邱——總讓他想到較豐滿的柴契爾夫人——穿著絎縫的桃色絲綢睡袍站在門口。

「尼可拉斯．楊！你還好嗎？」

他跑向她，上氣不接下氣地說：「我爸媽在吵架！他們想殺了對方，我媽想帶我離開！」

「冷靜點、冷靜點，沒人會帶你走的。」邱太太安慰地說，把手環在他的肩上。整個晚上壓抑的情緒頓時傾洩而出，他開始不住地抽噎起來。

半小時後，當他在樓上藏書室坐在高腳凳上，跟柯林一起享用香草漂浮沙士時，菲利普和埃莉諾．楊夫婦來到了邱宅，他可聽到他們在一樓客廳，用客氣的語調和溫妮菲德．邱交談。

「其實我家的孩子反應過度了，他大概是想像力豐富。」他聽見他媽在笑，用每次跟西方人說話的英國腔說著。

「不過我還是覺得該讓他今晚在這裡過夜。」溫妮菲德．邱說。

與此同時，另一輛車停在前門的聲音傳了進來。柯林打開電視，出現一個監控畫面，一輛頗有威嚴的黑色賓士**600 Pullman**豪華轎車在門口停了下來。一名頎長、身穿制服的廓爾喀兵下了車，打開後座車門。

「是你阿嬤！」柯林雀躍地喊道，兩人跑到樓梯欄杆邊偷看樓下情況。

素儀進到屋裡，身後跟著兩名泰國侍女，尼克的保母也突然現身，抱著三大盒月餅。尼克意識到一定是玲姐把他家發生的事告訴了奶奶，她首要效忠的對象一直都是素儀。

素儀戴著屬於她個人商標的有色眼鏡，穿了件粉色的亞麻衣褲套裝，裡面搭配荷葉邊高領襯衫，看起來像是才剛從聯合國大會趕來。「很抱歉我們造成妳的不便。」他聽見他奶奶用標準英語跟溫妮菲德．邱說話。尼克都不知道原來他奶奶英文說得這麼好。他看見他爸媽掛著一臉震驚、追悔莫及的表情站在一旁。

玲姐把堆得高高的方形錫盒遞給溫妮菲德．邱。

「我的天啊，這是泰瑟爾莊園最出名的月餅。」溫妮菲德說。

「沒有的事，非常謝謝妳通知我，尼克在哪？」他奶奶問。尼克和柯林跑回書房，直到他們被尼克的保母帶到樓下。

「尼基，來了啊！」他奶奶說著，手摟著他的肩。「好了，跟邱太太說謝謝。」

「謝謝你，邱太太。再見，柯林。」他面帶微笑地說，跟他奶奶走出門外，坐上賓士車。她跟著坐了進去，玲姐也上了車，和兩名泰國侍女一起坐在中間的折疊座椅上。就在車門關上時，他爸爸跑了出來。「媽咪，妳要帶尼基……」

「我賣插。[28]」素儀厲聲地丟下一句閩南語，把臉轉開不看她兒子，守衛隨即牢牢關上門。當車離開邱宅後，尼克用廣東話問他奶奶。「我們要去妳家嗎？」

「對，我要帶你回泰瑟爾莊園。」

「我可以在那裡待多久？」

「你想住多久都行。」

「爸媽會來看我嗎？」

「只要他們學會控制自己的脾氣。」素儀答道，伸過手把他摟緊一些。他記得自己被奶奶的舉動嚇了一跳，車子穿過綠樹成蔭的小巷來回晃動，他靠在奶奶的懷裡，不禁對她身體的柔軟感到驚訝。

轉眼間，尼克發現自己回到同樣一條昏暗的車道，就在超過二十年後的今日，坐在柯林駕駛的保時捷裡。當他們在泰瑟爾大道上蜿蜒行進時，尼克感覺自己對這條路的每一個彎道和不平都

28 「我不理你！」之意。

瞭若指掌——車子突然下降使粗糙的古樹幹與他們視線齊平，即使在最炎熱的天氣裡，頭頂茂密的枝葉也能讓這條車道保持涼快。他小時候一定步行或騎車經過這條隱密的窄道不下千次。這是他第一次意識到他很高興能回家，而他過去幾年受的傷正逐漸平復。他自己都沒有察覺到，其實他早已原諒他的奶奶。

車子在熟悉的泰瑟爾莊園大門前停下來，柯林輕描淡寫地向走近的警衛表示：「我送尼可拉斯．楊回家。」

那名戴著黃色頭巾的廓爾喀兵從車子前窗往裡面窺探他們兩人，然後說：「很抱歉，但今晚不再接受訪客入內。」

「我們不是訪客，這邊這位是尼可拉斯．楊，這是他奶奶的房子。」柯林反駁道。

尼克將身體傾向駕駛座，試圖看清警衛的長相。他不記得這個人——他一定是自他上次拜訪後，才開始在泰瑟爾莊園工作。「嘿，我們之前沒見過，我是尼克——他們正在屋裡等我來。」

警衛掉頭走回警衛室，不一會兒，他帶著一份牛皮紙紀錄表回來，開始翻頁。柯林轉向尼克，難以置信地嗤笑。「你能相信嗎？」

「我很抱歉，但我沒看到你們兩個的名字，現在我們處於高度警戒的狀態，所以麻煩你們掉頭。」

「聽我說，維克拉姆在嗎？可以請你叫維克拉姆來嗎？」尼克問，開始失去耐性。維克拉姆在過去二十年來作為警衛的負責人，很快就能解決這個荒謬的情況。

「格爾上尉下班了，要到明天早上八點才會回到崗位上。」

「那就打給他，或叫其他值班的主管來。」

「現在值班的是古隆上士。」警衛回答，拿出他的無線電。接著用尼泊爾語對著那個機器講話，幾分鐘後，一個軍官從一片漆黑中現身，從路上的總警衛室過來。

尼克一下就認出他來。「嘿，喬伊，是我，尼克！你可以跟你的這位朋友說一聲，讓我們過去嗎？」

一名壯碩的警衛身穿筆挺的橄欖綠軍服，面帶燦爛的笑容走到副駕駛座窗旁。「尼基・楊，見到你真好！已經多久沒見了？四、五年了？」

「我上次回來是在二〇一〇年的時候。所以你的這位夥伴不認識我。」

古隆上士倚著車窗。「聽我說，我們現在正在執行一個特別命令，我不知道該怎麼跟你說明，但我們不能讓你進來。」

新加坡，泰瑟爾莊園

二十四小時前……

「三、四、五。」艾迪站在二樓門廳的窗旁，數著行駛在下方車道上的車子。總共有五輛車——其實是四輛，如果沒算最後那輛載了所有女傭的麵包車的話。小凱姨媽和她的家人剛從曼谷飛來，艾迪很驚訝他們一行人只用了幾輛車。帶頭的是一輛掛有外交車牌的白色賓士S-Class，明顯是跟泰國大使館借來的，其他車輛卻是隨機配置：跟在賓士後面的是BMW X5 SUV，接著是看上去車齡五年的奧迪，至於最後一輛，他甚至看不出來是什麼車——就是某個非歐系的轎車，並未登記在他可入手的車單上。

就在昨天，他和他的家人從香港抵達新加坡時，他的行政助理已安排好六輛匹配的深灰色Range Rover，為鄭家大駕光臨泰瑟爾莊園鋪張造勢。而今天他幾乎要為凱薩琳姨媽一行人感到尷尬，她丈夫蒙昭[29]達信．尤加拉是拉瑪四世的後裔之一，艾迪對十九歲那年去泰國拜訪他們的記憶宛如昨日，歷歷在目。那棟歷史悠久的龐大別墅座落於昭披耶河河畔的花園天堂。他的表弟傑

---

29 蒙昭（Mom Chao），意即「沉靜的殿下」，為泰王子孫頭銜。由於拉馬五世（一九六八年－一九一〇年）有三十六名妻子，九十七個孩子；拉瑪四世（一八五一年－一八六八年）有三十九名妻子，八十二個孩子，所以目前在世並擁有蒙昭頭銜的人就有數百位。

姆斯、馬修和亞當每人各有三個僕人，跪拜在腳邊的服侍方式就好像他們是一小尊佛祖，並準備滿足主人每一個稀奇古怪的念頭。森林綠的 BMW 車隊停在前院，準備帶他們去馬球俱樂部、網球俱樂部以及蘇坤蔚路上最熱門的舞蹈俱樂部。而他們火辣的表親潔希安某天晚上在華欣的一間披薩店二樓的廁所裡幫他口交。

所以為什麼尤加拉一家會從這麼一堆破車上下來？還有等一下——外面到底發生什麼事了？管家桑吉特和所有職員——包括那些廓爾喀兵——全都制服筆挺，在大門前方的車道排成一列！玲姐和維多莉亞姨媽也身列其中！幹他媽的，昨天他們全家抵達的時候怎麼就沒有如此隆重的歡迎？

看見他父母也跑出門外讓艾迪感到惱怒，而他決定自己無論如何都不會加入他們的行列。還好費歐娜帶孩子們去動物園了，不然他們絕對會想成為這白癡行動的一份子，讓尤加拉一家真以為他們很了不起。他避開眾人的視野，躲進勤務走廊，等大家上樓。他知道泰瑟爾莊園的傳統會讓客人初次抵達時在客廳享用龍眼茶。兩名侍者推著雞尾酒推車，放著玻璃器皿和裝著茶水的大型銀製茶炊，對艾迪潛伏在走廊上感到困惑不解。他瞪著他們，低聲喝斥：「你們沒看見我，我不在！」

艾迪聽見有人上樓的聲音時，他裝作若無其事的樣子，手插在那條 Rubinacci 的橙紅色褲子口袋裡，信步走進客廳。小凱姨媽是第一個出現在豪華樓梯口的人，用她從修道院學校出身的獨特嗓音[30]和他媽雅莉絲開心地講個沒完。「在外面看到妳和麥爾坎的時候真是嚇到我了！我以為你們今晚才到？」

「本來是這麼打算的，但艾迪安排我們全部人昨天搭私人飛機過來。」

「哇，甘好命[31]！」凱薩琳表示，一名端著銀製托盤的侍者走了過來，上面放滿裝著冰龍眼茶的可林杯。

艾迪觀察他的姨媽好一會兒，她挨著他的媽媽坐在長沙發上，對這對姊妹的長相差異感到不可思議。比起其他姨媽養尊處優、瘦骨嶙峋的體格，小凱姨媽健美的身材對於七十多歲的女人來說是令人稱羨的。可惜她也繼承她其他姊妹的穿著品味——若是在做慈善的日子，艾迪會禮貌性的形容她的打扮「迥異」，但今天，她那身矮胖的紫色絲綢長褲套裝簡直難看到極點，明顯是好幾年前量身訂做的，腳上則是克拉克（Clarks）的土色露趾涼鞋，幾十年來都戴著同樣一副蘇菲亞．羅蘭式的淡藍鏡片雙光眼鏡。

一看見他，凱薩琳驚呼道：「天哪，艾迪，我差點認不出你，你看起來瘦了不少啊！」

「很高興妳這麼說，小凱姨媽！我是瘦了，這一年大約減了九公斤。」

「真好！你媽還告訴我昨天你安排全家飛過來，是嗎？」

「因為我作為**正式代表**去達佛斯出席世界經濟論壇，我的客戶米蓋爾．科多切夫斯基，就是

30 正如與她同代、擁有同樣社會地位的女性，凱薩琳．楊—尤加拉就讀於新加坡聖嬰女子修道院，由英國修女授課，發展出獨特的口音，聽起來像英國廣播公司時代劇的演員。

31 廣東話的「哇，真好命！」

俄羅斯的富豪之一，聽聞阿嬤心臟病發的消息後，堅持要我借用他的波音商務機。你也知道，這架飛機很大，我覺得只有我一個人坐實在太可惜。所以我沒有直飛新加坡，而是先繞去香港接家人。」

凱薩琳轉向她妹妹。「妳看，雅莉絲，我不知道妳有什麼好抱怨的，妳兒子思慮很周到。」

「是很周到。」雅莉絲說，試圖不去回想昨天艾迪在電話上對她大吼的事：給妳兩個小時帶全家趕到香港國際機場，不然我就丟下你們！我一個特別的朋友特地借我他的專機！看在老天的份上，這次給我帶些體面的衣服和首飾！我不想看你們在新加坡和我在一起時被誤認是中國遊客！上次我們在翡翠餐飲集團待遇那麼差就是因為你們的穿著害的！

「你們是怎麼來的？」艾迪問，不知道尤加拉一家目前都是搭什麼飛機出門。

「泰國國家航空推出一個只限今天的特別優惠，買三張經濟艙，第四人就可免費同行，這方案對我們全部人來說還滿省的。但我們去到機場後，他們發現是你達信姨丈，就幫我們升級到頭等艙。」

艾迪不敢相信自己的耳朵，自從達信姨丈七〇年代成為泰國皇家空軍特別專員後，尤加拉一家就不搭客機了。與此同時，艾迪看見他和他爸麥爾坎一起走進客廳。他已有好多年沒見到他的姨丈了，但他外表一點都沒變——雖然年紀比他爸大，看上去卻比他年輕十歲。他長年曬黑的臉看不出皺紋，腰板依然挺直，習於被關注或見人的健康步態也還在。要是他爸不要身形駝背，穿著打扮更像達信姨丈就好了！

艾迪一直很敬佩他的穿衣風格，他在青少年時期去曼谷時，總是悄悄潛入他姨丈的衣帽間，查看每件衣服的標籤。由於四周都有討厭的僕人走動，要達到目的可不簡單。今天達信姨丈穿的是量身訂製的淺橘色正裝襯衫——從海島棉的質料判斷應該是Ede & Ravenscroft這個牌子——搭配深藍色的斜紋布褲，加上一雙擦得晶亮的孟克鞋。不知是Gaziano & Girling還是Edward Greens的鞋子？等會要問問他。更重要的是，達信姨丈今天戴的是哪支錶？他瞄向他的袖口，以為會看見百達翡麗、江詩丹頓或寶璣錶，卻驚恐地發現他的手腕上戴著一支Apple Watch。*我的天，偉大的時尚家竟然失手了！*

走在達信身後的人是他兒子亞當，艾迪跟他並不熟，因為他比艾迪小了十幾歲。作為家中稚子，亞當體格纖弱，輪廓分明，像貓一樣可愛。看上去就像泰國的流行偶像，一身緊身牛仔褲搭配夏威夷復古襯衫很適合他。艾迪並不意外，但稍等一下，這個他絕對會心動的性感尤物又是誰？漫步上樓的是一個肌膚白皙的女生，留著一頭及腰長髮。終於看到一個有品味的人了。這個女生穿了件Emilia Wickstead的水藍色無袖連身褲，腳上一雙藍色麂皮踝靴，她隨意掛在肩上的手提包，艾迪很確定預定名單長達三年。她一定是亞當的新婚妻子琵雅公主，他媽去年參加他們的婚禮回來後，一直滔滔不絕談論她的事。[32]

「達信姨丈！見到你真好！還有亞當，好久不見！」艾迪熱情地拍著他表弟的背。亞當轉頭向妻子介紹：「這是雅莉絲姨媽的大兒子艾迪，他也住在香港。」

---

32 艾迪一直很懊惱他沒有受邀參加他表弟和蒙拉差翁·琵雅拉絲蜜·阿比查邦（Piyarasmi Apitchatpongse）的婚禮。只有他父母受邀到西密蘭群島的私人別墅參加他們小型的私密婚禮。

「琵雅公主，很榮幸見到妳！」艾迪說著，抓起她的手鞠躬致吻。

亞當極其細微地哼了一聲，琵雅被艾迪誇張的舉止逗得笑出聲來。「叫我琵雅就好，只有國王的子孫才會被賦予正式頭銜，我只是一個遠親。」

「我相信妳只是謙虛，因為妳可是被分配到珍珠套房呢！」

「那是什麼？」琵雅問。

艾迪還來不及回答，亞當便插口道：「珍珠套房的四面牆上都鑲有珍珠母，非常漂亮。」

「是啊，這間套房空間寬敞，非常適合全家一起住，我們來這裡的時候，我和妻子及三個小孩都住那間房。」艾迪不禁補充道。

「你們現在住哪？」亞當問。

「我們住在黃色房，非常的……舒服。」

琵雅蹙起了眉頭。「亞當，我覺得這樣不好，我們得搬到別的房間，讓艾迪和他家人住比較大的那間。」

「但妳是我們尊敬的皇室貴客！妳一定要住珍珠套房，我說這些不是要暗示什麼，康斯坦丁、奧古斯丁和卡莉絲特很開心能睡同一張床，昨晚費歐娜也在那睡了三個小時。」

「噢，天啊，我沒辦法知道這件事還安心地住珍珠套房。亞當，你能處理一下嗎？」琵雅堅持道。

「當然，我見到玲姐會跟她說。」亞當答道。

艾迪禮貌地笑了笑。「你們真善良。對了，你哥哥呢？我以為你們全家都會來？我們準備了整輛拖車的海鮮等他們來吃呢。」

亞當有些摸不著頭腦。「只有我和琵雅跟爸媽來，你也知道傑米是醫生，沒辦法隨便扔下工作，馬堤跟他家人去韋比爾滑雪了。」

「噢，我剛從瑞士回來！作為正式代表去達佛斯出席世界經濟論壇。」

「我兩年前也在達佛斯。」琵雅說。

「真的？妳去那做什麼？」

「我去IGWEL演講，你知道，就是世界經濟領袖非正式會談。」

艾迪一臉震驚地聽著亞當自豪的解釋。「琵雅在曼谷是WHO認證的病毒學家，她專門研究蚊子傳播的病毒，像是瘧疾和登革熱，而她現在已經是熱帶病的權威之一。」

琵雅露出羞澀的笑容。「噢，亞當太誇張了，我不是權威，只是團隊裡的其中一人而已。那邊那個男的看起來才是權威。」

艾迪轉過頭看見心臟學專家溫教授還穿著無菌衣，進到客廳裡。凱薩琳從沙發站起來快速走向他。「法蘭西斯！見到你真好，媽咪今天狀況如何？」

「目前生命跡象穩定。」

「我們現在可以進去看她嗎？」

「她現在時而昏迷，時而清醒，我會讓四個人進去看她，一次兩人，只能看五分鐘。」

雅莉絲轉向她姊姊。「妳去吧，妳跟達信、亞當和琵雅。我今天早上看過她了。」

「我今天還沒看過阿嬤。」艾迪打岔道：「溫醫生，多一個人不會有事吧？」艾迪試圖爭論。

「好吧，其他人出來後，我會讓你進去幾分鐘，但只能幾分鐘。今天不能再增加她的壓力了。」醫生說。

「沒問題，我不會吵到她的。」

「艾迪，你進去看阿嬤時可以為她禱告嗎？」他姨媽維多莉亞忽地出聲。

「呃，當然可以。」艾迪承諾道。

他們五人穿過走廊走向素儀的私人病房，鄰近她臥房的客廳被改裝成心臟加護病房，半邊是臨床準備區，另一半則放了很多醫學儀器。幾名醫生和護理師擠在一排電腦螢幕前，分析他們重要病患心跳的每一個變化，素儀的泰國侍女則在門口徘徊，只要主人眼睫毛稍微動一下就會立即反應。她們一見到達信親王走近，便跪在地上俯下身去。艾迪看見他的姨媽和姨丈筆直走過這些侍女，根本沒注意她們的動作，感覺心臟頓時緊縮，一股敬畏和羨慕綜合的情緒油然而生。幹他媽的，為什麼我不是生在那個家庭？

凱薩琳和達信進入素儀的臥房時，艾迪和亞當夫婦倆在走廊等候。琵雅坐在 Ruhlmann 的天鵝絨沙發上，艾迪坐到她的身旁，小聲問道：「所以妳有 IGWEL 的徽章囉。」

琵雅一頭霧水。「抱歉，你是在說達佛斯的事？」

「對，妳兩年前去達佛斯的時候，他們給妳什麼徽章？是下方有藍線的白色徽章，還是貼有鐳射貼紙的純白徽章？」

「我記不得了。」

「那後來徽章呢？」

「我戴了徽章。」琵雅耐心地回復他，有些納悶為什麼他丈夫的表哥一直緊抓著徽章的話題不放。

「我的意思是，會議結束後妳的徽章去哪了？」

「呃……不是扔了，就是把徽章留在飯店裡了吧。」

艾迪難以置信地盯著她。他的那顆達佛斯徽章可是小心地摺起來，跟他價值不斐的Roger W. Smith[33]英國錶和珍貴的藍寶石鉑金袖扣一起放在一個特別的小袋子裡。他一回到香港就等不及幫徽章裱框。他沉默了一會兒，才把注意力轉向亞當。「你最近都在做什麼，工作還是悠閒度日？」

亞當很想翻白眼，但他教養良好並未做出任何反應。為什麼那麼多人都覺得他有皇室頭銜，就不用為了生活工作？「我現在在做F&B[34]，我在市中心新開的中心使館購物商場有間餐廳，我還有幾輛美食快餐車，專賣正宗的奧地利香腸，像是原味香腸、咖哩香腸，還有一種叫kasekrainer的，就是加了滿滿起司的奧地利香腸。」

「香腸攤？做這個真的會有利潤嗎？」艾迪問。

「我們的生意還不錯。在所有夜生活發達的地方都有設攤，大家深夜離開酒吧或俱樂部後都

---

33 世界最受歡迎的訂製製錶師之一。每款Roger W. Smith腕錶皆為手工製作，約需耗費十一個月才能完工。

34 餐飲（Food & Beverage）的縮寫，為亞洲目前最熱門的行業之一，過去從事併購的富商最近都想進入餐飲業工作。

喜歡買點零嘴吃。」

「香腸有助於吸收人體內的酒精。」琵雅補充道。

「哼嗯，醉鬼零食，真賺錢。」艾迪話裡含有不太掩飾的鄙視。在他坐等亞當或琵雅問他現在的工作時，他的姨媽和姨丈走出了房間。「她睡著了，但你們還是可以進去。」凱薩琳對她兒子說。

凱薩琳往艾迪旁邊一坐，看上去忽然變得喪氣。

「她怎麼樣？」艾迪問。

「不知道。法蘭西斯說因為注射嗎啡的關係，她身體不會感到疼痛。只是我從沒看過她這麼……脆弱的樣子。」凱薩琳的聲音有些變調。在達信安慰地用手環住她的肩時，她繼續說：「我應該去年十一月就來的，還有兒子們，我們怎麼就沒想到讓他們常常過來？」

「小凱姨媽，妳該回房好好休息一下。」艾迪溫柔地提議，只要女性在他附近變得情緒化都讓他覺得不自在。

「好，我想你說得對。」凱薩琳說著，從長沙發站了起來。

「我會打給傑米和馬堤，叫他們馬上飛過來，時間不多了。」在他們離開時，達信對她說。

時間不多了，艾迪暗忖道。但小凱姨媽除了浪費時間外什麼也沒做。她在外頭待了這麼多年，他的三個表弟幾乎不認識自己的外婆。現在阿嬤就快死了，他們就都突然回來露臉？太晚了！還是說他們這麼做的背後有其他目的？近年尤加拉一家有財政困難？所以他們才會搭客機來？他根本無法想像有多丟臉。堂堂泰國親王，出國卻坐經濟艙！而且這次他們只帶了五名女傭，亞當還要經營這個可悲的熱狗餐車。這樣一切都說得通了。達信姨丈緊急要他的兒子來新加坡是為了得到泰瑟爾莊園？大家都知道尼克已經被除名，阿嬤也不會把泰瑟爾莊園讓梁家親戚繼承，因為他們已經擁有大部分馬來西亞的土地。現在僅存的競爭者就是尤加拉家三兄弟、他的弟弟阿歷斯泰和**他**自己。阿嬤不怎麼重視阿歷斯泰，特別是在他帶凱蒂・龐回家之後；問題是尤加拉三兄弟，她一直對他們有好感，因為他們有一半泰國血統。她喜歡泰國料理、泰國絲綢以及令人毛骨悚然的泰國侍女——全都來自那個該死的國家！但他不會讓尤加拉一家稱心如意。他們平時過著奢華、目中無人的皇室生活，每三、四年才屈尊回來一下，而他刻意每年至少回來看他外婆一次。沒錯，只有他有資格拿到泰瑟爾莊園那張小小地契！

亞當和琵雅退出臥房後，艾迪隨即走進去——他沒時間可浪費。素儀那張有著華麗的新運動風格床頭板的四柱床換成最先進的醫院病床，配有電動床墊，能不斷因應病患的重量做改變，以預防褥瘡。除了鼻孔插著氧氣管、手臂靜脈延伸出的管子外，她蓋著豪華的蓮花絲被單躺在那兒，看起來如此安詳。一旁直立式的心臟監視器安靜地跳動，螢幕上顯示她不斷變化的心率。艾迪站在床腳，不知道他是否該為她禱告。他感覺有點尷尬，因為他本身不信神，但他答應了他姨媽維多莉亞。他跪在他奶奶身旁，緊握雙手，他才閉上眼睛就聽見一個尖銳的聲音用廣東話說：

「**你做乜嘢？**」——你在幹嘛？

艾迪張開眼睛，看見他外婆正盯著他。

「幹他媽……我是說，阿嬤！妳終於醒了！我正要為妳禱告。」

「**你黐線吖**[35]！別吵我，這些人一直要為我祈禱快把我煩死了。我在醫院的時候，維多莉亞每天早上都讓施倍賢主教過來念他那些白癡的禱詞，那時候我身體太虛弱，沒辦法趕他出去。」

艾迪笑了出來。「妳想的話，我可以保證施主教不會再來煩妳。」

「拜託了！」

「亞當和琵雅進來看妳時，妳有醒來嗎？」

「沒有，亞當來了？」

「對，他和妻子一起來的。她很漂亮，頗有泰國風格。」

「他的哥哥呢？」

「他們沒來。我聽說傑米工作很忙沒空，我猜因為他是整型外科醫生，有很多緊急拉皮和隆鼻手術需要他關注。」

素儀聽了艾迪的話微微一笑。

「然後妳知道馬堤現在在幹什麼嗎？」

「說吧。」

「他跟家人在度假，**去瑞士滑雪！**妳能想像嗎？我先前剛好也去了瑞士，參加一場非常重要的會議，其他與會者還有世界舉足輕重的商人、政治領袖和菲瑞，但我一聽說妳生病了，就馬上丟下一切飛回新加坡！」艾迪抬頭看向她的心臟監控，發現從一分鐘八十下往上跳至一分鐘九

35 廣東話的「你瘋了嗎！」

十五下。

素儀短短嘆了口氣。「還有誰來了？」

「我們全家都從香港過來，賽希莉亞和阿歷斯泰都來了。」

「他們在哪？」

「他們現在都在動物園，費歐娜、康斯坦丁、奧古斯丁、卡莉絲特，還有賽希莉亞和傑克。阿達給了他們河川生態園的貴賓票，但他們會回來吃下午茶。阿爾弗雷德舅公今晚會到……呃，我聽說尼基明天會到。」

「尼基？從紐約？」素儀呢喃道。

「對，我聽到的是這樣。」

素儀默不作聲，艾迪發現螢幕上她的心跳數值快速攀升。每分鐘一〇〇、一〇五、一一〇……

「妳不想見他，對嗎？」艾迪問。素儀只是閉上眼睛，一滴淚水從她臉上滑落。艾迪不安地瞄向監控：一二〇、一三〇。「這不怪妳，阿嬤，他背叛了妳的願望，現在又突然出現……」

「不……」素儀終於開口。她的心跳忽然上升到一分鐘一百四十五下，艾迪驚恐地看著她。當心跳率上升至一百五十時，心臟監控器開始發出尖銳的嗶嗶聲，溫教授和另一名醫生立刻衝進房間。

「她心跳太快了！」其中一個醫生說：「我們要幫她去顫嗎？」

「不用，我會慢慢幫她注射地高辛[36]。艾迪，請不要讓別人進來。」兩名護理師衝進來幫忙時，溫教授吩咐道。

艾迪正要退出門外，他姨媽維多莉亞走進客廳。「沒事吧？」

「別進去，我想阿嬤又心臟病發了！我提到尼基的名字，她就發作了。」

維多莉亞發出呻吟。「你沒事幹嘛提尼基？」

「她想知道誰到了還有誰要來。我可以明白地告訴妳——阿嬤不想見尼基，她甚至不希望他進到這棟房子裡！她最後告訴我這件事。」

36 從毛地黃屬植物中提取的強心苷，被廣泛用於治療心臟病。

印度，焦特布爾

艾絲翠站在陽臺聞著下方玫瑰園飄上來的濃郁香味。從烏邁德宮這座城堡飯店可將整座城市的景色一覽無遺。東邊的山頭座落著一座堡壘，擁有不可思議浪漫的外觀，遠方鮮豔的藍色建築緊簇，構成這座在清晨曙光閃閃發光的中世紀城市——藍色之城。她聽說這裡的房屋漆上這種鈷藍色調，是因為人們相信這樣可抵禦邪靈。這個顏色使她想起馬拉喀什的伊夫聖羅蘭博物館——馬洛雷勒花園——有著同樣獨特的藍色調，是唯一因為國王法令，在整座玫瑰赭石建築的城市被允許漆上不同顏色的地方。

艾絲翠在躺椅上伸了懶腰，用銀製的裝飾藝術風茶壺又替自己倒了杯印度奶茶。這座永垂不朽的宮殿在一九二九年由現今摩訶羅闍的祖父委託建造，在大饑荒期間提供所有人民工作機會，因此每個細節都保留其原始的裝飾藝術風格。從圓形大廳的粉色砂岩柱到地下泳池的藍色馬賽克磁磚——讓摩訶拉尼游泳時可保有隱私。這個地方給她的感覺有一點像泰瑟爾莊園，艾絲翠突然感到一陣深深內疚，她的外婆正躺在病床上，由一群醫生照料，而她卻在一座宮殿跟別人幽會。

在她看到查理只穿著一件抽繩睡褲進到陽臺時，罪惡感稍微減輕了一些。他什麼時候身材這麼好的？回想過去他們在倫敦的大學時代，查理身形一直很瘦，但現在他瘦長的四肢呈現獨特的V型，他的腹肌比她記憶中的還要明顯。她躺在躺椅上，他站在她身後，傾身親吻她脖頸柔軟的地方。「早啊，美人。」

「早安，睡得好嗎？」

「我不記得昨晚有沒有睡覺，但我很確定妳有。」查理開玩笑地說，拿起放在玻璃電鍍推車上的茶炊倒了杯咖啡。他喝了第一口，滿意地低語道：「嗯……這咖啡多棒啊！」

艾絲翠淡淡地笑了笑。「其實我相信他們的咖啡很好喝，但這些咖啡豆是我帶來的。我知道你很享受起床後的第一杯咖啡，所以今天早上我特地為你準備。這是洛杉磯『魄咖啡』的埃塞俄比亞耶加雪菲咖啡豆。」

查理讚賞地凝視著她。「我不管了，我要綁架妳，永遠不讓妳回新加坡。我絕不讓妳離開我身邊，直到……永遠。」

「隨你高興，但你就必須跟我的家人抗爭，我星期一早上如果沒有如期出現在那森路，我很確定我爸會派出一支反恐小組。」

「別擔心，我會讓妳及時趕到，妳還可以帶一大盤抛餅回去當早餐。」查理咬了一口還熱呼呼、塗了奶油的印度千層烤餅。

艾絲翠笑了起來。「不行啦，要帶也要是馬來食物才行，不然他們會懷疑。感覺我好像逃學一樣，但我很開心你說服我來這裡，我真的需要放鬆一下。」

「妳花很多時間陪在妳阿嬷的病床旁，招待整個家族，我認為妳該休息一下。」查理倚在陽臺欄杆上，看著一個穿著華麗、戴著頭巾的男子，在一個廣闊的露台上坐在一疊枕頭上，用他的班蘇李笛吹出柔和的曲調，一群孔雀在他身後的大草坪上閒晃。「艾絲翠，妳過來看看，那邊露台上有一個人在吹笛子，四周都是孔雀。」

「我有看到，他整個早上都在那兒。這裡真的是天堂，不是嗎？」艾絲翠閉上眼睛一會兒，一邊聆聽迷人的旋律，一邊感受溫暖的陽光灑在她臉上。

「妳等著看吧，我們還沒逛這座城市呢。」查理眼中閃過一絲狡猾的光芒。

艾絲翠暗笑，欣賞查理孩子般的頑皮表情。查理打算做什麼？他現在的表情就跟每次卡西恩試圖掩藏祕密一樣。

他們在私人陽臺上享用完一頓經典的印度早餐——千層烤餅包香料炒蛋、雞肉咖哩角和新鮮的芒果布丁。之後，查理和艾絲翠走向宮殿大門。在他們等待摩訶羅闍的勞斯萊斯幻影二代停到門口時，警衛便對艾絲翠一陣奉承。「女士，我們從未在焦特布爾見過像妳如此美麗的人。」他們稱讚道，艾絲翠靦腆地笑了笑。她穿了件白色亞麻上衣，下擺塞進量身訂做的新白色馬褲，但腰間繫的不是腰帶，而是史考特．迪佛里恩製作的手工綠松石項鍊。

他們駕駛一輛復古敞篷車前往梅蘭加爾城堡，這座壯觀的紅砂岩堡壘盤踞在焦特布爾天際線上方四百英尺的懸崖峭壁上。他們在山腳下換乘吉普車，爬上陡坡抵達堡壘入口，一道名為Jai Pol的美麗拱門，兩側畫有古代壁畫，意指勝利之門。很快地，他們兩人牽著手穿過構成整座堡壘建築、將宮殿和博物館連在一起的脈絡，對其錯綜複雜的雕刻壁畫和涵蓋整座城市絕美景色的寬敞庭院感到嘖嘖稱奇。

「真讓人難以置信。」艾絲翠低語道。此時他們進入一個精心設計的房間，牆壁和天花板都貼著鏡面玻璃的馬賽克磁磚。

「他們視這裡為拉賈斯坦邦的最美堡壘不是空穴來風。」查理說。

當他們走到接待大廳，看見地板、牆壁一直到天花板都繪有令人眼花撩亂的花卉圖騰時，艾絲翠忍不住開口：「這裡好安靜，怎麼沒看到其他觀光客？」

「其實今天沒有開放參觀，是希夫拉傑特地讓我們進來的。」

「他人真好，所以這座堡壘屬於他的家族？」

「從十五世紀以來，這是印度唯一一座仍由最初建造家族掌管的堡壘。」

「我之後能親自向希夫拉傑道謝嗎？」

「噢，我忘了說——今晚我們受邀去他在烏邁德宮的私人住宅與他家人共進晚餐。」

「好極了，我在想不知道他們跟辛格家有沒有關係。我家族的朋友嘉雅莉·辛格，就是那個常辦些美妙宴會展示收藏珠寶的女生，她爸曾是印度某州的摩訶羅闍……我現在一下想不起來是哪個州。」

「或許吧，印度皇室很多通婚的例子。」查理答得有些漫不經心。

「你還好嗎？」艾絲翠問，察覺他的情緒變化。

「沒事沒事，我很好。我發現一個很棒的房間妳一定會喜歡，應該是從這裡上去。」查理帶著她走上一道水滴狀的陡峭階梯，而在樓梯上方，他們抵達一個狹長的房間，每個牆面各有一扇拱型窗戶。房間中央堆著好幾個黃金嬰兒搖籃，一個比一個華麗。

「這裡是育兒室嗎？」艾絲翠問。

「不是，這裡其實是女性閨房的一部分，宮殿中女性日常起居的場所。這棟建築的名字叫偷窺宮，因為女性常聚在這裡偷窺下面的庭院。」

「噢，是啊，皇室的妻妾不能在公眾面前現身，對不對？」艾絲翠從一扇有著獨特孟加拉風窗櫓的窗戶探出頭，透過紗窗星狀的小孔看出去。她接著把護窗板完全打開，將下方被三座宮殿陽臺環繞的大理石庭院盡收眼底。

「嘿，妳想在手上做印度彩繪嗎？」查理問。

「噢，我想！」

「飯店門房跟我說有一個印度彩繪師有很多不可思議的作品。她應該在博物館的禮品店，我去請她來。」

「我跟你一起去。」

「不，妳待在這兒好好欣賞美景，我馬上回來。」

「噢，好吧。」艾絲翠說，在查理匆忙離開時感到有點奇怪。她在一張長椅上坐下，心想在這個王國還由摩訶羅闍統治的時候，跟統治者結婚不知道是什麼感覺，一定會過著極其奢侈的生活吧，但艾絲翠不確定自己會想成為眾多妻妾中的一個。她怎麼可能與其他人共享自己愛的人？更何況那些女人會被允許走出這宮牆，甚至踏足下方優雅的庭院嗎？

艾絲翠聽見遠處傳來笑聲，然後看見幾個女人從庭院的一道拱門出來——那身紅白蘭嘎套裝多麼美呀。另一排女性跟在她們身後，身穿一樣的緊身短上衣和飄逸的刺繡裙，很快院子裡便湧進十幾個女人。當鼓聲從堡壘深處傳出時，女人開始圍成一個圓圈。剎那間，所有人在艾絲翠所在位置的正下方排成一列。她們將手舉起來，抬頭看向她，隨著鼓聲的拍子踏步。

緊接著，幾個身穿白衣的男子從艾絲翠所在位置下方的拱門，穿過那排女人跑到庭院的另一頭。一首印度流行歌響了起來，男人和女人互相朝著對方跳舞，表情嫵媚動人。隨著音樂越來越大聲，另一群身穿藍紫兩色紗麗、活力四射的女舞者也加入了跳舞的行列，紛紛從庭院的南北門湧入。

樂聲戛然而止，院子對面的隔窗板忽地敞開，出現一名身穿印度傳統刺繡長夾克的男人。他朝著艾絲翠張開雙臂，清唱一首印度歌。隨後音樂又響了起來，舞者繼續踏步轉圈。艾絲翠大笑出聲，開心地欣賞在她眼前展開的寶萊塢奇景。「這一定是查理安排的！難怪我們到這裡後，他就一直怪怪的。」她心想。

那名男人突然從塔樓消失，不一會兒又帶領一群音樂家現身院子裡。整個劇團隨著節拍跳舞，編排出完美的隊型。她往下看著那位一身金的英俊主唱，驚訝地發現那人正是印度巨星沙魯克・罕。她還來不及做出反應，喇叭的聲音便響徹天際，接著是一聲古怪的吼聲。艾絲翠轉頭看向庭院的主拱門，吃驚地睜大了雙眼。

一頭身上掛著珠寶的大象，頭上還有鮮豔的粉黃雙色彩繪，在兩名身穿焦特布爾皇室服飾的馴象師帶領下穿過大門。大象背上掛著一個華麗的銀色象轎，而查理穿著繡有佩斯利花紋的深藍印度長夾克，搭配同色系的長褲和頭巾，莊嚴地坐在其中一個座位上。艾絲翠愕然地跑出房間，去到開放式的陽臺上。「查理！你真是瘋了！這是怎麼回事？」

大象大步踏往她所在的陽臺，查理坐在象背上，視線幾乎與她同高。馴象師引導大象站到陽臺旁邊，查理從象轎上跳到艾絲翠站立的地方。

「我想給妳一個驚喜，所以一直沒有告訴妳，伊莎貝爾上週簽了離婚協議書。」

艾絲翠猛地吸了口氣。

「沒錯，我離婚了，完全自由了！但我發現歷經過去幾年瘋狂的歲月，我們總認為結婚是件理所當然的事，但其實我從未正式向妳求婚。」說著，查理單膝下跪，抬頭盯著她。「艾絲翠，妳一直是我生命中的最愛——我的天使與救贖。如果沒有妳我不知道該怎麼辦。我摯愛的寶貝，妳願意嫁給我嗎？」

在她回答之前，大象發出另一聲咆哮，象鼻往上一彎抓住查理手中的東西。接著伸向艾絲翠，在她面前揮著一個紅色皮盒。艾絲翠小心翼翼地拿起盒子打開，裡面放著一枚五克拉的金絲雀黃鑽，連著一個精緻的白金花卉戒環。這個設計很獨特，不像任何當代珠寶商設計的作品。

「等等……這是……這看起來很像我外婆的訂婚戒指！」

「這**就是**妳外婆的訂婚戒指！」

「但怎麼會？」艾絲翠問，完全不明白怎麼回事。

「我上個月飛去新加坡私下見了妳外婆一面，我知道她對妳而言有多重要，所以我希望我們能得到她的祝福。」

艾絲翠不敢相信地搖搖頭，盯著那枚珍貴的傳家戒指，她用右手摀著嘴，眼淚撲簌簌地滑落臉頰。

「那妳的答案呢？妳願意嫁給我嗎？」查理一臉急切地看著她。

「要！當然要！我的天啊，我願意！」艾絲翠叫道。查理站起來緊緊地擁抱她，旁觀的舞群和音樂家歡呼聲不絕。兩人下樓來到庭院，沙・魯克・罕第一個走向他們道賀。「妳有嚇到嗎？」他問。

「我的天，我現在還在驚嚇中，我以為活到這個歲數，已經沒什麼能嚇倒我了，但查理真的很有一套！」

在這歡欣的時刻，沒有人注意到來自堡壘南端最高那棟塔樓上的一陣閃光，其來源正是陽光反射自佳能 EOS-7D（Canon EOS-7D）的遠攝鏡頭，這款相機很受狗仔隊和私家偵探的青睞。

而鏡頭對著艾絲翠和查理。

第二部

我的錢是用老辦法得來的，就是在某個有錢親戚將死之際對他倍加關懷。

——邁爾康・富比士（Malcolm Forbes）

英國，倫敦

表面上溫蒂．梅嘉赫多和媽媽愛德蘭．瑟琳．梅嘉赫多去倫敦是為了觀看她外甥克里斯欽在世界擊劍錦標賽的賽事，私下目的卻是她們三年一次的行程，拜訪班．斯托克醫生位於哈利街上的診所。這位醫生被眼光極佳的整形成癮者稱為「肉毒桿菌界的米開朗基羅」。他的手很靈巧，能將針刺入細紋、脆弱的顴骨和細膩的鼻唇中，患者就算皮膚很薄也不會瘀青。他的手術十分精妙，每位患者在離開診所後都保證眨眼時能完全閉上眼睛[37]。

溫蒂穿著Simone Rocha的繡花洋裝坐在優雅的好萊塢攝政風候診室，等她媽完成注射肉毒桿菌、喬雅登玻尿酸、保柔緹玻尿酸、瑞絲朗－麗芙玻尿酸和凝膠玻尿酸組合的同時，翻閱最新一期的《英國快速時尚》。她總是先翻到雜誌後面看「讀者迴響」單元，此單元會刊登宴會照，而且是要能驚豔四座的宴會照。她喜歡從頭到腳審視每一個英國名流——那些女人看起來不是優雅的天鵝，就是一團亂的床鋪（沒有中間值）。

這個月的「讀者迴響」頗令人失望。除了一個名叫雨果的孩子二十一歲生日狂歡派對的照片和西蒙．蒙蒂菲奧里的新書發表會，其他就是一些無聊的鄉村婚禮。她永遠無法理解為什麼那些貴族這麼喜歡在英國鄉村破舊的小教堂舉辦婚禮，他們明明有本錢在西敏寺或聖保羅教堂辦一場

37 但微笑、大笑、皺眉或挑眉卻很令人洩氣。

奢華的儀式[38]。忽然間，溫蒂的目光落在一張慣常的婚禮新人照上。根據《英國快速時尚》刊登婚禮照的習慣，這對新人站在一座素雅教堂的石拱門下——以萎縮的玫瑰花束做裝飾，臉上露出被米粒砸到的痛苦笑容[39]。但這張照片之所以令溫蒂在意是因為新娘是**亞洲人**，警報立刻拉響。

溫蒂是身分特殊的印尼華僑（中國人＋印尼人×貴族＝印尼華僑）。接受特定的教養方式長大成人。作為印度華僑寡頭執政者唯一的女兒，她是典型的第三文化小孩，在世界各地長大。於檀香山出生（為了拿美國護照），童年分別在新加坡與醫院側樓同大的豪宅和雅加達歷史悠久的爪哇傳統住屋度過，就讀於雅加達國際學校的幼稚園。二年級時轉到菁英的新加坡美國學校，直到八年級時，販賣仿製Prada後背包不幸被發現，遭退學後迅速入讀愛格隆，這間寄宿中學位於瑞士的切希爾－維拉斯小鎮，是叛逆的特權子女首選學校。自愛格隆畢業後，溫蒂在加州大學聖塔芭芭拉分校主修了兩年市場行銷，而後輟學嫁給另一個寡頭執政者的兒子，在新加坡和雅加達的家兩頭奔波。之後在檀香山的卡皮歐納尼婦幼醫院臨盆，面臨存在危機，不知道該將她的長子送到雅加達國際學校、新加坡美國學校還是英華學校就讀[40]。

正如其他熱愛環遊世界的富家女，溫蒂有內建雷達可感測到西方世界的亞洲人。每當她在

---

38 溫蒂不知道只有英國王室成員、獲頒巴斯勳章的人及其子女或住在教區附近的人能在西敏寺結婚；另外，聖保羅教堂只允許獲頒聖彌額爾勳章、聖喬治勳章和大英帝國勳章者，或大英帝國獎章持有人，亦或是帝國下級勳位爵士學會的成員及其子女（不包括孫輩）入內舉辦婚禮。

39 西方婚禮灑米的傳統可追溯自異教徒拋灑鼓物的儀式。中世紀以來，穀物便象徵多產，在婚禮結束後向新人灑米表示美好的祝願。

40 她兒子雨果三歲時，她就知道他不夠聰明，無法進入萊佛士書院就讀。

亞洲以外的地方旅遊，比如她剛好在雪梨的哲也餐館吃午餐、去摩納哥參加國際紅十字會或者在倫敦的哈福德街五號閒逛時，若有一個亞裔突然進來，溫蒂會比其他非亞裔的人更先注意到那個人，並會將她的臉在腦中十點社交地位掃描儀進行鑑定：

1. **屬於哪一類亞洲人**，按重要程度排列：印尼華僑、新加坡人、香港人、馬來西亞華僑、歐亞裔、定居紐約或洛杉磯的亞裔美國人、在康乃狄克州私募公司工作的亞裔美國人、來自溫哥華或多倫多的亞裔加拿大人、來自雪梨或墨爾本的亞裔澳洲人、泰國人、來自福布斯公園的菲律賓人、亞裔美國人、台灣人、韓國人、中國人、一般印尼人[41]。
2. **我認識這名西方世界亞洲人嗎？**確切地說，這個人是著名演員／流行歌手／政治家／社交名流／社交媒體明星／醫生／話題紅人／億萬富翁／雜誌編輯？（如果是皇室或喬·塔斯利姆再加五十分，若是喬·塔斯利姆，就讓保鑣將她房間的鑰匙偷偷塞給他。）
3. **我認識這名西方世界亞洲人的家族成員嗎？**我曾跟這個人的家人見過／一起上學／來往／一起逛街／共同主持晚會，或曾吹噓自己／在背後中傷他？
4. **這名西方世界亞洲人或其家族多有錢？**根據公佈的淨值評估實際淨值。（若有家族辦公室加二十五分、家族基金五十分、家族博物館則加七十五分。）
5. **這名西方世界亞洲人或其家族過去出過醜聞嗎？**若在印尼豪華購物城鎮的奧利佛咖啡廳打倒民

41 假如是名單上未提到的日本人、越南人或其他類型的亞洲人，直接終止掃描，因為此人根本無足輕重。

選官員、政黨或好友就加一百分。

6.這名西方世界亞洲人或其家族是否剛好經營飯店／航空公司／水療度假村／名牌／餐廳／酒吧／夜店，可讓我從中受益？若其家族擁有私人島嶼加二十五分，電影主流片商再加五百分。

7.與我相比，這名西方世界亞洲人的個人魅力及品味如何？以此標準進行全身評估：

女生：外貌、白皙肌膚、身材、首飾、手錶、手提包、鞋子、服裝、髮型、妝容。（若有任何不體面的牌子或明顯的整容痕跡扣五十分。）

男生：頭髮密度、手錶、鞋子、體格和其他打扮。（若繫了愛馬仕帶有「H」商標的腰帶扣一百分，因為只有皮膚曬黑及／或有頭銜的法國人和義大利人繫才好看。）

8.與這名西方世界亞洲人同行的白人多麼有吸引力、會打扮、重要或有名？若是與穿著行政服裝的美國人同行的商業場合扣二十分、若是歐洲人加二十五分，皮膚曬黑及／或有頭銜的法國人和義大利人加五十分。

9.這名西方世界亞洲人的護衛小組有幾名隨扈？以威嚇程度評估。考量肌肉質量、制服、任何可見武器、耳機品質、墨鏡類型，以及這些人在當前空間的顯眼程度。（看起來越好鬥的彪形大漢，隨時準備在馬里布信幸餐廳用晚餐的群眾面前掏出Sig手槍越好。）

10.這名西方世界亞洲人及其家族上次出現在當地的《快速時尚》、《巔峰》或《城市鄉村》雜誌是什麼時候？若他們從未登上任何雜誌仍為人所知加一百分。

在溫蒂的人生中，這個社交地位測驗非常精準，足以在幾秒內評估一個陌生亞洲臉孔，從而判定溫蒂在西方比這個亞洲人更漂亮、富裕或重要的程度，以及她該如何進行自己滿意的初步交流——不張揚的眼神交會、點頭示意、微笑，或是實際近距離打招呼。

當然現在這個話題中的西方世界亞洲人只出現在一張長方形二乘三吋的照片裡，但是一個亞洲臉孔出現在這樣的場景實在很不尋常——一場有資格登上《英國快速時尚》「讀者迴響」單元的鄉村婚禮——溫蒂實在沒辦法不去注意。頁面中間的文字只簡單寫道：

冬季婚禮仙境

意想不到的降雪並未阻止英國貴族拍掉黏在毛皮上的雪片、不顧路面結冰前來參加路西恩．蒙塔古－史考特在奇平諾鎮童貞聖瑪利亞教堂舉辦的婚禮。當然，格倫科拉家族、德文郡家族和巴克勒家族全數到場，還有少數幾名羅斯柴爾德家族及羅香波爾家族的人，各站在通道兩側。許多女孩對路西恩——又名高富帥——已經死會這件事哀嚎遍野。但新娘柯萊特．邴無懈可擊，她宛如瓷娃娃的美麗面孔及令人沉醉的微笑足以溫暖倫敦各郡的寒冷教堂。

溫蒂簡直不敢相信自己的眼睛，她再次把視線移到那張照片上。那個新娘穿著樣式簡單、幾乎像是修女服的高領婚紗，不可能跟她在全亞洲小報上見到的潑辣柯萊特．邴是同一個人。她標誌的黑色眼線和宛如鬥牛般的紅色唇膏怎麼了？照片中的女生完全看不出有化妝的樣子，唇色慘白。她委託詹巴迪斯塔．瓦利為她婚禮設計的那件華麗的金色禮服去哪兒了？更重要的是，她為何不戴些閃閃發亮的首飾？

溫蒂從她的 Mark Cross 白色蟒皮手提包翻出手機，很快地拍下那張照片，用 WhatsApp 傳給喬治娜．陳，後者正在新加坡的美僑俱樂部泳池畔消磨時光，沒有很注意她女兒正在泳池深水區戲水。

溫蒂．梅嘉赫多－韋嘉瓦：看看這個！！！

喬治娜．陳：品味差的英國佬？

溫蒂．梅嘉赫多－韋嘉瓦：不是，妳看新娘！！！

喬治娜．陳：OMFG！！！妳在哪看到的？？？

溫蒂．梅嘉赫多－韋嘉瓦：《英國快速時尚》！

喬治娜．陳：柯萊特的婚禮登上了《英國快速時尚》?!哇，她真的挖到寶了！妳有傳給凱蒂嗎？

溫蒂．梅嘉赫多－韋嘉瓦：沒！！！我才不要當替死鬼。

喬治娜．陳：聰明，傳話的總是被罵。妳也不想因此丟了她家飛機上的水療特權。

溫蒂．梅嘉赫多－韋嘉瓦：至少我表裡一致——如果我對妳惡劣，妳就會知道是因為我討厭妳，但凱蒂太陰晴不定了！還記得在巴黎詹巴迪斯塔．瓦利工作室發生的事嗎——她看起來這麼冷靜，突然就破壞柯萊特的婚紗！

喬治娜．陳：是呀，難怪她沒穿，他們可能來不及修補吧。

溫蒂．梅嘉赫多－韋嘉瓦：但我還是不敢相信她會選那樣的禮服。我的媽，她看起來就像《真善美》的瑪麗亞。她的臉我根本認不出來！妳覺得她有去首爾、布宜諾斯艾利斯或倫敦整形嗎？

喬治娜．陳：這就是她素顏的樣子吧。我知道這風格……她現在走的是上流英國佬路線。他們喜歡在婚禮上看起來像未經人事的處女。

溫蒂．梅嘉赫多－韋嘉瓦：跟她結婚的這個男的看起來像真正的貴族。

喬治娜．陳：我以為他是某個科學怪人？

溫蒂．梅嘉赫多－韋嘉瓦：他是律師。

喬治娜．陳：我們在巴黎時，妳不是查過他嗎？

溫蒂．梅嘉赫多－韋嘉瓦：塔蒂亞娜查的。

喬治娜．陳：她看過照片了？

溫蒂．梅嘉赫多－韋嘉瓦：還沒。

喬治娜．陳：等我一下……

喬治娜把照片轉寄給塔蒂亞娜．薩瓦林，逕自上網查了下。不一會兒，現在人在馬斯蒂克島度假的塔蒂亞娜回了訊息。

塔蒂亞娜．薩瓦林：那就是柯萊特．邴的結婚對象?!

溫蒂．梅嘉赫多－韋嘉瓦：不敢相信對吧？

塔蒂亞娜．薩瓦林：真性感！看起來一點也不像無聊的西裝男！

喬治娜．陳：塔蒂亞娜，妳當偵探真是爛透了。我剛查了一下，看我找到什麼。妳們看這連結……

來源：我的貴族排行（rankmypeer.co.uk）

路西恩．金雀花．蒙塔古－史考特勛爵，也稱帕利澤伯爵，是格倫科拉公爵的長子。二〇一三年，《快速時尚》雜誌將他列為英國十大最佳黃金單身漢之一。根據《星期日泰晤士報》富豪榜，格倫科拉公爵是倫敦排行第五的大地主，在北安普敦郡、薩福克郡和蘇格蘭有多處地產。但他們投資組合中的皇冠寶石[42]是在中倫敦的大量地產，因為格倫科拉家族可謂倫敦的主要地主，僅次於西敏公爵和波特蘭公爵，擁有布魯姆斯伯里和切爾西大片土地；此外，路西恩的母親莉莉安來自法國羅香波爾家族。C'est formidable（意旨法文的「太棒了」。）！

塔蒂亞娜．薩瓦林：這一定是新網頁！我查他的時候沒有跑出來！

溫蒂．梅嘉赫多－韋嘉瓦：靠！

喬治娜．陳：柯萊特是未來的格倫科拉公爵夫人！要是凱蒂知道了，一定會嚇死。

塔蒂亞娜．薩瓦林：什麼要是？我剛全都傳給她了。

喬治娜．陳：什麼?!

42 指企業中最有價值、最吸引人的部分。

忽然間，三人的手機都震動了起來，一個來自上海的號碼撥了群組通話。

溫蒂．梅嘉赫多－韋嘉瓦：凱蒂打來了！

喬治娜．陳：要接嗎？她看得到我們正在群聊。

「塔蒂亞娜這個白癡。」喬治娜小聲嘀咕，滑開手機開啟群組通話。

「嗨，凱蒂！」溫蒂用一個十分愉悅的口氣打了招呼。

「大家好呀，妳們剛傳給我的是什麼啊？」凱蒂問。

「呃，妳有看照片或我剛傳給妳的連結嗎？妳看一下照片，連結就別看了。」塔蒂亞娜迫切地說道。在凱蒂端詳手機螢幕顯示的照片期間，對話出現短暫的空白。

「我該看什麼？我看到一群頭髮斑白、滿口黃牙的女人……」

「妳沒看到新娘？」溫蒂問。

「沒有……」

喬治娜插口說：「凱蒂，妳滑到那頁底下，有看到新郎和新娘嗎？」

接著是一陣靜默，所有人都屏著呼吸，不知道凱蒂會有什麼反應。

「真有趣。」凱蒂最後用一種驚恐的平淡語氣說道。

「柯萊特看起來糟透了，對不對？沒有化妝和珠寶掩飾，她就是個長相普通的女生，完全突顯出她中國人的五官。」溫蒂暗笑道。

「她看起來生活拮据啊。」塔蒂亞娜說。

凱蒂訕訕地笑了一下。「我向妳們保證柯萊特沒有生活拮据，她只是想討好她的新親戚而努力擺出端莊的樣子。他們看起來就跟柯琳娜・高－佟處心積慮要介紹給我的人差不多。反正祝她好運，好好過她的英國生活。」

凱蒂坦然接受這件事讓喬治娜鬆了口氣。正當她暗自祈禱凱蒂忽略那篇涉及新郎身分的文章時，她忽地開口：「那這個羅香波爾家族有什麼資料嗎？」

*該死，她全看到了。*溫蒂在心裡罵道。

「沒聽過。」喬治娜嗤之以鼻。

「對了，我現在在馬斯蒂克島參加家庭派對，有個女生或許知道。」塔蒂亞娜說，極沒必要地補充了句：「我聽說她來自法國一個上流家庭。」

塔蒂亞娜走到峇里島風別墅的露台，那位朋友——她丈夫合作夥伴的妻子——正在那兒喝著一杯黑咖啡。「露西，我現在跟幾個朋友在電話中，妳有聽過法國一個叫羅香波爾家族的嗎？」

「哪一支系？」露西問。

「呃，不知道，我們認識的人跟一個母親來自羅香波爾家族的人結婚。我開一下擴音……」

「那個母親的名字是莉莉安・羅香波爾。」喬治娜提供了資訊。

露西的眼睛睜大。「**莉莉安・德・羅香波爾**？妳說的是路西恩・蒙塔古－史考特的母親？」

「對！妳認識他嗎？」塔蒂亞娜興奮地問。

露西搖搖頭嘆了口氣。「我不認識他本人，但拜託，每個法國女生都為他瘋狂。我是說，他可是未來公爵耶，他母親又是布列塔尼羅香波爾家族出身，不是巴黎那邊的窮酸親戚。」

「但羅香波爾家族到底是誰？」喬治娜追問。

「噢，他們是一個famille ancient……那怎麼說……跟波旁王朝通婚的古老貴族家庭，他們家族可追溯自路易十三時代。巴黎那邊的支系繼承了葡萄園——就是羅香波爾城堡；但布列塔尼羅香波爾家族擁有法國最大的軍事防衛公司之一，法國海軍的潛水艇和船艦全出自他們公司。妳那個嫁給路西恩的朋友是誰呀？」

「柯萊特．邴，但她其實不算我們的朋友……」塔蒂亞娜尷尬地說。

「她是來自上海的某個名媛和時尚部落客……」溫蒂開口。

「她是個被寵壞的賤貨！」凱蒂突然破口大罵。

大家一時間嚇得不知該如何回應，但喬治娜試著將她的話轉為玩笑緩和氣氛。「哈哈，是啊，她因為那個家喻戶曉咄咄逼人的影片而聞名，對嗎，凱蒂？」

電話另一頭沉默了一會兒。

「呃……凱蒂好像掛了。」塔蒂亞娜說。

印度，拉那克蒲

素儀把手貼在白色的大理石柱上，用手指摸索上面精雕細琢的女神像，感受每一個起伏不定的曲線，手感冰涼。整根柱子雕刻的都是翩翩起舞的少女，從地面一直延伸到高聳的圓頂。素儀環顧四周，發現自己被四面八方成千上萬根柱子團團包圍，數量多到數不清[43]。每一根柱子都雕有神祇、動物、相愛及戰爭的場景——雕刻的精細程度使其看起來更像蕾絲花邊而非石頭，精緻得叫她難以置信。

素儀很感謝摩訶拉尼為她安排這趟千柱之廟（Adinatha Temple）之行。這座寺廟藏在焦特布爾和烏代浦間深遠的阿拉瓦利嶺中。當她走過大理石通道時，感覺自己彷彿深入夢境，而在廟的一隅，她來到一處僻靜的石庭，中間長了一棵漂亮的樹。一個身穿藏紅色長袍的年輕男子就站在樹下，撿起落葉，他抬頭看了會兒，對她微笑。素儀害羞地笑了笑，接著走進另一間有著壯觀雕刻的前室，描繪著一個與數百條蛇交織在一起的神祇。

「不好意思，請問妳會說英文嗎？」一個聲音忽地從素儀身後傳來。素儀轉過身，發現是剛

43 事實上，總共有一千四百四十四根立柱。這座四萬八千平方英尺的寺廟包含二十九個大廳和八十個圓頂，是由富裕的耆那教商人坦那．沙（Dharma Shah）建成。該寺廟於公元一四四六年開始建造，耗時五十多年才完成。倘若你去了焦特布爾，務必前往這個美妙的地方瞧瞧，不要浪費時間和金錢向花言巧語的商人購買羊絨毯。他們聲稱自己「在鄰近村莊雇用八百名女性，專為愛瑪仕（艾綽或凱卓）製作手工編織毛毯」。這並非事實，李察．吉爾也沒有在上星期剛好去了那裡購買一百條圍巾。

才那個年輕男子。這次，她可看見他的額頭上畫了一個淡淡的金點。

「會。」她躊躇地應道。

「妳從中國來的？」

「不是，我來自新加坡島，就是海峽殖民地的其中一個……」

「啊，我知道，在英屬馬來西亞的頂端。新加坡也住了少數耆那教徒。我先自我介紹，我叫阿齋，是這裡的僧侶。我祖父是這座廟的高僧，有一天我父親會成為高僧，然後傳位給我。但時間不長。」

「你很幸運，這是我見過最美的一座廟。」素儀說。

「我能為妳祝福嗎？」

「我的榮幸。」

這位僧侶領著她到這座廟某個視野開闊的角落。他們坐在大理石祭壇的台階上，欣賞遠處起伏的山巒，感受涼風吹拂。僧侶再次對她微笑。「我們這裡少有新加坡人來參拜，妳跟妳的女伴一進到廟裡時，我就注意到妳了，因為妳打扮很亮麗，但妳對我笑的時候，我卻感覺到一股濃厚的悲傷。」

素儀點點頭，目光微歛。「我跟家人分隔兩地，我的家鄉現在又在打仗。」

「我知道，我聽說戰爭延燒到南亞。雖然我不明白這場戰爭所為何事，但我感覺妳的悲傷來自妳內心深處……」他專注地凝視著她，素儀這才注意到他的眼睛帶有近乎藍灰色的色調。忽然間，她的眼淚無法控制地湧出眼眶。

「我哥哥。」素儀喉嚨哽咽，聲音幾不可聞。「我哥哥失蹤了一段時間。」這件事她從未告訴任何人，也不知道為什麼現在會告訴他。她想從包包裡拿手帕，這名僧侶卻不知從哪裡變出一條手帕遞給她。那是一條深藍色和紫色的絲巾，上面畫有佩斯利的圖案，與他嚴肅的外表似乎有些不協調。素儀拭去淚水，抬頭看向那個突然戴起鐵絲框眼鏡的僧侶，就類似她哥哥戴的那副。

「妳哥哥亞歷山大想告訴妳一件事，妳想聽嗎？」

素儀看著他，起初不明白他的意思。她尚未回答，僧侶便脫口說出一段閩南語：

七、八、九，上岸了。該死，他們人太多了，這樣行不通，根本起不了作用。

一股寒意順著她的脊背爬上來，這是她哥哥的聲音，就從那名僧侶的口中傾瀉而出。他一直重複著在他病得神智不清時所說的那些無稽之談。

「什麼行不通？阿傑，告訴我，什麼行不通？」素儀追問道。

「我不能阻擋那麼多，太危險了。我們必須迅速行動，而且不能反擊？」

「阿傑，說慢點，誰要反擊？」素儀沮喪地握緊雙手，感覺手在冒汗。當她垂下視線看向那條佩斯利絲巾時，發現上面沾有混著血液的網狀黏液。忽然間，她哥哥停止了語無倫次的咆哮，並以一種清晰的語調對她說。「我想妳知道現在該怎麼做了，素儀，相信妳的本能。這是替我們祖先贖罪的唯一方式。這件事妳不能告訴任何人，尤其是父親。」

她很快了然於心。「但我要怎麼獨自完成這件事？」

「我對妳有信心，妹妹。現在妳是最後的希望……妳醒了嗎？媽咪，妳醒了嗎？」

素儀感覺一隻手搭在她的肩上，突然間她離開了拉那克蒲雕刻精細的寺廟，那名有著藍灰色雙眸的僧侶也跟著消失。她在泰瑟爾莊園的臥房裡醒了過來，清晨的陽光照進她眼裡。

「媽咪，妳醒了嗎？施倍賢主教來看妳了。」維多莉亞快活地說。

素儀發出低沉的呻吟。

「我想她可能不舒服。」施主教說。

素儀再次呻吟出聲。這個煩人的女兒打斷了我人生中最深刻的回憶。阿傑在對我說話，他想告訴我什麼，但現在他走了。

「我來通知護理師。」維多莉亞語氣擔憂地說：「她注射了大量氫可酮，現在應該什麼感覺也沒有。他們只說她可能會出現幻覺。」

「我沒有不舒服，只是妳突然把我叫醒。」素儀沮喪地嘟囔道。

「噢，施主教過來為妳禱告……」

「我要喝水……」素儀說，她的喉嚨一如往常地在早上醒來時感到非常乾。

「噢，好，喝水，我看看。施主教，你能去我媽的更衣室一下嗎？梳妝台旁的托盤上放著幾個威尼斯玻璃杯。底座是海豚、造型可愛的手工玻璃杯，在達涅利飯店附近一間漂亮的店買的。幫我拿一個杯子過來。」

「哎呀，這裡就有紙杯。」素儀指著一旁的茶几。

「噢，我真笨，竟然沒看到。施主教，你身後的桌子上有水瓶嗎？應該有個銀色絕緣水瓶在那，把手是新藝術風雕刻的非洲茉莉。」

「趕快把那該死的紙杯給我。」素儀喝道。

「噢，天啊，媽咪，**注意措辭**。施主教還在房裡呢。」維多莉亞說，試著把紙杯遞給她。

「妳沒看我手上插滿管子嗎？妳得用吸管餵我喝！」素儀無力地說。

「讓我來。」施主教上前，從筋疲力盡的維多莉亞手中接過杯子。

「謝謝。」素儀如獲至寶地吸了幾口後，感激地道謝。

「好了，媽咪，我和施主教在早餐時聊了一下，我才想起妳沒有受洗過。主教很好地帶來了來自約旦河的一小瓶聖水。我想我們可以在這房間進行洗禮儀式……」

「我不想受洗。」素儀斷然道。

「但媽咪，難道妳不知道不受洗就永遠無法上天國嗎？」

「妳要我說多少遍我不是基督徒？」

「別說傻話，媽咪，妳當然是基督徒呀。如果妳不是基督徒，就沒辦法上天堂，難道妳不想跟爹地在一起……我們**全部人**一起邁向永恆的未來？」

素儀想不出比永遠跟她淹尖[44]的女兒在一起更慘的命運。她只是嘆了口氣，厭倦這個一再重複的話題。

「呃，楊太太……不知我能否問一下，」主教謹慎地問道：「假使妳不是基督徒，那妳覺得妳信的是什麼？」

「我尊重任何宗教信仰。」她溫柔地回答。

---

44 eem zheem，廣東話的「難搞、頑固」。

維多莉亞嘲弄地翻了個白眼。「我爺爺的家族信佛教、道教、拜觀音，各式各樣的神都拜……跟那些傳統的**中國人**沒兩樣。」

主教整了整他的衣領，看起來有點不舒服。「維多莉亞，我們真的不能強迫妳媽受洗，不過或許我們可以為她祈禱接受耶穌溫柔地走進她的心。」

「我不需要耶穌走進我內心。」素儀激動地說：「我不是基督徒，真要說的話，我信的是耆那教。」

「媽咪，妳到底在說什麼啊？琪娜是什麼？妳是把什麼跟妳朋友琪娜．懷特曼搞混了嗎？」維多莉亞問，抬頭看向點滴瓶，確認她沒有注射過量的止痛類藥物。

「耆那教是一個古老宗教，印度教的分支[45]……」施主教向她解釋。

維多莉亞驚恐地盯著她媽媽。「印度教？妳怎麼可能信印度教。天啊，**我們家浣衣女傭信的就是印度教**！拜託不要說妳是印度教的，媽咪——我絕對承受不了！」

素儀疲憊地搖搖頭，右手按下呼叫器。不一會兒，她的侍女進到房裡。「瑪德利、帕翠薇娣，把維多莉亞帶出去。」

「走吧，維多莉亞，我們可以一起在外面祈禱。」主教催促道，緊張地瞄向素儀的心率監控螢幕。

---

45 這裡施主教事實上說錯了。雖然耆那教和印度教都接受因果報應、生死循環和其他像是解放、給予人們自由的觀點，但它們完全是兩種截然不同的獨立宗教。

「媽，妳不能就這樣叫我離開，妳的靈魂處境很危險！」維多莉亞尖叫道，她妹妹雅莉絲也在這場騷亂中進到房裡。

素儀懇求地抬頭看向雅莉絲。「拜託叫維多莉亞出去，她要把我氣死了！」

「我知道了。」維多莉亞平靜地說，隨即轉身衝出房間。

帕翠薇娣面帶關心的微笑轉向素儀。「夫人，早上還是吃粥？」

「對，跟他們說今天要加蛋。」素儀吩咐道。待侍女一離開，她便長嘆一口氣。

「她沒惡意，媽咪。」雅莉絲婉轉地說。

「為什麼她總是這麼惹人厭？而且我受不了施倍賢那張臭臉。他只想為他的大教堂建設基金賺錢，維多莉亞每個月付他那麼多支票，讓自己的帳戶總是透支。」

「或許維多莉亞有煩人的地方，但她心地善良。她是我認識的人當中最慷慨大方的。」

素儀對雅莉絲笑了笑。「而妳總是充當和事佬。妳小時候就一直負責消弭妳姊姊間的分歧。妳能答應我在我走了之後，確保她們不要吵架嗎？」

「當然可以，媽咪。但妳放心——溫教授說妳的心臟每天都有改善。就連麥爾坎也對妳身體狀況的進展很滿意。」

「或許是這樣沒錯，但我總有一天會死。」

雅莉絲不知道該說些什麼，只是忙著拉直母親的床單，把它鋪平。

「雅莉絲，妳不用替我感到害怕。我不怕死，妳不知道我面臨過幾次死亡。我只希望不要感到痛苦而已。」

「溫教授正在努力。」雅莉絲淡淡地說。

「雅莉絲，妳能幫我一個忙嗎？妳可以打給弗萊迪．陳，請他過來一趟嗎？」

「呃……弗萊迪．陳，妳的律師？」雅莉絲問，對她的請求感到不安。

「對，對我來說，盡快與他見面這件事很重要。他的電話在梳妝台上的電話簿裡。」

「好，我馬上打給他。」雅莉絲說。

素儀閉上眼睛，試圖放鬆片刻。她仍在努力把斥責維多莉亞後，她臉上受傷的表情拋諸腦後。笨蛋！這個詞在她腦海迴響，來自久遠的記憶……

「妳這個笨蛋！」

當素儀出現在直落亞逸街某間街屋的地下室時，她父親憤怒地吼道：「妳知道我花了多少錢，打多少電話請人幫忙，只為讓妳安然無恙地離開新加坡？妳來這裡幹嘛？」

「你覺得我每天收到這裡傳出的可怕消息後，還能好好待在泰姬瑪哈酒店嗎？聽到這裡被炸，人們被折磨、被殺？」

「所以我才要把妳送出新加坡！讓妳搭最後一艘護衛艦出去！」

「我不知道這裡發生什麼事，爸。我有其他人的消息，陳嘉庚、S．Q．叔叔、戴坤叔叔，卻完全沒有你的消息。振傳來印度的時候，跟我說他沒有你的消息，所以我以為你被抓了，甚至可能已經死了！」

「我跟妳說過但妳不聽，我說我會沒事！」

「沒事？你看你現在躲在地下的洞裡，穿得破破爛爛！」素儀說，看見她父親穿著染色的背心和滿是雪茄灰的褲子時，眼淚在眼眶打轉。她父親從前總是穿著三件式的套裝。現在他把頭髮剃光，臉上塗滿汙垢，她幾乎就要認不出來。

「真笨！妳看不出來我是故意這麼穿的嗎？現在活下去的唯一方式就是不惹人注目，我把自己扮成不識字的碼頭工人，日軍根本不屑看我一眼！妳是怎麼毫髮無傷地回來的？」

素儀指著她那身泰國絲綢洋裝。「我在印度搭火車到緬甸，然後以泰國大使隨行人員的身分去到曼谷——我偽裝成娜瑞絲拉・邦努巴克塔公主的侍女。」

尚龍馬打量了下她女兒，隨即發出帶痰的笑聲。一方面，他對她回到這座飽受戰火肆虐的島嶼感到生氣；另一方面，他又不得不佩服她的足智多謀。她知道如何隱藏自己，也證明了她比她的兄弟們都勇敢。「既然妳回來了，我們要怎麼辦？妳也知道，回去泰瑟爾莊園太危險了。」他嘆了口氣。

「不管你答不答應，我都要回去泰瑟爾莊園。我會留在那裡盡我所能幫助受傷和有危險的人。」

素儀的父親對此嗤之以鼻。「現在一切都被日本人控制住，妳怎麼會覺得自己有辦法幫助別人？」

「一個僧侶告訴我的，爸，他是來自世界上最美寺廟的年輕僧侶。」

新加坡

這些年來作為楊家的保全主管，維克拉姆．格爾上尉從未遇過現在這種情況。站在泰瑟爾莊園門口的是菲利普．楊，尚素儀唯一的兒子。三十二年前面試並雇用他的正是這個男人，要不是他在二十年前莫名其妙搬到澳洲居住，惹他母親生氣，失去他長大的這棟房子合法繼承權的話，這個人本該成為他未來的老闆。

一般情況下，菲利普．楊會毫不猶豫地開著他那輛森林綠 Jaguar Vanden Plas 通過大門，但現在的問題是坐在前座的那個男人——尼可拉斯．楊，維克拉姆從他小時候看著長大的。一直到大約五年前，尼基還是他奶奶最鍾愛的孫子，也是泰瑟爾莊園的推定繼承人。無論從哪點來看，他都是這座莊園年輕的領主。但現在他接獲最嚴格的命令，不得讓尼基進入莊園。

維克拉姆知道他必須盡量圓滑地處理當前情況，他知道他的女主人尚素儀是個善變的人，她還是有可能在最後關頭改變心意，恢復菲利普和尼基的繼承人身分。天曉得花園裡那座精緻的黃楊木樹籬迷宮排成的是菲利普名字首字母，而尼基的臥房也沒被動過，目前仍空著——完全停在他上次來住的樣貌。這兩人其中之一很有可能馬上就要成為他的老闆，他絕不能冒犯。

「我很抱歉，楊先生，你必須了解我身不由己，請別往心裡去。」維克拉姆誠摯地說，對尼克露出一個尷尬的笑容。

「我明白，告訴我是誰下的命令？」菲利普的語氣很客氣，但他明顯不太高興。

埃莉諾打開車門，氣沖沖地下車。「維克拉姆，你在胡說八道什麼？別跟我說我們不能進去！」

「楊太太，正如我剛才跟楊先生說的，我們非常歡迎你們兩人到訪，但我接獲嚴格命令尼基不得入內。那天晚上他抵達的時候，我就確認過了。他們說不行，絕對禁止。」

「**他們**是誰？誰下的命令？素儀現在幾乎等同於植物人，她根本無法開口對你下命令！」

「請恕我無禮，楊太太，但楊老太太不是植物人！」維克拉姆氣急敗壞地說。

尼克搖下窗戶。「爸、媽，你們兩個進去吧，我……」

「閉嘴啦！」埃莉諾不耐地在尼克面前擺擺手。「維克拉姆，你每年靠我提示的股票賺了多少錢？信和置業、吉寶企業還有銀湖寰宇。哼！我發誓我絕對不會再給你任何一個提示。我讓你賺大錢，這就是回報我們的方式？你這**孟加拉高賽**[46]！」

維克拉姆嘆了口氣，試圖從這片泥沼脫身。「那我再打電話去主宅，或許你們可以直接跟維多莉亞談？」

菲利普的耐性已被磨光。「不，維克拉姆，我已經受夠了，這裡是我家，我不需要聽我妹妹的命令！如果我媽不願見尼基，她可以親口對我說。除非她讓他進去，不然他絕不會踏入她的房間。但我不會讓我兒子像乞丐一樣在門口等。你想打電話就打吧，但我們**全部**都要進去！」

46 意即「孟加拉狗屎！」但埃莉諾完全罵錯了，因為維克拉姆身為一名廓爾喀兵，其實是尼泊爾出身，非孟加拉人。然而，就埃莉諾而言，印度人只分為兩種，一是像她朋友辛格家的有錢人，以及一般的窮人。

菲利普回到駕駛座上，發動引擎。維克拉姆雙手環胸地站在那道鍛鐵灰色大門前，菲利普慢慢地讓他的轎車駛向大門，前保險桿差點就要碰到那名氣勢驚人的警衛膝蓋。其他警衛站在一旁，不知如何是好。

五、四、三、二、一。維克拉姆在腦海數著。我堅持得夠久了吧？菲利普為人正直，他知道他不會讓他陷入麻煩。以他的角度看來，讓這三人進去不會有什麼實質的危險。這只是一場家族糾紛而已，而現在他的任務完成了，也演了一場好戲，是時候置身事外了。他往車子旁跨了一大步，吩咐他的手下。「把門打開！」

菲利普猛地踩下油門，以高速沿著碎石車道奔馳。當路面彎向通往大宅的主要道路時，一個令人十分好奇的景象映入眼簾。一排鍛鐵椅排在前院的草坪上，上方遮著彩色的絲綢陽傘。大部分家族成員都在——維多莉亞．楊、尤加拉一家還有鄭家——正坐在一起觀賞雙人羽毛球賽，還有一些受邀的客人，像是施倍賢主教、蘿絲瑪麗．錢和泰國大使。座位後方，精心設計的冰淇淋吧旁擺了張桌子，上面放了一個特大號的水晶碗，裡面裝滿冰涼的果汁。

埃莉諾不屑地搖搖頭。「真不知羞恥！你媽正奄奄一息地躺在床上，大家竟然還在這裡開花園派對！」

「不然他們要怎麼辦？整天跪在她床邊祈禱嗎？」菲利普辯駁道。

「主教在這裡呀！至少他應該在屋裡為她祈禱，而不是吃冰淇淋聖代。」

「媽咪討厭那個人。他在這裡的唯一理由是因為維多莉亞仍喜歡他。在他們就讀新加坡國立大學時就這樣了。」

「我的天……我怎麼不知道這件事？難怪她總是對施太太態度這麼差。」

「媽，妳不覺得維多莉亞姑媽對任何沒有神學博士學位的人態度都很差嗎？」尼克笑了起來。

當車子駛向屋前的環形車道時，尼克看到艾迪．鄭和他弟弟阿歷斯泰．鄭在跟達信姑丈及亞當．尤加拉一決高下。達信、亞當和阿歷斯泰隨便穿了身polo衫和短褲，艾迪則是一身白──從長袖亞麻襯衫、亞麻打褶褲到綁帶翼紋鞋都是。尼克注意到費歐娜和他們的三個小孩也穿了一身亞麻服，肩上綁著白色的羊毛衣，在午後陽光的照射下汗流浹背，不禁啞然失笑，這毫無疑問是艾迪的要求。

菲利普、埃莉諾和尼克從車上下來後，比賽突然暫停，草坪上所有人都盯著這些乍來到訪的人。尼克頓時很想知道他的親戚是否會換個態度待他，因為他現在已被正式逐出泰瑟爾莊園了。他的表弟阿歷斯泰隨即扔下球拍撲過去。「真開心你來了。」他說，給尼克一個大大的擁抱。尼克鬆了口氣，他的好兄弟阿歷斯泰從來不會讓他失望。

下一個上前的是凱薩琳，在楊家四姊妹中，她與尼克父親的關係一直是最親密的，因為他們之間只差兩歲，又一起被送到英國上寄宿學校。

「哥哥！」她熱情地說，在菲利普的臉頰上匆匆吻了一下。「你剛到新加坡嗎？」

「嗨，小凱，我今天早上到的，妳全家都來了嗎？」

「目前只有達信、亞當和琵雅跟我回來，另兩個兒子還在安排時間。」

「我剛看比賽是香港對泰國，比數如何？」

「五比二，泰國領先。艾迪提議要比賽，但他打得不好。阿歷斯泰努力控制比分滿讓人佩服的，但我覺得他不知道達信以前是泰國奧運羽毛球隊的。」

「我靠！難怪他這麼強！」阿歷斯泰埋怨道。

凱薩琳給埃莉諾一個吻後，朝尼克看了一眼。「看到你真好，尼基。好久不見了，瑞秋沒跟你一起來嗎？不敢相信我到現在還沒見過她。」

「沒有，只有我回來。」尼克抱了他姑媽一下。凱薩琳直視他的眼睛，想說些什麼，但她妹妹維多莉亞卻在她開口前走了過來。

「哥哥。」維多莉亞稍微向她哥哥點頭示意，一邊用雕刻木扇猛地朝自己搧風，接著瞥了眼尼克，然後說：「我沒辦法讓你進屋裡，別怪我。」

「那我要怎麼辦？」尼克苦笑地說。

埃莉諾開口。「真荒唐！為什麼尼基不能到屋裡去？他只是想藉這個機會向媽咪道歉。」

維多莉亞明顯縮了一下。即使過了四十年，她還是不習慣她的嫂嫂稱她母親**媽咪**。「埃莉諾，那妳說我該怎麼做？你們全部人都知道我媽的脾氣，我只是照她的希望行事。」

菲利普懷疑地看著她。「媽特意告訴妳她不想見尼克？」

「事實上，她跟艾迪說的。」

「艾迪，我的天啊！妳真的相信他的話？艾迪從小就一直忌妒尼克！」埃莉諾嘲諷道。

談話間聽見有人叫了他的名字，艾迪悄悄地插了進來。

「菲利普舅舅、埃莉諾舅媽，我就直說了吧。三天前，我去阿嬤的臥房看她，跟她說尼基在回來的路上。我以為她知道他要回來向她賠罪會感到安慰，但她突然變得煩躁，然後心臟驟停。那天維多莉亞姨媽也在，她差點就撐不過去了。」

「但那是三天前的事，我現在要親自去見我媽，如果她不想見尼基可以當面對我說。」菲利普堅持道。

「你**真的**想害阿嬤再度有生命危險嗎？」艾迪說。

菲利普輕蔑地盯著他的外甥。他滿身大汗，濕淋淋的皮膚黏在白襯衫上，身材難看的部位顯露無遺。*真是個怪人，穿得像在牛津公共休息室打板球一樣。*他從來就不相信他。「艾迪，我媽交給我擔心就好，你還是關心一下自己的小孩吧。」

「什麼意思？」艾迪轉過身，看見他的小孩和他們的表弟傑克・蒙庫站在冰淇淋吧前。康斯坦丁、奧古斯丁和卡莉絲特高高興興地舔著雙球冰淇淋筒，冰淇淋已明顯融化流到他們的手上，並滴到他們的白色亞麻服。

艾迪一陣風地衝向他們，放聲大叫。「**費兒！費歐娜！看孩子們幹的好事！我說過不准他們穿著 Brunello Cucinelli 吃冰淇淋！**」

費歐娜・佟－鄭正跟琵雅・尤加拉和賽希莉亞・鄭－蒙庫聚在一起聊天，她抬起頭看了一下，翻了個白眼，繼續回到她們的話題上。

在艾迪急忙帶著他的三個小孩去找阿玲和浣衣女傭的主管期間，尼克接替他的位置繼續比賽，他的父母則跟維多莉亞進了屋。「她今天真的不應該再見客了。」維多莉亞嘟囔道，帶領菲利普和埃莉諾沿著走廊通往素儀的臥房兼病房。

「我不是客人，我是她兒子。」菲利普惱怒地回了一句。

維多莉亞默默地在心裡發洩不滿。對，我知道你是她兒子，她唯一的兒子，媽咪自始至終都非常明確地告訴我這一點。從小每個禮拜，她都會特別準備燕窩給你這個寶貝兒子吃，我們女生只有生日才吃得到；你的所有衣服都是在薩佛街量身訂做，我們的衣服卻要自己縫；你大學返家就有自己的Jaguar敞篷車可開，我們卻必須四個人共用一輛破爛的Morris Minor；你能夠選擇自己的結婚對象，不論對方家世多麼普通，而我帶回家的每個男生卻都被視為「不合適」；你拋下她逕自搬到澳洲過著《鱷魚邦迪》的奇幻人生，我卻被迫困在這裡照顧她的晚年生活——就因為你是她的寶貝兒子。

當他們抵達她母親臥房旁的客廳時，維多莉亞開始向護理師問東問西，菲利普和埃莉諾則進了臥房。雅莉絲就坐在床邊的扶手椅上。「噢，哥哥，你來了。媽咪剛睡著了，她的血壓起伏太大，所以他們剛剛為她施打了鎮定劑。」

菲利普垂眼看向他的母親，突然對她的臉色感到震驚。上次見到她是在聖誕節的時候，就在五個星期前，當時她還踩著樓梯爬到楊桃樹梢處。但現在她躺在病床上看起來好瘦小，感覺在周圍管線和儀器的包圍下十分不堪一擊。她這一生中，一直非常強大、戰無不勝，他甚至無法想像她不在身邊的可能性。

「我想在這裡陪媽過夜。」他輕聲說。

「這實在沒必要，她整個晚上都會在昏睡中，何況她的侍女晚上會輪流守夜，以防她醒來。護理師每隔半小時也會來檢查一次。明天再來看她吧，她通常早上會有幾個小時是清醒的。」雅莉絲說。

「她睡著了也沒關係，我想陪著她。」菲利普繼續爭取道。

「你確定？我覺得你看起來該去睡一會兒……」雅莉絲開口。

埃莉諾表示贊同。「是啦，你在飛機上沒睡多少，不是嗎？你看起來很累——眼袋那麼明顯。我們先回家明天再來。」

菲利普終於不再拒絕。「好吧，但雅莉絲，妳可以幫我個忙嗎？媽咪醒來後，能跟她說一聲我回來了嗎？」

「沒問題。」雅莉絲笑了笑。

「妳也可以跟她說尼基也回來了？」菲利普逼她答覆。

雅莉絲猶豫了一會兒。她擔心提到尼基的名字，又會讓她媽不高興，但她又覺得她必須修補他們之間的裂痕。只有這樣，她才能真正安詳地離世。「讓我想想，我盡量吧，哥哥。」

英國，薩里郡

每個有幸造訪哈林斯閣的賓客都該在清晨準時醒來，欣賞太陽從花園上方升起的瞬間，賈桂琳心想，喝著剛用精緻竹盤送到她床邊的橙黃白毫紅茶。頭枕著四顆鵝絨枕頭，她可清楚地看到下方黃楊木花壇園、遠處的紅豆杉樹籬，以及籠罩薩里丘陵地帶的晨霧。眾人紛紛在這樣安靜的時刻下樓吃早餐，而最讓經常拜訪尚家的賈桂琳津津樂道的就是這裡的早餐。

尚家位處亞洲最具權勢菁英家族的層級中，據說他們已然拋棄了新加坡。普遍的認知是：「他們家族變得如此壯大，以為自己是英國人。」儘管阿爾弗雷德在他位於薩里六千公頃的莊園過著比許多侯爵還好的生活，但賈桂琳知道，若因此認為他將忠誠全數獻給女王及這個國家的話就錯了。如此粗淺的道理在於幾十年來，他的三個兒子（理所當然畢業於牛津大學）一個接一個地娶了英國妻子（當然全來自門當戶對的貴族世家），並決定定居英國。所以自八〇年代初，阿爾弗雷德與妻子梅布爾每年都被迫長時間留在這裡，因為只有這樣他們才能定期探望兒孫。

身為錢載泰和蘿絲瑪麗．錢的女兒，梅布爾的行事作風比他丈夫更像華人，後者從一九五〇年代起——進入牛津大學就讀前——就是個親英派。梅布爾著手在哈林斯閣建立一個讓她放鬆的空間，沉迷於她最喜歡的關於東西方的特點。為了重建加百列－希波利特．德思塔耶（Gabriel-Hippolyte Destailleur）設計的十九世紀威尼斯復興風建築，梅布爾想辦法讓那位很厲害的中國裝飾藝術史學家黃鵬帆在退休後與傳奇的英國設計師大衛・希克斯[47]共事。其成果就是將現代歐洲家具與中國最好的私人古董做了大膽、引人入勝的結合。

哈林斯閣很快成為人人口中談論的偉大建築之一。起初，名列《柏克貴族系譜》（Burke's Peerage）中的家族認為一個新加坡人在英國買下頂級豪宅，還試圖依循英國傳統，聘請數量令人頭疼的員工修整莊園，是多麼的粗鄙；然而，這些地方士紳還是接受他們的邀請，上門拜訪後才不情願地承認尚家並未搞砸。修復工作很出色，庭院更加壯觀，還有那裡的食物——完全是人間天堂。之後的幾十年，世界各地的食客都開始渴求他們的邀請函，因為傳言指出哈林斯閣的廚師馬可仕・沈——香港出生的名廚，曾與弗雷迪・吉拉德一同受訓——精通經典的法式與中式菜餚。今天早上，賈桂琳也是因為想到早餐，才心不甘情不願地起了床。

她走進與臥房相鄰的更衣室，發現壁爐已經點火。梳妝台上一個花瓶插著鮮剪的茱麗葉玫瑰，她選好今晨要穿的衣服就放在銅製的保溫網上。賈桂琳穿上那件修身的奶油色上窄下寬無袖洋裝，帶有標誌性的鏤空飾邊，對這件衣服被烘到適當溫度感到驚嘆。她想起住在其他英式莊園的日子，清早房間就像冰箱一樣寒冷，更衣時也感覺衣服彷彿結了凍似的。我覺得就是女王陛下也沒那麼享受，賈桂琳心想，回憶起阿爾弗雷德和梅布爾剛住進這裡的時候，她的教母素儀從泰瑟爾莊園派了一組人過來訓練英國的職員。亞洲的待客標準與英國莊園的傳統融為一體，就連她

47 David Hicks，一九九〇年代中期，大衛・米利亞里奇（David Mlinaric）將內部裝潢進行絕妙改造，時間幾乎與梅布爾本身改造（稍嫌差一點）相吻合。

男友維克多上次來訪時也留下深刻印象。某天晚上，當他們準備更衣前往用餐時，他提著自己的Aubercy皮鞋，吃驚地說：「寶貝，他們他媽的把鞋帶也燙了！」

今晨，賈桂琳坐在被列入英國二級遺產的早餐室中的巨大餐桌邊，最讓她驚訝的是廚師做的蛋料理。「嗯——為什麼只有馬可仕做得出這樣的炒蛋？」她對梅布爾嘆道，又用叉子插了塊蛋放入口中。

「妳家的廚師做不出好吃的炒蛋嗎？」梅布爾問。

「瑟溫的歐姆蛋很厲害，也可煎出完美的荷包蛋，但這盤炒蛋絕對是**神**級的。蓬鬆滑嫩，水分恰到好處，我每次都很期待上門拜訪就是因為這個，有什麼祕密配方嗎？」

「不知道，我從未親手做過。但妳真應該嚐嚐看這魚粥，是用今早捕獲的鰨魚做的。」梅布爾說。

「是奶油。馬可仕在他的炒蛋裡加了我們更賽牛的頂級奶油。」十二歲的露西亞·尚的聲音從桌子另一端傳來。

「她終於說話了。這是我今天早上第一次聽到妳的聲音，露西亞。妳這麼認真在看什麼？不會還在讀《飢餓遊戲》那本吸血鬼小說吧？」賈桂琳說。

「《飢餓遊戲》不是吸血鬼小說，而且我很早就看完了，我現在看的是《流浪者之歌》。」

「噢，赫塞的書，他挺厲害的。」

「聽起來像印度小說。」梅布爾朝她孫女皺了皺鼻。

「這本書是關於佛祖。」

「哎呀，露西亞，妳為什麼要看關於佛祖的書？妳是基督徒，別忘了我們家源自歷史悠久又傑出的循道宗。」

「是啊，露西亞，從妳曾祖母蘿絲瑪麗那邊的楊家開始，妳的祖先其實是南亞地區最先信奉基督教的人。」賈桂琳贊同道。

露西亞翻了個白眼。「事實上，要不是英國打贏鴉片戰爭後，傳教士入侵中國，我們全都會信佛教。」

「閉嘴啦！不准跟妳賈桂琳阿姨頂嘴！」梅布爾斥責道。

「沒關係，梅布爾，露西亞只是有話直說。」

梅布爾不肯罷休，對著賈桂琳碎念道：「呢個雜種孫女真係笑到死[48]。」

「阿嬤，我聽得懂妳說的話！」露西亞生氣地說。

「妳才不懂，閉嘴看妳的書！」

梅布爾的女兒卡珊德拉．尚（在她自己的圈子裡被稱作「亞洲廣播一姐」）走了進來，雙頰仍因剛結束晨練潮紅。賈桂琳又仔細看了一眼，卡珊德拉通常中分的髮型，今天在頸背的地方盤起，類似芙烈達．卡蘿的形象，綁成兩條錯綜複雜的髮辮自然地從背後垂下。

「卡珊，我好久沒看妳把頭髮放下來了！就像回到當初迷上史萊德合唱團的時代，真漂亮！」

48 廣東話的「這個混血孫女要笑死我了。」

梅布爾透過她的雙光眼鏡看了她女兒一眼。「黐線吖[49]！妳都已經不年輕了，看起來真好笑。」

卡珊德拉很想告訴她母親自己可以透過她稀疏的頭髮看見她頭皮有拉皮手術的痕跡，但她沒有，反而決定接受賈桂琳的讚美。「謝謝，賈桂琳，妳看起來還是一如既往地漂亮，新買的洋裝？」

「沒有啦，這件衣服很久了。」賈桂琳不置可否地說道。

卡珊德拉笑了笑，心理很清楚賈桂琳穿的是阿澤丁・阿萊亞（Azzedine Alaïa）獨一無二的設計。但她穿什麼衣服其實並不重要——賈桂琳有種美麗的神韻，不管怎麼穿都能看起來美豔動人。卡珊德拉走向餐具櫃，自己拿了片三角吐司，抹上一團馬麥醬，放上少許新鮮梅干。她在賈桂琳對面坐下後，一個男傭人走近她，熟練地將她的晨間卡布奇諾（以小量單一產區的咖啡豆泡製而成）和iPad放到旁邊。

「謝謝你，保羅。」卡珊德拉打開設備，注意到她電子郵件的收件匣在早晨總是有滿滿的訊息。第一個訊息來自她在倫敦的表親奧利佛。

OTsien@christies.com: 妳看過這照片了嗎？哎喲！我已可想像妳媽會說什麼了……

Casserasera@gmail.com: 什麼照片？

49 廣東話的「真是瘋了！」

在她等待回覆的同時，一個來自她嫂嫂印蒂雅．赫斯基思．尚的即時訊息跳了出來。卡珊德拉從她的 iPad 抬起頭，向大家宣布：「印蒂雅剛傳訊息給我，顯然卡西米爾沒有告訴任何人他今晚要在中央聖馬丁藝術與設計學院舉辦攝影展開幕，不知道有沒有人想去給他個驚喜？露西亞，妳媽問妳要不要去倫敦看妳哥的最新作品？」

「如果又是那種像他朋友在酒吧外嘔吐物的照片，我可沒興趣。」露西亞回答。

「哎呀，別這樣說！那是藝術，卡西米爾的照片去年得了獎。」梅布爾告訴賈桂琳，為她最鍾愛的孫子辯駁。

卡珊德拉意識到奧利佛肯定是在說卡西米爾的作品。「我想這些照片一定相當……大膽。我剛收到奧利佛的郵件，他一定已經看過了。」

「噢，奧利佛回倫敦了？他也要去看展覽嗎？」梅布爾問。

「不知道，但印蒂雅說李歐納可以從南安普敦順道用直升機來接我們。我們可以一起去看展覽，然後去克拉克吃晚餐。」

「阿啦嘛，又要吃無味的英式晚餐……」梅布爾嘟囔道。

卡珊德拉刷了下她 Facebook 的塗鴉牆，倒抽了一口氣。「我的天啊。」她手摀住自己的嘴巴，盯著那張出現在 iPad 上的照片。奧利佛說的根本不是卡西米爾愚蠢的小展覽，**這些**才是他意有所指的照片。

「妳在看什麼？又一個來自妳不可信的 kang tao[50] 傳來的醜聞？」她媽刻薄地問。

「賈桂琳，妳得看看這個！」卡珊德拉說，把 iPad 遞給她。賈桂琳看向螢幕，目光落在位於塔樓上的艾絲翠站在一頭大象旁邊的照片上。

「我不懂，這有什麼好大驚小怪的？」賈桂琳問。

「噢，妳看的是最後一張，往上拉可看到一系列的照片。」

賈桂琳在螢幕上方擺著手，仔細看著照片，眼睛越睜越大。「這是真的嗎？」

「我覺得是真的。」卡珊德拉咯咯地笑著。

「天啊……」

「是什麼？」梅布爾問。

賈桂琳舉起 iPad，梅布爾越過桌子可看見一個斗大的標題。

獨家照：科技大亨查理．胡向女友艾絲翠．梁奢華求婚——但女方仍在婚！

「阿啦嘛！給我看！給我看！」梅布爾興奮地要求。一名男傭默默地走近賈桂琳，她把 iPad 交給他，後者又盡忠職守地走到梅布爾坐的地方。露西亞顯然不像表面那樣專注在《流浪者之歌》上，匆匆上前跟她奶奶一起看照片，大聲唸道：

「儘管香港科技大亨查理．胡簽署的離婚協議墨水未乾，也無法阻止他策畫一場超凡的儀式，向他美麗的女友艾絲翠．梁求婚。這場百萬求婚包括包下位於印度焦特布爾童話般的梅蘭加

50 福建俚語的「門路」或「聯繫」之意。

爾城堡，聘請上百位音樂家與舞者，由寶萊塢超級巨星沙・魯克・罕領軍，同時讓一隻大象送上特大號鑽戒。從照片看來，艾絲翠明顯答應了他的求婚。然而，這場求婚有個小小的問題。據我們所知，這位出身名門的美麗尤物仍是已婚狀態，其丈夫正是查理的競爭對手——新加坡科技奇才麥可・張。」

梅布爾瞇眼看著那張照片。「哎呀，按呢歹勢[51]。這什麼時候的事？」

「好像是上星期。」賈桂琳說。

「上星期？但艾絲翠不是在新加坡陪家人嗎？」

「很明顯她溜出去找查理。天啊，妳能想像費莉希蒂和哈利看見這個會有多生氣嗎？」卡珊德拉說著，搖搖頭。

「不只如此，這件事對她的離婚案子傷害很大，麥可現在會有很多新武器對付她。可憐的艾絲翠！」賈桂琳嘆氣道。

梅布爾忿忿不滿。「艾絲翠可憐個頭啦！她現在應該待在她外婆的病床邊，而不是到處製造新聞！那個查理・胡竟然還敢跟她求婚！厚顏無恥的傢伙……到現在都還想入侵我們家族！我以為費莉希蒂早就攆走他了！」

「噢，媽，那兩個人打從一開始就彼此相愛，如果費莉希蒂當初沒有阻止，這整個『麥可・張悲劇』根本不會發生！」卡珊德拉說。

51 閩南語的「真丟臉！」

「費莉希蒂徹底結束那場鬧劇是對的。那些胡家人完全不可接受！還有他那個庸俗的母親——我永遠不會忘記她對我做過的事！」

「艾琳．胡對妳做了什麼？」賈桂琳問。

卡珊德拉翻了個白眼。「已經是很久的事了，媽，不要又講一次！」

「那、女人、想要、搶走、我的、裁縫師！我找到這個米妮．波克裁縫技術非常出色。她在德能路上開了一家小店，就在菲茲派翠克超市旁，非常方便。而且她能夠仿冒我很喜歡的 Nina Ricci、Scherrer 和 Féraud 的洋裝。」

「我的天啊，梅布爾，那些 Louis Férauds 的衣服是仿冒的？看起來就像妳直接從巴黎的時裝店買的。」賈桂琳違心地說。

梅布爾憤怒地點點頭。「對呀，大家都被我騙了。但後來艾琳．胡出現了，想要請那女孩到她家俗氣的豪宅做全職！所以我只好也雇她做全職！」

「所以妳贏了？」賈桂琳問。

「對，但本來不該發生這種事，我得付給米妮．波克比艾琳．胡給她的幾乎高出**百分之十五**的薪水！」

「那是一九八七年的事了，別再耿耿於懷了。」卡珊德拉說。

「胡家那樣的人……他們永遠不知道什麼時候該停手。現在看看發生什麼事了？他們再一次令我們家族的名聲蒙羞。到底是誰寄這篇文章給妳的？」

「這是在李詠嫻老夫人的 Facebook 上發布的。」卡珊德拉答道。

「李詠嫻老夫人會用Facebook？真不敢相信！那個老太太連自己畫眉毛都不會！」梅布爾驚呼道。

「她的養女蘿西什麼事都幫她做，總是被她當奴隸使喚來使喚去的！李詠嫻老夫人一發現Facebook的存在後，就瘋狂貼文。不是她孫子孫女獲獎討厭的照片，就是她去參加葬禮的照片。」

「哎呀，如果李老夫人知道這件事，那全新加坡很快就會知道了。她那些麻將kaki[52]會知道這件事！」梅布爾推測說。

「阿嬤，我覺得妳不了解——這照片被放在Facebook上，全世界的人早就看到了。」露西亞告訴她。

梅布爾面露哀愁地咂嘴。「那我真為素儀感到難過！事情發生得太不是時候了。我還以為艾絲翠是她最後的慰藉，但她的孫子孫女一個個害她沒面子。她怎麼能安心離開？難怪她又改了遺囑。」

「真的？」賈桂琳和卡珊德拉異口同聲地驚愕道。

賈桂琳瞬間坐起了身子。「所以艾絲翠才會千里迢迢趕回新加坡？」

梅布爾神情有些慌張。「哎呀，我本來不該說的。」

「說什麼？爸跟妳說了什麼？」卡珊德拉追問道，興奮地傾向前。

52 馬來語的「朋友」。不過，每次打麻將試圖耍心機搞你的人真的稱得上朋友嗎？

「沒有、沒有啦。」梅布爾堅不改口。

「媽，妳真不會說謊，妳明顯就是知道一些內幕。快，說出來！」

梅布爾盯著她的那碗粥，露出掙扎的表情。

「噢，逼她也沒有用啦。這麼多年了，妳媽還是不相信我們，真悲哀。」賈桂琳嘆了口氣，誘惑似地斜眼看她。

「妳看妳啦，妳侮辱了賈桂琳！」卡珊德拉斥責她媽媽。

「哎呀，妳們兩個，我知道妳們根本管不住嘴！我如果說了，妳們得保證不告訴任何人，好嗎？」

那兩人不約而同地點頭，像極了聽話的學生。

從小在眾僕間長大的梅布爾，說話通常毫不避諱，不會意識到他們存在，如今竟然反常地看了男侍主管喬治一眼，後者立刻明白她要清場的信號。喬治很快地示意另外四名男侍者，他們便小心翼翼地退出早餐房。

等到門一關上，梅布爾就小聲地開口：「我知道妳爸兩天前跟雙陳事務所的所有律師會面，完全保密，然後弗萊迪．陳**單獨**去見了素儀。」

「嗯……」賈桂琳沉吟道，暗自消化這個新趣聞。

卡珊德拉對賈桂琳眨了眨眼。「放心——我敢打包票妳還在遺囑中！」

賈桂琳輕笑道：「拜託，最不期待被寫進遺囑的人就是我了，這些年來她對我已經夠好了。」

「不知道這次她又改了什麼？」卡珊德拉琢磨道。

「在這些照片出來前，我是真的以為艾絲翠有機會繼承泰瑟爾莊園。」賈桂琳分析道。

「艾絲翠？不可能啦！素儀這麼傳統，她不可能讓**女生**繼承那棟房子！不然她也可以留給自己的女兒啊！」梅布爾堅持己見。

「如果她只傳給男生的話，那我猜是艾迪。我聽說他一直**非常**努力扮演最佳孫子，他根本黏她黏緊緊！」卡珊德拉說。

「我不確定會是艾迪，素儀親口跟我說她根本不把他當一回事。」賈桂琳表示。

「那就沒人啦，她不可能把那房子留給梁家兄弟其中一個。但或許尤加拉家有可能？」梅布爾大聲說道。

卡珊德拉哼了一聲。「這說起來也太諷刺了吧！她真的會存心讓菲利普和尼克——楊家真正唯一的子孫——傷心，而讓那些外孫繼承泰瑟爾莊園嗎？我看不會。」

「或許她改變了主意，你們不覺得尼基可能恢復繼承權了嗎？」賈桂琳說。

「絕對不可能，他現在仍被禁止進入那棟房子！我的眼線告訴我他每天都到那裡跪求見她一面，但他還是不能進去。她又為什麼現在要把泰瑟爾莊園給他？」卡珊德拉辯駁道。

梅布爾揉了揉她的臉。「真是笨哪，為了那個醜女放棄一切。」

「拜託，梅布爾，她並不醜，她其實很漂亮。只是她……不是人們期待尼基交往的那種女生。」賈桂琳婉轉地下註解。

「我知道妳的意思，瑞秋是漂亮，但只是長得普通漂亮，不懂打扮也對她一點好處都沒有……」卡珊德拉開口。

賈桂琳笑了笑。「我真想建議她把頭髮再留長個四吋，那種中長髮真的太**美國人**了。」

卡珊德拉贊同地點點頭。「她的鼻子也有點太圓，眼睛也可以再大一點……」

「而且妳們看過她坐下的樣子嗎？粗魯到不行。」梅布爾輕蔑地說。

「呃啊！我聽不下去了啦！」露西亞生氣地叫道，猛地將椅子往後推。「妳們把瑞秋講的好像她是某個展犬一樣！只要他們彼此相愛，她長怎樣有什麼重要的？尼基表舅放棄一切跟她在一起，我覺得很浪漫啊。我很期待跟她見面，而且妳們都猜錯了——我知道泰瑟爾莊園最後的結果會怎樣，絕對不是妳們想的那樣！」

「閉嘴，露西亞，別亂說！」梅布爾罵道。

「阿嬤，妳和卡珊姑媽一直講那麼多廢話，但妳們沒有人知道事情的真相！妳們真的有在聽爺爺和爹地說話嗎？」說完，露西亞快步走出早餐室，剩下的三人目瞪口呆地盯著她離去的方向。

「真是胡說八道！」卡珊德拉嘲弄道。

梅布爾嚴肅地搖頭。「妳們能相信那女孩現在多麼沒禮貌嗎？我就知道送她去彼得萊斯念書是錯的——那裡的老師什麼都沒教，就只會鼓勵她要有自信！天啊，這要是在我念修道院學校[53]的時候，我如果這樣講話，就會被修女用木尺打到瘀青！她個孫女冇用嘅[54]！」

賈桂琳瞇起眼睛。「正好相反，梅布爾——我不覺得她沒用。我覺得妳孫女很聰明，比我想得還聰明……」

53 正如與她同代、出身良好的女性，梅布爾・錢—尚就讀於新加坡著名的聖嬰女子修道院。這些日子，修女們大多已退休，據說目前不再實施體罰。

54 「這糟糕的女孩沒用啦。」（這對廣東女兒而言是句老生常談的話。）

新加坡島，鄉村俱樂部

備受尊敬的最高法院法官戈弗雷．盧不敢相信他在新加坡島鄉村俱樂部男洗手間聽見的隔壁的談話內容。

「是啊，真他媽的超辣！我要近照，拜託傳近照給我。」

這到底在講什麼？

「等等，照片還在下載——這裡的 Wi-Fi 很差。我的天啊……我看到了。哇靠！真……他媽的……性感！」

有人就在我隔壁看不雅照！但這人是誰？口音聽起來像香港人，怪不得，香港的男人都很變態。一個機場就能買到色情雜誌的國家，可想而知這個國家的人民素質會怎樣！

「看起來全濕透了，真是美到我想舔遍它全身！快來吧，我準備好了！」

該不會這怪胎是在隔壁間進行電話性交吧？戈弗雷聽不下去了，他快步離開廁所隔間，走到洗手臺，用比平常多一倍的肥皂猛地搓洗雙手，只是聽見從隔壁傳來粗重的喘息聲就讓他感覺很髒。

「我想把整隻腳放進去！」

他想用腳幹嘛？應該把這人抓去關吧。戈弗雷用力地捶了那間廁所門一拳，大聲說道：「你這下三濫！完全汙衊了這個尊貴的俱樂部！去別的地方幹你的骯髒事！別糟蹋我們的廁所！」

廁所隔間內，艾迪眼神離開手機抬起頭，整個一頭霧水。「抱歉，我不知道他在發什麼神經，某個鬼吼鬼叫的瘋子，新加坡到處都是這種人。這最後一層漆什麼時候乾？少唬弄我，卡洛，我現在就要這雙鞋！」

「再過幾天吧，現在要等最新這層漆乾，然後還要再上一層。等到完美染色後，我們就可連夜寄去新加坡給你。」卡洛答道。

「我姨丈達信——你知道，他是泰國親王——我已等不及讓他看這雙鞋子了，他從五歲就開始穿訂製的 Lobb 鞋，其他人的眼光都比不上他。」艾迪說著，渴望地盯著他新訂製的 Marini 鞋的照片。這雙流蘇樂福鞋上了一層藏青色的釉，在 Marini 位於羅馬的工作室已歷時四星期的製作過程，那邊的鞋匠卡洛整個月都在傳上釉進度的照片給他。

「你這星期就能拿到。」卡洛下了保證。

艾迪掛上電話，拉起褲子沖了水，隨即走回眺吧（Lookout）——這個休閒餐廳可將自然保護區的景色一覽無遺，也是新加坡最古老獨特的俱樂部所在位置。回到座位上後，其他家族成員都在，今天他姨媽費莉希蒂辦了場午餐會，他問他妻子費歐娜：「妳有幫我點沙嗲牛肉和海南雞飯嗎？」（你會想艾迪是否沒洗手，那你可能猜對了。）

「大家都還沒點。」費歐娜回答，莫名地朝他皺了下眉。這時候艾迪才注意到餐桌上大家都不發一語，但目光都鎖定在他姨媽費莉希蒂身上。她雙眼紅腫、濕潤，而他媽雅莉絲忙著用菜單本為她搧風。

「發生什麼事了？是阿嬤嗎？」艾迪小聲問費歐娜。

「哎呀！阿嬤沒事，但費莉希蒂姨媽剛知道了一件煩心的事。」

「什麼事？」艾迪問，對他才去廁所十分鐘就錯過大事感到氣惱。

他姨媽凱薩琳正用安慰的語氣低聲對費莉希蒂說：「要我說，我覺得這太小題大作了，因為最近沒什麼重大新聞，媒體只好緊抓著這件事不放。」

「等著吧，費莉希蒂，過幾天這件事就會過去了。」達信贊同道。

艾迪坐在長桌的中間，大聲地清了清嗓子。「有人可以告訴我發生什麼事了嗎？」

阿歷斯泰默默地把一支手機遞給他，艾迪急切地刷過艾絲翠和查理．胡在印度被偷拍的照片，感覺他的脈搏加速跳動。天啊天啊天啊，他這個完美的好表妹終於走錯路了！如果阿嬤發現了會怎麼想？他的表親們一個一個失寵，而他是站到最後的人。他盯著觀眾在偷拍照下方的幾百則留言：

哇！好美，這是我夢寐以求的求婚！——宏茂橋（Ang Mo Kio）公主

真他媽的浪費！七千五百萬印度人沒有乾淨的水可以喝，這些瘋狂亞洲富豪竟然在一天內花這麼多錢，真叫人氣憤！——克萊門特－德席爾瓦

艾絲翠很漂亮，查理．胡令人敬佩！——爽爽69

突然間，這些評論讓艾迪的腦海閃現一些東西，是他在之前都不曾有過的想法。**令人敬佩**。這星期稍早的時候，他外婆的律師弗萊迪．陳，新加坡最著名的律師所雙陳事務所的資深合夥人，突然來訪泰瑟爾莊園。除了施主教，他是唯一一個非家族成員，但被允許進入他外婆的私密聖所——她的臥房——的人；這位頭髮斑白、傑出的紳士在某個時間點，把溫教授和他的助手叫了進去，難道是去見證新遺囑簽立？

艾迪舉止自然地在她臥房外徘徊，就像一隻乞求剩菜剩飯的狗，而當弗萊迪．陳出來時，他從頭到腳打量艾迪，然後說：「你是雅莉絲．梁的長子吧？上次看到你時你還在讀書，現在看看你，真令人敬佩！」弗萊迪接著更跟艾迪聊了十多分鐘，問了他妻子的事，還有他的小孩上什麼學校。當時，艾迪還沒意識到為什麼一個從未注意過他的人，突然把他當作大客戶般跟他聊天。但現在他明白為什麼了……他奶奶把他立為泰瑟爾莊園的繼承人了？這就是當時他說他令人敬佩的原因嗎？

在艾迪仍深陷這個體悟當中時，突然聽見阿歷斯泰的聲音。「其實這件事真的不能怪艾絲翠，她怎麼知道那裡有狗仔？我很確定他們本來是希望私下求婚的。」

他媽的！艾迪惱怒地想。阿歷斯泰到底為何要幫艾絲翠辯護？難道他不知道他們都需要把這件事當作優勢？尤其是當他準備繼承一切的時候。艾迪很快插嘴，蓋過他弟弟的聲音。「費莉希蒂姨媽，我很難過妳必須面對這個醜聞，真是太丟臉了！」

雅莉絲對她兒子露出不悅的臉色，像是在說：「別再添亂了！」

維多莉亞開口：「事實上，我認為艾迪說的對，這整件事為人不恥，不敢相信艾絲翠做事會這麼草率。」

費莉希蒂從她的湯普森泰絲面紙套裡又抽了一張衛生紙，猛地擤了一下。「我女兒簡直無可救藥！我們一生都在保護她，花那麼多錢避免讓她受到不必要的矚目，現在看她是怎麼回報我們的！」

而桌子的另一端，琵雅．尤加拉在她丈夫耳際輕聲說：「我不明白這有什麼大不了的，她女兒才剛訂婚，照片也很漂亮，難道她不該為她感到開心嗎？」

「我想費莉希蒂姨媽不喜歡這個人，而且我家族的人都不喜歡拋頭露面，從過去到現在一直如此。」亞當解釋道。

「《快速時尚》也不行？」

偷聽到琵雅的話，維多莉亞突然打岔：「尤其不能上《快速時尚》。拜託，那雜誌很糟糕！一九七〇年代我曾為他們寫過幾篇文章，然後有一天編輯跟我說我的文章太『文雅』了。沒錯，這是他的原話。我永遠不會忘記他跟我說：『我們不需要新興華人藝術家的故事，我們以為妳會寫妳家族的事，這也是我們請妳的原因。』我就是在那時候辭職的！」

艾迪持續搧風點火。「登上《快速時尚》或《城市鄉村》是一回事，我一直都有在這些雜誌中出現。完全公開。琵雅——我和費歐娜曾登上《香港快速時尚》封面一次，我自己單獨則是三次，但看見艾絲翠的照片出現在這些**粗俗八卦網站**則另當別論。就好像她是某個演員或更糟的——色情女星。跟阿歷斯泰短暫交往過的那個凱蒂．龐一樣。」

阿歷斯泰很生氣。「我說過幾百萬遍了，凱蒂不是色情女星！那只是某個長得很像她的女生！」

艾迪無視他弟弟，繼續說道：「我不敢相信的是艾絲翠竟敢在阿嬤生病的時候離開新加坡，我的意思是，我們現在全聚在這裡用寶貴的時刻陪她……」

「她本來該在馬來西亞代表我們家參加伊斯梅爾王子的婚禮，不敢相信她竟然騙了我們！

跑到印度去，有這麼多地方偏偏去那裡，還在大象上跟人訂婚！查理・胡到底以為他是誰啊？摩訶羅闍嗎？」費莉希蒂生氣地哼了一聲。

「真俗氣。那些胡家人都一樣，這麼多年來一點也沒變。」維多莉亞邊咂著嘴邊搖頭。「你們知道那個姓胡的可怕女人是怎麼搶走梅布爾・尚的裁縫師嗎？真不要臉！還好梅布爾從她的魔掌中拯救了那個才華洋溢的女孩！她幫我做了幾件漂亮的緹花襯衫，完美的仿製莉莉安・梅－陳從美國帶給我的那件麗姿克萊本（Liz Claibourne）襯衫。我把一件媽咪看中的給了她，我不是也給妳一件嗎，小凱，一九九二年我去找妳的時候？」

凱薩琳愣了一會兒。「噢，對，那很……漂亮！」她說，想起她一拿到那件可怕的襯衫，就把它給了女傭。

艾迪皺起眉頭，試圖讓自己的語氣聽起來關切。「我在達佛斯有見到查理・胡，他甚至沒有穿正式西裝打領帶參加這個世界重要會議！天啊，要是艾絲翠和查理現在在回新加坡的路上怎麼辦？要是她想帶他去見阿嬤？或者更糟糕，介紹他媽媽給阿嬤認識？我們能讓阿嬤在身體如此虛弱的時候，冒著讓她生氣的風險嗎？」

「她敢把那個男人帶回泰瑟爾莊園！還有他那個搶人裁縫師的媽媽！」維多莉亞嗤之以鼻。

「她不會有機會，我會要我女兒不敢接近泰瑟爾莊園任何地方！」費莉希蒂憤怒地表示。

艾迪一邊看著外頭高爾夫球場的景色，試圖隱藏他得意的笑容。尼基被禁止進入泰瑟爾莊園，現在他最大的盟友艾絲翠也遭到放逐。事情只有在他親自出馬才能有好的進展。而且別忘了，他就快拿到那雙超級性感的訂製 Marini 鞋了。

上海，波托菲諾高級住宅區

一輛水藍色的賓利 Mulsanne 在前門台階前停了下來，一名保鑣從副駕駛座下來，打開後座車門。當亞拉敏塔．李－邱穿著 Del Pozo 一體成型的粉色真絲露肩洋裝——帶有鮮明對比的黃色蝴蝶結——和粉色亮片迷你裙時，狗仔攝影師開始為她引人注目的外表瘋狂拍照。

「亞拉敏塔！亞拉敏塔！看這裡！」

「可不可以請妳擺個姿勢，亞拉敏塔？」

亞拉敏塔停下腳步，專業地轉向攝影師，一隻手放在後腰，另一手則展示她精美的 Neil Felipp「蘇絲．黃」化妝盒，接著踏上鋪著紅毯的階梯。

凱蒂和傑克站在豪宅剛刷上新漆的大門前。凱蒂穿了件淡藍色羽毛的亞曼尼 Prive 系列時裝，並藉此機會讓她那對緬甸圓頂平底的藍寶石鑲鑽耳環亮相。傑克不自在地在凱蒂身旁動來動去，穿著 Balmain 的翻領白色燕尾服搭配修身黑色牛仔褲，外套是量身訂做的，看起來卻小了兩個尺寸。

「敏敏！妳來了！」凱蒂說，在另一名待在前門的攝影師拍照的同時，傾身在她雙頰輕吻了下。

「我瑜伽靜修的地方差不多就在莫干山附近，所以我想偷溜出來一晚應該沒關係！」亞拉敏塔答道。

「很高興妳來了，妳終於能跟我丈夫見面了。傑克，這是我在新加坡最好的朋友——亞拉敏塔．李、呃，我是說邱。」

「歡迎妳來。」傑克僵硬地說。

「很高興見到你，你讓我感覺很熟悉呢！」亞拉敏塔想向他貼面示吻，但他一看見那雙帶有光澤的紅唇湊過來，便本能地向後躲。凱蒂狠狠地用手肘頂了他一下，他很快地直起身，剛好與亞拉敏塔的頭撞在一起。

「唉唷！」傑克叫了一聲。亞拉敏塔似乎暈了一下，但很快就恢復並笑了起來。

「請原諒我丈夫，他見到妳太興奮了——他每次見到名模都很興奮。」凱蒂抱歉地表示。

亞拉敏塔走進屋裡，凱蒂給了她丈夫一記眼刀。「你不知道怎麼好好做歐洲時尚的三次貼面禮嗎？你差點把她撞到腦震盪！」

傑克低語道：「為什麼我們還要做這種事？」

「老公，我們被中國《時尚》雜誌特別選中，為上海時裝週舉辦這個獨特宴會！這是所有重要的老外都會參加的宴會！你知道有多少人願意賣家傭的腎換取這次機會嗎？不要再抱怨了。」

「真浪費時間……」傑克小聲嘟囔道。

「浪費時間？你知道我朋友是誰嗎？」

「某個愚蠢模特兒。」

「她不只是模特兒——她是柯林．邱的妻子。」

「我不知道那是誰。」

「噢，拜託，他是新加坡邱氏帝國的繼承人。還有，亞拉敏塔是彼得．李的獨生女。我很確定你知道他是誰，他是中國第一個身價破億美元的富豪。」

「彼得．李的時代已經過去了，我現在身價是他的翻倍。」

「或許你比他有錢，但李家的影響力更大。你還不知道我是在介紹你給這世界最有影響力的人認識嗎？」

「這些人是做服裝的，要怎麼有影響力？」

「你不懂，這些人掌控全世界，上海社會的菁英份子都想與他們為伍。只要想想目前為止有誰來就知道了——愛黛爾．鄧還有史蒂芬妮．史，而第一夫人就快到了……」

「看起來她是跟貝多芬一起來了。」

「我的天啊，那不是什麼貝多芬，那是卡爾．拉格斐，他是一個非常非常重要的人物！他是時尚界的帝王。」

「那到底是什麼意思？」

「他很有權力，他只要隨便動一下一邊的鼻孔，就可以永遠禁止我進入香奈兒的店，我絕對會死的。拜託你，求求你一定要對他有禮貌。」

傑克哼了一聲。「我會盡量不在跟他講話時放屁。」

在跟所有VVIP的老外貴賓打過招呼後，凱蒂進入大廳，傑克則躲進他的放映室，等待晚餐時間的到來。（凱蒂囑咐他：「你只要在我祝酒時出現，在宴會途中告訴彭麗媛你有多麼喜歡她的歌就好，其他時候你要幹嘛我不管。」）這整場宴會其實是凱蒂炫耀這棟房子重新裝潢的藉口，她站在原本大廳的階梯頂端——重新命名為「沙龍間」——環顧下方景色。

柯萊特受到璞麗酒店啟發的禪宗意境設計已被去掉，取而代之的是蒂埃里·杜邦（Thierry Dupont）一手打造所謂的「明朝皇帝在五四俱樂部（Studio 54）遇見拿破崙三世」的擺設。明朝的甕和罕見的奧比松地毯互相搭配，襯托六〇年代摩德文化的義大利皮革和有機玻璃材質的家具；而類似石庫門（shikumen）單一色調的灰色牆磚現在被染成閃亮的橘色，向北京頤和園的排雲殿致敬。柯萊特的珍貴收藏——吳伯理的黑白字畫被收到了博物間，換成安迪·沃荷、尚·米榭·巴斯奇亞和凱斯·哈林色彩鮮豔的巨幅油畫，裱上古色古香的洛可可風鍍金框。凱蒂的客人紛紛圍至她身邊，滔滔不絕地談論屋內的大改造。

「真難以置信，凱蒂。」潘婷婷稱讚道。

「非常……奇特，凱蒂。」愛黛爾·鄧表示異議。

「妳家還真是有妳的風格啊。」史蒂芬妮·史笑著說。

「逛得真過癮，我需要冷靜一下！」邁可·寇斯（Michael Kors）[55]說。

在四處周旋應酬之後，亞拉敏塔端了杯香檳來到她身邊。「我想妳需要這個，我看妳一直到處轉。」

55 邁可，《決戰時裝伸展台》沒有你味道都不一樣了，拜託回歸吧！

「噢，謝謝。大家都很親切，除了那邊那個跟洪晃講話的英國人。」

「菲利普？但他通常是個風趣的人！」亞拉敏塔驚訝地皺起眉頭。

「風趣？妳知道那個勢利小人對我說了什麼嗎？我問他是做什麼的時候，他還真敢說『我是百萬富翁！』」

亞拉敏塔緊緊抓著凱蒂的手臂，笑彎了腰。她努力平復呼吸，然後說：「不，妳搞錯了。」

凱蒂繼續她抨擊性的發言。「所以我就跟他說：『我可是**億萬富翁**！』」

抹去笑出的眼淚，亞拉敏塔解釋道：「凱蒂，那個人是菲利普．崔西，他不是百萬富翁，他是女帽商[56]——專門設計帽子的人。我相信他說的是這個，他是最厲害的女帽商之一，妳看，佩洛寧．王戴的就是他設計的帽子。」

凱蒂注視著那位年輕的上海名媛，頭上戴著一個膚色的巨大圓盤，中間有一個粉紅寶石鑲成的海星，遮住她百分之八十的臉。「難怪他看我的表情很奇怪。」

「噢，凱蒂，妳總能讓我開懷大笑！」亞拉敏塔笑個不停，一雙手忽地從她身後伸出矇住她雙眼。

「是誰呀？」亞拉敏塔笑著說。

「給妳三次機會猜猜看。」一個男人用極其迷人的法語腔在她耳邊低語。

「伯納德？」

56 女帽商的英文是milliner，與百萬富翁（millionaire）發音相似，這裡凱蒂才會將兩者搞混。

「不是。」

「呃……安托萬？」

「錯了。」

「不會是德爾芬吧？我放棄！」亞拉敏塔轉過頭，看見一個身染貴族氣息，穿著三件式西裝的華人男子，臉上還戴了副圓鏡框的玳瑁眼鏡對她微笑。

「奧利佛．錢，你這壞蛋！用那種怪里怪氣的腔調騙我。」亞拉敏塔笑出聲來。「奧利佛，你見過這棟、呃……宏偉莊園的女主人——凱蒂．邴了嗎？」

「我正期待妳介紹我們認識呢。」奧利佛咕噥道。

「凱蒂，這是奧利佛．錢，他是我一個新加坡老友……然後……我們現在是不是透過柯林聯繫上的？奧利佛幾乎在全亞洲都有人脈，而且他目前在佳士得擔任顧問。」

凱蒂禮貌性地與他握手。「很高興認識你，你在佳士得工作，那個拍賣行？」

「沒錯。」

「奧利佛是亞洲藝術品與古董的頂尖專家之一……」亞拉敏塔接著說。

「嗯……我家藏書室有座小馬雕像，我想請你鑑定看看。我丈夫聽人說是從唐朝流傳下來，但我覺得是假的，那是他前妻買的。」凱蒂嘲笑般的說。

「隨時為您效勞，太太。」奧利佛說著，伸出手臂。他們一起走進藏書室，凱蒂將他帶至角落一個材質是印尼和非洲黑檀木布勒風的大型衣櫃前。她朝那扇玳瑁和鍍金青銅的鑲嵌門壓下去，露出通往傑克．邴私人雪茄室的隱藏通道。

「這裡還挺棒的嘛！」奧利佛驚呼道，環顧這個舒適的軟墊室。門一關上，凱蒂便一屁股坐在拿破崙三世時期其中一張穗飾天鵝絨抽菸椅上，發出如釋重負的輕嘆。「真高興終於只有我們兩個人了！你覺得事情進行得如何？」

凱蒂的其他賓客——特別是亞拉敏塔．李這樣的朋友——不知道的是，她和奧利佛交情匪淺。他在過去幾年祕密地為凱蒂提供諮詢，並幫助她取得寶貴的中國《十八成宮》圖屏——於兩年前打破拍賣紀錄，成為有史以來最昂貴的中國藝術品。

「沒什麼好擔心的，大家都刮目相看。妳有注意到安娜甚至摘下墨鏡仔細欣賞妳的乾隆龍紋花瓶嗎？」

「我沒看到！」凱蒂興奮地說。

「雖然只有一下，但她的確這麼做了。我還跟卡爾聊了會兒——祈禱吧——我覺得妳應該會拿到巴黎下一季時尚秀前排位置的票。」

「奧利佛，你真會創造奇蹟！我本來還以為在香奈兒一年消費個九百萬就可以坐在那該死的時尚秀前排呢。」

「下一季妳就可以坐前排看秀了！妳看，沒什麼好擔心的。我們得在其他人開始懷疑前回去。看一座唐朝馬雕像的時間已經夠久了。順道一提，這不是假的，但非常普遍，公園大道每一戶人家的客廳都有一台集塵器，放在茶几的書堆上。妳可以扔掉它，或是拿去蘇富比拍賣，一些不懂藝術的人會買。」

正當凱蒂和奧利佛準備從隱藏的雪茄室出來時，三名女子進了藏書室。「是愛黛爾．鄧、史蒂芬妮．史和佩洛寧．王！」

他們聽見史蒂芬妮的聲音說：「凱蒂真的成功移除屋裡所有關於柯萊特的痕跡，妳們覺得書桌上掛的那幅畢卡索怎麼樣？」

「我已經不想再看畢卡索了——北京每個新生億萬富翁家裡都有一幅。妳們知道在畢卡索活著的最後二十年，他就像妓女般拚命一天畫四幅嗎？市面上全是平庸的畢卡索畫。給我來一幅好看的高更吧，就像我爸博物館裡的那幅。」愛黛爾．鄧不屑地說。

「柯萊特把這棟豪宅裝飾得完美無缺，現在全毀了。」史蒂芬妮的語氣透露出惋惜。

「不管別人怎麼說，對我而言，這裡永遠都是柯萊特的房子。」佩洛寧打岔道。

愛黛爾走到那個布勒風的衣櫃前，用手指描繪門上的鑲嵌設計。「這衣櫃設計其實挺不錯的，但到底為什麼要放在角落？要我說，凱蒂真的很拚命想博得眼球。屋裡的每一件擺設都足以在博物館展覽，它們都在呼喊：『看我！看我！』就算這些東西打在她那對假胸上，凱蒂也不會了解它們之間的細微差別。就像瑪芮菈．阿涅利會說：『她可能這輩子都欣賞不來藤編家具。』」

「哎呀，妳期待一個色情女星懂什麼？她永遠達不到柯萊特的品味——這是與生俱來的。」佩洛寧說，又一次調整她那頂大帽子。

「不知道我們可不可以溜到她臥房那側去，我想看看她是怎麼裝潢的？」史蒂芬妮提議道。

「她可能會在天花板上裝鏡子。」佩洛寧開著玩笑。

「路易十四的鏡子，從凡爾賽宮偷來的！」愛黛爾笑著說，跟其他兩人一起離開。

待在雪茄室一隅，凱蒂藏不住驚愕的表情。「我的胸部**不是**假的！」她叫道。

「別聽她們胡說，凱蒂。」

「愛黛爾．鄧跟我說這棟房子『很奇特』，她怎麼可以當著我的面說謊？」

奧利佛頓了一會兒，心想愛黛爾在某方面其實沒說錯——凱蒂真的不明白她微妙的暗示。

「她們只是忌妒妳受到眾人注目，別管她們。」

「你知道，要我不管她們沒有那麼簡單。在場愛黛爾．鄧和史蒂芬妮．史很有說話權，如果她們真的這麼想，那我根本比不過別人。」

「凱蒂，聽我說，妳已經征服了世界舞台，這些女人不再是妳的競爭對手，記得嗎？」

「我知道，但我也意識到一件事。不管我怎麼做，這棟房子永遠是柯萊特的，即使她走了，這裡也永遠是柯萊特的城鎮。她在這裡出生，這些人都是她的朋友。不管我怎麼做，我在上海都是個外人。我幹嘛要花兩年重新裝修這棟房子？我應該去人們欣賞我的地方才對。」

「我完全同意。妳在世界各地都有房子，想去哪裡都可以，創造屬於妳自己的社交圈。老實說，我不明白妳為什麼不定居香港，那裡是我在亞洲最喜歡的都市。」

「柯琳娜．高－佟跟我說要打入香港社會至少要到下一代，如果我幫哈沃德選對幼稚園，他或許還有機會，但對吉賽兒已經太晚了。你知道只有新加坡的華人不會看不起我。你看亞拉敏塔對我多好，我朋友溫蒂、塔蒂亞娜和喬治娜偶爾會住那兒。」

奧利佛不想提醒凱蒂，亞拉敏塔自己就是在中國大陸出生的，而且溫蒂、塔蒂亞娜和喬治娜也都不是土生土長的新加坡人，但他看見了一個新的機會萌生。「妳在新加坡最繁華的街道之一有一棟歷史悠久的住宅，妳買下那棟房子後，我還以為妳會長時間定居那兒呢。」

「我本來是這麼想的，但後來我懷了哈沃德，傑克強烈要求我在美國待產。之後因為我要重新裝修這棟房子，所以就常住上海。」

「但法蘭克．布魯爾設計的那棟新加坡住宅完全被妳忽略了，現在才裝潢到一半呢。想想看如果妳專注在那棟房子上，現在會是怎樣的光景；還有要是妳真的使那棟房子恢復往日光榮，建築保存家會授予妳怎樣的榮譽。拜託，我猜我朋友魯珀特一定會為《家居世界》（*World of Interiors*）雜誌做一個專題。」

凱蒂腦中的齒輪開始轉動。「好啊好啊，我可以改造那棟小房子，讓它變得比這個被詛咒的地方更壯觀！而且百分之百是我的！你能幫我嗎？」

「當然，但妳知道，除了那棟房子，我認為現在是妳進行另一個驚人蛻變的時機，妳需要一個新的外表，讓妳好好地融入新加坡社會。如此一來，《快速時尚》的人會愛死妳的，我們先幫妳拍張照片，搭配專題故事。靠，我想我可以幫妳爭取上封面……」

「真的嗎？」

「不騙妳，我已經能預見……我們可以請布魯斯．韋伯來為妳拍攝。妳、吉賽兒和哈沃德在妳那棟新加坡古宅嬉戲，周圍是十幾隻黃金獵犬。全部人都身穿香奈兒！狗也一樣！」

「呃……我們可以換請尼祖．百克來拍嗎？他真的好迷人喔！」

「當然，只要妳想，不論誰都可以。」

凱蒂的眼睛倏地發亮。

新加坡，一號公寓住宅

廚師從市場帶回了新加坡最美味的早點，有水粿——精緻的蒸粿上加了鹹菜脯和辣椒醬；現煎的印度煎餅——煎得酥脆的奶油印度餅皮搭配咖哩蘸醬；菜頭粿——蘿蔔糕加上蛋餅、蝦仁和蔥一塊兒煎；以及叉燒包——帶有甜味的叉燒豬肉包。當菲利普和埃莉諾興高采烈地打開用蠟紙包著的食物時，尼克進到雪花白色的大理石廚房，朝著那張優雅的餐館風長型軟座走去，後方的牆全是玻璃，是埃莉諾為了讓她的客人享受《主廚的餐桌》（*Chef's Table*）的氛圍，而不用擔心他們昂貴的衣服和完美的髮型沾染油煙所設計的。

「噢，很好，你起來了。快過來，趁熱吃。」埃莉諾說，撕下一塊印度煎餅，沾了沾辣味椰風雞肉咖哩醬。

尼克不發一語地站在桌邊。埃莉諾抬頭看了一眼，發現他臉色難看。「怎麼了？你便秘？就知道昨晚不該去那家義大利餐廳吃飯的。評價太高，還很難吃。」

「我的白松露細扁麵還滿好吃的……」菲利普說。

「哎呀，一點都不特別啦。我拿一罐金寶湯奶油蘑菇湯罐頭淋在麵上你根本吃不出差別！不值得那個價，即使是柯林付的錢也一樣。而且起司會堵塞我們的消化系統。」

「有時候我真的覺得你們難以置信……」尼克拉開一張椅子，在桌邊坐了下來。

「你不信嗎？吃一點熟香蕉，要是沒用的話，我再買些膳食纖維給你吃。」

「我沒有便秘，媽，我是覺得心煩。我剛跟瑞秋講完電話……」

「噢，她還好嗎？」埃莉諾語氣愉悅地問，用湯匙挖了一些菜頭粿放到她的 Astier de Villatte 瓷器上。

「妳心裡清楚她好不好，妳昨天剛跟她通過電話。」

「噢，她跟你說了？」

「她是我妻子，她什麼事都跟我說，媽，真不敢相信妳竟然問她我們是怎麼避孕的！」

「有什麼問題嗎？」埃莉諾問。

「妳失去理智了嗎？她不是那種可以隨便詢問身體功能的新加坡女生，**她是美國人**，美國人不跟其他人討論這種事！」

「我不是其他人，我是她婆婆，我有權知道她的排卵期是什麼時候！」埃莉諾厲聲道。

「不，妳沒有！她很震驚又尷尬，她甚至不知道該怎麼回答。」

「難怪她一下就掛了。」埃莉諾笑了起來。

「媽，這整個關於孫子的話題必須停止，我們不會因為妳給我們壓力就決定生小孩。」

埃莉諾惱怒地把筷子往桌上一拍。「你覺得我給你們壓力？哎呀，你根本不知道什麼才叫壓力！當初我和你爸度完蜜月回來，你親愛的阿嬤就命令她的奴婢拿走我們的行李！當她看見我們的『雨衣』[57]後，非常生氣，跟我說要是我沒在六個禮拜內懷孕，就要把我趕出這個家！你

57 埃莉諾那一代的女性，特別是敬畏上帝，從循道衛理女子學校畢業的女生都跟她一樣，成長於用這個古怪名稱替代保險套的年代。

真的想知道我為了懷孕做了什麼嗎？我和你爸……」

「停、別說了！拜託別說出來！我不需要知道這些事情！」尼克咕噥道，猛地在他媽面前揮著手。

「相信我，我不是要給你生小孩的壓力，我只是想幫你！」

「怎麼幫？再次毀了我的婚姻嗎？」

「你還不懂嗎？我想如果我們算對瑞秋的排卵期，就可以讓她飛到新加坡來。你卡蘿阿姨已經準備好她家的灣流VI——速度非常快，可以讓瑞秋在八小時內抵達，她甚至這個週末就能來。而且我在嘉佩樂度假村的熟人可以幫我準備一間海景套房。」

「然後呢？」

「哎呀，然後你就做你的事讓她懷孕呀，我們可以立刻宣布這件事，或許阿嬤就會願意見你！」

尼克一臉難以置信的表情看向他爸。「你能相信嗎？」

菲利普只是默默夾了個叉燒包放到尼克的盤裡以示同情。

「相信什麼？我只是盡我所能讓你進去那棟該死的房子而已！你最好的機會就是讓瑞秋懷孕。我們得證明給素儀看你能夠生出泰瑟爾莊園下一代繼承人。」

尼克嘆了口氣。「媽，我覺得在這個時候那一點都不重要。」

「哼！你不了解你奶奶——她非常傳統。這件事對她來說當然重要！這樣你才能重新獲得她的好感，她就不得不選你為繼承人！」

「媽，聽我說，我**不會**讓瑞秋為了我見阿嬤這件事懷孕，這是我聽過最可笑的計畫。妳應該停止所有讓我繼承泰瑟爾莊園的手段，那樣只會讓事情變得更糟。我其實對這整個狀況很平靜。我回到新加坡，想見阿嬤一面。如果她不想見我就算了，至少我試過。」

埃莉諾並未注意聽他的話，反而因為腦海浮現的想法而瞇起眼來。「別告訴我……嗯……尼基，你是不是……那叫什麼……搶銀行[58]？」

尼克疑惑地蹙起眉頭。「搶銀行？什麼意思？我最近都上網辦理銀行的事，媽。」

「哎呀，你上次去看醫生是什麼時候？你在紐約有認識好的泌尿科醫生嗎？」埃莉諾問道。

菲利普笑了起來，意識到他妻子在說什麼。「她說的是空包彈，尼基。」

「對、對啦，空包彈！你有檢查過你的精蟲數量嗎？你年輕的時候認識很多女生，或許你把好精子都耗光了。」

「天啊，媽，妳真的是。」尼克把手放上額頭搖搖頭，覺得非常尷尬。

「別跟我『天啊』，我很認真。」埃莉諾憤慨地說著，嘴裡一邊嚼著食物。

尼克生氣地站起身。「我不會回答妳的任何一個問題，這太怪了，而且很不合適！還有妳不准跟瑞秋說這些事。多尊重一下我們的隱私好嗎！」

「好啦好啦，幹嘛這麼敏感。真希望當初沒送你去英國讀書，不知道他們把你變成怎樣的人

58　搶銀行的英文是robbing banks，但這裡埃莉諾想講的是空包彈（shooting blanks），意指「男性的精液裡沒有精蟲」，也就是不孕。

了。總把隱私掛在嘴邊，就連醫療問題也不能說。你是我兒子，我是看著你保母幫你換尿布的！好了，你到底要不要吃我們買的早餐？今天的水粿特別好吃。」埃莉諾說。

「我已經完全沒胃口。不吃了，我去找艾絲翠吃早餐。」

「哎呀，那個可憐的女孩，你看今天的最新八卦了嗎？」

「沒。媽，我不看什麼愚蠢的八卦報導。」尼克答道，旋即大步離開早餐室。

新加坡，翡翠丘社區

自從與麥可分居後，艾絲翠就搬進翡翠丘路的其中一間傳統街屋住，是從她姑婆瑪蒂達名下繼承來的。當尼克沿著街道朝她家走去時，不禁停下腳步欣賞簷壁的裝飾雕刻、木框窗格，以及精心修復的土生華人排屋精緻的大門，讓這條街道變得如此獨特[59]。有兩棟房子外觀是相似的——每棟房子都融合了中國巴洛克、維多利亞時代末期和裝飾風藝術細節的不同元素。

尼克小時候，這些街屋很多都是歷史悠久的土生華人家庭住家與商家，後來逐漸被忽視，街道上蔓延著一股富麗堂皇不再的氣氛；但現在房地產的價格已攀升到離譜的地步，整個街區被指定為保護區，這些街屋成為令人垂涎的房產，價格漲到數千萬。現在很多已改建為時尚酒吧和露天咖啡廳，讓尼克某些高傲自大的親戚戲謔地稱翡翠丘路為「那條街都是紅毛高賽去啉醉[60]」，尼克卻覺得相當迷人。他走到一棟有著菸灰色百葉窗的漂亮白色街屋前，停下來按門鈴。

一名二十出頭的金髮女子從 pintu pagar——街屋典型雕刻華麗的半木造門——往外看，並用濃重的法國腔問道：「你是尼可拉斯嗎？」

---

59 最初在殖民地時期，這個區域都是果園和肉豆蔻種植園。翡翠丘在二十世紀初發展為土生華人的住宅區。這些土生華人——或稱海峽華人——皆是受英國教育（大部分就讀牛津與劍橋大學），對英國殖民政府非常忠誠。作為英國人與華人間的橋樑，他們變得十分富有及強大，其建造的豪華街屋很好地證明這一點。

60 雖然這句閩南語直譯為「紅毛狗屎去喝酒」，但其實意思更像是「歐洲敗家子大醉一通的街道」。

尼克點點頭，她把鎖打開後讓他進去。「我叫呂蒂文，是負責照顧卡西恩的互惠生。」她自我介紹。

「Salut（法文的招呼用語），呂蒂文，Çava（法文的「你好嗎」）？」

「Comme si, comme ça（法文的「還可以」之意）。」呂蒂文故作姿態地回答，心想為什麼她之前從沒見過太太會說法語的性感親戚。

剛踏進門廊，尼克便看見房間被精心恢復成原有樣貌。地板是謹慎鑲嵌的磁磚，繪有威廉·莫里斯風格的花卉圖騰；精雕細刻的鍍金木屏風將前室和房子後面的空間隔開來。典型土生華人前室的核心就是祠堂，艾絲翠在後牆設置維多利亞時代精細的祭壇畫以尊重傳統。但她沒有在祭壇上擺過世親屬的照片或陶瓷神像，反而悄悄地掛了張小小的埃貢·席勒描繪的裸體男性畫作。

呂蒂文帶著尼克從門廊穿過光線昏暗的前廳進入 chimchay——一個露天的開放式庭院，為這些狹長的街屋提供自然通風和必不可少的照明。艾絲翠在這裡脫離了傳統，將整個空間進行完全改造：屋頂換成玻璃，全空間設有空調，原本的水泥地板鋪上了黑曜石磁磚，讓整片地板像是潑了墨水似的閃閃發光。

但整座宅邸的得意之作在庭院東邊的牆面——艾絲翠與法國前瞻性的景觀設計師派翠克·勃朗設置的一道綠色植生牆，共有三層樓高。攀綠植物、蕨類和其他有異國情調的棕櫚樹似乎無視重力爬滿整面牆，靠著這面誇張的植物壁畫的是一張外觀雅致的雕刻青銅沙發，上面放著柔軟的白色亞麻抱枕。這個草木蒼翠的空間有一種修道院似的寧靜。其間，艾絲翠穿了件漂亮的 The Row 菱紋針織背心，下身則是復古的 Jasper Conran 黑色真絲短裙，採用喜慶時啦啦隊的分層設計，盤腿坐在沙發上，腿上還放著一杯茶。

艾絲翠起身緊緊抱了下尼克。「我好想你！」

「我也是！所以妳一直待在這裡？」

「對呀，喜歡嗎？」

「棒呆了！我記得小時候來過這裡參加妳其中一個姑婆的娘惹宴會——不敢相信妳把這裡改造成這個樣子！」

「其實我剛搬進來時沒有打算長住，但後來我愛上了這個地方，就想做些改造。感覺我的姑婆就跟我一起在這裡。」艾絲翠示意尼克跟她一起坐在沙發上，接著用一個鑄鐵茶壺幫他倒茶。「這是來自南印度鄞桑德爾茶園的藍山紅茶……希望你不棄嫌。」

尼克啜飲了一口茶，感受其細膩的煙燻味。「嗯……好喝。」他一臉驚奇地抬頭看向上方眼睛圖騰的天窗。「妳真的又上一層樓了！」

「謝謝，但我不會說這是我的功勞——KO 工作室的巴黎二人組很厲害，這些全是他們設計的。」

「我相信妳給他們的靈感不僅如此，我好像不曾進入這樣的房子，看上去彷彿是兩百年後的馬拉喀什。」

艾絲翠笑了笑，輕嘆了口氣。「但願我能到兩百年後的馬拉喀什。」

「是嗎？我懂早上都不怎麼快樂的感覺，我聽說有個最新八卦是什麼？」尼克說，坐到那張豪華沙發上。

「噢，你沒看？」

尼克搖了搖頭。

「這個嘛，我現在可出名了。」艾絲翠近乎自嘲地說，把報紙遞給他。那是一份《南華早報》，第一頁頭條斗大的字體寫著：

麥可・張向女繼承人艾絲翠・梁索取破天荒五十億美元離婚協議金

新加坡報導

過去兩年間，億萬創業投資家麥可・張，三十六歲，與新加坡女繼承人艾絲翠・梁陷入離婚訴訟。原本該是和平離婚如今出現新的轉折，鑒於最近的事態發展，麥可・張的律師團現在要求五十億美元的離婚協議金。

上週，三十七歲梁女士的照片在國際八卦網站上瘋傳。這些照片旨在表明梁女士在印度焦特布爾的梅蘭加爾城堡被三十七歲的香港科技大亨查理・胡求婚。將他們團團圍在中間的是上百名印度古典舞者，二十名西塔琴彈奏家、兩頭大象以及寶萊塢超級巨星沙・魯克・罕，據稱他為這對情侶獻唱傑森・瑪耶茲的情歌〈我是你的〉（*I'm Yours*）。

目前張先生在最近的離婚訴訟中指控梁女士「婚外通姦」，聲稱他手上不容置疑的證據顯示他妻子和胡先生「早在二〇一〇年」就開始婚外情。這是一個劇情反轉的浪漫灰姑娘愛情故事，卻以悲傷的結局落幕：身為兩個學校教師兒子的張先生，在大巴窯中產階級的住宅長大成人，在他一個軍隊弟兄的生日派對上邂逅了張太太——亞洲富貴世家之一的女繼承人。經歷了閃電交往和婚禮後，這對郎才女貌的天作佳人於二〇〇六年結為夫妻。

這對佳偶的結合在亞洲社交圈引起軒然大波。梁女士是梁氏控股私人有限公司的總裁哈利·梁唯一的女兒，這家神祕企業集團據稱是世界棕櫚油的最大供應商。在嫁給張先生以前，她曾與查理·胡訂過婚，還與一個穆斯林王子及幾位歐洲貴族關係密切。正如她的家族，梁女士是非常注重隱私的人，從不接受採訪，也不曾登上任何社交媒體。蒼鷺財富報告亞洲富裕世家的名單中梁家排行第三，預估梁女士個人財產「超過一百億美元」。

如今，梁女士一半的個人財產和他們七歲兒子卡西恩的監護權即將不保。「我的客戶是白手起家的億萬富翁，這麼做與錢無關。」麥可·張的律師，葛拉威爾與麥爾坎商會的傑克森·李表示：「這一切都是原則問題。麥可·張是一個忠誠而全心全意的丈夫，卻在全世界面前蒙羞。若是你還有婚姻關係的另一半被別的男人公然以如此大肆宣揚的方式求婚，想想你會有什麼感受。」

新加坡法律專家認為由於梁女士的資產與複雜的梁氏信託基金密不可分，張先生合法的花招不太可能成功，但這個最新訴訟已造成她的損失。某個新加坡社交界人士評論道：「梁家不喜歡登上媒體新聞，這對他們是巨大醜聞。」

「他媽的。」尼克罵道，一臉反感地將報紙扔到地上。

艾絲翠對他露出慘淡的笑容。

「《南華早報》怎麼會讓這種東西上報？我從未讀過這麼鬼話連篇的報導。」

「可不是嗎，還白手起家咧。」

「如果妳真的身價一百億的話，那我生日要大衛·鮑伊限量專輯套組，亞馬遜賣八十九點九五美元。」

艾絲翠笑了一下，隨即搖搖頭。「我這一生都在避免上報，但最近好像我越想避開，就越會成為頭條新聞。我爸媽大發雷霆，第一次照片曝光時，他們就已經夠氣了，這次真的快把他們逼瘋。我媽氣到被人扶回床上，還打鎮定劑；然後我從未見過我爸像今天早上看到報紙時這麼大聲說話的樣子。額角的青筋猛地爆出來，我還以為他要中風了。」

「但難道他們看不出來這整件事都與妳無關嗎？我的意思是，他們當然知道這一切都是麥可搞的鬼吧？」

「在我看來很明顯，當然啦，這對他們來說根本不重要。我就是一個偷溜去印度的壞女兒。我只想說我是個三十七歲的媽媽，然後我週末要去哪裡還必須經過爸媽的同意。都是我的錯，是我讓整個家族『曝光』，永遠讓家族的名字蒙羞。」

尼克同情地搖搖頭，壓響指關節的同時腦中浮現某個想法。「妳得給麥可一些好處……他**知道**新加坡的報紙不會報導這件事，所以他故意透露給香港的《南華早報》。」

「他這招很漂亮，他是想給查理和我們未來的生活重重一擊。」

「我敢說偷拍照的幕後主使者也是他……」

「查理似乎也這麼想，他讓他手下的保全小組去調查麥可是怎麼監視我的。」

「我知道這件事將進入《神鬼認證》的領域，但麥可有沒有可能在你們出遊前在妳身上放什麼追蹤裝置？因為他的確駭過一次妳的手機。」

艾絲翠搖了搖頭。「我已經有將近一年沒跟麥可見面了，現在我們只會透過律師交談——這是他要求的，不是我。自從他請了這個叫傑克森．李的人——有人跟我說他是瘋狂的法律天才——事情就越演越烈。」

「麥可多久見卡西恩一次？」

「理論上，他們一週有三天會在一起，但麥可很少履行協議上的責任。他大概一星期帶卡西恩出去吃飯一次，但有時候會兩、三個星期才見他一面，就好像他忘了自己有個兒子一樣。」艾絲翠難過地說。

一名女傭走進庭院，把一個早餐托盤放到茶几上。

「咖椰吐司！」尼克一瞥見塗著厚厚一層咖椰醬、烤得完美的三角吐司，便開心地驚呼出聲。「妳怎麼知道我今天早上想吃這個？」

艾絲翠莞爾一笑。「你不知道我會讀心術嗎？當然這是從泰瑟爾莊園拿來的阿清手作咖椰醬。」

「太棒了！」尼克說。

艾絲翠注意到他咬第一口那酥脆蓬鬆的白麵包時，眼中流露出一絲悲傷。「聽著，我聽說你被禁止進入泰瑟爾莊園，這太荒謬了，我很抱歉當時沒辦法幫你，但現在我回來了，我會設法弄清楚是怎麼回事……」

「拜託，艾絲翠，妳現在要面對的夠多了，別擔心我。妳知道我媽一直在搞什麼名堂嗎？他希望我馬上讓瑞秋懷孕，然後再告訴阿嬤這個消息，她就會願意見我。」

「真的假的！」

「她打給瑞秋想知道她現在是不是排卵期，還讓卡蘿．戴備好專機，想要瑞秋這個週末飛新加坡，我才能讓她懷孕。她甚至在她朋友位於聖淘沙的度假村準備蜜月套房。」

艾絲翠笑得用手摀住了嘴。「天哪！我還想說我媽很瘋狂呢。」

「誰能比得過埃莉諾．楊。」

「至少她很努力想幫你，為了讓你跟阿嬤和好，她什麼都願意做。」

「對我媽來說，她所做的一切都是為了那棟房子，但妳知道我只是想看阿嬤。雖然我花了點時間才想通，但我的確欠她一個道歉。」

「你真寬宏大量呀，尼基。她明明對你和瑞秋這麼糟糕。」

「我知道，但我還是不該對她說那些話，我明白她有多傷心。」

艾絲翠思索著他的話，盯著她的茶杯好一會兒，才抬頭看向她的表弟。「我只是不明白為什麼阿嬤會突然不想見你。她住院時，我照顧了她一個禮拜，她知道你要回來，但她一個字也沒提她不想見你。肯定發生了什麼事。我覺得維多莉亞姨媽或者艾迪，還是某個人趁我不在時慫恿她。」

尼克頓時期盼地看著艾絲翠。「或許妳能小心地跟她……提起這件事。」

「噢，你不知道嗎？我在泰瑟爾莊園也是**不受歡迎的人物**了。直到這次風波消停前，我父母都不希望我在泰瑟爾莊園或那附近露臉。」

尼克忍不住對當前的情況笑了起來。「所以我們兩個都被驅逐了，像個不孝子一樣。」

「沒錯，我們是受詛咒的玉米田的孩子（Children of the Corn，史蒂芬金的小說）。但我們能怎麼辦？我媽不希望現在發生什麼會刺激阿嬤的事。」

「我覺得妳不在阿嬤身邊她會更煩心！」尼克忿忿不平地說。

艾絲翠的眼眶盈滿淚水。「我們在浪費跟她相處的寶貴時間，尼基，她現在每天都越來越虛弱。」

新加坡，泰瑟爾莊園

艾迪沿著東翼走廊往他外婆的臥房走去，欣賞錦緞長沙發上方以沙龍風格掛在牆上的一組舊照片。中間掛著一個超大相框，裡面是他的曾祖父尚龍馬在印度野外狩獵後，與幾根巨大象牙和某個戴著鑲嵌寶石的摩訶羅闍一起拍攝的照片。旁邊掛著他爺爺詹姆斯・楊爵士的肖像，大約三十幾歲快四十的年紀，那身千鳥格紋夾克和白色淺頂軟呢帽，令他看起來很像讓女性傾倒的男明星，懷裡不可思議地抱著一隻諾威奇梗。*他真時髦啊！那是哪個牌子的外套？是 Huntsman 還是 Davies & Son？*艾迪心想。*真希望我能認識他，在他所有的子孫中，很明顯只有我繼承他的品味。*

下方掛了一張長形照片。他外婆素儀穿著一件茶歇裙，在看起來像是盧森堡公園的地方優雅地躺在野餐墊上。她身旁有兩名法國女子，兩人各抓著一把精緻的蕾絲陽傘，似乎處於擋風的狀態。那兩個女子笑得開懷，素儀卻直直地盯著相機，十分鎮靜。她年輕時真漂亮啊。艾迪仔細觀察照片下方潦草的署名：**J・H・拉堤格**。*幹他媽的，這張照片真的是那個偉大的法國攝影師雅克・亨利・拉堤格幫阿嬤拍的嗎？天啊，這還真珍貴，我得把它掛在我的辦公室，可以掛在布列松拍的那張一個男孩拿著酒瓶的照片旁。沒人比我更懂得欣賞這張照片。我拿走這張照片，再從別面牆拿一張來代替會有人發現嗎？*

艾迪四處張望，看看有沒有女傭在附近鬼鬼祟祟。這地方該死的女傭無所不在，連偷個東西都沒有隱私。就在此時，他聽見一聲緩慢低沉的呻吟聲。**啊呀！啊——！**聲音是從走廊中間一扇半掩的門裡傳出。艾迪很快便想起那是他表弟亞當及其妻子琵雅住的房間。他知道泰國人在那方面花招百出，但他們真的會在晨間親熱時不把門關好嗎？任何一個經過這條走廊的人都可能聽見他們的聲音。不過，倘若那個性感尤物琵雅是他妻子，他可能會跟她在床上待到下個星期，不管有沒有人會聽到。

艾迪悄悄靠近門邊，聽見一個女人在笑的聲音。突然另一個粗啞的聲音蓋過了第一聲呻吟。**噢喔！噢喔喔！**等一下，裡面有**兩個男人**。接著第二個聲音喊道：**噢、對，就是那裡！用力點！噢——！**艾迪認出這個聲音時眼珠瞪得老大。這是他弟弟阿歷斯泰的聲音。他媽的到底發生什麼事了？阿歷斯泰該不會在他外婆的家裡跟他的泰國表弟玩三人行吧？在她奄奄一息的時候？太下流了！每次他來探望自己外婆時，總是遵守基本的禮儀，讓他的情婦去住附近的香格里拉酒店。他從未有過半點念頭在他親愛的阿嬤家屋簷底下跟不是他妻子的女人上床。

艾迪一副公正善良的樣子闖進房間。「你們天殺的到底在幹……」他吼道，隨即驚訝地住口。琵雅坐在躺椅上喝著她的晨間卡布奇諾，穿著一件 Rosie Assoulin 的黃綠色無袖綢緞上衣，搭配同色系材質的鉛筆褲，非常涼爽優雅。艾迪轉過身來，目睹十分古怪的景象。他弟弟阿歷斯泰坐在漆著銀釉的四柱床床腳，打著赤膊，他的姨丈達信靠向他，手肘用力地壓著阿歷斯泰的肩部。表弟亞當臉朝下趴在床上，他媽媽凱薩琳則跨過他的大腿，用椰子油按摩他的後腰。

「啊——！」亞當呻吟道，琵雅咯咯地笑了起來。

「在你們羽毛球比賽前，我就警告你們要做伸展運動了，但你們不聽嘛？」凱薩琳責備道，用力地揉著他後腰。

「老哥，達信姨丈在幫我做世上最棒的泰式按摩！你也該試一試。」阿歷斯泰說。

艾迪難以置信地盯著眼前景象，不敢相信泰國親王親自為他弟弟按摩。「呃，不是應該讓女傭幫你們按摩嗎？」

「不……媽咪的技術最好。」亞當透過枕頭傳來嘆息聲。

琵雅笑了笑。「尤加拉家的小孩從小就被父母按摩的手法慣壞了，亞當甚至不喜歡我幫他按——只有媽咪能讓他滿意。」

凱薩琳抬頭看向艾迪，她的手指重重地揉著亞當臀部的肌肉，下巴上沾了點椰子油。「你要按嗎？我這裡快結束了。」

「呃……不用了，謝謝。我身體沒有很痠，我只打第一局，記得嗎？」艾迪結巴道，看到他姨媽觸碰自己兒子的**下身**就覺得渾身不對勁。

「你不會知道你錯過什麼。」阿歷斯泰滿足地發出喟嘆。

「我正要去看阿嬤。」艾迪說，盡可能快步退出房外。尤加拉一家還真是怪人，明明有一群對他們俯首稱臣的傭人可使喚，卻非得親自為他們的孩子按摩！不敢相信小凱姨媽和他媽是親姊妹——她們根本是南轅北轍的兩個人。他媽媽既優雅又淑女，凱薩琳卻是個舉止像男生的怪女人。在她幫自己兒子按摩時，她的手臂、臉上，幾乎整個身體前半部都沾到椰子油。他媽甚至不喜歡自己動手保濕。凱薩琳到底是怎麼擄獲一個親王的心？在楊家所有姊妹中，他媽媽的選擇顯然是最差的，當然不包括老處女維多莉亞了。

他進到他外婆的私人書房，看見他爸跟溫教授聚在一起講話。麥爾坎・鄭是亞洲備受尊崇的心臟權威之一，最近才從香港養和醫院的心臟病學中心主任退休。溫教授是他的門生之一，而他顯然十分關注素儀的病情。

「病人今天狀況如何？」艾迪輕鬆地問。

「不要在我說話時打岔！」他爸斥責他，接著轉向溫教授。「……她肺積水的情況讓我很憂心。」

「我知道，麥爾坎。」溫教授擔心地喃道。

艾迪走進臥房，發現他媽正將送給素儀的鮮花重新安放在花瓶裡。每天都會有十幾束鮮花送上門來，還有一盒盒的白蘭氏雞精。

「媽咪討厭繡球花，這是誰送來的？」雅莉絲說著，打開厚重的信封查看卡片。「噢，天啊，這是席爾斯家送來的。我想我們該把這花放在這裡，媽咪醒來就可看到。她跟班傑明的關係很好，他是我出生時幫我接生的醫生，知道嗎？」

「妳看，我想她要醒了。」艾迪興奮地說，跑過去蹲在床邊。「親愛的阿嬤，妳感覺怎麼樣？」

素儀的喉嚨乾得無法發出聲音，但還是設法喃道：「水……」

「好、好，馬上來。媽，阿嬤要喝水！」

雅莉絲環顧四周，抓起離手邊最近的水壺。「嘖，怎麼是空的？」她惱怒地說道，匆匆進到浴室重新裝滿水。她回到房間，將水倒進塑膠杯，插上吸管。

「那是自來水？妳想殺了阿嬤嗎？」艾迪斥責他的母親。

「你這話什麼意思？新加坡的自來水安全無虞！」雅莉絲辯駁道。

「阿嬤的身體狀況只能喝無菌水，尤加拉一家老是嚷嚷的瑞士礦泉水呢？為什麼這裡沒擺一瓶？在這種需要幫忙的時刻，她那些侍女都跑哪兒去了？」

「我讓她們去幫她準備早餐了。」

「那就打電話到樓下，叫她們順便帶幾瓶瑞士礦泉水上來。」艾迪命令道。

素儀嘆了口氣，惱怒地搖搖頭。為什麼她的孩子連這麼簡單的要求都辦不好？

雅莉絲看見她母親沮喪的表情，很快決定不去理會她兒子。「閃開，艾迪，讓我餵她喝水。」

「不，讓我來。」艾迪堅持道，從她手中搶過杯子傾身向前，卯足全勁地演出南丁格爾努力照顧病人的神情。

當她補足水分、感覺稍微恢復元氣後，她環顧臥房，像是在尋找某個東西。「艾絲翠呢？」她問。

「呃……艾絲翠目前不在這裡。」雅莉絲回答，不願提起任何有關她外甥女引爆的醜聞。她和艾迪視線交會，無聲地警告他不要多嘴。

「艾絲翠去了印度。」艾迪笑著表示。

雅莉絲驚愕地瞪著她的兒子。他為什麼要這樣激怒他的外婆？

「噢，很好，她去了。」素儀說。

艾迪藏不住他的驚訝。「妳知道這件事？妳知道查理・胡要向她求婚？」

素儀沒有回答。她閉上眼睛，唇角輕微上揚。她突然張開雙眼，詢問似地看向雅莉絲。「那尼基呢？」

「呃，尼基怎麼了？」雅莉絲小心翼翼地問道。

「他現在不是該回來了嗎？」

「妳的意思是妳想見尼基？」雅莉絲試圖問清楚。

「當然，他人呢？」素儀說。

雅莉絲還來不及回答，艾迪便插了進來。「阿嬤，可惜尼基最後不得不取消回來的事，他突然有了別的工作，現在還不能抽身離開。妳也知道歷史教授這個工作對他來說多麼重要，他得要準備關於星際戰爭的課程。」

「噢。」素儀簡短地應了聲。

雅莉絲瞪著她的兒子，對他粗糙的謊言感到不可思議。正當她要說些什麼時，素儀的侍女端著早餐進到房裡。

「媽咪……」雅莉絲開口，突然感覺到艾迪從她身後猛地抓住她的手臂，一把將她拉到素儀的更衣室。進到那裡後，他又拉著他媽到了陽臺，牢牢地關上玻璃門。

「艾迪，我不知道你在想些什麼。你為什麼要亂說尼基的事？你這次又想玩什麼把戲？」雅莉絲質問道，在刺眼的晨光下，瞇著眼睛看向他。

「媽，我沒有玩把戲，我只是讓事情順其自然……」

雅莉絲凝視著他兒子的目光。「艾迪，你老實說，阿嬤真的有跟你說她不想看見尼基進到這棟房子來嗎？」

「她……我提到他名字的時候，她心跳幾乎就要停了！」艾迪咕噥道。

「那告訴我為什麼她剛才會問起他的事？」

艾迪在陽臺上來回踱步，找個陰涼的地方站。「妳難道看不出來尼基想見阿嬤是為了跟她道歉嗎？」

「是呀，我完全贊成，那憑什麼不讓他們修補關係？」

「妳瘋了不成？難道真要我全部解釋給妳聽？我這麼做都是為了我的權益！」

雅莉絲憤怒地攤開雙手。「你真是癡心妄想，艾迪。你真的覺得我母親會改變遺囑，把泰瑟爾莊園留給**你**？」

「她已經做了，媽！難道妳沒看到弗萊迪・陳那天來看阿嬤後的表現嗎？」

「在我看來他跟先前一樣親切。」

「也許那是因為他一直都對妳親切，但他從未用過這種態度對我。過去三十年來，那個人幾乎沒有跟我說超過兩個字。但那天，他對我的態度就像我是他的大客戶一樣。他說我『令人敬佩』，然後他花了很多時間跟我聊我的手錶收藏。這妳怎麼看？」

「只有那個弗萊迪・陳跟你一樣是手錶癡。」

「不，媽，弗萊迪・陳是想暗示我——我就是阿嬤新立的遺囑中那個**令人敬佩**的人！他現在就在對我們拍馬屁，妳看不出來嗎？妳想要毀掉一切，眼睜睜看著阿嬤把房子給尼基嗎？妳長大的這棟房子？」

雅莉絲疲憊地嘆了口氣。「艾迪，這棟房子本來就該是他的。從他出生那天起，我們就都知道這註定是他的。因為他姓**楊**。」

「說得對，他姓楊，他姓楊！我這該死的一生中，每個人都跟我說他姓楊，而我姓鄭。這全是妳的錯！」

「我的錯？我常搞不懂你……」

「妳到底為什麼要嫁給爸？一個毫無權勢的香港人？妳為什麼就不能嫁給別人，像是尤加拉或梁家？某個姓氏顯赫的人？妳有想過這對妳的小孩造成的影響嗎？難道妳不知道我的人生因為這樣有多慘嗎？」艾迪怒火中燒。

雅莉絲看著她兒子任性的嘴臉，突然有股想賞他一巴掌的衝動。但她深吸一口氣，在一張鐵椅上坐下，咬牙切齒地說：「我很高興我嫁給了你爸，或許他沒繼承一整個王國或生在王室，但對我而言，他給我的印象遠遠超出我的想像。他從什麼都沒有，到現在成為世界頂尖心臟學專家之一，他努力工作送你上好的學校，為我們建立一個美好的家。」

艾迪面露嘲諷的笑容。「美好的家？拜託，媽，妳的公寓丟臉丟到家！」

「我認為百分之九十五的香港人不會認同你的觀點。還有別忘了，你大學畢業後，我們還替你買了你第一棟公寓，幫助你……」

「哼！李奧．明畢業後可是拿到一家價值數億美元的科技公司。」

「那他又得到什麼了，艾迪？李奧．明除了前妻人數驟增外，我不覺得他有什麼成就。我們給予你，支持讓你按照自己的條件成功。不敢相信你竟然看不到我和你爸試著給你的那些優勢。我們怎麼會把你養成這副不懂感恩的德性？我從沒聽賽希莉亞或阿歷斯泰抱怨過他們的人生和姓氏。」

「他們兩個都是不成氣候的失敗者！賽希莉亞太沉迷於她的馬，妳應該把她取名為葉卡捷琳娜大帝，然後阿歷斯泰和他那個電影製作的破工作——有哪個香港人曾看過他那個導演朋友製作的古怪藝術電影？《墮落天使》（*Fallen Angels*）？我看應該要叫『睡成一團』（*Fallen Asleep*）才對！我是這個家唯一一個有出息的孩子！妳真的想知道姓『鄭』這件事對我有什麼影響嗎？這代表我小學二年級沒辦法參加羅比．高－佟在海洋公園辦的生日派對；這代表我在拔萃男書院沒辦法被選為辯論隊隊員；這代表我沒資格在安德魯．拉多里的婚禮擔任伴郎；這代表我永遠無法得到香港某家銀行不需露面的輕鬆職位，不得不耗費人生一半的時間對列支敦堡集團所有人鞠躬哈腰，就為了爬到頂端！」

「我不知道你是這麼想的……」雅莉絲難過地搖搖頭。

「因為妳從不費心了解妳的小孩！妳根本沒時間在乎我們的需求！」

雅莉絲站了起來，終於失去耐性。「我不要坐在大太陽底下聽你抱怨沒人關心，你在環遊世界時，也沒花多少時間陪你自己的小孩！」

「那我們挺像的，不是嗎？爸在我童年的大部分時間都去瑞典或瑞士參加醫學會議，而妳一直待在溫哥華炒房。妳從不聽我說話！從來沒問過我真正想要的是什麼！**妳從來沒幫我按摩過臀部！**」艾迪痛哭失聲，頹喪地坐在其中一張陽臺椅上，身體因抽氣而起伏著。

雅莉絲盯著她兒子，心想他肯定暫時斷了理智。

艾迪抹去淚水，盯著他的媽媽。「要是妳真的關心妳的小孩，真的就像妳說的那樣愛我們的話，就**不要**對阿嬤說任何關於尼基的事。難道妳看不出來現在對我們是多麼好的機會嗎？我們得確保他們兩個不會見面，我們還必須加強費莉希蒂姨媽覺得艾絲翠在這裡不受歡迎的想法！我們可以跟菲利普舅舅說阿嬤身體太虛弱無法見客。我會一直守在阿嬤的房間外——沒有我的允許，任何人都不得進出！」

「你瘋了，艾迪，你不能這樣禁止家裡其他人看阿嬤……」

「我沒瘋！」艾迪叫道：「妳讓我們失去這個機會那才是瘋了。這會是我們唯一得到泰瑟爾莊園的機會。沒錯——我們，妳看，我總是在想什麼對我們家最好！我這麼做不只為了我自己，還為了賽希莉亞、阿歷斯泰和妳所有寶貝孫子孫女。如果我們成為泰瑟爾莊園的新主人，就再也沒人敢說鄭家無法與楊家或尚家匹敵。拜託妳不要毀了這一切！」

新加坡，泰瑟爾莊園

「哪一瓶？」家怡站在木製活動梯上面數來第三階，用廣東話問道。

「嗯……找找看一九五〇年以前的。」阿玲吩咐道。

女傭瞇著眼看向貼在巨大玻璃罐前的陳舊黃色標籤，檢查日期。她記得十幾歲時在深圳走進一間花俏的中藥店，在收銀檯後方一個鎖住的玻璃櫥櫃裡，看見一個裝著珍貴燕窩的金色罐頭放在最顯眼的位置。她母親告訴她那器皿裡裝的都是可食用鳥巢——中國最昂貴的美食之一。而現在她眼前的擱架上一整排都是。「不敢相信這些瓶子裡都裝著燕窩，這肯定值好多錢！」

「所以我們才要把這個儲藏室鎖起來。」阿玲說；「這麼多瓶燕窩都來自楊太太的父親，尚先生有一家公司專門提供全亞洲最上等的燕窩，是從婆羅洲非常珍稀的洞穴採集而來的。」

「這是他們變得這麼有錢的原因嗎？」

「哎呀，只賣燕窩是無法變得像尚家一樣有錢啦，這只是尚先生經營的其中一家公司。」

女傭從梯子上爬下來，抱著一個幾乎跟她身體一樣寬的巨瓶。她透過長霉斑的玻璃看進去，看起來就像一層白殼，對裡面的珍寶感到嘖嘖稱奇。「妳有吃過嗎？」

「當然啦，楊太太在我生日時總會準備一碗給我。」

「吃起來什麼味道？」

「很難形容……是沒吃過的味道。重點比較在於口感……有點像銀耳，但更精緻。不過在這裡，阿清會把它熬成甜湯，用龍眼乾和冰糖煮沸四十八小時，再放入刨冰，簡直棒呆了。現在去那邊架子下面第三層，裝三杯龍眼乾給我。」阿玲吩咐道，一邊在分類帳簿上詳細記錄她取出的燕窩數量。

「今天誰過生日？」家怡問。

「沒有人過生日，但楊太太的弟弟阿爾弗雷德這週五要過來吃晚餐，我們知道他很愛吃燕窩。」

「所以他隨時想吃就吃？」

「當然啦！這裡曾經是他家呀。」

「人生真不公平……」家怡嘀咕著，用力打開龍眼乾缸的蓋子。

外頭傳來敲門聲，維克拉姆——楊家的保全主管探頭進來對阿玲笑了笑。「妳在這兒啊！阿達說妳在儲藏室，但他沒說是哪一個。我在過來前，還去了另外兩間儲藏室呢！」

「我只會來乾貨儲藏室，因為我只有這裡的鑰匙。我從來沒去過其他間儲藏室，有什麼事嗎？」

維克拉姆瞄了眼把龍眼乾挖到碗裡的年輕女傭，對眼前的管家說：「妳這裡結束後，我可以借用妳幾分鐘時間嗎？」

阿玲看向家怡。「把所有東西拿給阿清，如果妳對她夠親切的話，或許她週五會讓妳嚐嚐看燕窩。」

待女傭一離開房間，阿玲便用一種略帶疲憊的語氣問道：「今天有什麼問題？」

「這幾天我一直在思考一些事。」維克拉姆開口：「妳知道喬伊母親開刀後，他就一直是休假狀態。所以我親自負責他巡邏的日程，有一天我在屋頂的時候，從楊太太的陽臺偷聽到某個有趣的事情……」

阿玲豎起耳朵。「什麼事情這麼有趣？」

「我聽到艾迪・鄭在跟他母親說話。就我聽到的，好像是楊太太從沒說過她不願見尼基，我猜這全是艾迪編出來的。」

阿玲展顏微笑。「我一直有所懷疑，素儀從未禁止任何人進入這棟房子，當然不可能只禁止尼基一人。」

「我也覺得不對勁，但我能說什麼？顯然艾迪有自己的想法，他就是那個策畫禁止尼基入內的人，而維多莉亞落入了他的詭計當中。」

「雅莉絲怎麼說？我很訝異她竟然贊同他的做法——這對母子通常針鋒相對。」

「她沒說太多。他一直對她大呼小叫，那可憐的女人幾乎沒辦法插嘴。顯然艾迪對他母親長時間懷恨在心，因為她沒有幫他按摩屁股。」

「什麼？」阿玲露出奇怪的表情。

維克拉姆忍不住笑了一下。「是啊，我知道，很怪的一家人。妳能期待什麼——他們是香港人。總之，雅莉絲試著跟艾迪講道理，但他早已決定要確保尼基不會跟楊太太見到面。他那顆胖腦袋一直認為泰瑟爾莊園會是他一個人繼承，所以他這兩天才會像杜賓犬一樣守在她臥房前，不讓任何可能破壞他計畫的人進去。」

「吔屎狗[61]！」阿玲氣憤地喃道。

維克拉姆朝儲藏室門外看了一會兒，確定沒有人偷聽他們的談話，才繼續低聲說：「現在就我了解到的，楊太太以為尼基因為星際戰爭不得不取消回來的計畫，她完全被蒙在鼓裡，根本不知道他已經回來了。艾絲翠也被防範在外，妳也知道她的那些女兒不會跟她透露一個字，我們必須想想辦法！」

阿玲深深嘆了口氣。「我不知道我們該不該干涉，這是他們家的問題。我不喜歡牽涉進他們的爭吵中，我也不希望我們兩人因此惹上麻煩……在素儀去世後。」

「楊……楊太太不會死的。」維克拉姆激動地說。

「維克拉姆，我們必須面對現實……我認為素儀活不了多久了。我看著她一天比一天虛弱，而且我們不知道泰瑟爾莊園接下來誰會掌權。上帝保佑，也可能是艾迪。所以我們必須格外謹慎行事，尤其是現在。過去我曾見證這個家族發生的事，錢載泰過世的時候你不在，我的天，真夠戲劇化！」

「我覺得不管如何，事情都會變得戲劇化，但尼基實際上是妳養大的——難道妳不想看到他拿到這棟房子？」

阿玲示意維克拉姆跟她到儲藏室後方。「我當然想。」她輕聲說。

「妳我都知道讓尼基成為泰瑟爾莊園的新主人是最理想的情況，他是使我們所有人保持原樣

---

61 廣東話的「吃屎混蛋！」

的最大希望，所以我們必須盡所能讓他跟楊太太見上一面。」

「但我們該怎麼辦？我們要怎麼不被整個家族知道，讓尼基溜進房子進到她的臥房？而且不會因此失業？」

維克拉姆喉頭發緊，仍繼續說道：「阿玲，我曾發誓——我們廓爾喀兵立的誓約——用我的生命服侍並保護楊太太。如果我沒看到她完成她的遺命，我會覺得背叛了她。妳剛才證實了她想見尼基，對嗎？」

阿玲點點頭。「我有種感覺她撐著一口氣只為見他一面。」

「完成她的使命是我的任務，就算我會丟了工作。」

「你真是個忠誠的男人。」阿玲說著，在儲藏室一隅的木凳坐了下來，短暫陷入沉思。她凝視著一排排裝著世上罕見食材的瓶子——高麗參、鮑魚罐頭、冬蟲夏草——自二次世界大戰以來就一直存放在這裡的珍貴藥草，突然憶起八〇年代初的某個午後……

素儀從金庫裡拿出一個皮盒。這個金庫堆滿了她希望阿玲仔細擦拭的舊獎牌，大多數都是多年前素儀丈夫獲得的榮譽——他的大英帝國勳章，給予聖約翰騎士團（Knights of St John of Jersusalem）的獎牌，授自馬來西亞王室的各種勳章——唯獨一面勳章脫穎而出：以白蠟鑄成的八角馬爾他十字架，中間鑲有一顆大紫水晶。

「楊醫生為何獲贈這面勳章？」阿玲問，把那顆半透明的寶石對著光。

「噢，那不是他的勳章，那是戰後女王贈予我的，那面勳章就別擦了。」素儀答道。

「我怎麼不知道女王曾授予妳勳章？」

素儀輕蔑地怒道：「這對我來說不重要，我為什麼要管英國女王怎麼想？英國在二次世界大戰時拋棄我們，不是派遣軍隊保護這個讓他們變得富裕的殖民地，而是像懦夫一樣撤退，連像樣的武器都不留給我們。很多年輕人──我的表親、同父異母的兄弟，為了抵抗日軍而犧牲。」

阿玲沉重地點點頭。「那妳是為什麼被授勳？」

素儀對她苦笑了下。「有天晚上，當時正值日軍侵占的高峰期，我疏忽了。我和幾個朋友在植物園，我們都沒去過那裡。因為島上實施宵禁，植物園到了晚間就會上鎖──那地方更特別禁止入內。一隊日本憲兵──惡毒的日本軍警──突然冒出來嚇了我們一跳。我的幾個朋友不能被日軍抓住，因為他們已在通緝名單上，所以我讓他們逃走自己留下來被抓。因為我有通行證。我的家族朋友林文慶給我一個印著『海外華僑聯絡官』字樣的特別徽章，這表示我可以不受士兵干擾，在島上暢行無阻。」

但那些軍人不相信我的話，我對他們說我們只是一群出來遊玩的好朋友，他們還是逮捕我，把我帶到他們的司令部。眼見我就要被帶往達維住宅區的某棟房子，我記得當時我很焦慮，因為那位上校以其殘忍行徑聞名。有一次他在街上殺了個男孩，就因為他沒有以正確的禮儀向他敬禮，而我將要因為犯下大錯被送去見他。

我們一到達前門，一些士兵便抬著一具蓋著染血被單的屍體出來。那時候，我想我就要完了，我很快就要被強暴、被殺，或兩者都有。我的心臟跳得很快，他們把我拖進一個客廳，在那裡我見到了意想不到的景象。那上校有這麼高，極其優雅地坐在一架三角鋼琴前彈奏貝多芬。我就站在那兒聽他彈完一整個樂章，當他彈完一曲後，我出於某種原因決定先開口──這是我永遠不該做的事。我跟他說：「貝多芬降E大調第五鋼琴協奏曲是我最喜歡的曲子之一。」

上校轉過頭，目光銳利地看著我，用完美的英腔說：「妳很了解這首曲子？妳懂鋼琴？彈來聽聽。」

他從鋼琴椅站起來，而我坐到鋼琴前，整個嚇傻了，很清楚我彈的曲子將成為生死一瞬間的選擇。我深吸一口氣，心想假使我就要死了，這首曲子會是我想彈奏的——德布西的《月光》。

我使勁全力彈奏，一曲終了，我抬起頭發現他眼眶含淚。好像是戰爭爆發以前，他曾待過巴黎的外交使團，而德布西的作品是他的最愛。他放了我。隔年，他要我每週兩次去他的房子彈琴給他聽。

阿玲聽了這個故事不可思議地搖頭。「妳那樣無事逃脫真的很幸運，那妳一開始跟妳的朋友是怎麼進入植物園的？」

素儀露出一個神祕莫測的笑容，彷彿在思考要不要讓她知道這件事，最後與她分享了她的祕密。

從素儀往昔的回憶回到現實，阿玲的腦海浮現一個想法。她抬頭看向維克拉姆，說道：「這棟房子有個連你也不知道的祕密，從戰爭時代開始……」

維克拉姆驚訝地看著她。

阿玲接著說：「你不是跟邱家大宅有聯繫嗎？」

「對啊，我跟他們的保全主管很熟。」

「我要你這麼做……」

★

尼克和柯林整個下午都在貝列菲路上的紅點黑膠唱片行打發時間，他們十幾歲時花了無數時間在這裡聆聽沒沒無聞的唱片。當尼克翻找精心整理過的桶子時，忽地朝柯林喊道：「極地雙子星有跟王菲合作過？」

「不會吧！」

「你來看這個。」尼克遞給他一張唱片。當柯林讀著這位香港女歌手的EP專輯《遊樂園》封套背面的說明文字時，手機因為簡訊而震動起來。他瞄向手機螢幕，看完他家保全小組主管艾洛伊修斯．彭的訊息，要他盡快前往他父親家拿一個包裹。柯林不知道到底是怎麼一回事，因為這樣對他下命令還真不是艾洛伊修斯的作風。

「嘿，尼克，我得去我爸家一趟，拿某個顯然非常急的東西。你要待在這兒，還是跟我一起去？」

「我一起去吧，我再待久一點就會把整間店買下來了。」尼克回答。

兩人很快驅車趕到他父親位於禮敦路的住宅，這棟好萊塢攝政風的豪宅看起來就像直接從加州貝沙灣搬過來似的。

「天啊，我已經好幾年沒來這裡了。」尼克在通過前門時說道。圓形門廊的老爺鐘發出很大的滴答聲，主客廳的窗簾全都拉上以遮蔽午後的陽光。「有人在嗎？」

「現在我爸和我繼母正在肯亞的野外狩獵。」柯林答道，一名菲律賓籍女傭頓時出現在走廊上。

「艾洛伊修斯在嗎？」

「不，但您有一個包裹，柯林先生。」女傭回答。她進到廚房，不一會兒帶著一個大軟墊信封回來，上面沒有任何快遞郵戳。

「誰拿來的？」柯林問。

「彭先生拿來的，先生。」

他撕開信封，裡面是一個較小的牛皮紙信封，上面蓋有「內容保密，不得外傳」的戳章，前面貼著一張便利貼。柯林驚訝地抬頭看向尼克。「這包裹不是我的——是給你的！」

「真假？」接過包裹，尼克看見便利貼上寫著：

請親手將這封信交給你的朋友尼可拉斯·楊。
務必在今晚交給他。

「還真方便啊！我猜無論是誰寄的，都知道我今天會在你家過夜。」尼克說著，開始撕開密封的信封。

「等等！你確定你要打開嗎？」柯林問。

「為什麼不要？」

柯林狐疑地看一眼那個包裹。「不知道……萬一裡面有炭疽桿菌，還是其他之類的呢？」

「我覺得我的人生不會這麼驚險，不然你來開？」

「鬼才要咧。」

尼克笑了笑，繼續拆開信封。「有人說過你想像力很豐富嗎？」

「老兄，把包裹送到自己死黨家的人又不是我！」柯林說，往後退了幾步。

新加坡，古魯尼園路二十八號

尼祖・百克曾為這個世界上一些著名美女拍過照，從伊曼到泰勒絲都有，但他從未接過案子是會讓他搭乘私人波音747-81VIP商務機飛越大半地球，也不曾在私人飛機上的水療中心做淋巴排毒按摩和海藻全身去角質。當然，在他帶著四個攝影助理抵達凱蒂・邴在新加坡古魯尼園路二十八號美麗的簡易別墅時，另一個前所未見的畫面正在他眼前展開。

一名身穿黑色摩洛哥傳統長袍的華人男子站在前車道大喊：「權！你到底把奧斯卡・德拉倫塔的衣服放哪兒了？如果你沒帶到，我他媽的會活剝你的皮！權──！」他叫著，一邊跳腳離開地面幾英寸，彷彿進入瘋狂的境界。

距主宅二十呎的地方，搭了一座大型造型師帳篷。尼祖看見幾十個身穿白大掛的時尚助理帶著各式各樣的服裝從主宅衝進帳篷，帳篷下另一群助理則推著移動衣架，上面掛滿從巴黎伸展台直送的晚禮服。一個穿著白色牛仔連身褲的男人從帳篷下跑出來。「衣服還在燙！幾分鐘前才從紐約送到！」

「Kan ni nah！我現在就要那衣服，你這沒用的白癡！」

尼祖不耐煩地走近那位大吼的絕地武士。「我想這裡是《快速時尚》的拍攝場地吧？」

「我靠！」男人倒抽一口氣，用手摀住了嘴。他突然挺直腰板，臉色瞬間從狂躁恢復淡如止水的平靜。說的是英文卻帶有歐洲派頭的口音。「尼祖・百克，你真的來了！媽的！你本人看起來更時髦瀟灑！怎麼會這樣呢？我是服裝顧問派翠克，負責今天的服裝造型。」

「很高興認識你。」尼祖用正統的英語口音答道。

派翠克不斷上下打量尼祖。「能跟你一起工作是我的榮幸！我跟 Mert & Marcus、Ines & Vinoodh、Bruce & Nan 以及 Alexis & Tico 都合作過！跟我來吧，雖然我們現在遇到一點危機，但我想你的存在有助於平息事態！」

他們進到主宅，裡面到處都是全力衝刺的職員。「你也知道，邴太太不惜重金安排這次拍攝，奧利佛．錢從紐約找來最頂尖的髮型設計師、倫敦的頂尖化妝師，還有來自義大利的布景大師。大家都是佼佼者，而我們不得不跟這些頂尖人士在同個空間共事，這不是我一貫的作風。」派翠克挑眉說著，走上工藝風格的漂亮木頭階梯，帶著尼祖來到藏書室門口。

「做好心理準備。」派翠克告誡道，慢慢地打開門。

門內，尼祖看見一個女人坐在美髮椅上，前方則是一排化妝燈鏡。她淚流滿面，六名造型師圍在她身旁。

「凱蒂……凱蒂……看看誰來了……」派翠克溫柔地低聲說。

凱蒂看向鏡子，發現他們朝她走近。「尼祖！尼祖．百克！噢、不，我不想初見面就讓你看見我這個樣子。看我的頭髮！看他們做的好事！看起來很糟糕，對不對？」

尼祖迅速瞥了眼地板，見他們已經剪掉她大約九成的頭髮。凱蒂現在頂著一頭俏麗的精靈短髮，事實上看起來出奇的時尚。「凱蒂，很高興見到妳，我覺得妳看起來美極了。」

「看吧？我們想要的是完全的蛻變，對妳來說非常棒，有男孩風的感覺。」奧利佛試圖用冷靜的語氣安慰她。

「妳看上去像艾瑪・華森，等我們幫妳染髮就更像了。」髮型師喬說道。

「不……我現在已經不再有吸引力了，我看起來就像……一個**母親**！尼祖，你覺得呢？看見我這樣你還會想跟我上床嗎？」凱蒂猛地轉過椅子，用銳利的眼神盯著他。

尼祖遲疑了一會兒。

「不要讓尼祖尷尬啦！他已經結婚了！」一名有英國口音的金髮女子笑道。

「妳好啊，夏洛特，我不知道妳會來。」尼祖很快地給這位化妝師一個擁抱。

派翠克繼續安慰她。「凱蒂，等喬・布萊克威爾－普雷斯頓幫妳染完髮，夏洛特・緹布瑞化好妝，我幫妳換上一件令人驚豔的晚禮服，再讓尼祖大顯神通，妳絕對會成為風韻猶存的性感母親！所有看見照片的為人夫者和青少年都會想把雜誌帶進房間，相信我。」

「凱蒂，記得我們討論過的，」奧利佛接著說：「這次拍攝的重點全在於重塑妳的形象，妳不該再被視為時髦的魅惑女郎，而是並未刻意打扮、極其優雅的貴婦，展現自身文化內涵和崛起的城市力。夏洛特，回憶一下斯克雷納斯基幫賈桂琳・德・里柏在她巴黎公寓拍攝的照片、C.Z. 蓋斯特彎腰摸貴賓狗，或是瑪莉娜・羅斯特的婚禮照。我們要看起來年輕、氣派，comme il faut（法文的「合乎禮儀」之意）的。」

「奧利，我們絕對會讓她 comme il faut ！凱蒂，把眼淚擦一擦。在妳的臉浮腫前，我們要擦一下緊急玻尿酸精華液。」夏洛特吩咐道。

「我們會幫妳的頭髮加上太陽照射的自然感，妳看起來會像剛從夏季的塞席爾度假回來。」

喬表示。

兩個小時後，凱蒂坐在一張攝政風的長椅上，背景是〈十八成宮〉圖——兩年前以破紀錄的一億九千五百萬美元買回來的中國畫軸。她穿著一件淡粉色的奧斯卡．德拉倫塔露肩晚禮服，那宛如波浪般起伏的絲緞裙擺聚攏在她周圍光彩照人，頭上則戴著愛德華時代的珍珠飾帶。

吉賽兒穿著一件可愛的 Mischka Aoki 矢車菊藍洋裝——帶有羽毛和層層交疊的裙襬——躺在長椅上，一條腿晃來晃去，頭枕在她媽媽的腿上。哈沃德站在他媽媽另一邊，雙手環住她的脖子，一身奧斯卡．德拉倫塔的童裝：深藍色滾邊的白色水手服，搭配白色及膝長襪。長椅邊躺了兩隻皮毛閃閃發光的愛爾蘭雪達犬。

尼祖曾幻想要把凱蒂的封面照拍成現代休閒風格的華鐸肖像畫，為了達成目的，他大老遠從紐約帶來了 20x24 吋的寶麗萊相機。這種獨特的手工相機全世界只有六台，因為非常珍貴，他每拍攝一次要價五百美元。但這台相機總有一種難以言喻的魔力，能捕捉到十分清晰又超凡脫俗的影像。為了配合這個概念，尼祖設置了極其交融的自然光和強力的工作室燈，在十八世紀的工作室，創造出一種斑駁、佈滿傍晚天空的北極光。

「吉賽兒，妳笑起來很漂亮。」尼祖盯著相機的觀景窗評論。哈沃德被狗分散了注意力，一直伸手去摸牠們。「哈沃德，親一下你媽咪！」尼祖鼓勵道，然後在吉賽兒放鬆微笑、哈沃德親吻他媽媽臉頰以及傍晚陽光於適合角度閃耀的瞬間，尼祖問道：「凱蒂，妳在想什麼？」她的表情頓時陷入迷茫，尼祖隨即按下快門，心裡十分篤定他剛捕捉到了決定性的鏡頭。

幾分鐘之後，巨照出爐了。首席助手托比小心翼翼地把照片放在房間後方的畫架上供大家觀賞。

「噢，拍得太棒了！看起來好像雷諾茲復活了似的。不覺得這是前所未見的完美畫面嗎？」奧利佛對派翠克說。

「要是尼祖脫掉上衣加入他們，就更完美了。」派翠克低聲回答。

「我說不出話來！美到讓我難以置信！尼祖，這絕對會是我們有史以來最好的封面！」《快速時尚》主編紫羅蘭．潘喜孜孜地說。「奧利佛，我必須承認你說要把她頭髮剪短時，我還以為你瘋了。但這主意太棒了！凱蒂看上去很優雅！好像艾瑪．史東！她現在完全就是個貴婦！我已經能預見封面標題會怎麼下了：**凱蒂公主**！我要拍下這張美照給我朋友尤蘭妲看，畢竟她很慷慨地把這兩隻愛爾蘭雪達犬借我們拍照！」

紫羅蘭用手機拍下照片，立刻發送出去。不一會兒，她興奮地宣布：「尤蘭妲超喜歡的！」

「妳說的人是尤蘭妲．阿曼吉沃嗎？」奧利佛問。

「沒錯！」

「就是把畢卡索的畫掛在她家馬桶上方，讓每個人到她家上廁所時都無可避免地看見那幅畫，那個自命不凡的女人？」

「她真的不像你說的那樣，你們兩個有見過嗎？」

「我不確定她是否願意見我，我既沒頭銜也沒有私人飛機。」

「噢，拜託，奧利佛，你知道尤蘭妲會很高興認識你的。她今晚剛好舉辦一場著名晚宴，我問問看你可不可以參加。」紫羅蘭說著，繼續以超高速打字。過了一會兒，她抬頭看向奧利佛。

「你猜怎麼樣？尤蘭妲想邀請這裡所有人參加她的晚宴，你、尼祖，特別是凱蒂。」

「毫無疑問她聽說凱蒂有三架私人飛機了吧。」奧利佛調侃道。

「奧利佛．錢，不要這樣！」紫羅蘭斥責道。

奧利佛靠近凱蒂，後者正擺出雷家米埃夫人般懶洋洋的姿勢，身穿安努斯卡．亨普爾設計的翠綠和白色相間的晚禮服，等著尼祖和他的團隊重新調整燈光，營造更戲劇化的黃昏景象。「你覺得這個姿勢怎麼樣？」凱蒂問。

「棒呆了，妳猜他們把妳的照片放上《快速時尚》封面會搭配什麼標題？『凱蒂公主』。」

凱蒂睜圓了雙眼。「天啊，我喜歡！」

「還有……猜猜剛才誰邀請妳參加晚宴？尤蘭妲．阿曼吉沃。」

凱蒂不敢相信自己的耳朵。「是被《快速時尚》封為『宴會女皇』的那個人嗎？」

「就是她。」紫羅蘭興奮地回答。「我把妳的照片拍下來傳給她，她就非常想認識妳。看，妳的照片甚至還沒曝光呢，就已經這麼有名了，凱蒂公主！請妳今晚一定要賞光！」

「當然好呀，我可以改變行程。」凱蒂說，她本打算單獨跟尼祖在郵輪上享受月光晚餐，但她覺得參加這個晚宴更重要。

「好極了！時間是八點整，著正式服裝。」

「正式服裝？在**新加坡？**」奧利佛皺眉。

「沒錯，到時你就知道了。尤蘭妲做事從不含糊，她宴客的方式在我認識的人當中絕無僅有。」

幾個鐘頭後，奧利佛、尼祖和凱蒂抵達尤蘭姐．阿曼吉沃住宅的客廳，一個鋪著黑色石灰華地板的浩瀚空間，比起住宅更像是某個度假村飯店的大廳。房間有一半是倒映池，一直延伸到門外一個更大的泳池。倒映池中間豎立著一個巨大的傑夫昆斯黃金氣球狗雕像。

尤蘭姐和她丈夫喬伊站在房間另一端，身後是一個寬廣的大理石坯料，上面擺著一系列阿普利亞花瓶收藏。當凱蒂被帶到迎賓行列時，她就知道選擇這件黑色露肩復古的紀梵希禮服搭配白色緞面手套，加上不會過於奢華的四十克拉水滴型金絲雀漸層鑽石項鍊是對的。她走近宴會女主人，兩側是身穿白色燕尾服的男伴奧利佛和尼祖，一名鼻音濃重的管家高聲宣布：「尊敬的奧利佛．錢先生、尼祖．百克先生和邴女士。」

尤蘭姐是個頎長的女人，頂著一頭克服重力的蓬鬆髮型，穿了件引人注目的緋紅色露肩禮服，凱蒂認出是迪奧的衣服。她顯然仔細篩選過整形醫生，那張精雕細琢的臉看起來十分緊繃，可惜講話時臉部肌肉僵硬，因為她一連串地說著一口溫暖的印尼腔。「奧利佛．錢，我們終於見面了，我非常景仰你的家族，當然你祖父是個很偉大、受人尊敬的人。尼祖．百克，見到你真好，我的天，你今天拍的照片真的太棒了，我能委託你為我的愛爾蘭雪達犬拍照嗎？」

「其實我有幫牠們拍照，我可以把照片印出來作為送給妳的禮物。」

「噢，我的天，喬伊你有聽到尼祖．百克說他為連恩和奈爾拍照嗎？我們省了一百萬的拍攝費用！」尤蘭姐猛戳她丈夫，後者一臉從昏睡中驚醒的模樣。

「嗯……」這個矮胖的男人只應了一聲，眼皮非常沉重。

「而妳一定就是美麗的凱蒂．邴，我常聽說妳的事，我的天這套禮服真美，一定是紀梵希典型款式，還有妳在上海時尚週舉辦的宴會，哎呀呀，真希望我有去，卡爾．拉格斐跟我說妳的別墅非常漂亮，妳的私人飛機很大呢，上面還有水療中心。天啊，這想法太天才了，我非得親自瞧瞧不可！」

「謝謝，請妳務必來我的水療中心——我們稱其為空中水療。」

「哈哈哈，空中水療，妳還真有趣呀我的天，凱蒂，我們一定會成為很好很好的朋友。」

在阿曼吉沃夫婦繼續歡迎抵達的貴賓時，溫蒂．梅嘉赫多的到來讓凱蒂臉上露出燦爛的笑容。

「凱蒂！」溫蒂隔了段距離喊道，兩人跑向對方互相擁抱，彷彿昨日根本不曾見面似的。

「妳怎麼會來這裡？」凱蒂興奮地問。

「喬伊是我表哥，我總會受邀參加這些晚宴，因為尤蘭妲需要我坐他旁邊，幫他保持清醒。妳看妳，我喜歡妳的新髮型，簡直就是艾瑪．湯普遜！今天掐得怎麼樣？」

「超棒的，我很開心。」

「看到妳在這裡真好！我們會玩得很開心！今晚請到的嘉賓名人主廚是瓊可．羅卡，他的餐廳排行全球第一——羅卡兄弟的餐館，超難預訂的，想排上名單可能要除掉某個人才行。不知道尤蘭妲還邀請了誰？噢，看誰來了，是新加坡第一夫人！」

凱蒂看過去瞧見奧利佛正跟第一夫人打招呼，看起來彼此很尷尬在這場晚宴上碰見對方。

「妳現在身在新加坡的 crème de la crème（法文的「菁英中的菁英」）之中，凱蒂，這樣獨特的宴會連攝影師都不能入內。」溫蒂這麼說的同時，一個身穿黑色燕尾服、四處閒晃的攝影師便朝她們按下快門。

「那是尤蘭妲的私人攝影師，照片不會公開。」溫蒂很快地解釋。「噢，看，侍者過來了——代表我們要準備進飯廳就座了。」

一道巨大的雙門扉打開，當凱蒂穿過那道拱門時，她的雙眼驚訝地睜大，感覺彷佛回到了十八世紀的法國皇家宴會。整個房間是一個鏡像室，以巴洛克的鍍金牆板做裝飾，好幾面鍍金銅鏡從地板延伸至天井，懸掛著十幾座燭光水晶吊燈。房間中央是一張三十人座的巨大飯桌，上面擺滿麥森瓷器、鍍金銀器，中間放了一個高聳的黃金鳥籠作裝飾，裡面滿是白鴿。房間在成千上萬根蠟燭的照耀下金碧輝煌。每一張鋪了亞棉掛毯的椅子後方都站著一名戴著白色假髮、身穿黑金兩色制服的男侍者。

「請打上該死的龐巴杜夫人標籤。」奧利佛嘀咕道。

「這個飯廳是尤蘭妲從匈牙利一個搖搖欲墜的宮殿裡救出來，一點一點轉移到這兒。花了三個月重建，才恢復往昔榮耀。」溫蒂驕傲地介紹。

「我的房子也能這麼做嗎？找一個古老宮殿，把整個飯廳移過來？」凱蒂低聲問奧利佛。

奧利佛不贊成地看了凱蒂一眼。「當然不行！亞歷克斯．德．荷雷在他墓裡看到這個拙劣的模仿絕對會吐出來。」

凱蒂不知道他的意思，但被一名英俊侍者帶至座位上讓她興奮不已。她的席座牌是一小面鍍金古董鏡，玻璃上刻著她的名字。就在她準備坐下時，一旁的男士抓住她的手臂。「女士，還不能坐下，我們要等第一夫人先就座，尤蘭妲的宴會必須遵守正式禮節。」他說話帶有斯堪地納維亞口音。

「噢，抱歉，我不知道。」凱蒂說。她站在自己的座位旁，看著其他人站到他們的位置上。最後，管家走到雙門扉旁宣布：「尊貴的新加坡第一夫人駕到！」

第一夫人走進來，被帶到她的座位上。凱蒂的 Gianvito Rossi 五吋高跟鞋開始讓她覺得不舒服，她已等不及要坐下，奇怪的是第一夫人依然站在她靠近桌頭的位置旁。到底為什麼大家還不坐下？

管家再次進入房間，以一個充滿朝氣的音量喊道：「帕利澤伯爵與伯爵夫人駕到！」

凱蒂驚訝地瞪大雙眼，看著一名身材高挑的金髮男子走了進來，隨興穿了件襯衫、卡其斜紋布褲以及皺巴巴的海軍外套；在他身邊的是柯萊特，穿了件白色棉質網眼長洋裝，頭髮簡單的紮成馬尾。她臉上似乎沒有化任何妝，身上唯一的首飾是一串珍珠項鍊和珊瑚吊墜耳環。

震驚於她的勁敵出現在新加坡不久後，凱蒂很想對柯萊特不合宜的穿著大笑。她這個繼女真丟臉，柯萊特真的知道她所在何處嗎？

然後，讓凱蒂感到驚恐的是，新加坡第一夫人行了一個屈膝禮，接著尤蘭妲·阿曼吉沃和房內其他客人也跟著行禮。男性深深一鞠躬，女性則屈膝以示尊敬，等待伯爵和伯爵夫人被帶到主位上。

新加坡，植物園

柯林和尼克進到植物園[62]時，裡面仍是一片漆黑。兩人乖乖遵從尼克收到的神祕信的指示——車停在鷹閣醫院停車場，穿過吉魯尼園路後，從一個少有人知道的門進入植物園。正如信上所言，那扇門並未鎖上。

他們沿著綠樹成蔭的小路走著，耳邊傳來猴子在灌木叢中嘰嘰喳喳跳上跳下的聲音，無非是被人類突然現身在這處僻靜的花園嚇到。「天啊，我有好多年沒來這裡了。」尼克說。

「你幹嘛來？隔壁就是你的私人植物園！」柯林說。

「有時候我和我爸會來這裡散步，換換口味，我唯一想去的地方就是中間有兩座小島的湖，我把它叫做我的『祕密小島』。等一下，我再看一下指示。」尼克說著，展開本來收在信封裡的地圖。柯林拿起他的 iPhone 提供照明，尼克則專注地盯著地圖。

「好，動物樹籬在右手邊，所以我們應該從這裡切進樹林。」

「那裡沒路啊。」柯林說。

62 二〇一五年被聯合國教科文組織列為世界遺產，新加坡植物園受到當地人的喜愛，與紐約中央公園或倫敦海德公園情況類似。作為新加坡島中央的一片綠洲，充斥令人驚嘆的植物標本、殖民地時期的亭台樓閣，也是全球最讓人驚訝的蘭花種植地之一，難怪這麼多新加坡人要求將自己的一小把骨灰灑在這裡，當然不能大肆張揚，因為這是違法行為。（在新加坡，沒人可逃脫法律制裁，死了也一樣。）

「我知道，但箭頭就指著這個方向。」

僅靠著手機的光源，他們冒險進入層層樹林，讓柯林覺得有點毛骨悚然。「這裡還真黑，我怎麼突然有種我在《厄夜叢林》（*The Blair Witch Project*）的感覺？」

「或許我們會遇見龐蒂雅娜[63]。」尼克開玩笑地說。

「別開玩笑啦——你知道，很多人說植物園有部分區域鬧鬼。因為日軍在這座島上四處燒殺擄掠。」

「還好我們不是日本人。」尼克說。

很快地，樹林間出現一條小徑，沿著這條小徑走了幾分鐘後，他們看見一棟水泥小屋，位於一棵巨大木麻黃樹的樹蔭下。

「我覺得就是這兒，這是某個汞水站。」尼克說，試圖透過深色玻璃的窗戶往裡面看去。

突然間，一個漆黑身影從樹後現身。

「**龐蒂雅娜！**」柯林大叫，驚慌地把他的 iPhone 扔到地上。

「抱歉，是我啦！」一個女聲說道。

尼克把他的 iPhone 往那個黑影照去，他表姊艾絲翠頓時出現在他們眼前，一身寬鬆大膽的 Vetements 超長袖連帽衫和緊身迷彩褲，身影在白色的冷光照射下顯形。

---

63 Pontianak，一種南洋長有獠牙的女性吸血鬼加樹精的混合物種，常以披著紗籠清秀少女的形象出現，棲息在東南亞叢林的黑暗角落。其真實型態有腐爛的灰色肌膚、尖牙利爪，還會伴隨惡臭的氣味。其傳統獵物為孕婦肚裡未出生的胎兒，會當場吃掉，雖然在極度飢餓時，任何活人——就連難消化、肉質過硬的老爺爺——也能滿足。

「該死，艾絲翠，我差點屎都要出來了！」柯林驚呼道。

「抱歉啦！你們剛過來的時候也嚇到我，然後我才發現是你們。」艾絲翠說。

尼克笑著鬆了口氣。「我猜妳跟我一樣拿到探望阿嬤的留言？」

「是呀！整個超玄的。我在我爸媽家看卡西恩在泳池游泳。我一定是在躺椅上打了瞌睡，因為我起來的時候，身邊放了一個托盤，上面有冰茶和班蘭蛋糕，信封就壓在蛋糕下。卡西恩發誓他沒看見是誰放的。」

「真的很奇怪。妳還好嗎？」尼克問。

「我沒事，我其實沒被嚇到。」艾絲翠說話的同時，一道光線從汞水站裡射出來，三人都嚇了一跳。鋼門從裡面解鎖的聲音傳了出來，門打開時發出生鏽響亮的聲響，可看見一個戴頭巾的身影往外看。

「維克拉姆！」尼克興奮地說。

「快進來。」維克拉姆催促他們進門。

「這是什麼地方？」艾絲翠問。

「這裡是控制那兩座池塘出水口的汞水站。」維克拉姆說，帶著他們往後方走，機器把整個空間擠得水洩不通。在一個大口徑的圓管後方，一個幾乎難以辨認的嵌板已被打開，露出一道黑暗的縫隙。「我們要進去裡面，你們一個一個來，這條管子的內壁有個梯子。」

「這是我想的那個嗎？」尼克驚訝地問。

維克拉姆笑了笑。「快點，尼基，你先。」

尼克把自己塞進那個小空間，爬下一個有十幾階的梯子。踩到堅硬的地面後，尼克在艾絲翠下樓梯時找個地方站。等四人全下來後，才發現自己身處一個四周是鋼牆的前廳，牆上釘著一個以英文、中文和馬來文寫成的古老標示：

危險！沒有出口！

水閥打開前，房間將被淹沒！

維克拉姆按下其中一面牆板，露出一個光線充足的隧道。尼克、艾絲翠和柯林一臉驚呆地進到裡面，對這樣一個空間的存在感到不可思議。

「他媽的這不是真的吧？」柯林驚呼道。

「這隧道是不是通往泰瑟爾莊園？」尼克興奮地發問。

「這條隧道會直直穿過亞當路下方，帶我們進入那棟房子。快走吧，時間不多了。」維克拉姆說。

他們走過隧道時，尼克驚奇地環顧四週。部分的水泥牆上長著黴菌班，地上結了一層泥土塊，但總體來說，這條隧道保存得非常好。「小時候，我爸都會跟我說泰瑟爾莊園有祕密通道的故事，我還以為他在跟我開玩笑。我求他帶我去看，但他從不答應。」

「你早就知道這裡有條隧道了？」艾絲翠問。

「我昨天才得知。」維克拉姆說：「阿玲告訴我的。這條隧道顯然是你們的祖父尚龍馬在戰時使用的，所以他才能進出那棟宅邸而不被日本人發現。」

「我聽說過這樣的隧道，光耀叔叔家也有一條穿過歐思禮路往總統府的隧道。」艾絲翠表示。「只是我從未想過泰瑟爾莊園也有。」

「太厲害了！這麼周詳的計畫就只為了去看你奶奶！」柯林對尼克說。

「是的，抱歉安排一連串的祕密行動。我和阿玲必須在不牽連自己的情況下設法向你們傳遞消息，最近幾天泰瑟爾莊園完全與世隔絕，你們應該也發現到了。」維克拉姆笑著說。

「真的很謝謝你，維克拉姆。」尼克也朝他咧嘴。

他們抵達隧道盡頭，面對另外一個梯子。尼克先出去，等他爬出通道後，低頭看著艾絲翠爬出來。「妳絕對不會相信我們在哪！」

艾絲翠爬出通道後，發現她正站在幾個懸吊蘭花盆栽中間。他們在素儀的蘭花溫室中，原本位於溫室中央基底雕有鷲頭獅身獸的大型圓石桌被推至一旁，露出隧道入口。

「我曾花很多時間坐在這裡陪阿嬤喝下午茶！」艾絲翠驚訝不已。

站在溫室門口把風的是阿玲。「快來，在天亮大家起床前快進去！」

在他們都順利躲進阿玲位於傭人區域的房間後，她抓緊時間講解她的計畫。「柯林，你要待在我房間不能現身，我會帶尼基和艾絲翠去素儀的臥房，從她更衣室外的陽臺進去。艾絲翠妳先進去，在床邊等她醒來。她通常會在拉開窗簾時甦醒，她見到妳會很高興，然後妳就跟她說尼基在外面要看她。這樣她才不會一醒來看見尼基站在一旁受到驚嚇。」

「想得很周到。」尼克說。

「瑪德利和帕翠薇娣知道我們的計畫，她們會在隔壁的客廳待命。通常護理師每十五分鐘會去檢查一次她的狀況，但今天她們會阻止護理師進去。溫教授每天早上七點半進行第一次巡房。

艾絲翠，我需要妳七點半的時候在門口攔住他，我看得出來他很喜歡妳。」

艾絲翠頷首。「放心，溫教授就交給我吧。」

「還有一件事是關於艾迪，最近他都喜歡早上第一個去看望素儀，但我讓阿清今晨做他最愛的可麗餅搭配萊爾的黃金糖漿，我會跟他說趁熱吃才好吃。我會盡量讓他早餐吃久一點。」

「妳乾脆把鎮定劑塗在他的可麗餅上好了。」尼克提議道。

「或者可讓他拉肚子的東西。」柯林說。

全部人都笑了起來，然後阿玲從椅子上站起來。「好，大家都準備好了？」

尼克和艾絲翠沿著傭人專用的樓梯去到二樓，安靜地跟在阿玲身後，她熟練地帶著他們穿過所有傭人通道，最後來到素儀更衣室陽臺外面。艾絲翠盡可能放輕動作開門，悄悄地溜進去。這個鋪著馬賽克磁磚的涼爽空間就在素儀臥房隔壁，空氣瀰漫著茉莉和薰衣草水的味道。她站在門口，看向她外婆的臥房裡面，素儀的侍女默默地打掃房間準備迎接清晨。瑪德利正幫一盆美麗的蘭花盆栽澆水，帕翠薇娣則整理著護理站。

她們一看到艾絲翠，便向她點頭示意，隨即拉開窗簾，兩人緊接著退出房間，關上門，毫無鬆懈地守在外面。她可聽見門關上後一個護理師問道：「楊太太醒了嗎？妳們為她準備早餐了嗎？」其中一個侍女答道：「她今天想睡久一點，我們會在八點為她送早餐。」

艾絲翠首先走向床頭桌，打開一罐阿德爾博登礦泉水倒進其中一個紙杯裡。接著拿著紙杯來到素儀床邊，坐在椅子上。

素儀的眼皮打開，兩隻眼睛在朦朧中看見一旁艾絲翠的身影。

「阿嬤，早。」艾絲翠輕鬆地說：「來，喝點水。」

素儀感激地喝了水，滿足她乾燥的喉嚨後，她環顧房間問道：「今天星期幾？」

「今天星期四。」

「妳剛從印度回來？」

「對呀，阿嬤。」艾絲翠撒了個小謊，不想引起她阿嬤過度的擔心。

「讓我看看妳的戒指。」素儀說。

艾絲翠抬起手，讓外婆看她的訂婚戒指。

素儀專注地凝視這只戒指。「我就知道妳戴起來很適合。」

「我不知道該怎麼謝謝妳，阿嬤。」

「一切有沒有按計畫進行？查理有讓妳嚇一跳嗎？」

「有，我很震驚。」

「有大象嗎？我跟查理說他得騎大象進場。我朋友卡比內爾摩訶羅闍也是這樣向他的王后求婚。」

「有大象。」艾絲翠笑著說，這才意識到她的外婆是怎麼參與幫助整個計劃。

「你們有拍照嗎？」

「沒有，我們沒……噢、等我一下。」艾絲翠拿出手機，快速瀏覽網路找到那張曝光她私人時光的偷拍照。給她期盼的外婆看了幾張快照後，心想她其他家族成員對她人生中最快樂的時刻之一有多生氣就覺得諷刺。

素儀嘆了口氣。「看起來很漂亮，但願我也在現場。查理穿這一身非常英俊，他現在人在新加坡嗎？」

「事實上，他明天會過來，他每個月都會來看望他媽媽。」

「他是個好孩子，我一見到他就知道他會把妳照顧得好好的。」素儀看著查理為艾絲翠戴上戒指的那張長鏡頭捕捉到的粒狀照片。「妳知道，在我擁有的珠寶中，這枚戒指對我的意義最大。」

「我知道，阿嬤。」

「我沒機會問妳外公是不是他買的。」

「什麼意思？如果不是他，那是誰買的？」

「我第一次見到妳外公時，他還沒什麼錢。那時他只是一個醫學研究生，他怎麼會有錢買這枚金絲雀鑽戒？」

「妳說的對，那時候這樣一枚戒指的確所費不貲。」艾絲翠表示。

「我一直在猜這戒指是姊夫錢載泰買的，因為我們結婚是他作的媒。這顆鑽石的質地並非完美，但每當我戴上這枚戒指，總能體會到人生處處是驚喜。有時候，一開始看起來有瑕疵的東西，最後都會變成這世上最完美的那個。」

素儀沉默了一會兒，突然抬起頭眼神堅定地看向她的外孫女。「艾絲翠，我要妳答應我一件事……」

「什麼事，阿嬤？」

「如果我來不及參加妳的婚禮，請不要管那些為我哀悼的閒言閒語。我希望妳能按照三月份的計畫舉行婚禮，妳能答應我嗎？」

「噢，阿嬤，妳不會有事的。妳要……妳要坐前排看我結婚。」艾絲翠結巴地說。

「我是這麼打算的，這麼說只是以防萬一。」

艾絲翠移開視線，試著忍住淚水。她就只是坐在那兒，默默地握著她外婆的手，一會兒才開口：「阿嬤，妳知道誰回來看妳了？尼基。」

「尼基回來了？」

「是呀，他在這裡，其實他現在就在門外。妳現在想見他嗎？」

「讓他進來，我本以為他上星期就要回來的。」

艾絲翠起身，準備走向更衣室時，她外婆叫住了她。「等一下。」

艾絲翠停下腳步，轉過頭問：「嗯？」

「他妻子也來了？」素儀問。

「沒有，只有他一個人。」

艾絲翠頓了一下，等著她外婆下一個問題。但素儀扭動身體拿起床鋪遙控器，把床傾斜調到她想要的高度。艾絲翠繼續往陽臺走去，看見尼克一副沉思的模樣坐在鍛鐵桌邊。

「她醒了嗎？」他問。

「醒了。」

「她怎麼樣？」

「還不錯，比我想的狀況更好。來吧，換你了。」

「呃……她是真的想見我吧？」尼克有點怯懦地問。

艾絲翠對她的表弟微笑，他瞬間看起來像是回到六歲的時候。「別傻了。她當然想見你。」

新加坡，樟宜機場

奧利佛剛登上回倫敦的飛機，正準備偷拿身後座位多出來的靠枕時，凱蒂的電話便來了。

「早阿，凱蒂。」他興高采烈地打招呼，做好心理建設準備面對接下來的砲火。「昨晚睡得好嗎？」

「你他媽的在諷刺我嗎？那是我人生中最糟的一晚！」

「我知道有好幾十億人會很願意跟妳換，凱蒂。妳受邀參加尤蘭妲・阿曼吉沃其中一場傳奇晚宴，全球最受好評的廚師為妳準備十二道美味佳餚，妳不喜歡嗎？我覺得海鳌蝦很棒……」

「噁！那個所謂來自地窖的天才廚師應該被鎖在他的地窖不要出來，然後把鑰匙丟掉！」

「拜託，妳不覺得這樣說有點苛刻嗎？就因為妳不喜歡超現實主義與加泰羅尼亞結合的分子料理，也不需要判他死刑吧？再來十多盤伊比利亞火腿冷凍炒飯，我都吃得下！」

「我怎麼可能在受盡冷落的時候還有心情享受美食？我這一生中從未受過這種屈辱！」凱蒂勃然大怒。

「我不明白妳的意思，凱蒂。」奧利佛說著，把一疊機上雜誌從椅背收納袋拿出來，在隔壁的乘客尚未出現前，塞到對方座位前方的收納袋。他為了寬敞的腿部空間可以不擇手段。

「晚宴上每個人都對柯萊特行屈膝禮！坐在我旁邊那個目中無人的瑞典大使一直瞪著我，就因為我沒照做，但要我向我的繼女行禮也太離譜了！」

「很明顯托斯頓不知道妳是誰，還有凱蒂，那整件行禮的事完全是場鬧劇。我不知道尤蘭妲·阿曼吉沃看的是哪一版《德倍禮》，但她完全搞錯了。英國伯爵的順位**不會**高過該國的第一夫人，因為他的身分不過是個訪客而已，他們才應該對她**敬禮**。但這些新加坡人對擁有微不足道頭銜的紅毛都非常敬畏，才會像卑屈的馬屁精那樣敬禮後退開。我記得蒙巴頓伯爵夫人到泰瑟爾莊園拜訪時，素儀甚至沒有下樓迎接她！」

「你不了解，晚宴開始時，每個人都把柯萊特當作王室對待。他們穿得破破爛爛，那些人仍諂媚個不停！坐我右邊的那個白癡只有在柯萊特動叉時才敢吃飯，一旦她吃飽了，我們都不能再吃了。卡羅琳娜·海萊拉香味的果餡餅是我唯一享受的東西，然後晚宴突然結束，那些王室便離席了。」

「我本以為晚餐中，我最不想嘗試的就是卡羅琳娜·海萊拉香味的甜點，但吃起來挺棒的，不是嗎？難道妳不覺得至少整個晚宴毫無波瀾的結束很值得高興嗎？柯萊特並未羞辱妳或引起騷動。」

「不，她做的事更糟糕——她根本拒絕承認我的存在！我可是跟她父親結了婚！我嫁的男人即使她不願交談還是幫她付清所有帳單！你知道他有多傷心嗎？那女的就是個不知感恩、被寵壞的臭小鬼！」

「凱蒂，我要是妳，就不會覺得她是在故意針對。那個恐怖的房間有三十位賓客，算上那些可笑的侍者就有六十人，而尤蘭妲掌控著路西恩和柯萊特的所有時間。相信我，我就坐他們對面。妳的位置在餐桌另一端，被那些無聊的鳥籠裝飾擋得死死的。老實說，我根本不認為她有看到妳。」

「柯萊特看到我了，我跟你保證，她眼睛很利。而且她到底為什麼會在新加坡？」

「路西恩是環境保護主義者，他們下個月會在新加坡活動，就是這樣。他們正在前往蘇門答臘看猩猩的情況。」

「什麼猩猩情況？」

「噢，說來真是悲劇，由於自然棲息地遭到砍伐，成千上萬的紅毛猩猩正逐漸死亡。柯萊特非常投入此次紅毛猩猩寶寶救援行動。」

「你們談的就是這件事？沒有說到我？或是她爸？」

「凱蒂，我可以確定我們提及的名字都是紅毛猩猩。」

「所以她不知道你和我認識？」

「她不知道，但這很重要嗎？妳幹嘛不直接過來打招呼？這才是聰明人的做法。」奧利佛說著，使勁把他的皮箱塞到隔壁座位下方。

「哼！我是她繼母耶！是她應該來跟我自我介紹，不是我過去！」

「等一下……妳的意思是妳從沒見過柯萊特？」奧利佛非常震驚。

「當然沒啦！我跟你說過她發現我跟她爸的婚外情後，就不再跟她爸說話了。她不願出席婚禮，也有兩年不曾回中國。她說他……他娶了個妓女回家。」

奧利佛能聽見她聲音中夾雜著哭腔，他開始以全新的眼光看待這整起事件。難怪昨晚柯萊特走進大門後，凱蒂的精神就一直不太好。在中國的時候，柯萊特的不在場令她蒙上一層陰影；

而到了新加坡，她又以一種更戲劇化的方式再次黯然失色。這時一名空服員向奧利佛示意。「凱蒂，我回倫敦的班機就要起飛了，我必須關機了。」

「是喔？我還以為頭等艙怎麼講電話都沒關係。」

「噢，妳不知道，我其實是喜歡看空中安全演示的那種航空怪胎啦。」

「我不知道你又要回倫敦了，你該跟我說的——我可以用我的飛機送你一程。」

「妳人真大方。凱蒂，我會在這十四小時的飛行中想出計畫來的。」

「真的？」

「當然，往好的一面想……妳還有很多值得期待的事。下個月妳的照片就會登上《快速時尚》封面，我跟妳說，妳絕對會造成轟動！而且妳現在還是尤蘭妲・阿曼吉沃的閨密。這對妳而言才剛開始，凱蒂。柯萊特不得不住進英國古老的莊園裡，而我們會幫妳設計一棟新加坡前所未見的磅礴豪宅。」

凱蒂嘆了口氣。奧利佛說得沒錯，她有很多事可以期待。她放下電話，看著昨晚作為宴會小禮送給她的鍍金小鏡子。她的確看起來有點像艾瑪・華森，扮演妙麗・格蘭傑的那名女演員。奧利佛戴著那副大圓眼鏡也跟哈利波特有點相似。奧利佛真的會魔法，他現在要再次揮揮魔杖，為她的生命注入更多魔力。

在SQ909飛往倫敦的班機上，奧利佛關掉手機扔進座前的收納袋。一名空服員忽地靠近他的座位。「不好意思？我看到的那個是多出來的靠枕嗎？抱歉我必須回收那顆枕頭。」她露出帶有歉意的笑容。

「我很抱歉，我沒看到。」奧利佛說了謊。

「還有那是你的皮箱嗎？我也必須請你放到自己的座位底下。請確保完全繫上安全帶，今天經濟艙的乘客很多。」空服員說。

「噢，沒問題。」奧利佛說，彎下身收回他的包包，暗罵道，這次旅程會十分漫長。

新加坡，泰瑟爾莊園

清晨的陽光灑進窗內，素儀臥房的桃花心木裝飾藝術家具像琥珀一樣發光。尼克在看見他奶奶躺在病床中間看上去多麼單薄脆弱時，呆愣了一會兒，周圍的醫療儀器就彷彿侵略的機器大軍。自上次分別以來，他已有五年沒見到她了。而現在一股強烈的自責油然而生。他是怎麼度過這段時間的？因為一點爭吵，為了維護他的驕傲，他失去了五年寶貴的時間。當尼克走近她床邊，一時間不知道如何開口。

艾絲翠在尼克身旁站了一會兒，接著用溫柔的嗓音說：「阿嬤，尼基來了。」

素儀睜開眼睛，抬眼看向她的孫子。天啊，他看起來跟他爺爺越來越像了，她心想。「你看起來比以前還帥，很高興看見你沒有變胖。大部分的男人結婚後，體重都會增加——看艾迪現在變得多臃腫。」

尼克和艾絲翠雙雙笑了起來，打破房內沉重的氛圍。「我很快回來。」艾絲翠說，輕手輕腳地離開房間。她剛關上門不久，溫教授便走進素儀的客廳。

「早安，溫教授。」艾絲翠開心地說，擋住他的去路。

這位醫生稍微嚇了一跳，他已有超過一星期沒見到艾絲翠了，他不敢相信她今日的穿著打扮。天殺的郭盈恩[64]！她這一身滑板龐克的打扮看起來更性感了，搭配那條秀色可餐的迷彩褲，

64 Annabel Chong，生於新加坡的色情演員。

比日本女高校學生的色情影片還養眼。她在那件寬鬆的連帽衫下穿的是運動內衣嗎？她的身材簡直是女神等級。回過神來，溫教授用他淡然、公事公辦的口吻說：「啊，艾絲翠，歡迎回來，我正準備為妳祖母進行早晨體檢。」

「噢，難道不能等一下再檢查嗎？因為我一直都不在，你可不可以先跟我說一下她的近況？阿嬤今天早上的狀況看起來很不錯，她的身體狀況有可能改善嗎？」

溫教授皺了皺眉。「是有可能的，我們替她用了β-受體阻滯劑混合藥物，她的身體也因這段時間的休養有了改善。」

「真的很謝謝你們所做的一切。」艾絲翠親切地說。

「呃、對，在我看完她的心電圖報告後，才能給妳更詳盡的診斷結果。」

「醫生，你聽過休士頓聖盧克主教醫院有一個名叫大衛．史考特的專家嗎？史考特醫生開發出一種對充血性心力衰竭實驗性的新療程……」艾絲翠接著說，不讓他離開。

哇，美貌和腦袋雙應俱全。一個女人竟能如此勾人的談論心臟病的話題，溫教授心想。那個該死的查理．胡還真幸運。要是艾絲翠來自另一個家族，要是她不那麼富有，她就可以成為他的情婦。他會把她藏在他位於巴德申山大廈的祕密公寓裡，整天看著她在泳池裸泳。

臥房內，尼克思索著究竟該對他奶奶說什麼才好。「Nay ho ma？[65]」他說，頓時懷疑自己

65 廣東話的「你好嗎？」

為何要問她這種蠢問題。

「一直都不太好，但今天我覺得比起過去幾個星期好很多。」

「聽妳這麼說真高興。」尼克在素儀旁蹲了下來，直視她的臉。他知道現在是時候向她道歉了。儘管她讓他受到很大的傷害，儘管他覺得她冤枉了瑞秋，但他知道他有這個責任先開口乞求原諒。他清了清嗓子，說道：「阿嬤，我很抱歉先前那樣對妳，希望妳能打從心底願意原諒我。」

素儀把視線從她孫子的身上移開，深深地呼了口氣。尼基回家了，她孝順的孫子又再次回到她身邊，跪在她腳邊求她原諒。要是他能明白她真正的感受就好了。她沉默了半晌，隨即把臉轉回去面對他。「你房間住得還舒服嗎？」

「我房間？」尼克問，對她的問題感到困惑。

「對，幫你打理得還不錯嗎？」

「呃，我沒住在這兒，我一直待在柯林家。」

「在貝里馬路？」

「不是，柯林的家人幾年前把那棟房子賣了，他現在住在聖淘沙灣。」

「你為什麼不住這裡，要住那？」

尼克忽然明白他奶奶完全不知道他已經回來一個禮拜了，很明顯他被禁入泰瑟爾莊園這件事跟她一點關係也沒有！首先他不知該作何反應，但很快鎮定下來。「因為一下來了很多人，我覺得可能會沒有房間。」

到她床邊。

「胡說，你的房間不會有人住。」素儀按下一旁的按鈕，幾分鐘後，瑪德利和帕翠薇娣便來

「請轉告阿玲把尼克的房間整理好。」素儀吩咐她的侍女。

這時候尼克才意識到這代表了他奶奶心裡對他的原諒。他突然感覺輕鬆不少，彷彿背上的重擔就此消失。

素儀的侍女走出房外時，亞當和琵雅進了客廳，在門關上的幾秒間，看見了他們的表哥尼克蹲在自己祖母床邊。

艾絲翠在與溫教授談話的沙發椅上揮了揮手。「亞當，見到你真好！」

「噢，艾絲翠，抱歉，我沒看到妳。琵雅，這是我表姊艾絲翠，費莉希蒂姨媽的女兒。」

「我聽說很多妳的事。」琵雅微笑地說。

「我剛看到阿嬤旁邊的人是尼可拉斯．楊吧？我們本想在用早餐前先去看一下她的。」亞當說。

「尼可拉斯．楊？」溫教授驚慌地說：「他在裡面？但不是有嚴格禁令不……」

「法蘭西斯，先停一會兒。」艾絲翠說著，把手放在他的膝蓋上，手指幾乎落到他大腿內側。那位醫生對她不經意的碰觸抖了一下，立刻噤聲。艾絲翠接著對亞當和琵雅說：「我很確定阿嬤等會兒會想見你們，她今晨的狀況好多了。你們要不要先去吃早餐？我聽說阿清今天要做她最拿手的可麗餅。」

「噢，我喜歡美味的可麗餅。」琵雅說。

「我也是。而且阿清會把比利時巧克力和萊爾黃金糖漿做成特製沾醬淋在上面。溫教授，你有吃過可麗餅是沾巧克力加黃金糖漿的嗎？」

「呃、沒吃過。」溫教授額角開始冒汗。

「那你得嚐嚐看。你要不要跟我們一起？我們全部人一起下樓吃可麗餅。我敢說家裡其他人都會想聽你說說阿嬤的最新情況。」艾絲翠說著，從沙發椅上站起來。

他們三人站在原地，等那位醫生回應。

「呃，給我一分鐘。」溫教授不好意思地說。他很清楚當下他根本站不起來。

回到臥房，素儀要尼克去她書桌最上方的抽屜拿個東西。「你有看到一個淺藍色的盒子嗎？」

「有。」

「打開盒子最下面有幾個絲袋，把黃色的那個拿過來。」

尼克解開藍色壓紋皮盒的金屬扣，翻開盒蓋。盒裡放著各式各樣的東西和珍品。一把復古的玳瑁梳、各國的硬幣，加上一些信件和褪色的舊照片。他看見小小一疊用絲帶捆起的照片，發現那正是他在英國讀寄宿學校時寄回來給她的照片。最下方是幾個首飾袋，用絲棉做的那種，在世界各地中國城的小飾品店都找得到。發現黃色的小袋子後，他便回到他奶奶床邊。

素儀拉開袋子，拿出一對耳環，放到尼克的手上。「我想把這個給你，送給你的妻子。」

意識到她的禮物意義有多麼重大後，尼克不禁感到喉頭發緊。這是他奶奶第一次承認瑞秋是他的妻子。他凝視著手心的耳環，簡單的珍珠鑲在傳統的黃金耳釘托上，但兩顆珍珠的亮度很令人驚豔，彷彿從內部發光似的。「謝謝妳，阿嬤，瑞秋一定會喜歡的。」

素儀注視著他孫子的眼睛。「戰前我逃離新加坡的時候，我父親給了我這個耳環。當時日軍已經攻入新山，我們知道大勢已去。這對耳環意義非凡，請小心保存。」

「我們會很珍惜的，阿嬤。」

「現在到我清晨吃藥的時間了，可以幫我叫瑪德利和帕翠薇娣進來嗎？」

早餐室裡，阿清在長飯桌末端設置了一座烹飪台。阿清反常地並未使用煎盤製作她心愛的料理，反而用極少失手的炒鍋料理，熟練地翻動那個大黑鍋，做出完美的圓形煎餅。

艾迪叫醒他的妻子費歐娜和孩子們前來享用這道特製佳餚，而他媽媽、維多莉亞、凱薩琳和達信也聚到這個房間，期待他們的特製可麗餅。

「我的能加火腿和起司嗎？」達信問道：「我喜歡鹹多過於甜的，特別是早餐。」

「達信姨丈，如果你不嚐嚐看阿清製作的神奇醬汁，那是你的損失。」艾迪說。

「我的想加冰淇淋。」小奧古斯丁．鄭說。

「奧吉（奧古斯丁的暱稱），你得吃我決定的口味！」艾迪對他的兒子吼道。

凱薩琳與雅莉絲的視線交會，後者只是翻了個白眼，搖搖頭。

正當所有人準備品嚐第一輪可麗餅時，艾絲翠、亞當、琵雅以及溫教授進到飯廳。

「妳怎麼會在這裡？」艾迪說，對她的表妹忽地現身感到驚慌失措。他以為她因為印度的訂婚醜聞，被她父母命令不得接近這裡。

「我來吃可麗餅呀，跟你一樣。」艾絲翠輕鬆地答道。

「我想**我們之中**有人根本不知道丟臉。」艾迪低聲嘀咕。

艾絲翠決定無視她的表哥，轉而在她姨媽臉上輕啄兩下打招呼。當艾絲翠吻向她時，維多莉亞明顯僵硬了下。「妳媽沒事吧？我聽說她這兩天一直臥床不起。」她不讚許的語氣暗示她應該為她媽媽生病一事負責。

「考慮到她昨天跟李詠嫻老夫人、黛安娜・余、蘿絲瑪麗・葉打了五小時的橋牌，我想她沒事。」艾絲翠答道。

雅莉絲很納悶醫生怎麼會跟他們一起吃早餐，但基於禮貌，她慷慨地對他的老同學微笑。

「法蘭西斯，歡迎你跟我們一起吃早餐。」

「呃，艾絲翠堅持要我嚐嚐看阿清的可麗餅。」

「妳剛才去了樓上？」艾迪驚慌地問，不知道她是否告訴阿嬤尼克已經回來的消息。

艾絲翠對上他的目光。「對呀，我剛去看了下阿嬤，她想看我訂婚的照片，因為這是她幫忙計畫的。剛好有人拍下整個過程真是太好了。」

艾迪目瞪口呆地盯著她。

「恭喜妳訂婚，艾絲翠。」費歐娜說。

「是呀，恭喜。」凱薩琳和雅莉絲也開心地表示。

維多莉亞是她眾多姨媽中唯一沒有獻上祝賀的人，反倒轉向溫教授。「我母親今晨狀況如何？」

「我還沒有機會為她檢查，因為尼可拉斯現在跟她在一起。」

「什——麼？你是說尼基現在在樓上跟我奶奶在一起？」艾迪大聲喊道。

「冷靜點，艾迪。」費歐娜責備道。

艾絲翠朝她表哥甜甜一笑。「關於尼克探望阿嬤這件事，對你來說到底有什麼問題？什麼時候你成了她的保鑣了？」

「他被禁止進入這棟房子！」艾迪說。

「到底是誰下的命令？因為在我看來，阿嬤幾分鐘前可是很開心見到他呢。」艾絲翠說，泰然自若地往自己的可麗餅上淋了些巧克力黃金糖漿。

「妳說的是真的？」維多莉亞氣憤地說。

「是呀，阿嬤特別要求要見他時我就在房裡。」

艾迪氣急敗壞地搖搖頭，倏地站起身來。「如果沒人要阻止，我來！尼基會讓阿嬤又心臟病發！」

「誰會心臟病發？」

艾迪轉過頭看見他外婆坐著輪椅，被尼克推進早餐室。跟在她身後的是兩個氧氣罐和一些醫療儀器，由她的兩名侍女盡職地移動。之後是幾名護理師和當前值班的助理心臟學家。

「媽咪！妳下來做什麼？」維多莉亞叫道。

「妳這話什麼意思？我想在自家早餐室吃早餐，尼基跟我說阿清在做她拿手的可麗餅。」

那位年輕助理無助地看向溫教授，但只是把幾頁影印文件遞給他的老闆。「教授，她堅持要下樓，但我有先做一些診斷……」

溫教授眼睛掃過那份晨間報告，眼睛瞬間睜大。「我的天……太好了，楊太太——我很驚訝妳今天早上狀況很不錯！」

素儀忽略醫生的話，只是把視線落在艾迪身上。「你選的座位真特別。」她打趣地說。

「噢、抱歉。」艾迪說，急忙從桌子的主位站起來，心裡一陣慌亂，尼克則負責推著素儀就定位。

「來，坐我旁邊。」素儀對尼克說，手拍著桌面。其中一名侍女迅速拉了張椅子過來，而當尼克跟著他奶奶坐在餐桌主位時，他忍不住嘴角上揚。這是自從他回到新加坡以來，第一次有回家的感覺。

阿玲走進早餐室，把一個杯子連同茶托放到素儀面前。「這是您最愛的大紅袍茶[66]。」

「太棒了。我感覺有好多年沒喝茶了。阿玲，妳有收到我的吩咐整理尼基的房間嗎？出於某個原因，他這些日子一直待在聖淘沙灣！」

「是的，尼基的房間已經準備好了。」阿玲答道，注意到艾迪的脖子爆出青筋，試圖壓抑喉頭湧出的笑聲。

「我弟明天要過來參加週五晚間的餐敘嗎？」素儀問。

---

66 中國福建省武夷山區種植的大紅袍，是世上最稀有的茶種之一。價格為每公克一千四百美元，使這種茶葉變得非常有價值。

「是的，我們準備了尚先生最愛的燕窩。」

「很好，艾絲翠，記得邀請查理明晚一起來。」

艾絲翠心裡一陣感動。「我相信他會很開心的，阿嬤。」

「你們有沒有見過艾絲翠的訂婚戒指？」素儀問。

凱薩琳、雅莉絲和維多莉亞皆伸長脖子觀察艾絲翠的手指，發現她們盯著的是自己母親的古董訂婚戒都嚇了一跳。

雅莉絲對珠寶完全沒有興趣，很快繼續品嚐她的可麗餅，維多莉亞卻無法掩飾她的失望。她一直以為這枚戒指有一天會傳給她。

「艾絲翠，妳戴起來很好看。」凱薩琳說，又補上一句。「妳有準備訂婚派對嗎？」

素儀熱情地打岔道：「這主意很好，阿玲，妳能打電話叫錢家和陳家明晚都過來嗎？我們要辦個派對！」

「沒問題。」阿玲應道。

「媽咪，我覺得妳現在身體才稍微好一點，不該那麼興奮，妳應該好好休息。」維多莉亞雞婆地說。

「胡說，只有我死了才能讓我休息。我明天想見見大家，慶祝艾絲翠訂婚和尼基回家！」素儀表示。

費歐娜察覺艾迪臉色發黑，用手肘推了推他胸口，說道：「艾迪，鬆開你的領帶才能呼吸。吸氣呀，親愛的，用力吸氣。」

新加坡，胡宅

「請出示身分證。」保全人員在艾絲翠搖下車窗後，嚴肅地說道。艾絲翠翻了翻包包找她的皮夾，拿出她的新加坡身分證遞給這位警衛。他舉起身分證與眼同高，比較那張半像素的照片和她的臉，眯起眼睛觀察每一個細節。

「我今天走頹廢風。」艾絲翠開玩笑地說。

但警衛沒有笑，拿著她的身分證進入警衛室，用電腦系統進行掃描。

艾絲翠不得不忍住翻白眼的衝動，這位來自中國大陸的警衛早已看過她——過去幾個月她來這裡多少次了？這讓她了解到胡浩連在一九八〇年代早期首次發財時，是如何讓胡家在新加坡的企業中建立特別的名聲。胡家的確挺自負的，這是不可逃脫的事實。

過去有段時間富裕人家喜歡選擇位於第九、十和十一區、藏於綠色天地的優雅洋房居住，查理的父親胡浩連在新加坡其中一個繁華街道上買下一大塊地，蓋了一座龐大的家庭社區，成為全球矚目的焦點。他在房子周圍蓋了一道白色粉刷牆，牆頂鋪著鋒利的紅釉磁磚，上下起伏像極了龍脊披著鱗片的曲線，綿延至大門口，以雙雕的金銅龍頭做結尾。長形金牌放在牆上相互間隔三十呎的壁龕中，上頭以華麗的書法刻著：

胡宅

對於一般新加坡人而言——百分之九十的國宅公寓居民——胡家似乎是這座島上排行第一的富豪家族。這個家族被目擊乘坐一隊日新月異的勞斯萊斯車隊出門，不管目的地為何，總有隨扈的賓士車隊殿後。他們是新加坡最初搭乘私人飛機四處招搖的家族之一，時常前往歐洲度假，艾琳・胡和她幾個女兒就是在歐洲養大了關於高級時裝和珠寶的胃口。每當艾琳出現在公眾前，總會穿上最華麗花俏的洋裝，戴上非常多首飾，因此其他社交名流為她取了個綽號：**聖誕樹**——大家暗地裡都這麼叫她。

但那已經是很久以前的事了，艾絲翠心想，等那道上面有一個浮雕「W」字的高大鋼門開始向一側滑動，艾絲翠隨即加速通過那短短的車道，開往有著白色圓柱門廊的帕拉第奧式建築，柱上爬滿了九重葛。胡家早已退出前線，尤其是當查理的爸爸過世，二十一世紀初湧現新一代傲慢的億萬富翁，建立更誇張的豪宅並爭先恐後地登上社會版面後。這些年來，仍留在新加坡的只剩查理的媽媽，不捨得放手這邊的房子。

艾絲翠將車停在早已停在門廊前的灰色賓士SUV後方。她看見她的遠房表親林肯・鄭從駕駛座下來，走到後車箱。「阿達！見到你真好。」艾絲翠邊下車邊說。

「要我怎麼說呢？妳總是跟有錢有名的人來往，而我為他們工作。」他開玩笑地說：「對了，艾絲翠，妳怎麼一直開那輛舊Acura？這輛車現在還能通過檢查嗎？」

「這是我開過最穩的一輛車，我會一直開到不得不報廢為止。」

「拜託啦，妳那麼有錢，至少也要升級成ILX新款車吧，或是叫查理買下Acura這個品牌，讓他們從零開始為妳設計一款新車。」

「哈哈，很好笑。」艾絲翠說。她突然想到每次見到這位遠房表親，他總會提起她很有錢的事。

「嘿，來看看一個特別的東西……」阿達說，打開SUV的後車箱，一個巨大冰桶綁在寬敞後車箱的一側，阿達小心地抬起一個大氧氣袋，裡面裝了一條約莫兩呎長與龍相似的魚。

「噢，是龍魚呀。」艾絲翠說。

「不是普通的龍魚，牠叫范倫鐵諾，胡太太寶貝的超級紅龍，過去價值至少十七萬五千美元，現在價格要從二十五萬美元起跳。」

「為什麼？」

「我才帶范倫鐵諾去動了整形手術，牠的眼睛有點下垂，所以我們為牠做了眼瞼整容，下顎也作了微整，看牠現在多漂亮？」

「魚也可以整形？」艾絲翠難以置信地問。

「全世界最棒的醫生就在新加坡！他專門研究龍魚[67]。」

艾絲翠還未能好好吸收這件雞毛蒜皮的小事，前門忽然打開，艾琳．胡跑了出來。她是一個長著圓臉、七十出頭的女人，身穿亮橘色摩洛哥風的上衣，上面繡有微小的鏡面玻璃和亮片，

67 亞洲龍魚是世界上最昂貴的觀賞魚，特別受到亞洲收藏家的垂涎，他們願意付數十萬美元購買良好的品種。這種龍魚身上閃閃發光的鱗片和下顎突出的鬍鬚就像中國神話中的龍一樣。龍魚愛好者相信這種魚會帶來好運和財富，甚至還出現故事流傳，龍魚犧牲自己性命跳出水缸警告主人即將來臨的危險及有詐的商業交易。難怪龍魚愛好者願意掏數千美元為牠們的眼瞼、鰭皺褶和下顎整形。雖然目前尚未發展出龍魚肉毒桿菌，但離目標不遠了。

搭配七分褲，以及一雙絨毛臥房拖鞋，鞋面繡有四季酒店的商標。手指上一枚祖母綠戒指熠熠生輝，另一隻手指則戴著三環鑽戒，分別是銀色、金色和玫瑰金，還有一顆梨形的鑽戒，幾乎跟真的水果一像大。

「牠怎麼樣？我的寶貝范倫鐵諾？」艾琳上氣不接下氣地問道，直接衝往阿達和塑膠袋的方向。

「胡太太，牠沒事。手術很成功，但因為麻醉牠現在動作有些遲緩，我們先讓牠適應一下水缸。」

「好、好……哎呀，艾絲翠，我都沒看到妳。來、進來，抱歉啊，我今天因為范倫鐵諾的手術很緊張。我的天，妳看起來真美啊，妳今天穿的是哪個牌子？」艾琳問，欣賞她的印花系和服風裹身洋裝。

「噢，這件洋裝是Romeo Gigli好幾年前為我設計的，艾琳阿姨。」艾絲翠說，傾身在艾琳的頰上吻了一下。

「我就知道，真漂亮！妳不覺得妳該改口叫我媽媽，而非『艾琳阿姨』了嗎？」

「好了啦，媽，別為難艾絲翠了！」查理站在門口說。艾絲翠一看到他便露出笑容，跑過去給他一個擁抱。

「哎呀，我要流淚把眼妝給毀了，看看這兩隻比翼鳥！」艾琳高興地發出喟嘆。

待所有人進屋後，查理並沒有帶著艾絲翠去客廳，而是走向寬敞的《亂世佳人》（*Gone with the Wind*）風的雙重樓梯。

「你們兩個要去哪？」艾琳問。

「我要帶她上樓一會兒，媽。」查理的語氣帶著輕微的惱怒。

「但葛蕾西花了一整天準備各種風味的娘惹糕，你們等下要來跟我一起喝茶配娘惹糕，知道嗎？」

「我們會的。」艾絲翠答道。

在他們爬上樓梯時，查理壓低音量道：「每次我來看我媽，她越變越黏人。」

「她只是想你，現在你們都不在新加坡她一定很孤單。」

「這家裡每天都有二十個職員圍著她團團轉。」

「你也知道這不一樣。」

「其實她在香港有一棟房——她想定居那裡也可以，但她堅持留在這兒。」查理據理力爭。

「她一生中大部分的回憶都在這裡，你也是呀。」艾絲翠邊說，邊走進查理的房間。這個房間好幾年前重新裝修成冷色、陽剛的基調，配上鯊革牆面還有從紐約的 BDDW 訂製設計的現代木製家具，但查理把一個童年的回憶留了下來：整片天花板全是以機械描繪的天空星座圖。查理小時候每天睡前總會盯著天花板上的滿天星斗，看著星星跟著黃道帶輪動。

今天，他毫不猶豫地把艾絲翠拉到床上，落下令她窒息的吻。「妳根本不知道我有多想妳。」查理說，啃咬著她柔軟的鎖骨上窩。「我也想你。」艾絲翠嘆了口氣，用手環住他的脖頸，感覺他後背肌肉的起伏。

在親熱一陣子後，他們躺在床上手臂相互交纏，一起盯著天花板上閃耀的夜空。

「感覺好像回到青少年的時候。」艾絲翠笑著說：「還記得你以前常在週六衛理教少年團契帶我偷溜的事嗎？」

「是啊，現在跟妳一起在這裡，我還是覺得有種偷偷摸摸的感覺。」

「門是開的，查理，我們也沒做什麼十八禁的事。」艾絲翠笑出聲來。

「很開心看到妳心情變好了。」查理說，手指梳過她的頭髮。

「感覺風暴終於解除了，你不知道昨天跟我外婆一起在樓下早餐室吃早餐的感覺多棒。」

「我只能想像。」

「她讓其他人欣賞我的訂婚戒，就好像讓其他家族成員挑戰我們似的。」

「妳外婆是個很酷的人物，我很期待今晚與她見面，她也邀請了我媽，妳知道嗎？」

「真的？」艾絲翠驚訝地看著他。

「對啊，今天早上收到一張正式邀請函，我媽幾乎不敢相信。她從未想過自己有天會受邀到泰瑟爾莊園做客，我想她會把邀請卡裱框。」

「這場聚會一定很特別，我已經等不及欣賞我跟你媽一起走進客廳時，某些人臉上會有的表情了！」

「妳說誰？」

「你也知道我幾個姨媽還滿囂張跋扈的，而且我一個表哥絕對會抓狂！」

「妳是說黎各．舒瓦夫，躋身香港男士最佳著裝的那個？」查理調侃道。

「他會說是男士最佳著裝名人堂。」艾絲翠笑著說：「走吧，在你媽覺得我們幹些見不得人的事之前快下樓吧。」

「我**想**讓她覺得我們在做見不得人的事。」

他們意興闌珊地下床，把衣服整理一下，隨即手牽手沿著那道螺旋梯下樓。穿過階梯下方的拱門，他們走進寬廣的客廳，那裡精心裝潢成法國攝政風格，混搭擁有博物館品質的中國古董。正中央是一個不規則形狀的池塘，池畔圍繞熱帶樹林，幾乎要碰到上方的玻璃圓頂天井；肥沃的錦鯉在潺潺池水中迴游，但這個客廳的主要焦點卻是一道主牆，一個漆成黑色兩百加侖的魚缸就嵌在牆裡。

「范倫鐵諾很開心回到家呢！」兩人走過去看魚，查理興奮地表示。魚缸裡，艾琳．胡寶貝的超級紅龍獨自優游自在地擺動身軀，粉色光纖照明讓牠身體散發出鮮豔的螢紅色。艾絲翠垂下視線看著茶几上擺著 Limoges 鑲有金邊的深藍餐盤，上面滿滿都是五顏六色的娘惹糕。

「彩虹糕，我最愛吃的！」查理說，一屁股坐在金色毛絨錦緞沙發上，用手拿起一塊奶油做的糕點。

「不用等你媽來再開動嗎？」

「噢，她馬上就出來了，相信我，我們先吃吧。在我家不用拘禮，妳知道我媽是很實際的人。」

艾絲翠用銀製茶具幫查理倒一杯茶。「這就是我一直很喜歡你媽的地方，她一點架子也沒有，是個很親切、簡單的人。」

「是啊，去跟寶格麗那些傢伙說吧。」查理哼的一聲，阿達在此時走進客廳。「林肯！一起吃下午茶嗎？我媽人呢？」

「呃，在她房間，去休息了。」林肯抓著自己的手機，有些坐立難安。

「為什麼休息？」查理問。

艾絲翠邊倒茶邊抬起頭。「她不舒服嗎？」

「呃、不是……」阿達杵在原地，臉上表情怪異。「艾絲翠，我覺得妳最好打通電話回家。」

「為什麼？」

「呃，妳外婆剛剛過世了。」

第三部

人富貴而死，死得可恥。

——一八八九年，安德魯．卡內基（Andrew Carnegie）

新加坡，泰瑟爾莊園

瑪德利．衛蘇瓦隆

一九九九年成為素儀的奴婢

夫人通常會在早上吃一碗粥，有時會在冒著蒸氣的熱粥中加一顆新鮮生蛋，有時則和小魚乾配著吃。今天她說想吃福建炒麵，以早餐而言極不尋常。阿清為她準備一碗特製的麵，麵條是扁平的黃色拉麵，她喜歡用濃稠的蠔油拌炒，加上少許白蘭地提味。午餐時間，夫人吩咐我從她種的果樹上摘些楊桃和芭樂，要整顆的，不要切片或做任何處理。她從床上坐起來，盯著她種的水果，然後握在手裡，既不吃也不做其他的事。就是在那個時候，我才意識到情況十分不對勁。

菲利普．楊

唯一的兒子

吃過早餐後我去看媽咪，這是我印象中第一次，她想知道我在雪梨的生活。我與她分享我每天早上都會開車沿著玫瑰灣光顧我最愛的一家咖啡廳，點一杯澳式咖啡牛奶，而且總有一些雜務要辦，家裡有東西需要修理，或是去鎮上某間會員俱樂部吃午餐，和朋友打一、兩局網球。傍晚的時候，我喜歡坐在我家的碼頭棧道盡頭釣一會兒的魚……魚總是在那時咬餌。抓到的獵物通常會成為我的晚餐。我們的廚師麥基料理魚的技術一直很棒——用烤的或做成燴飯、生魚片，或是中式的蒸魚飯或麵食。有時候我會去當地的酒吧吃晚餐（媽咪帶著悲哀的情緒難以置信地搖搖頭——一個人坐在酒吧裡像個普通人吃著漢堡，這個想法對她來說難以理解）。但我很喜歡在埃莉諾不在時吃些簡單的飲食。她在的時候總是讓麥基忙得分身乏術，晚餐要煮十二到十四道菜。然後媽咪跟我說了一些讓我備感驚訝的事。她問我是否原諒了埃莉諾，當時我有點嚇到，這麼多年來，媽咪都不曾提起這件事。我跟她說很久以前我就原諒了自己的妻子，媽咪似乎很開心。她看著我好一陣子，才說：「你還是遺傳了你爸。」然後我說我要在板球俱樂部的男士酒吧，跟幾個英華學校的老同學喝酒敘舊，但在晚餐賓客抵達前會回家。當我離開她的臥房時，有部份的我覺得她不想要我離開。我想了下是否該取消聚會陪在她身邊，但後來我想，菲利普你真誇張，你兩小時後就會回來。

李阿玲

首席管家

我在下午四點半左右上樓向素儀彙報今晚餐會菜單的最新進度，我走進房間時，凱薩琳正坐在她床邊，我發現有人把窗戶和窗簾全部打開。素儀通常喜歡在午後把窗簾拉起來，以防房內的古老家具受到夕陽直曬，所以我便去把窗簾拉上。凱薩琳說：「別拉窗簾。」我朝她望過去，開始詢問原因，就在那時我才意識到素儀已經走了。你可清楚感受到她的靈魂離開了身體。我很震驚，先是驚慌失措地問：「醫生去哪了？為什麼警報器沒響？」「警報器有響，醫生有進來，是我讓他們出去的。」凱薩琳的語氣不合常理的平靜。「我想最後一次跟我媽媽兩個人獨處。」

法蘭西斯・溫教授——內外全科醫學士；英國皇家內科醫學院院士；內科醫學碩士；英國倫敦皇家內科醫學院榮授院士；醫學科學院院士；英國愛丁堡皇家內科醫學院榮授院士；美國心臟學院院士

私人心臟病學家

我才剛在我家的酒窖招待波賽頓出版社的黛布拉・阿隆森，就接到了電話。你看，我在收集中國當代藝術，而波賽頓出版社想說服我出一本關於我收藏的茶几書。當我的助理謝醫生從泰瑟爾莊園打來通知我這個緊急消息時，我立刻回覆：「不施行心肺復甦術。」因為我知道希望渺茫。她的心臟結痂組織已經很大了，試著救回她也沒意義。她的時限到了，我一點也不意外。事實上，在那天享用美味的可麗餅早餐之前，我看了她的數據報告後，很驚訝她竟然有辦法下床。她的心率、血壓和射出分率狀況都很好。但你知道，這種情況我經常碰到。一個患者在離世前一、兩天，身體常會突然湧現一股活力，身體機能會恢復，彷彿知道這是最後一戰。我一看見素儀現身早餐桌旁，就料到會有這種情況發生。雖然醫學持續進步，人體對我們來說依舊是深不可測的奧祕，特別是心臟。

雅莉珊卓・「雅莉絲」・楊-鄭

小女兒

我跟費歐娜和卡莉絲特在藏書室，給卡莉絲特看我的伊妮・布萊敦初版藏書時，我們養的狗便開始發出嚎叫。差不多在下午三點半左右。不只我家那群負責巡邏的德國牧羊犬在叫，似乎半徑兩英里內的狗都發出不安、高亢的吠聲。我看了費歐娜一眼，她完全明白我在想什麼。她一言不發地離開藏書室，上樓去看媽咪。當時狗叫聲已經停了，但我記得一股恐懼感油然而生。我的心跳很快，不斷盯著門口。我有點希望費歐娜不要出現在門邊，因為我不想聽到任何壞消息。我試圖把注意力放在卡莉絲特身上，她一直問我可不可以把《Malory Towers》整套書給她——她小時候也最喜歡這個系列。然後費歐娜回來了，我呆呆地看著她直到她露出微笑。沒事，小凱姨媽在陪她，她輕聲說。我鬆了口氣，我們繼續回到書上。大約一小時後，阿玲衝進藏書室要我上樓。看見她臉上的表情我什麼都知道了。你看，那些狗一直都知道，牠們感覺得到。

卡珊德拉．尚

姪女，綽號「亞洲廣播一姐」

當我手機在靜音模式下震動時，我人正在哈林斯閣，躺在床上看吉莉．古柏新出的小說。我一下就認出那個號碼——是深喉打來的，她是我在泰瑟爾莊園的眼線。（當然你知道我在泰瑟爾莊園有內線情報吧？我若不安插人手就太蠢了。）首先，深喉只說了「Boh Liao」[68]兩個字。我回答：「妳說 Boh Liao 是什麼意思？」深喉非常興奮，但她試圖緩解情緒：「素儀死了，樓上正在大戰，我要掛了。」所以我第一件事當然是打給我爸，我說：「你現在在泰瑟爾莊園嗎？」他回答：「不是。」我猜我打電話時他正在他情婦的公寓——他整個人氣喘吁吁的。然後我說：

68 閩南語的「沒了」。

「你現在最好過去一趟，你姊出事了。」

林肯‧「阿達」‧鄭

遠房表親

阿爾弗雷德叔公打給我，我想他正在前往泰瑟爾莊園的途中，他要我告訴我這邊家族的每一個人素儀過世的消息，但他不希望我們任何人今晚就過去。「叫你爸待在家，我會讓你們知道什麼時候可以過來，今晚是家人的時間。」說的好像我們不是這個家族的人一樣，真是他媽的混蛋！他又說：「最好開始訂帳篷和折疊椅，我們需要很多。」當時我還在艾琳‧胡家，努力讓那隻蠢魚重新適應牠的水缸，跟她說了這個消息後，她便開始失去理智大哭大叫。「噢，不！阿啦嘛！我要怎麼面對艾絲翠？」她一邊哭叫，一邊跑回房間。我走回客廳看見艾絲翠坐在椅子上倒茶，宛如黛安娜王妃似的，頓時意識到那個被寵壞的笨女人還不知道她外婆死了的事。**Kan ni nah**，竟然是要我告訴她這件事。當然啦，她完全嚇壞了，但我一點也不同情她。她現在可是比她之前還有錢一百萬倍。

維多莉亞‧楊

三女兒

我看到她躺在那兒，艾迪趴在她身上嚎啕大哭時的第一個念頭是謝謝祢，上帝，謝謝祢，真的謝謝祢。她已經解脫了，我也是。我自由了，終於自由了。我麻木地把手放到雅莉絲背上，在她杵在原地看著媽咪時，撫慰似的摩挲她的背。我以為我會哭，但我沒有。我看向小凱，後者坐在扶手椅上，仍握著媽咪的手。她也沒哭，只是一臉奇怪的表情望向窗外，我猜那天我們每個人一定都看起來怪怪的。我開始關心起窗簾——媽咪臥房的窗簾是手工針縫的蕾絲邊，開始想像這些窗簾掛在我在倫敦要買的那棟連棟式住宅前窗的樣子。我真的能預見自己搬進肯辛頓其中一棟漂亮的連棟式住宅，或許在艾格頓新月街上或是瑟洛廣場，離維多利亞與亞伯特博物館僅有一步之遙。我每天都會去它壯觀的圖書館，在首都大飯店或戈林飯店喝下午茶；每週日都會上朗豪坊諸聖堂做禮拜，或許會開始舉辦我個人的查經團契。我可去牛津大學三一學院的神學院當客座教授，或許還可改建科茨沃爾德某個迷人小鎮教區長的住所，那裡會有十分聰明又英俊的教士像是《牧師神探》（*Grantchester*）裡的席尼．錢伯斯。我的天啊，看著他那樣一身羅馬領牧師服的男人就足以讓我膝蓋發軟！

李詠嫻老夫人

李氏慈善基金會榮譽主席，素儀的麻將咖。

週五午後，我在總統府和第一夫人、費莉希蒂．梁以及黛西．傅打麻將的時候，費莉希蒂就接到了電話。一開始，她什麼也沒說，只是在她的 Launer 手提包翻來翻去，念叨著她得找下她的血壓藥。在她吞下藥片後才說：「各位，打到一半喊停真不好意思，但我得走了。我母親剛過世了。」我的老天，第一夫人一副難以接受的樣子，我以為她就要昏倒在桌上了！費莉希蒂離開後，第一夫人表示要上樓跟總統先生說這件事，黛西就說：「阿啦嘛，我得打給埃莉諾！她沒打給我，所以我猜她還不知道這個消息！」待她們兩人回來後，我們決定為素儀舉杯。畢竟她是頂尖的麻將好手，我們都知道跟素儀打牌絕不能玩大。現在她走了，我的存款帳戶不會感到失落，但我知道她的家人會。素儀擁有整個家族凝聚在一起的力量，她的兒女簡直玷辱了家門。菲利普腦子不聰明；雅莉絲是個沒什麼用的香港太太；維多莉亞一把年紀了還未婚；然後那個嫁給泰國親王的，我不怎麼了解她，但我聽說她非常自視清高，跟我認識的大部分泰國人一模一樣。他們總覺得泰國從未經歷過侵略是因為他們很了不起。只有費莉希蒂有點腦子，因為她是最年長的。但她所有孫子孫女都是平庸之輩，這就是一個人有錢有名會造成的後果。那個艾絲翠，人長得漂亮，卻只知道花比柬埔寨國內生產總值還多的錢在衣服上。看看我的孫子，四個醫生，三個律師——一個是上訴法院史上最年輕的法官，還有一個獲獎建築師。（這裡就先不提定居多倫多、職業是美髮師的那個了。）我真為素儀感到難過，她沒有一個孫輩值得炫耀的，你等著看吧，一切都完了。

尼可拉斯·楊

孫子

我才剛抵達泰瑟爾莊園打開行李，便聽見房外傳來騷動。女傭從四面八方通過走廊，彷彿發生火災似的。「發生什麼事了？」我問。「你阿嬤！」其中一人在經過我時吼了一句。我很快從員工樓梯去到阿嬤的臥房。到那裡的時候，我什麼也看不見，有太多人擋住我的視線，還有人痛哭失聲。維多莉亞、雅莉絲、亞當和琵雅圍在床邊，達信姑丈則抱著仍坐在阿嬤身旁的小凱姑媽。阿玲站在門口靠我很近，她朝我轉過身，滿臉都是淚水。亞當和琵雅退到一旁讓位給我時，我看到艾迪和阿嬤一起躺在床上，環抱住她的身體，像是動物受虐般地嚎哭，渾身顫抖不已。他一瞥見我，頓時跳下床對我大叫：「是你殺了她！你殺了她！」在我還來不及反應前，他便朝我撲來，我們兩人雙雙倒地。

蒙昭・琵雅瑪瓦蒂・尤加拉公主殿下

外孫媳婦

我還真嫁進了一個詭異家族，亞當的姨媽們就像從墨詮艾佛利製片公司製作的電影裡走出來的人物似的。她們不斷談論這座宏偉宮殿，穿得像是低薪公務員，而當她們開口說話時，每一個人卻都擁有瑪姬・史密斯的口音。費莉希蒂姨媽老是像母雞一樣到處咯咯叫，批評別人；維多莉亞姨媽一副對什麼都懂的樣子，即便她一生從未工作過，她甚至跟我爭辯漢他病毒的起源！然後是香港那邊的親戚——阿歷斯泰・鄭，雖然很貼心，但……要怎麼說才好聽……頭腦不是特別清晰；他姊姊賽希莉亞和費歐娜・佟-鄭，這兩人待人都很和氣，就是太自以為是了。為什麼每個香港女生都覺得自己是最優秀的？她們就是自顧自用廣東話聊天，每天帶著孩子們出去吃大餐。我猜她們來新加坡的原因就是為了吃吧。每次她們在附近時，我都有種全身上下被打量的感覺，我覺得賽希莉亞大概對 Balmain 這個牌子有意見；還有那個艾迪，真是個瘋子！外婆過世，她的女兒全杵在原地盯著她的遺體，一滴淚也沒有流。唯一在哭的人是這屋子的女傭、廓爾咯兵還有艾迪。我的天啊，我還沒見過一個成年男人哭成那樣，爬上床抱著他死去的祖母，穿著一件鵝絨吸菸外套！接著是尼克，這整個家裡唯一半個正常人——他一走進房間，艾迪隨即衝向他。亞當的姨媽都開始叫了起來，但說真的這場架打得有夠悲慘，因為艾迪打人的力道像個女孩似的，尼克只簡單地把他推開壓到地上。「該死的給我冷靜一點！」尼克說，但艾迪又踢又叫，想把他推開，最後尼克沒辦法，只好往他鼻子揍了一拳，血濺得到處都是，特別是我腳上那雙全新的 Rick Owens 蟾蜍皮馬靴，然後現在我被告知還要跟這些人待在一起一個星期，殺了我吧。

維克拉姆・格爾上尉

泰瑟爾莊園保全主管

阿玲恐慌地打給我。「唉唷，快來！他們在打架！艾迪想殺了尼克！」我帶著另外兩名廓爾喀兵跟我上樓，但當我趕到房間時，已經都結束了。艾迪坐在床腳邊的地板上，滿臉是血。「你打斷了我的鼻子，你他媽的要賠我鼻子動手術的錢！」他一直嚷著。尼基只是站在原地，驚魂未定。雅莉絲對我笑了笑，彷彿什麼都沒發生似的，口氣十分平靜地說：「噢，維克拉姆，你來了，我不太清楚程序，我們要打給誰？現在是要叫警察來？」我先是一頭霧水，接著問：「妳想報警有人打架？」「噢，不是打架，我母親剛剛過世，我們現在該怎麼辦？」一陣混亂中，我根本沒注意到楊太太已經去世了。我無法控制住情緒——當著所有人的面，眼淚奪眶而出。

費莉希蒂・楊

大女兒

不論多大年紀，不論多有心理準備，失去雙親這種事還是永遠不會有充分準備。我父親好幾年前就去世了，而我至今仍未完全釋懷。人們整個星期都苦口婆心地對我說：「至少妳媽媽是高壽過世，這些年妳也能一直陪著她。」而我只想朝他們的臉吐口水，我想對他們大叫：「全都給我閉嘴！」我媽死了，不要跟我說我有多幸運她活了這麼久。在我的生命中，她都一直存在，突然一眨眼她就走了。走了走了走了，我已經無父無母了。即使她個性難搞，有一半的時間讓我抓狂，我從來也無法達到她嚴苛的標準，我的心仍然支離破碎。我之後的人生無時無刻都會想念著她。我唯一的悔恨就是她走的時候不在她身邊。小凱是唯一陪在她身邊的人，我不斷問她事情的經過，但小凱似乎因為心煩意亂沒辦法回答，她什麼也不肯說。

《海峽時報》的訃告專欄上刊登了一小篇措辭嚴謹的文章：

尚素儀，詹姆斯・楊之妻

（一九一九—二〇一五年）

摯愛吾妻與母親

孝子——菲利普・楊

孝女——費莉希蒂・楊、凱薩琳・楊、維多莉亞・楊、雅莉珊卓・楊

孝女婿——丹斯里亨利・梁、蒙昭・達信・尤加拉、麥爾坎・鄭醫生

孝媳——埃莉諾．宋

孝（外）孫（女）及孝（外）孫媳（女婿）——小亨利．梁娶凱思琳．賈、彼得．梁醫生娶格萊迪絲．陳醫生、亞歷山大．梁、艾絲翠．梁、蒙拉差翁．傑姆斯．尤加拉娶蒙拉差翁．希莉．盈拉、蒙拉差翁．馬修．尤加拉娶法碧安娜．魯斯波利、蒙拉差翁．亞當．尤加拉娶蒙拉差翁．琵雅瑪瓦蒂．阿比查邦、尼可拉斯．楊娶瑞秋．朱、艾迪森．鄭娶費歐娜．佟、賽希莉亞．鄭嫁托尼．蒙庫、阿歷斯泰．鄭

孝曾（外）孫（女）——亨利．梁三世、詹姆斯．梁、潘妮洛普．梁、亞歷山大．梁、康斯坦丁．鄭、卡莉絲特．鄭、奧古斯丁．鄭、傑克．蒙庫、卡西恩．張

胞兄弟——阿爾弗雷德．尚娶梅布爾．錢

今晚在泰瑟爾莊園開放探視，僅限邀請。

葬禮在周六午後兩點於聖安德烈座堂舉行，僅限邀請。

請勿獻花，可向聖約翰救護機構進行捐款

新加坡，泰瑟爾莊園

裴琳把頭從她的奧斯頓馬丁 Rapide 駕駛座轉向瑞秋。「妳感覺如何？」

「我在飛機上一刻也沒闔眼，所以現在對我來說是紐約時間清晨七點半，而且我正要去參加一個不同意我跟她孫子結婚的女人葬禮，跟所有可能不懷好意、至今五年未見的親戚打照面，我感覺**好極了**。」

「說什麼要去參加，瑞秋，妳是他們家族的一份子，妳是來支持妳丈夫的，妳做得沒錯。」裴琳試圖安慰她。作為史丹佛大學的死黨，裴琳一直是她的心靈支柱。

卡爾頓跟瑞秋一起坐在這輛高性能轎車的後座，捏了捏她的手表示支持。瑞秋把頭靠在她弟弟的肩上，說道：「謝謝你從上海飛來，其實你真的不用這麼做。」

卡爾頓做了個表情。「別說傻話，妳都來到這裡了，妳覺得我會棄妳於不顧嗎？」

瑞秋微笑道：「我很開心在我進到那個場合前，可以跟你們兩個度過一段時間。非常謝謝妳來接我，裴琳。」

「不客氣。可憐的尼克，我知道他想來接妳，卻因為要忙晚上的探視抽不開身。」裴琳說。

「所以，夜間探視到底要做什麼？」瑞秋問。

「夜探其實就是新加坡式的坐七。是讓家人或親密的朋友到家裡向死者最後致意，但其實這對那些kaypoh[69]來說是了解家族八卦並進行策畫的機會。我向妳保證每個去到泰瑟爾莊園的人都在瘋狂猜測素儀逝世後，那棟房子的命運將如何，大家都在工於心計。」

「可惜我覺得妳說得沒錯。」瑞秋說，露出些微不屑的表情。

「當然啦，我爺爺過世的時候，所有我爸那些親戚都突然冒出來，在探視那夜偷偷潛入他的房子，把自己的姓名貼紙貼在畫後面，或古董花瓶底部，這樣他們就可以聲稱爺爺把這些東西留給他們了！」裴琳咯咯地笑了起來。

很快地，他們的車子便陷在一輛接一輛的車陣中，這些車全都被擋在泰瑟爾路通往那座宅邸大門的檢查哨前。瞥見警衛朝他們前頭的車裡查看，瑞秋感覺胃一陣翻攪。

「有好多警衛——我猜一定是有總統或總理出席。」裴琳說。通過所有檢查哨後，他們加速開過那條冗長的車道。拐過最後一個彎後，泰瑟爾莊園終於映入眼簾。「哇靠。」卡爾頓對眼前的景象十分驚訝。那棟宏偉的建築燈火輝煌，前門的車道就像一座停車場，排列著各種豪華車，很多掛的是外交車牌。到處都有穿著制服的廓爾喀兵和警衛駐守，試圖管理車流量。

三人下車後，一架黑色軍用直升機忽然飛至房子上方，優雅地停在修剪整齊的草坪上。機艙門一打開，第一個現身的是一名身材臃腫、約八十幾歲的華人男子。他一身黑色西裝，繫著深紫色的領帶。接著一個女人穿著黑色小禮服，上面繡有裝飾藝術風的黑炭珠，跟在他身後下來。

瑞秋轉向裴琳問道：「那是總統和第一夫人嗎？」

69 閩南俚語的「忙碌的人」。

「不是，我不認識他們。」

然後一個身穿黑色西裝的中年男子出現，卡爾頓驚呼道：「那是中國國家主席！」

裴琳看起來肅然起敬。「我的天啊，瑞秋，中國主席前來致意！」

令他們吃驚的是，下一個出來的是一名身材高瘦、看似大學生的年輕人，他留著一頭蓬亂的棕色長髮，穿了一身黑，緊身牛仔褲搭配鋼頭鞋，加上燕尾服外套。一名華人男子穿著斜條紋西裝，偕同穿著黑色洋裝的金髮中年婦女，肩上披著一條淡綠色披肩緊接著進場，身後跟了一個年約十二歲的金髮女孩。

「全都不認識。」裴琳說。

一小群人聚集在屋外，觀察抵達葬禮會場的政要。當瑞秋走上前時，看見尼克的表弟阿歷斯泰正對她揮手。

阿歷斯泰用一個熊抱迎接瑞秋，接著又興奮地抱了下卡爾頓和裴琳。「裴琳，瑞秋的婚禮過後我就沒見到妳了！我喜歡妳頭髮新染的紅色！很開心你們終於來了——裡面真的太悶了……每個人都只想說關於『誰能拿到房子？』這件事，現在氣氛變得更煩躁了。」他說，指著那些抵達的貴賓。

「跟中國主席在一起的那些人是誰呀？」瑞秋問。

阿歷斯泰一時露出驚訝的表情。「噢，妳還沒有見過他們？那些就是尚氏帝國的人，老的呢是我舅公阿爾弗雷德和妗婆梅布爾，年輕的則是我舅舅李歐納和他非常時髦的妻子印蒂雅，顯然是蘇格蘭女王瑪麗一世的後裔之類的，身後的是他們的小孩：卡西米爾和露西亞。不覺得卡西米爾長得跟『一世代』的哈利・史泰爾斯很像嗎？」

大家隨即笑了起來。

「我覺得哈利更矮一點。」裴琳打趣地說。

「所以他們都是從中國來的？」瑞秋仍然有所疑問。

「不是，尚家人只是在中國大使館跟主席共進晚餐。主席來這裡致意是因為阿爾弗雷德的緣故，他根本不認識阿嬷。」

「我想我爸認識他。」瑞秋說。

「他們大學時代是很好的朋友，爸是他常務委員會的成員。」卡爾頓插了一句。

「對喔，我一直忘記鮑高良是你們的爸爸。」阿歷斯泰說。

「最後一個問題……**那個女生**是誰？」卡爾頓問。

最後一個下直升機的人是一個大約二十出頭的歐亞混血美女。她有著一頭挑染及腰長髮，穿了件 Rochas 黑色無袖亞麻洋裝搭配 Da Costanzo 的金色涼鞋，看起來像是剛從馬約卡島的海灘派對過來的樣子。

「我想我剛找到我未來的妻子了。」他說，看著她的頭髮在直升機螺旋槳捲起的氣流下恣意飄揚。

「祝你好運，夥伴！那是我表妹雪赫拉莎德・尚，她目前就讀索邦神學院，致力於她的學士論文。人漂亮，頭腦又好。我還知道有個傢伙多年來一直想拿到她的電話號碼卻徒勞無功，那人就是哈利王子。」

★

尚氏一家人跟著中國主席進入大宅後，瑞秋、卡爾頓和裴琳便尾隨其後。在華麗的門廊，他們碰到了奧利佛・錢，他一臉不贊同地盯著一大群從數百個花圈前走過——有些比米其林輪胎還大——蜂擁而至的人潮。

「瑞秋！見到妳真好！不覺得很糟嗎？」奧利佛在她耳際低語道：「新加坡人很喜歡送這些可怕的奠儀花圈。」瑞秋瞄了眼離她最近的花圈，上面寫著：「大東方人壽保險公司向尚素儀去世表示慰惋。」

當他們經過早已設置豐盛自助晚餐的飯廳時，瑞秋可看見眾賓客大排長龍，隊伍曲折延伸到了露台上，等待從各個餐區張羅美味的佳餚。一個小男孩跑過瑞秋身邊，喊道：「朵琳阿姨還要吃辣椒蟹——！」

「哇！」瑞秋驚嘆一聲，勉強躲過端著一盤堆得聳高的甲殼動物的男孩。

「跟妳想的不一樣？」裴琳笑著說。

「是啊，這裡還真……歡樂。」瑞秋表示。

「這是年度最佳喪禮！」奧利佛調侃：「難道妳不知道每個人都想來參加嗎？稍早一個野心很大的年輕名媛賽蕾娜・湯想跟素儀的棺材自拍，當然被趕出去了。走這邊，我們抄近路。」

他帶著他們往側門走，而氣氛完全變了。

他們感覺自己彷彿走進了安達盧西亞的修道院，一個封閉式庭院周圍環繞著雕刻的石柱，有著開闊的天際視野。庭院中央的反射池畔擺了一排套著白色椅套的椅子，聚在這裡的賓客在汩汩水聲中小聲交談。庭院四周的拱型壁龕都放了古色古香的絲綢燈，閃爍的燭光讓整個空間更添一抹遁世的靜謐。

庭院深處一座雕刻的蓮花噴泉，素儀樣式簡單的黑柚木棺材放在一個蘭花圍繞的大理石台上。在最近的凹室，尼克及其父母，還有龐大的楊氏家族眾多成員隨意排成一列。尼克穿了件白色襯衫搭配黑色長褲，瑞秋注意到在場的所有男士——尼克的父親菲利普、阿歷斯泰・鄭以及幾個她不認識的人——都有著同樣的穿著。

「瑞秋，要不妳先去找尼克，我們就不打擾你們團聚了。」裴琳建議道。瑞秋點點頭，下了樓梯進到庭院，朝接待隊伍走去，突如其來的焦慮讓她胃部又是一陣翻攪。尼克給了露西亞・尚一個擁抱，準備被介紹給中國主席認識時，看見她走了過來。他很快離開接待隊伍並跑向她。

「親愛的！」他說，把她抱在懷裡。

「不會吧，你剛不會讓中國主席沒面子吧？」瑞秋問。

「會嗎？管他的，妳重要多了。」尼克笑了笑，牽過瑞秋的手，帶著她走向接待隊伍，驕傲地表示：「各位——我妻子到了！」

瑞秋立刻感覺房間裡每個人的目光都掃了過來。菲利普和埃莉諾上前迎接瑞秋，源源不絕的介紹便開始了。尼克來自家族各分支的親戚們表現得都比她預期的更熱情，然後忽然間瑞秋發現自己正與中國主席面對面。她尚未開口，尼克便向前一步用中文介紹：「這是我的妻子，我想她父親鮑高良是你常務委員會的成員？」

主席一時露出驚訝的表情，隨即掛上一個燦爛笑容。「妳是高良的女兒？定居紐約的那個經濟學教授？終於見到妳是我的榮幸，我的天啊，妳看起來跟妳弟弟卡爾頓真是一個模子刻出來呢。」

「他就在那裡。」瑞秋用標準的中文答道，揮手示意她弟弟過來。

「卡爾頓．鮑，這些日子我到哪都看到你啊！前天晚上你不是去了我女兒的生日派對嗎？希望你的飛行里程數夠你到處飛。」總統開玩笑地說。

「當然夠囉，先生。」卡爾頓回答，朝人群中微微一笑，確保對上雪赫拉莎德．尚的目光。阿爾弗雷德．尚默默將整個場面盡收眼底，忽然饒有興趣地看著瑞秋和卡爾頓這對姊弟。

瑞秋轉向尼克低聲說：「我能向你奶奶致意嗎？」

「當然可以。」他說，兩人隨即走向棺木，四周放滿插著蘭花的精緻青瓷花盆。「我奶奶對她種的獲獎蘭花非常自豪，我還沒見過她有哪天比國家蘭花協會以她的名字為她種的蘭花命名還開心的時候。」

瑞秋有些猶豫地朝棺木看去，卻對素儀容光煥發的氣色感到吃驚。她莊嚴的躺在裡面，身上裹著一條閃著金光的絲綢長袍，上面繡著複雜的花卉圖騰；頭上戴著以黃金和珍珠製成的土生華人華麗的頭飾。瑞秋低下頭一會兒向她敬禮示意，當她抬頭看向尼克時，發現他眼眶含淚。她雙手環住他的腰，說道：「我很開心你在她走之前有來看她，她看起來很安祥。」

「是啊。」尼克靜靜地擤了下鼻子。

瑞秋注意到素儀的牙齒間有東西在閃。「呃，她嘴裡的那是什麼？」

「黑珍珠，這是中國傳統習俗……珍珠能確保人們來世能順利投胎。」尼克解釋道：「妳有看到她身旁的法貝熱盒嗎？」

「嗯？」瑞秋注意到枕頭旁放了一個矩形的珠寶盒。

「裡面是她的眼鏡，這樣她來世就能看得更清楚。」

瑞秋還來不及發表評論，一個奇怪的啜泣聲從某個凹室傳來。他們轉頭看見阿歷斯泰和他爸爸麥爾坎．鄭扶著一個虛脫的男人，慢慢地一步一步朝他們走近。瑞秋驚訝地發現那個男人正是尼克的表哥艾迪，他身後跟著他的妻子和三個孩子，全穿著同樣的黑色亞麻綢訂製西服。

「威廉二世（Kaiser Wilhelm）駕到！」奧利佛翻了個白眼。

艾迪誇張地倒在棺木的腳下，蜷曲成一團，旋即渾身顫抖，發出低沉乾啞的嗚咽聲。

「阿嬤！阿嬤！沒有妳我該怎麼辦？」他哭道，揮舞著手臂，差點弄倒其中一盆蘭花。

費莉希蒂．梁小聲地對她妹妹雅莉絲說：「他最好不要打破花瓶，那可是一大筆錢！」

「這孫子真孝順啊！」中國主席觀察道。

這句話讓艾迪哭得更悲痛。「我要怎麼繼續活下去？阿嬤？我要怎麼辦？」他一直趴在他外婆的棺木旁，眼淚混合懸掛的鼻涕，爬滿整張臉。艾迪較小的兩個孩子奧古斯丁和卡莉絲特，跪坐在他們爸爸的兩側，輕輕地摩挲他的背。他很快地用手肘撞了下他的孩子，他們便哭了起來。

阿歷斯泰站在遠處，悄悄對裴琳說：「我猜我們不用雇用專業的孝女白琴[70]了。」

「你哥絕對是專業的！孩子們也很厲害。」

「我敢說他們一定被逼著演練上百萬遍。」阿歷斯泰說。

艾迪突然轉過身，瞪著他另一個兒子。「康斯坦丁，我的長子！過來！親一下你的曾祖母！」

「爸，我才不要！我不管你說要給我多少錢，我才不要親一個死人！」

艾迪憤怒地張大了鼻孔，但由於大家都看著他們，他只是很快地揚起一個「等下我絕對會修理你」的笑容，從地上跳了起來。他整理了下他的中山領襯衫，說道：「各位，我有個驚喜要送給我尊敬的阿嬤，請跟我來。」

他領著一群親戚走到宅邸東側的玫瑰園牆外。「卡斯柏，我們準備好了。」他喊道。忽然間一盞泛光燈照亮了漆黑的花園，眾人紛紛發出驚嘆。出現在他們眼前的是一個用木頭和紙做成的三樓高的建築，是一個錯綜複雜的泰瑟爾莊園建設規模的模型，完美複製了每一根支柱、屋簷和遮陽棚的細節。

「這是我私人裝潢師卡斯柏．凡．摩根拉提，和他整個工匠團隊花了一個星期打造的。」艾迪自豪地表示，向聚集到這棟建築模型前的群眾一鞠躬。

70 倘若想賺外快，新加坡有些家庭會雇用人在他們親人的葬禮上哭。葬禮上有越多哀悼者，看起來就越盛大。專業哀悼者通常以團體出現，提供各式方案（即正常哭泣、歇斯底里大哭、嘴角起泡和在靈柩前崩潰）。

「我不是裝潢師！我是室內建築師和藝術顧問！」一個高高瘦瘦的男子宣稱道。他把一頭淡金色頭髮往後梳，穿著一件白色的高領毛衣和白色高腰亞麻長褲。「各位先生女士，請看這邊！現在將揭開這座宏偉城堡的內觀……」

四名同樣金髮的助手從暗處匆匆走了出來。他們沿著側邊的支柱解開幾個絞鏈，讓整棟房子的前立面敞開，揭露內部房間鉅細靡遺的裝潢，可惜並未仿照泰瑟爾莊園真正的格局設計。

「牆壁貼滿了24K金箔，材料全來自Pierre Frey，水晶吊燈是施華洛世奇的。這些手工家具是由替魏斯．安德森設計《歡迎來到布達佩斯大飯店》（*The Grand Budapest Hotel*）布景的同一批人製作的。」卡斯柏接著說。

「天啊，這對魏斯來說真是丟臉。這房子看起來更像是烏克蘭妓院。」奧利佛對瑞秋低語道：「還好這房子就要被燒了。」

瑞秋笑了笑。「我知道你不感興趣，但你不覺得這麼說有點偏激嗎？」

「瑞秋——奧利佛沒開玩笑。」尼克插嘴道：「這是紙紮屋，人們會在喪禮把這些東西作為禮物燒了，讓死者死後『享受』用的，是一種古老儀式。」

「這比較像是……工人階級的傳統。」奧利佛接著說：「家人會買一些死者生前買不起的紙紮品和配件。紙紮屋、法拉利、iPad、Gucci包[71]，但紙紮屋通常體積不大，就像娃娃屋一樣。當

71 二〇一六年，Gucci公司向香港幾家家庭商店發出商標侵權的警告信，因為他們販賣Gucci的紙紮墓祭品。在華人消費者強烈抗議和大量不良宣傳後，Gucci發表道歉聲明。

然艾迪一定要把事情發揮到極致就對了。」奧利佛看著艾迪興奮地繞著那棟三層樓的豪宅，炫耀他委託製作的每一個小配件。

「看看她的衣櫃——我用她最喜歡的蓮梗絲洋裝做了幾件小禮服。我還讓他們仿製一個一模一樣的小愛馬仕柏金包，這樣阿嬤在天堂就有好的手提包可以用！」

所有家族成員都驚呆了，沉默地盯著這棟建築物。最終，艾迪的媽媽雅莉絲開口道：「媽咪從沒用過愛馬仕的柏金包。她自己從來不提包包——她的侍女什麼都幫她準備好。」

艾迪生氣地瞪著他媽。「噢！妳就是不懂，是不是？我知道她通常不用愛馬仕，我只是想努力給阿嬤用最好的，就這樣而已。」

「你真了不起，艾迪，媽咪會很感動的。」凱薩琳盡可能委婉地說。

維多利亞忽然出聲。「不，這樣不對，一點格調都沒有，更重要的是，這跟基督徒根本扯不上邊。」

「維多莉亞姨媽，這是華人社會的傳統——跟宗教無關。」艾迪辯駁道。

維多莉亞憤怒地搖搖頭。「我不想聽你說這些鬼話！我們基督徒不會將塵世的東西帶到天國！馬上給我把這個龐然大物弄走！」

「妳知道我花了多少錢打造這棟豪宅嗎？花了我二十五萬美元！我們要燒了它，現在就燒！」艾迪吼了回去，對卡斯柏打了個手勢。

「沃夫甘！於爾根！赫爾曼！夏奇！Zündet das Feuer an（德文的「點火」）！」卡斯柏下達命令。

幾個德國佬跑到建築旁，潑上煤油，艾迪隨即表演似的劃過一根長長的火柴，並舉高讓大家都能看到。

「你敢！你敢在這塊地上點火！我說了，這是邪惡的儀式！」維多莉亞尖叫道，衝向艾迪想搶下他手中點燃的火柴。艾迪把火柴扔向紙紮屋，那棟建築立刻點燃，火焰猛地向外滾燒，幾乎竄到他們倆的頭部。

隨著泰瑟爾莊園的巨型仿製品開始被大火吞噬，所有賓客從房子魚貫而出，像圍著篝火一樣，拿出手機紛紛拍照。艾迪保持沉默的勝利盯著燃燒的房子，維多莉亞則靠在中國主席的肩上啜泣不已。卡西恩、傑克、奧古斯丁和卡莉絲特興高采烈地繞著那棟建築跑來跑去。

「其實還滿漂亮的，對不對？」瑞秋說。尼克來到她身後，用雙臂環著她，兩人一起盯著熊熊火焰。

「是啊，這次我不得不同意艾迪的做法——阿嬤應該會很享受，而且為什麼她在天國就不能拿柏金包？」

卡爾頓瞄了眼雪赫拉莎德，對她的頭髮映照著竄燒的火焰而散發令人驚嘆的金色調感到不可思議。他深深吸了口氣，整理了下外套，漫步走向她站的位置。「Je m'apelle Carlton. Je suis le frère de Rachel. Çava ？（法文的「我叫卡爾頓，是瑞秋的弟弟，妳好嗎？」）」

「Çava bien（法文的「我很好」）。」雪赫拉莎德答道，對他完美的法文口音感到吃驚。

卡爾頓忽地換成英文，說道：「巴黎沒有這種東西，對不對？」

「當然沒有。」她笑著回答。

當紙紮屋和所有紙製的豪華配件燒成黑灰後，人群開始朝屋裡移動。走回玫瑰園，李詠嫻老夫人靠到莉莉安・梅－陳的耳邊，說道：「我不是說過了？素儀屍骨未寒，整個家就已經化為灰燼了！」

「這不算什麼，當他們知道誰能繼承這棟房子時，事情還會變得更糟。」莉莉安・梅說，眼中閃過一絲期待。

「我想他們即將要面對人生中的打擊。」李老夫人小聲回應。

一篇全頁彩色的驚人通知連續五天刊登在《海峽時報》的訃告專欄上：

列支敦堡集團股份有限公司的主席、董事會及全體職員向我們尊敬和高價值的合作夥伴　艾迪森・鄭——全球私人銀行資深執行副主席

致上深切的同情

哀悼他逝去的摯愛外婆　尚素儀

「分離是如此甜蜜的傷痛」

——威廉・莎士比亞

最高財富管理諮詢請上官網：www.liechtenberg.com/myoffshorecapital/edisoncheng

新加坡，克萊莫酒店

奧利佛．錢一早正在自家公寓刮鬍渣時，凱蒂打了過來，他按下擴音。

「我今天要去見你！今天下午我要去參加阿歷斯泰外婆的葬禮！」凱蒂輕快地說。

「妳有受到邀請？」奧利佛試圖掩飾驚訝的語氣。

「我想既然我跟阿歷斯泰交往過，又曾見過他外婆一面，我覺得我有必要親自到場致意，能再次見到他的家人該有多好。」

「妳從哪聽到葬禮的事？」奧利佛問，把脖子靠近鏡子，專心地將刮鬍刀對準下巴的鬍渣。

「昨晚溫蒂．梅嘉赫多的派對上，大家都在談論這件事。溫蒂明顯認識一些從雅加達飛來出席葬禮的人，她說這會是一場世紀社交葬禮。」

「妳猜得很準，但這場葬禮真的僅限邀請。」

「那你可以給我邀請函吧？」凱蒂嗲聲嗲氣地說，言下之意就是——**因為你的薪水是我付的**。

奧利佛把刮鬍泡沖洗乾淨。「凱蒂，恐怕這次我真的無能為力。」

「那如果我穿極其保守的 Roland Mouret 黑色洋裝，戴一頂不錯的帽子出席呢？我還可以坐賓利而非勞斯萊斯出門，帶幾名保鑣。他們當然不會拒絕我吧？」

「凱蒂，這件事妳得相信我，妳不會想出席這場葬禮的，這樣非常**失禮**。這場葬禮只邀請家人和非常親密的朋友參加，我跟妳保證現場不會有妳認識的人，而妳參不參加也無關緊要。」

「你能保證柯萊特也不會去嗎？」

「凱蒂，我可以向妳保證，她可能根本**不曾聽過**我家族的名字。」

「但那跟她出席葬禮不衝突啊，我聽說她兩天前回到了新加坡，赫尼．蔡的八卦部落格上說：『帕利澤伯爵夫人住在萊佛士酒店。』她拋下她的猩猩不管，是要來參加葬禮的嗎？」

奧利佛惱怒地翻了個白眼。「不管是柯萊特或瑪麗．考利，或她現在有的任何頭銜，她都不可能現身葬禮現場，我向妳保證。」

「那我那天就去塔蒂亞娜．薩瓦林的新遊艇上玩玩好了，她說設計師跟喬治．亞曼尼的船是同一個人。」

「很好啊，最近的天氣很適合航海出遊，妳何不穿上最性感的 Eres 比基尼，搭配航行鑽石，在遊艇上喝著阿貝羅雞尾酒呢？別浪費寶貴的時間去想這個我希望可以不要去的無聊葬禮！」奧利佛撒謊道。（縱然他很崇拜素儀，他也不得不承認今夜的確是世紀社交之宴。）

「好啦好啦。」凱蒂笑著掛上了電話。

奧利佛倚著浴室的洗手槽，有條不紊地將佛羅瑞斯的鬍後水拍在雙頰和喉嚨部位。電話又響了起來。

「喂，凱蒂。」

「航海鑽石是什麼？我有需要買嗎？」

「只是一種表達方式而已，我隨口亂編的。」

「但你覺得我要戴鑽石項鍊搭配比基尼嗎？我可戴我的香奈兒鑽石項鍊，日曬花卉形狀的那條，鑽石是防水的，對吧？」

「當然，戴上吧，我得出門了，凱蒂，不然會趕不上葬禮出席時間。」奧利佛掛上電話差不多兩秒，他母親博娜黛特便走進浴室。

「媽，我還沒穿衣服。」奧利佛抱怨道，拉緊圍在腰間的毛巾。

「哎呀，你全身有哪裡是我沒看過的？你說有關係嗎？」

奧利佛仔細打量著他六十九歲的母親，她頭頂露出的灰白髮根讓他有些煩躁。她的北京髮型設計師沒有好好維護她的髮色。出生凌家的博娜黛特，來自一個女性以美貌聞名的家族。不像她的姊妹或堂妹——最為人津津樂道的賈桂琳．凌——容貌超乎尋常的凍齡，博娜黛特看起來與她年齡相稱。事實上，穿著那身量身訂製的深藍色絲綢錦緞套裝，衣領處打著緞帶領結，讓她看起來更老了。只要花二十五年去中國努力打拚，就會變成這種模樣，奧利佛心想。

「妳只帶這件深色洋裝來嗎？」

「我帶了三件，但探視夜的時候我已換了兩件了。」

「那妳大概只能穿這件了，這是妳在北京的裁縫師為妳訂做的？」

「哎呀，這件跟我北京裁縫師的作品比起來貴多了！梅布爾．尚那個新加坡女裁縫三十多年前幫我做了這件洋裝，是仿冒某個巴黎設計師的作品，大概是叫皮爾．卡登吧。」

奧利佛哈哈大笑。「媽，沒有人會仿冒皮爾．卡登的東西。大概是梅布爾喜歡一九八〇年代的設計師其中之一吧，Scherrer、Feraud，或是浪凡，在梅莉爾還掌權的時代。至少妳穿起來還算合身，妳沒帶妳的那些小鐘形帽來吧？」

「沒有，我是看新加坡的氣候打包行李的。不過，奧利佛，你覺得這個怎麼樣？」博娜黛特問，指著別在翻領上的那個玉搭配紅寶石的蝴蝶胸針。

「噢，很棒。」

「你確定沒人看得出來吧？我坐在你奶奶旁邊，但願她不會注意到。」博娜黛特很擔心。

「奶奶有青光眼，我覺得她甚至不會注意到妳別了胸針。相信我，這是我讓我認識最好的倫敦珠寶商仿冒的。」

「我不應該把真的賣掉的。」博娜黛特嘆氣道。

「我們根本沒得選擇，不是嗎？忘了那件事吧，妳的胸針還在，就在這裡，玉看上去毫無瑕疵，紅寶石像真的一樣，鑽石正如出自勞倫斯．格拉夫之手般閃閃發光。只要我看不出來，就沒人看得出來。」

「你說了算。那你有多的領帶可借給你爸嗎？他唯一戴的那條昨晚沾到巧克力蛋糕了。真可惜，泰瑟爾莊園沒了，我會想念那裡的巧克力蛋糕的。」

「沒問題，去我的衣櫃隨便妳挑，Borrellis 或許不錯。這樣吧，妳等我一下，我來挑。」等他媽媽離開浴室後，奧利佛心想：我學到教訓了，下次就算他們又吵又鬧[72]，我也要讓他們去住飯店。這公寓住三個人真的太擠了。

72 亞洲父母在拜訪住在其他城市的成年子女時，總是堅持要住在他們家，不管其子女住的是一室公寓，或家裡早已有好幾名叛逆青少年，即使他們有錢到足以包下麗思卡爾頓酒店一整層樓。

新加坡，聖安德烈座堂

送葬隊伍從泰瑟爾莊園出發前往主教座堂，哈利．梁坐在領頭的賓士車盯著窗外，試圖忽略妻子費莉希蒂與她妹妹維多莉亞最後為了葬禮細節不斷的爭吵。

「不行，根據正式禮儀，**必須**先讓新加坡總統致詞。」維多莉亞說。

「那對婆羅洲蘇丹是很嚴重的冒犯，王室應該永遠先於民選官員。」費莉希蒂回了句。

「胡說，這是**我們**國家，**我們**的總統有優先權。妳關心蘇丹只是為了梁家在婆羅洲的農園罷了。」

「我關心他是希望他不要在教堂祭壇失禁，陛下患有老年糖尿病，膀胱無力，我們應該讓他第一個致詞才對。更何況，在總統出生前他就認識媽咪了。」

「毛駱庸牧師會第一個上台致詞，他會念禱詞。」

「什麼？妳還邀請了毛駱庸牧師？到底總共有幾位牧師？」費莉希蒂不可思議地問道。

「只有三位，毛牧師負責念禱詞，施主教講道，東尼．季牧師會帶領大家結束禱告。」

「真可惜，現在請東尼講道會太晚嗎？他比施倍賢厲害多了。」費莉希蒂嗤之以鼻。

哈利．梁出聲抱怨。「妳們兩個說話可以小聲一點嗎？吵得我頭都痛了，早知道妳們一路上吵個不停，我就坐艾絲翠的車了。」

「你知道你的隨扈不會允許你坐她的車，她的車沒有防彈玻璃。」費莉希蒂說。

緊隨其後的 Jaguar XJL（沒有防彈功能）裡，埃莉諾．楊仔細地觀察她兒子的臉色。「下星期我要幫你跟我的皮膚科醫生約個時間，你那眼袋……那麼深我不喜歡，張醫生的雷射手術很厲害。」

「媽，我沒事，我只是昨晚沒睡好。」尼克說。

「他整晚通宵寫給阿嬤的致詞。」瑞秋解釋道。

「為什麼需要花一整晚？」埃莉諾問。

「這是我寫過最難的東西，媽，妳試試看用一千字涵蓋阿嬤的整個人生。」

瑞秋勉勵地捏了捏尼克的手，她知道他在寫講稿時有多麼掙扎，一直寫到凌晨，途中為了修改或增加內容下床好幾次。

埃莉諾繼續發問：「為什麼要限制字數？」

「維多莉亞姑媽堅持我只能講五分鐘，大概就是一千個字。」

「五分鐘？胡說八道！你是她最鍾愛的孫子，只有你姓楊，應該愛講多久就多久！」

「顯然今天有很多人要講話，所以我只能照她說的做。」尼克說：「沒關係，媽，我現在很滿意我的講稿。」

「天啊，旁邊那輛車裡的女生是誰呀？」瑞秋忽地問道。大家都轉頭看向那輛準備超車的勞斯萊斯，車裡的女人戴了頂黑帽，臉上圍著一條誇張的黑色面紗。

「看起來跟瑪琳．黛德麗真像。」菲利普邊開車，邊笑了起來。

「哎呀，菲利普，仔細看路！」埃莉諾叫道：「不過真的挺像瑪琳．黛德麗的，不知道是哪個蘇丹的妻子？」

尼克偏過頭去，笑了笑。「那不是蘇丹娜，那是一身奇裝怪服的費歐娜・佟。」

坐在勞斯萊斯幻影後座——莊嚴車隊中唯一一輛勞斯萊斯——費歐娜不舒服地擺弄她的頭飾。「真不知道你幹嘛要我戴這個愚蠢的面紗，我根本看不到路，都快不能呼吸了。」

艾迪哼了一聲。「我不知道妳在抱怨什麼？卡莉絲特就可以呼吸，對不對？」

艾迪十幾歲的女兒戴著和她母親相同的帽子和面紗，雙眼直視著前方，並未回答她父親的問題。

「卡莉絲特，我在問妳可不可以呼吸？」

「她戴著耳機，爸，她現在不聞不見，就像海倫・凱勒一樣。」奧古斯丁說。

「海倫・凱勒至少會說話！」艾迪惱怒地說。

「呃，事實上她不能說話，爸，她是聾啞人士。」康斯坦丁從副駕駛座回答，艾迪伸手把他女兒的面紗撥到一邊。「拿掉耳機！妳敢戴耳機進教堂！」

「有差嗎？我戴這個根本沒人看得到，我可以在教堂聽尚恩・曼德斯的歌嗎？我保證聽他的歌會讓我如你所願的大哭。」

「不准聽尚恩・曼德斯！馬力歐・羅培茲、蘿西・培瑞茲或洛拉・蒙特茲都不行！你們每個人都要在教堂坐得挺直、唱聖歌，然後大哭一場，好像我斷了你們零用錢的哭！」

「那真的很有用，爸，**嗚……我這禮拜沒有二十塊要怎麼辦？**」康斯坦丁諷刺地模仿。

「很好，你今年都沒有零用錢了！還有如果我沒看到你們哭到眼睛發紅，特別是在我唱歌的時候……」

「艾迪，夠了！逼孩子們在他們不想哭的時候哭有什麼意義？」費歐娜斥責道。

「我到底要說幾遍……我們要在葬禮上成為最主要的送葬人，我們要讓眾人看見我們有多在乎，因為大家都在看！每個人都知道我們是受益最多的人！」

「他們是怎麼知道的？」

「費歐娜，妳整個星期都在作夢嗎？阿嬤還來不及改遺囑就死了！我們會是分到最多東西的人！幾天後，我們就可以正式成為十億美元俱樂部的一份子！所以我們必須用盡全力表現滿腔悲痛！」

費歐娜厭惡地搖搖頭。此時此刻，她丈夫才真的讓她想哭。

★

「洛蕾娜，洛蕾娜，這邊！我幫妳佔了一個位置！」黛西喊道，在她精心挑選靠走道的座位上揮著手。

洛蕾娜朝黛西微笑，瞥見她放在一旁長木椅上的衛生紙包。「謝謝幫我佔位！我還以為我要跟我媳婦一起坐了呢，Q.T. 還在停車？」

「哎呀，妳知道我丈夫不參加葬禮的，他只要看到棺木就會拉肚子。」就在此時，黛西手提包裡傳來一聲響亮的震動聲。「等等啊，我得拿一下我的 iPad，娜汀要我在葬禮用 Facetime 跟她視訊，她對自己沒有受到邀請很生氣。」

「什麼？她和羅尼沒有受到邀請？」

「是啊，受邀的是邵老先生，當然他帶了他的新婚妻子，他們就坐在我們前面兩排。」洛蕾娜伸長了脖子望向娜汀的公公——幸運地從中風恢復健康、八十五歲的羅納德．邵爵士，還有他來自深圳的二十九歲新婚妻子。「我得承認她很漂亮，但我還是很驚訝羅納德．邵爵士不是——妳知道的，豬腸粉。」

「哎呀，只要持續使用威而鋼，豬腸粉也能變油條。」黛西邊打開 Facetime，邊笑了起來。娜汀化了個大濃妝的臉出現在螢幕上。「阿啦嘛，黛西，我等超久的！有誰去了？妳看到誰了？」

「妳公公就在隔壁那排，和妳的新……呃……婆婆坐在一起。」

「噢，我管他們去死！埃莉諾看起來怎麼樣？還有艾絲翠打扮如何？」娜汀問。

「埃莉諾當然看起來挺棒的——她穿的應該是幾年前哈洛德百貨清倉拍賣，我們一起去的時候她買的那件 Akris V字翻領黑色裙裝。艾絲翠還沒到，至少我現在還沒看到她。我的老天！那是誰呀，科學怪人的新娘剛走進教堂！」

「什麼？誰？把 iPad 拿起來，讓我看！」娜汀興奮地說。

黛西偷偷地把她的 iPad 舉向中間走道。「阿啦嘛，是艾迪長期受苦的妻子，那個佟家的女生啦。她穿得好像一身喪服的維多利亞女王，戴著觸地面紗的大黑帽。還有，妳看，他們的女兒穿得跟她一模一樣！兩個兒子穿著錦緞材質的尼赫魯裝。天啊，他們看起來就像什麼自殺邪教一樣！」

瑞秋跟著尼克的父母走向為家族成員保留的那排發亮的長木椅。在她走過中間走道時，對這座新加坡最古老的哥德式主教座堂驚嘆不已。尼克則朝祭壇後方的小聖堂走去，準備與他姑媽維多莉亞商討事情，後者負責協調所有演講事宜。他與總統握了手，耐心聽從他的吩咐。維多莉亞總算注意到他。「噢，尼基，你來了就好，聽著，希望你不要介意，但我們得刪減你演講的時間。就只是沒時間給大家致詞。」

尼基沮喪地盯著她看。「妳說真的？」

「是真的，請務必了解，我們已經超時了。目前致詞的人有三位牧師、婆羅洲蘇丹和總統。然後泰國大使帶來特殊訊息，我們還要加入艾迪的歌……」

「艾迪要唱歌？」尼克一臉懷疑。

「對呀，他整個星期都在練習一首特別的聖歌，跟才剛飛抵的特殊音樂家攜手合作。」

「所以，讓我弄清楚，現在有六個人要致詞，但我們家**沒有人**真正有機會歌頌關於阿嬤的事？」

「呃，其實在最後關頭小亨利．梁決定要參與致詞。」

「小亨利？但他根本跟阿嬤不親，他人生有大半時間都在馬來西亞，受盡他爺爺奶奶疼愛！」

維多利亞尷尬地對總統笑了笑，後者備感興趣地看著兩人你來我往。「尼基，我得提醒你，你表哥是長孫，他有權利致詞，何況……」維多莉亞壓低了音量。「他今年要選國會議員，費莉希蒂說我們一定要讓他致詞，而且總統也贊成！」

尼克盯著他姑媽好一會兒，不發一語地轉頭返回他的座位上。

麥可．張——艾絲翠分居的丈夫——走在聖安德烈座堂的中間走道上，穿著全新的Rubinacci西裝，搭配閃亮的John Lobb翼紋鞋。他環顧四週找尋梁家人的座位，當他瞥見艾絲翠坐在前頭數來第二排忙著調整卡西恩的溫莎結時，兩名身穿黑西裝的男子突然出現擋住他的路。

「抱歉，張先生，這裡是家族成員的專屬座位。」戴著耳機的男人說道。

麥可開口想說些什麼，但他知道每個人都在注意他。他點點頭，禮貌性地笑笑，在最近一排找了個空位坐下。

坐在麥可對面那排的是錢家。「你看到了嗎？那還真是殘忍！」奧利佛對他伯母南西說。

「哼！他活該！還不知道他怎麼拿到邀請函的呢。」南西憤慨地說，心想：那男人跟艾絲翠在一起真是浪費時間，那個身材如果是我的……

南西接著轉向奧利佛的媽媽。「博娜黛特，妳穿這件……連身裙真好看。」真可怕，都聞到樟腦丸的味道了。

「謝謝，妳還是老樣子很時髦呀。」博娜黛特回答，看著南西那身黑色的Dior高級訂製禮服。真浪費我大伯的錢，不管這衣服有多貴，妳看起來也不過是愛裝年輕的老女人罷了。

「看到錢家的祖傳玉公開露面真好。」南西注視著博娜黛特別著的胸針。那本來應該是我的，這胸針別在她稱為洋裝的破布上真夠好笑。

這個祖傳珠寶是從錢載泰的母親傳到博娜黛特——她最喜歡的孫媳婦——手上，而且被認為曾經是慈安太后的所有物。南西傾向她婆婆說：「妳看到博娜黛特的胸針了嗎……不覺得那個雕刻玉蝴蝶看起來比之前還透光明亮嗎？」

蘿絲瑪麗微笑道：「那是帝黃玉，本來就是越戴越好看。」真高興我們把玉傳給了博娜黛特，這是不斷傳承的寶物——看看這麼多年過去，南西依然忌妒到不行的樣子。

博娜黛特緊張地對兩人笑了笑，拚命試圖把注意力從她身上轉移。「哎呀，南西，這沒什麼，跟妳比可真差遠了。妳看妳的珍珠項鍊，一次戴這麼多條我還真沒見過。」她看起來像個剛搶了御本木的瘋女人。

南西摸了摸她那八條珍珠串鍊上的斯里蘭卡藍寶石和鑽石。「噢，妳說這個？這已經很久了。好像是我們受邀參加約旦王子阿卜杜拉和美麗的拉尼婭的婚禮時，狄奇買給我的。當然，是在他知道自己將繼承王位很久以前的事了。」

聽見他們的談話後，奧利佛補充道：「我覺得阿卜杜拉根本不曾想過，本來應該是他叔叔繼任下一任國王，但海珊在病榻上撤去他王儲的身分，指定他兒子作為繼承人，令大家大為震撼。」

南西往後坐回位置上，不知道她姓楊那邊的親戚又會發生什麼讓人震撼的狀況？素儀所有的珠寶會怎麼樣？聽說她的收藏在整個亞洲無與倫比，那些珠寶肯定會引起一場大逃殺。

艾絲翠坐在她那排座位的中間，聽見手機發出急促的短音。她小心地拿出手機，看了一眼簡訊：

麥可．張：妳先是把我的名字從《海峽時報》的訃告中去掉，現在又不讓我跟我親生兒子坐一起！我會要妳付出代價！

艾絲翠開始憤怒地回信。

艾絲翠．梁：你在說什麼？訃告是我媽和我舅舅發的，我根本不知道今天你會來。

麥可．張：我不是沒血沒淚，我喜歡妳阿嬤，好嗎？

艾絲翠．梁：那你現在在哪？你要遲到了！

麥可．張：我早到了，我坐在妳斜後方一排。

艾絲翠轉過頭，看見麥可坐在走道對面的座位上。

艾絲翠．梁：你為什麼坐那裡？

麥可．張：別假裝妳不知道，妳爸該死的保鑣不讓我進去妳那排！

艾絲翠．梁：我發誓我根本不知道這件事，過來跟我們坐。

麥可站了起來，但他還來不及離開那排座位，一群賓客便佔了走道擋住他的路。並且走進他那排，然後一個身穿別緻的深灰色山東綢洋裝，搭配銀灰色起毛球短外套和黑手套的女人被帶到他旁邊的座位上。

艾絲翠目瞪口呆，回過頭對坐在她身後的奧利佛說：「是我產生幻覺了嗎？還是那邊那個人全身上下都穿了香奈兒？」

奧利佛轉過去看見隔著一個走道坐在他旁邊的女士。「我的天啊！」他低聲咕噥道。那是柯萊特，跟她丈夫帕利澤伯爵和英國大使坐在一起。他真是蠢到家了——英國伯爵當然會出席葬禮。他父親格倫科拉公爵是阿爾弗雷德．尚的摯友呀。

眼神銳利的南西．錢立刻湊了過來，小聲問奧利佛：「那女的是誰？」

「哪個女的？」奧利佛問，假裝不知情的樣子。

「跟那些紅毛坐一起的漂亮華人女生。」在他們兩人看向柯萊特時，她突然把頭髮撥到一旁，露出別在左肩上的巨大玉蝴蝶胸針。奧利佛臉色瞬間變得慘白。

南西幾乎要驚呼出聲，但她阻止了自己，反而說：「真是可愛的胸針呀，媽咪，妳看到那位女士別著的那個漂亮胸針了嗎？」她用力戳了戳蘿絲瑪麗．錢的手肘。

「噢，是啊。」蘿絲瑪麗頓了一會兒，「真漂亮。」

就在此時，毛駱庸牧師走上講壇，因為靠麥克風太近，聲音低沉有回音。「陛下、殿下、閣下、總統先生，各位先生、女士，容我介紹尚素儀最鍾愛的孫子艾迪森．鄭，以及獨一無二的……郎朗！」

群眾對於這位著名的鋼琴家進場興奮不已，當郎朗走向那架三角鋼琴，奏起一陣奇特熟悉旋律的前奏時，所有人的視線都集中在主要祭壇。主教座堂的大門忽地敞開，泰瑟爾莊園八名廓爾喀兵的身影出現在極其誇張的拱門下，肩上抬著素儀的靈柩。維克拉姆．格爾上尉是領頭的護柩人員，當他們緩慢地步進教堂正廳時，艾迪從側廊暗處走出來站到鋼琴前的位置，一束聚光燈打在他身上。所有在教堂觀禮的賓客皆起身以表敬意，靈柩沿著中央走道行進，艾迪的高音顫顫巍巍響起：

「在我的影子下，一定很冷吧——

陽光不曾照在你的臉龐……」

「你一定他媽的在開玩笑吧？」尼克喃喃地說，把臉埋進手裡。

「就為了這個，他們刪減你致詞的時間？」瑞秋很氣憤，又拚命地不要笑出來。

「你可知道你是我心目中的英雄——」艾迪放聲高唱，並未找到正確的音階。

維多莉亞蹙眉轉向費莉希蒂。「這到底……？」

費莉希蒂輕聲問艾絲翠：「妳知道這首詩歌嗎？」

「這不是詩歌啦，媽，這是貝蒂・蜜勒的〈翼下之風〉（*Wind Beneath My Wings*）。」

「她是誰？」

「答對了，她是阿嬤根本沒聽過的歌手。」

當警衛沿著走道繼續前進時，整個教堂在兩名忠誠的泰國侍女現身後，一下變得鴉雀無聲。她們一襲深灰絲綢洋裝，胸前別著單朵黑色蘭花，緊隨離靈柩五步遠的地方，眼淚順著臉頰緩緩流下來。

新加坡，聖安德烈座堂

追思會結束後，賓客都被請到教堂隔壁搭起的一座白色帳篷內，讓大家可以聚在一起享用精心安排的下午茶自助餐。這座帳篷是仿造素儀在泰瑟爾莊園的溫室而建，上百盆盛開的蘭花懸吊頭頂，每一張鋪著巴騰堡蕾絲的桌面上都放著來自素儀玫瑰園高聳的樹雕。一群服務生推著古董銀製餐車，上面擺著熱騰騰的大吉嶺紅茶和冰涼的麗葉酒；帶著白色廚師帽的大廚立於下午茶規格——擺滿長條三明治、搭配凝脂奶油的司康餅和娘惹糕——的餐桌旁。

尼克、瑞秋和艾絲翠選了一個安靜的角落，與他們的表親阿歷斯泰、雪赫拉莎德、露西亞一起追憶過去。

「其實我小時候滿怕阿嬤的。」阿歷斯泰承認道：「可能是因為我看所有大人都好像很怕她，所以我也跟著怕了起來。」

「真的？我一直覺得她是神仙教母。」雪赫拉莎德說：「記得好幾年前的暑假，我在泰瑟爾莊園四處閒逛的時候碰見素儀姑婆。當時她正站在巨大蓮葉的池畔，看見我的時候，她對我說：『芝怡，來。』——她總是叫我的中文名字。她看向天空，用舌頭發出短促尖銳的聲音。突然兩隻天鵝俯衝而下停到池塘上！素儀手伸進她常穿的那件藍色園藝外套的口袋裡，拿出小小的沙丁魚，天鵝划向她，輕輕地就著她的手吃沙丁魚，我徹底被迷住了。」

「是啊，那對天鵝就是常出現在植物園湖裡的天鵝。阿嬤常說：『大家以為牠們住在那裡，但其實這個池塘才是牠們的窩，會去植物園都是被餵食的遊客寵壞了，吃得肥嘟嘟的！』」尼克回憶道。

「真不公平，我覺得妳比我還了解素儀姑婆，雪赫拉莎德！」露西亞微微噘起嘴說。

瑞秋對露西亞笑了笑，隨即注意到卡爾頓若無其事地朝他們走來。「卡爾頓！你怎麼通過諾克斯堡的？」

「或許我收到某人的邀請也說不定。」卡爾頓說著眨了下眼，雪赫拉莎德頓時臉紅了起來。

「艾絲翠，能否借一步說話？」卡爾頓說。

「我？」艾絲翠面露驚訝。

「對。」

艾絲翠從椅子上站起來，跟著卡爾頓走到一邊。「有個朋友要我傳話給妳，要妳現在到北側走廊後的禮拜堂去一趟，沒騙妳。」

「噢、好。」艾絲翠聽完卡爾頓神祕的訊息後眉頭深鎖。她走出篷外，從側門進入教堂，朝北側走廊走去。當她走進位於凹室的小禮拜堂時，花了點時間讓眼睛適應昏暗的房間。一個人影從支柱後面走了出來。

「查理！我的天啊！你怎麼在這裡？」艾絲翠驚呼一聲，奔上前抱住他。

「我就是無法讓妳今天一個人。」查理緊緊擁抱她，不斷地吻著她的前額。「妳還好嗎？」

「大概吧。」

「我知道妳沒有刻意打扮，但妳今天看起來美極了。」查理說，對她那身衣領和裙擺帶有希臘回紋圖案的黑色及滕洋裝讚嘆不已。

「這件是我外婆的衣服，三〇年代的設計。」

「追思會布置得漂亮嗎？」

「我不會這麼說，很盛大，也很奇怪。婆羅洲蘇丹談到戰時我曾祖父是如何幫忙拯救他的家人，他講馬來話，全部內容都由一個精神飽滿的女人負責翻譯；然後我哥又發表簡短古怪的發言，聽起來好像滿州候選人一樣。最令人感動的時刻是在我外婆的靈柩被抬進教堂的時候，我一看見瑪德利和帕翠薇娣跟在後面進來時，就真的忍不住。」

「我知道妳今天一定很難過。我有個東西要給妳……」一開始我很掙扎到底該不該今天拿給妳，但我想或許這東西會讓妳心情變好。」查理從口袋拿出一個小信封遞給艾絲翠。她打開信封，抽出一張手寫信：

親愛的艾絲翠：

希望沒有打擾到妳，但我想向妳表示我很遺憾聽聞妳外婆過世的消息。她是個了不起的人，而且我知道她對妳很重要。以前我跟我阿嬤關係也很好，所以我能感同身受。

我還想向幾個月前我在新加坡對妳做的事道歉，那天我讓妳和妳的家人遭受痛苦及難堪真的非常抱歉。我想妳應該發現當時我失控了，從那天起到現在我已經徹底恢復，如今我只能希望並祈求妳能接受我由衷的歉意。

過去幾個月，我有大把時間接受治療並康復，重新審視我的生活。我很清楚現在的我並不想介入妳和查理之間，雖然妳可能不需要，我還是想祝福妳。查理這些年來對我一直很寬容，而我現在只希望他能過得好，因為妳我都清楚地意識到生命的寶貴，而且十分短暫，所以我想祝你們永遠幸福快樂。

伊莎貝爾・胡　敬上

「她人真好！」艾絲翠從信上抬起頭。「很開心她恢復得這麼好。」

「我也是。這封信是昨晚我載女兒過去時，她給我的。她很擔心妳會不想看。」

「怎麼會？我很開心你把信給我，這是今天發生最好的事，就好像我肩上的一個重擔終於卸下。你知道，整場追思會我一直在想我外婆最後跟我說的話，她是真心希望我能快樂，她希望我們別管服喪的規矩盡快結婚。」

「會的，艾絲翠，我答應妳。」

「我從未想過不願放手的人會是麥可。」艾絲翠嘆氣道。

「一切都會沒問題的，我有個計畫。」查理說。

突然一道從北側走廊傳來的回聲打斷兩人的談話，艾絲翠偷偷朝門外看了一會兒。「是我媽。」她用唇語對查理說。

維多莉亞、費莉希蒂和雅莉絲鬼鬼祟祟地通過走廊，走進另一頭的禮拜堂。房間中央放著素儀的靈柩。

「我跟妳說她假牙歪了。」費莉希蒂說。

「我看沒歪呀。」維多莉亞辯駁道。

「等著瞧吧，不管是誰，那個負責幫她打扮的禮儀師沒有把假牙裝好。」

「這樣不妥吧……」雅莉絲開口表示異議。

「我們這是為媽咪好，要是媽咪就這樣戴著歪掉的假牙火化，我會睡不好的。」費莉希蒂開始鬆開棺蓋。「來幫我一下。」

三人慢慢地抬起棺蓋，低頭看著她們渾身被金色長袍包裹的母親，平時嚴守紀律、意志堅定的三人這時都低聲啜泣起來。費莉希蒂伸手抱住維多莉亞，兩人開始哭得更厲害了。

「我們得堅強起來，現在只剩我們自己了。」費莉希蒂吸了吸鼻子，自我振作。「好笑的是她看起來竟有些可愛，她的皮膚比本來還滑順。」

「我們都來了，真的要讓這個法貝熱眼鏡盒跟著火化嗎？真浪費……」維多莉亞抽了下鼻子說。

「那是她的陪葬品，我們必須心存尊敬。」雅莉絲堅決表示。

維多莉亞嘲弄地對她妹妹說：「我覺得媽咪寫下這東西時，並未真的考慮到後果。她當然會希望我們在葬禮結束後把眼鏡盒拿出來吧？就像她的黃金頭飾一樣？妳知道她有多討厭浪費。」

「好啦好啦，那就把眼鏡拿出來放在枕頭旁，妳們誰來幫我打開她嘴巴。」費莉希蒂靠著棺材彎下身，抓著她母親下巴。

她忽地發出一聲尖叫。

「怎麼了？發生什麼事？」維多莉亞倒抽一口氣。

費莉希蒂叫道：「珍珠！那個大溪地的黑珍珠！我一打開她嘴，珍珠就滾進喉嚨裡了！」

新加坡，翡翠丘

現在是週六晚間十一點半，卡西恩終於不敵睡魔閉上眼睛。艾絲翠回到她的臥房，疲憊地陷進床上。綿長的一週過去迎來漫長的週末，外婆的葬禮結束後，她想把卡西恩給他爸幫忙照顧一天，讓她稍微養精蓄銳，殊不知她兒子早已回家，還喧騰了大半個晚上。艾絲翠傳了封簡訊給麥可：

艾絲翠．梁：一個簡單要求——卡西恩去你那邊的時候，你能不要讓他玩七個小時的魔獸嗎？他回來後整個人就像行屍走肉，很難搞定。我以為我們對玩遊戲這件事已有共識。

幾分鐘後，麥可回覆道：

麥可．張：別誇張了，他沒有玩七小時。

艾絲翠．梁：不管七小時還是六小時，時間明顯都太長了，明天要上學，他現在還醒著。

麥可．張：不知道妳的問題在哪裡，他@我家一直睡得很好。

艾絲翠．梁：因為你隨時讓他上床睡覺！他回來後行程都被打亂了。你根本不知道我要應付他整個星期。

麥可．張：這是妳自找的，他應該去念高登斯頓的。

艾絲翠．梁：上不上蘇格蘭的寄宿學校不是重點，我不想再跟你吵這個，我只是不明白既然你不想花時間陪他，幹嘛又要跟我爭著照顧他。

麥可．張：讓他不要被妳的不檢點影響。

艾絲翠懊惱地嘆了口氣。她知道麥可是存心想激她，而她不會落入他的陷阱裡。他現在就是為了他在她外婆葬禮受到的對待報復她而已，當她準備關機時，他的訊息再次跳了出來：

麥可．張：反正事情就快結束了，我會拿到卡西恩完整的監護權。

艾絲翠．梁：你是在作夢。

麥可，張：妳才是謊話連篇的賤婊子。

艾絲翠的簡訊程式當了一會兒，隨即傳來一個高解析檔。那是一張照片，艾絲翠和查理兩個人懶洋洋地躺在一艘航行南海的中國帆船甲板上，艾絲翠的頭親密地靠著查理的胸膛。艾絲翠認出這張照片是在五年前，麥可在香港投下一枚重磅炸彈，乞求結束他們的婚姻時，查理試圖使她振作起來發生的事。麥可下一條訊息寫道：

麥可．張：現在沒有法官會把監護權判給妳。

艾絲翠．梁：這張照片證明不了什麼，查理只是在你離開時安慰我。

麥可．張：「安慰」有包括口交嗎？

艾絲翠．梁：你為什麼講話一定要那麼難聽？你知道我根本沒劈腿，你才是那個假裝劈腿的人，想要結束我們的婚姻，讓我瀕臨崩潰，查理只是做了身為朋友會做的事。

麥可．張：炮友吧。我手上一堆照片是妳想像不到的。

艾絲翠．梁：我不知道你握有什麼照片，但我沒做錯任何事。

麥可．張：是啊，陪審團真的會信妳，等他們看見我手上的證據再說吧。

艾絲翠瞪著他傳來的訊息，臉因為憤怒而發燙。她馬上用快速撥號打給他，卻直接進入語音信箱。嗨，你打給的是麥可．張，這是我的私人電話，你一定是有要事，請留下訊息，若真是要事，我會盡快回電。呵呵呵。

在手機傳來嗶的一聲後，艾絲翠開口：「麥可，這一點也不好玩，我不知道你的律師給你什麼建議，但你這樣做最後只會傷害到自己而已。停止吧，為了卡西恩好，我們一起做出合理的協議。」

艾絲翠掛掉手機，放到床邊桌，接著關掉檯燈。她在一片漆黑中躺在床上，對麥可很生氣，但更氣她自己。因為她知道她誤中了他的陷阱。一開始她就不該傳簡訊給他，麥可只想讓她動搖，這一直是他最近聯絡時的目的。她的手機再次震了起來，而她知道麥可又傳了什麼煽動的訊息過來。她已經決定不要再看他傳來的訊息了，她必須睡一會兒，因為明天又是一個重要的日子——她外婆的遺囑公布將在早上十點準時開始。

她的手機再次傳來震動，簡訊一封接著一封傳來。艾絲翠把臉轉開不去看手機，閉上眼睛。忽然間腦海浮出一個念頭……萬一不是麥可呢？萬一是剛回香港的查理傳來的呢？她嘆了口氣，伸手去拿手機點開螢幕。

總共有三條訊息，全來自麥可，可真讓人意外啊。第一條簡單寫道：

為了卡西恩好。

第二條訊息是仍在下載中的檔案，第三條卻寫道：

我要五十億美元，不然妳永遠都見不到他。

過了幾秒，檔案下載完成。她下意識地點了圖示，出現一個大約三十秒的影片，而且是在夜視功能下拍攝，畫面是粒狀的。艾絲翠在黑暗中瞇著眼看著發光的螢幕，認出畫面裡一個女生渾身赤裸的背對鏡頭，跨坐在一個躺在床上的男人身上。這對男女毫無疑問是在性愛途中，當那名女子的身體產生痙攣顫抖時，她的頭轉了一下，艾絲翠這才清楚地發現床上的男人正是查理，而同時她意識到——帶著十足的震驚——影片中的那名女子就是**她自己**。

艾絲翠驚呼一聲，手彷彿被燙到一樣扔下手機。「天啊天啊天啊！」她喃喃自語著，隨即抓起手機企圖撥通查理的號碼，她的手指發著抖無法從手機叫出正確的選單，反而又播了一次影片。最後，她進入聯絡人介面，按了「查理1」——他的私人手機。

電話響了幾聲，查理接了起來。「寶貝，我才剛在想妳呢。」

「噢，查理……」

「妳還好嗎？怎麼了？」

「天啊，我不知道該怎麼說……」

「別急，我在這裡。」查理說，試圖表現冷靜，他聽得出她的聲音蘊含著恐慌。

「麥可剛傳來一個影片，是我們兩個人……」

「什麼影片？」

「他用簡訊傳給我的，是我們……做愛的影片。」

查理幾乎嚇到直起身子。「什麼？在哪？」

「不知道，我沒仔細看，我一看到你的臉就嚇壞了。」

「妳現在馬上傳給我！」

「呃，這樣安全嗎？」

「他媽的我哪知，妳用 WhatsApp 傳，這樣可能會安全一點吧。」

「好，等等。」艾絲翠再次點回影片，然後傳給查理。他陷入一陣冗長的沉默，她知道他必須仔細檢查影片。當他的聲音終於回來時，聽起來異常的冷靜。

「這是麥可剛傳給妳的？」

「對，我們剛剛用簡訊吵到一半，當然是為了卡西恩的事。查理，那真的是我們嗎？」

「對。」查理嚴肅地回答。

「是在哪拍的？怎麼會……？」

「是在我房間拍的，在香港。」

「那一定是去年拍的，因為我在正式與麥可分居後，才開始在你家過夜。」

查理突然呻吟一聲。「靠，我現在可能仍被監視中！我先出門再打給妳。」

艾絲翠在房間裡踱步，等著查理回電給她。她感覺自己一下變得疑神疑鬼的，麥可以前是國防部高層級的保全專家，他也在這個房間裡裝了針孔攝影機嗎？她抓起手機奔出房間，下樓去到設置在庭院的客廳。或許在寧靜的空間能使她冷靜下來。當她一屁股坐在光滑的白沙發時，忽地想到這整棟房子可能都遭到竊聽，這裡對她而言再也不安全了。她穿上拖鞋走出家門，站在午夜時分的翡翠丘路上，附近幾家露天咖啡廳依舊聚了很多人在閒聊暢飲。當她開始在街上漫步時，查理的電話打來了。

「查理！你還好嗎？」

「我沒事，我現在人在樓下，在車上跟妳說話。抱歉這麼久才打給妳，只是我得讓我的保全小組了解情況，他們現在正在對公寓做地毯式搜索。」

「你有叫醒克蘿伊和達芬妮嗎？」

「她們兩個今天都去參加睡衣派對了。」

「還好她們現在不在家。」

「麥可到底在玩什麼把戲？他知道這是犯法的嗎？」查理怒不可遏。

「自從我爸的保鑣阻止他在葬禮坐在家人那排後，他整個週末心情都很惡劣，他向我們提出全額索賠二十五億美元，不然就威脅要公開影片。他很確定我會失去卡西恩的監護權，那是我最不想看到的事情。」

「真不敢相信那混蛋會把自己親生兒子當作談判籌碼！」

「我們該怎麼辦，查理？我猜我家被監視了。」

「我明天會讓我的保全小組飛到新加坡，他們會處理的，一切都會水落石出。妳現在應該回家，沒事的，即使妳家被監視，至少我們知道是誰在看，反正不是某個竊盜集團想偷妳的錢之類的……」

「但有個混蛋想跟我要二十五億美元。」艾絲翠嘆氣道。

「我覺得我應該派一組隨扈跟著妳，我會找全世界最菁英的團隊……」

「你的口氣聽起來跟我爸很像，他一直想派保鑣給我。我不想活在牢籠中，查理，你知道我有多努力不成為眾人焦點。如果就連在自己的房子和家鄉都感覺不安全的話，我不知道繼續住在這裡還有什麼意義。」

「妳說得沒錯，我猜我現在只是太多疑了。」

「我現在在新加坡的街上閒逛，穿著居家亞麻洋裝和臥房拖鞋，根本沒人注意到我。」

「我猜妳錯了，我敢說街上所有的男人都在想這個半裸的辣妹是誰？」

艾絲翠笑了起來。「噢，查理，我愛你，即使經歷一連串煩人的事，你還是能逗我笑。」

「笑很重要啊，不然我們就輸給那混蛋了。」

艾絲翠繞了一圈返回她位於排屋間的住宅，坐在離她家大門僅一英尺的狹窄台階上。「輸或贏，這怎麼就成了一場鬥爭了？我只想我們所有人都能過得快樂。」

查理嘆了口氣。「對我來說，麥可很明顯不想過得快樂，他只想跟妳一直耗下去，所以他動不動騷擾我們，又磨磨蹭蹭不肯簽離婚協議。」

「你說的對，查理，今晚他傳那個影片給我只是想嚇我們，把我們趕出家門。」

「而他差點就要成功了，但妳知道，我們不會輕易被嚇到，現在我們都回屋裡去，鎖上門，絕不讓他再闖進來！」

雙陳事務所辦公室

座落於珠烈街六十五號的華僑銀行大廈之所以有「計算機」的暱稱，是因為其扁平的形狀及窗戶與按鈕墊相似。貝聿銘曾打算讓這棟灰色塔樓作為力量及安定感的象徵，畢竟它是華僑銀行的總部，這座島上歷史最悠久的銀行。

大多數人不知道，這棟大廈的三十八樓是雙陳事務所的辦公室——這是一家規模極小的律師事務所，但卻毫無疑問是影響這個國家頗深的法律巨人之一。這家公司幾乎是新加坡名門望族的代理人，不接收新客戶的委託——除非是特別推薦。

今天，玻璃櫃面的桃花心木服務台擦得格外透亮，客用洗手間裡也擺了玫瑰的鮮切花，每個職員都被通知要求打扮正式。還有十五分鐘就十點了，在素儀的子孫全體到場時，電梯門開始超時運作。梁家是最先抵達的——哈利、費莉希蒂、小哈利、彼得和艾絲翠[73]，碰見維多莉亞·楊和尤加拉一家；到了九點五十五分，菲利普、埃莉諾和尼克也進到擺有仿柯比意皮沙發的接待室加入他們。

尼克在艾絲翠旁邊坐下，說道：「妳還好吧？」他總是可以察覺他表姊是否不對勁。

73 梁家的第三個孩子亞歷山大和一名馬來西亞女子結婚，育有三個小孩，定居於加州的布蘭特伍德，已有十一年沒回到新加坡和與父親聯絡了。

艾絲翠笑了笑，試圖使他安心。「我沒事，只是昨晚沒睡好而已。」

「我也沒怎麼睡，瑞秋覺得我的身體處於傷心的狀態，但我還是覺得這是一場怪夢。」尼克說，大廳的老爺鐘同時敲響十點整，雅莉絲．楊－鄭偕同她丈夫麥爾坎、艾迪、賽希莉亞和阿歷斯泰進到房間。艾迪清了清嗓子，彷彿準備高談闊論一番，卻被走進接待室向眾人打招呼的凱思琳．賈打斷[74]。

凱思琳帶著全部人沿著走廊，穿過雙扇門進入主會議室。一張巨大的深色橡木桌佔據了整個房間，置於能俯瞰新加坡港全景的窗戶前。桌子另一端是素儀長期合作的律師弗萊迪．陳，對方正和阿爾弗雷德．尚、李歐納．尚和奧利佛．錢坐在一起喝咖啡。

我就知道阿爾弗雷德舅公會參與其中，但到底李歐納和奧利佛為什麼會出現在這裡？艾迪心想。

「大家早啊。」弗萊迪愉悅地說：「請各位自便。」

所有人圍著桌子坐了一圈，或多或少都以家庭為單位區分開來，唯獨艾迪選擇首席座位坐下。

「昨天的追思會挺厲害的嘛？艾迪，我都不知道你歌喉這麼好。」弗萊迪表示。

「謝謝誇獎，弗萊迪，我們可以開始了嗎？」艾迪殷切地提議。

---

74 除了亨利．梁的妻子凱思琳．賈，其他孫輩的配偶都沒有被邀請參加這場會議，因為她是雙陳事務所的資深合夥人，而身為一個傑出家族的後裔，以及公司提供百分之四十的可計數小時可能也有關。

「放輕鬆，孩子，還有一個人未到場。」弗萊迪說。

「還有誰要來？」艾迪問，突然覺得驚慌。

就在此時，從外面走廊傳來名設計師的昂貴高跟鞋踩在大理石上的聲響，接待員旋即打開會議室的大門。「夫人，請到這邊。」

賈桂琳．凌一襲紫色裹身裙興沖沖地走進房間，臉上仍戴著Res Rei的墨鏡，肩上披著一件藍色的聖羅蘭高級訂製大衣。「抱歉讓你們久等了！你們敢相信我的司機找錯地方了嗎？不知道為什麼他以為我們約在新置地大廈。」

「用不著道歉，現在十點才過幾分鐘，所以妳只是技術性小遲到，哈哈。」弗萊迪打趣地回應。

賈桂琳坐到尼克旁邊的椅子上，後者傾身過來在她的臉頰禮貌性的輕吻。弗萊迪環顧焦慮的眾人，決定是時候給他們一個痛快了。「我們都知道大家聚在這裡的目的，那就開始吧。」

埃莉諾露出緊張的笑容，菲利普往後靠到椅背上。阿爾弗雷德垂下視線看著那張奢華的漆木桌紋理，不知道是否是大衛．林利設計的作品。尼克向坐在對面的艾絲翠眨眨眼，艾絲翠則報以微笑。

弗萊迪按下一旁電話上的按鈕。「段，可以拿進來了。」一名穿著整齊的紅色毛衣背心和斜紋領帶的助手走進房間，隆重地拿著一個巨大羊皮信封夾。助手把信封夾放在弗萊迪旁邊的桌上，遞給他一支號角手柄的拆信刀。大家都可看見素儀的私人蠟封章將信封夾密封住。弗萊迪拿著拆信刀，從紅色的蠟封下方大動作一劃而過。艾迪猛地吸了口氣。

弗萊迪小心翼翼地從信封取出一份法律規格的文件，舉高讓房間裡的所有人都能看清楚是何文件，他接著念了起來……

尚素儀遺囑

我，尚素儀，於新加坡泰瑟爾大道的泰瑟爾莊園，撤銷先前所立之遺囑，並宣布本遺囑為本人最終遺囑。

1. 遺囑執行人　本人指定姪子李歐納・尚爵士及姪孫奧利佛・錢作為共同遺囑執行人。

（艾迪把目光投向他的表親，有點沮喪。阿嬤到底為什麼會選擇他們作為遺囑執行人？奧利佛我還能應付，但現在，噢、我不得不去拍那個裝模作樣的李歐納馬屁！）

2. 特定現金存款　本人將剩餘遺產以下述進行分配：

a. 三百萬美元由管家李阿玲繼承，鑑於她從十幾歲開始就以卓越奉獻的精神為我的家族服務。

（維多莉亞微笑。很好，這是她應得的。）

b. 二百萬美元由私人主廚林阿清繼承，鑑於她自一九六五年以來，便以她優秀的烹飪天賦滋養我整個家族。

（維多莉亞搖搖頭。要是阿清發現她拿的比阿玲少，絕對會大發雷霆的，今晚還是別喝湯好了。）

c. 一百萬美元由園丁主管雅各・特塞拉繼承，鑑於他對泰瑟爾莊園土地的細心照料，並將我們在這五十年來共同開發的蘭花品種所有權及未來專利留贈給他。

d. 各一百萬美元由我親愛的侍女瑪德利．衛蘇瓦隆和帕翠薇娣．波若佩昆繼承，並將泰瑟爾莊園金庫貼有兩人名字標籤的土生華人黃金及鑽石手鐲留贈給她們。

e. 五十萬美元由保全主管維克拉姆．格爾上尉繼承，鑑於他自一九八三年起便殷勤地保護我的人身安全。並將寺內壽一伯爵在一九四四年離開新加坡前，給我的十四年式手槍留贈給他。

（埃莉諾：哇，真大方！不曉得老太太是否知道他利用當日沖銷發了大財？）

f. 二十五萬美元由司機艾默．賓．約瑟夫繼承。並將我父親在我十六歲生日那年送我的 Hispano-Suiza J12 T68 敞篷車 75 留贈給他。

（阿爾弗雷德：該死！我想要那輛車！或許我可以跟他買。）

g. 各五萬美元由上述未提及剩下的泰瑟爾莊園職員繼承。

3. 特定動產

a. 本人的珠寶收藏將由本遺囑附錄A的詳細列表及泰瑟爾莊園金庫中的標籤進行分配。

（賽希莉亞．鄭─蒙庫：她何必多此一舉，大家都知道好東西早已屬於艾絲翠了。）

b. 所有未經特別指示的藝術品、古董級家用品將由本人生存之子女繼承，由遺囑執行人盡可能平均進行分配。下述幾點除外：

75 相較之下，一九三六年的 Hispano-Suiza Type 68 J12 敞篷車於二〇一〇年在亞利桑那州斯科茨代爾拍賣，售價為一百四十萬美元。

i. 所有青瓷收藏由女兒費莉希蒂・楊－梁繼承，我知道她會好好珍惜並保持完好。

（雅莉絲：哈哈哈！費莉希蒂的強迫症，媽咪寫的遺囑還真幽默！）

ii. 愛德華・維亞爾那幅一個女人倚靠在臥房窗戶旁的畫作由女兒維多莉亞・楊繼承。我知道她一直不喜歡這幅畫，所以我相信她一拿到就會馬上脫手，用賣畫的錢買下她一直掛在嘴邊的倫敦夢幻住宅。

（維多莉亞：儘管在墳墓裡批評我吧，但我已經在蘇富比房地產網站上買下一棟連排別墅。）

iii. 泰瑟爾莊園裡所有屬於我丈夫詹姆斯・楊爵士的東西由兒子菲利普・楊繼承。

（菲利普：我有打開數位錄放影機錄新一季的《綠箭俠》（*Arrow*）嗎？我等不及回雪梨了，真浪費我時間！）

iv. 本人的象牙及玉石印章由女兒雅莉珊卓・楊－鄭繼承，鑑於她是我的兒女中唯一真的認得中文字的人。

v. 聖塔瑪莉亞諾維拉杏仁香皂一盒由媳婦埃莉諾・宋繼承。

（房間裡的每個女人皆猛地吸了口氣，埃莉諾卻只是大笑。尼克一頭霧水地瞄向他的媽媽，賈桂琳悄聲對他說：「她這是讓每個人知道她覺得你媽不檢點。」）

vi. 本人的旗袍、禮袍、復古紡織品、帽子及飾品由珍愛的外孫女艾絲翠・梁繼承，鑑於她在任一方面都與我母親極其相似。

vii. 本人收藏的北宋李公麟所畫那幅萬馬奔騰的中國字畫由親愛的外孫女暨冠軍女騎師賽

希莉亞·鄭—蒙庫繼承。

viii. 本人更衣室的埃米—雅克·魯爾曼設計檯燈兩座以及毛姆所著《遠東故事》（*Far Eastern Tales*）初版簽名本由忠誠、幽默的姪孫奧利佛·錢繼承。

（奧利佛：讚啦。）

ix. 帕拉越蘇丹在我們金婚週年贈與我丈夫詹姆斯·楊爵士的一對愛絲普蕾藍寶石鉑金袖口由熱心的外孫艾迪森·鄭繼承。詹姆斯穿著樸素不戴袖扣，但我知道艾迪森沒有那麼害羞。

（艾迪：喔——！但裝腔作勢已經夠了，我們可以直接進入正題嗎？）

x. 本人沒有為我親愛的外孫小亨利·梁和彼得·梁留下具體的遺贈或規定，因為他們已從我丈夫詹姆斯·楊的遺囑繼承了大量遺產，而且我知道他們也從梁氏信託基金獲得充分的財產。

（小亨利·梁：什麼大量遺產？公公只留給我一百萬美元，而當時我還小！）

4. 歷史文件、照片、紀錄、私人信件及短期物品之遺產　本人在泰瑟爾莊園的所有私人文件的所有權、版權和知識財產權，包括全部家族照、信件、日誌和記錄，由我最摯愛的孫子，也是我們家族著名的歷史學家尼可拉斯·楊繼承。

5. 股份財產　本人在凌氏控股私人有限公司之一百萬優先股——凌尹超在一九五四年那場世紀麻將大戰輸給我的——由我鍾愛的教女賈桂琳·凌繼承，如果她比我先逝世，將由她女兒亞曼達·凌繼承。希望能因此矯正凌氏家族內部勢力的不平衡。

（賈桂琳泰然自若的臉色掩蓋了內心的感受：我親愛的素儀呀，妳解放了我！我的天，真希望我現在能給妳一個擁抱！費莉希蒂和她的妹妹們稍微皺了皺眉，不太清楚目前的狀況，但埃莉諾作為投資佼佼者，馬上在腦海裡計算：一百萬股份，而凌氏控股今天的股價大概是一百四十五美元一股，老天，賈桂琳就要發大財了！）

6. 剩餘財產　本人剩餘的財產包括：銀行的現金及其他金融商品——（新加坡華僑銀行、香港匯豐銀行、泰國盤谷銀行、倫敦霍爾私銀、瑞士藍道私銀）。存在這些機構裡的錢將用來支付本遺囑第二款的留贈金額。所有特定遺產贈予履行完畢後，我要求將剩下的財產成立新的慈善基金，並指定尼可拉斯・楊及艾絲翠・梁為基金會的共同執行人。

7. 不動產

a. 本人在馬來西亞金馬崙高原的房產及那塊八十畝地產內的所有物由我親愛的外孫亞歷山大・梁繼承，如果他比我先逝世，將由他的妻子莎莉瑪・梁和我的曾孫詹姆斯和安華・梁及曾孫女雅思敏・梁平均繼承，可惜我從未見過他們。

（哈利・梁感到震驚，這簡直就是狠狠地甩他一巴掌！費莉希蒂不敢與她丈夫對視，但艾絲翠忍不住咧開了嘴：我等不及用 Skype 告訴亞歷克斯這件事了，我想看他發現阿嬤把馬來西亞那棟雄偉莊園留給他這個孫子——因為跟一個土生土長的馬來西亞女生結婚而被親生父親斷絕關係——的表情。）

b. 本人在泰國清邁的房產及那塊三百畝地產內的所有物由我鍾愛的女兒凱薩琳・楊－尤加拉繼承，如果她比我先逝世，將由她的兒子傑姆斯、馬修和亞當平均繼承。

（凱薩琳開始抽泣，費莉希蒂、維多莉亞和雅莉絲全都直起身子，目瞪口呆地看著她。什麼清邁的房產？弗萊迪．陳頓了一會兒，毫不張揚地念起遺囑最終條款。）

c.本人在新加坡的房產將由下述家族成員按比例繼承：

本人唯一的兒子菲利普．楊——百分之三十

本人長女費莉希蒂．楊——百分之十二點五

本人次女凱薩琳．楊-尤加拉——百分之十二點五

本人三女維多莉亞．楊——百分之十二點五

本人么女雅莉珊卓．楊-鄭——百分之十二點五

本人內孫尼可拉斯．楊——百分之十

本人外孫阿歷斯泰．鄭——百分之十

署名：尚素儀

弗萊迪放下文件，抬頭看向每個人。費莉希蒂、維多莉亞和雅莉絲仍然試圖消化她們母親在泰國擁有祕密地產的事。

「繼續念！」艾迪不耐地說。

「我念完了。」弗萊迪回答。

「你說你念完是什麼意思？泰瑟爾莊園的繼承人呢？」

「我才剛念完那一項。」

「什麼意思？你根本沒提到泰瑟爾莊園啊！」艾迪頑固道。

弗萊迪嘆了一口氣，開始複誦遺囑的最後一款。當他終於念完後，房間完全陷入一陣靜默，而當所有人同時開口時，事情爆發了。

「我們**共同**繼承泰瑟爾莊園？」費莉希蒂問，完全被弄糊塗了。

「是的，妳擁有該地產百分之十二點五的特定股份。」弗萊迪解釋道。

「百分之十二點五……這又代表什麼？」維多莉亞咕噥道。

埃莉諾得意地對尼克笑了笑，然後低聲對菲利普說：「隨便你媽要怎麼羞辱我，但最後你和尼基拿到最多股份，這才重要！」

尼克隔著桌子看向他的表弟阿歷斯泰，後者難以置信地搖搖頭。「不敢相信阿嬤真的在她的遺囑留了點東西給我。」

「可不只一點。」尼克笑著說。

目睹尼克和他弟之間的交流，此時的艾迪更加憤怒無比。他突然猛地站起身來，吼道：「**這全都是鬼扯**！我的泰瑟爾莊園股份呢？給我看遺囑！你確定這是最新的那份嗎？」

弗萊迪冷靜地看著他。「我可以保證這是你外婆最終的遺囑，她簽名的時候我人就在現場。」

艾迪從他手中搶過文件，快速翻到最後一頁。頁底蓋了一個公證印章，並附有一段文字：

在費歐娜．佟－鄭與阿爾弗雷德．尚的見證下署名

二〇〇九年六月九日

艾迪的眼睛瞪得老大，幾乎脫眶而出。「幹他媽的，我**老婆**是見證人？」

「沒錯。」弗萊迪回答。

「那蠢貨從來沒跟我說過！而且這是在**二〇〇九**年簽的？怎麼可能？」艾迪說，差點尖叫出聲。

「不要再問蠢問題了，你這白癡！她就是拿筆簽名！」阿爾弗雷德忍無可忍地斥責道。

艾迪無視他的舅公，繼續問：「這代表她從未改過遺囑？在尼克跟瑞秋結婚後也沒改？」

尼克意識到他表哥說得沒錯，他們不斷猜測他的名字是否被剃除，到頭來卻發現他奶奶從未放棄最初的決定。她把泰瑟爾多數股份留給他爸，知道總有一天這些股份會傳到他手中。他突然感到一股強烈的愧疚湧向心頭，他為什麼要耗費這麼多年生他阿嬤的氣？

但艾迪仍沒有住口的打算，他大步流星地走到弗萊迪．陳的位置旁，責難地直視他的眼睛。

「那天你來看我外婆的時候，**你跟我說**我會成為主要的受益人！」

弗萊迪一臉怔住的樣子。「我不知道你在說什麼？我根本沒說過那種話。」

「你說我『令人敬佩』！」

弗萊迪幾乎啞然失笑，但看見艾迪的表情，他試著減輕他的打擊。「艾迪，因為當時你戴了百達翡麗錶，所以我玩了雙關語。你戴了一百五十週年推出的**機械跳時錶**，是我最喜歡的其中一款錶。」

艾迪狐疑地看著他，隨即尷尬地一屁股坐回椅子上。雅莉絲同情地看了她兒子一眼，轉向那名律師。「弗萊迪，我不太清楚我母親的財務資產該如何分配，她其他的股票和尚氏企業的股份呢？」

弗萊迪看起來非常不自在，把椅子轉向阿爾弗雷德的方向。

「除了凌氏控股，妳母親沒有其他股份。」阿爾弗雷德說。

「但媽咪有龐大的股票投資組合——她跟我說她每個績優股都有市場！難道她不是吉寶企業、羅賓森中心和新加坡報業控股的最大私人股東嗎？」費莉希蒂辯稱道。

阿爾弗雷德搖搖頭。「她不是，我是。」

「但你們的股份不是共有的嗎？作為尚氏企業的共同所有人？」

阿爾弗雷德靠回椅背，看向費莉希蒂。「有些事妳必須了解……尚氏企業——船運、貿易，以及我們在世界各地所有的商業利益——都是由尚龍馬基金控管。妳母親是這支基金的受益人，不是所有人。」

「那尚氏企業是誰在管理？」雅莉絲試圖挑明一切。

「我再說一次，尚氏企業是由這支基金控管，而我是這支基金的首要管理人。你們祖父的遺囑規定這支基金要傳給家族的男性。只有尚家的男性能繼承，你們也知道，他非常的食古不化。」

「那我媽咪的財產從哪兒來的？」雅莉絲問。

「她沒有財產，基金會支付她所有花費。我父親的遺囑寫得非常明確，他規定『基金會終生負責素儀的任何日常所需、欲望及突發興致』，我們也照辦了。」

「基金支付所有花費？」費莉希蒂感到不可置信。

阿爾弗雷德嘆氣道：「所有。正如你們所知，你們的媽媽對錢毫無概念，她生來就過著公主般的生活，如此活了九十個年頭。支付你們的成長費用，維持她在泰瑟爾莊園、金馬崙高原，任何她踏足的地方的生活品質。妳以為這麼多年來維持七十名職員需要付多少錢？還有每週五晚上都舉行的盛大宴會？相信我，你們的母親耗資鉅額。」

「現在信託基金會支付什麼費用？」維多莉亞問。

阿爾弗雷德靠回椅背上。「這個嘛……什麼都不會付。基金已經履行對你們母親的所有信託義務。」

維多莉亞看著她的舅舅，幾乎不敢提下一個問題。「所以你的意思是我們不會從尚氏信託基金繼承任何東西？」

阿爾弗雷德嚴肅地搖搖頭。房間一下陷入沉默，所有人都沉浸在這個重磅炸彈的衝擊中。

費莉希蒂一聲不吭地坐著，她舅舅的話在她心底緩緩下沉。她一直以為她母親作為豪門的繼承人，是價值數千億的帝國所有人之一，現在才發現原來她從來沒有參與其中。反過來說，這表示她將不會從尚氏企業繼承任何一毛錢。她根本不會成為豪門繼承人，她只拿到房子百分之十二點五的股份，就跟她的妹妹一樣。但這樣不對，她是最大的小孩，媽咪怎麼能這樣對她？整理一下心緒，她堅決地對上阿爾弗雷德的目光，問道：「媽咪的銀行裡有多少存款？」

「說真的，不多。她的某些帳戶非常久遠。霍爾私銀只有大概三百萬英鎊——她從我母親那邊繼承這個帳戶，那是我母親從銀行訂購東西的消費帳戶。瑞士的藍道私銀存放金條，真的只是為了世界陷入絕對困境的防護措施。我會說她總資產大概有四千五到五千萬吧。」

弗萊迪打岔道：「但那些會自動用於支付她留給阿清、阿玲等人的遺產。」

維多莉亞不滿地對弗萊迪皺起眉頭。「我不信！我不信媽咪一直以來只有這麼少錢！」

弗萊迪嘆了口氣。「她的確有個主要的收入管道，就是她凌氏控股的優先股。她的一百萬股票配有十分可觀的股息，但她把所有股息再次投資買進更多股票。她所擁有的股票在今日價值估計約五億美元。但你們也知道，那些股票已有人繼承了。」

他們一臉驚恐地盯著賈桂琳。素儀漂亮的教女竟然自動從他們媽媽那兒繼承比他們更多的財產。

「所以你的意思是，我們從我媽那邊繼承唯一有實質收入的東西就是泰瑟爾莊園？」費莉希蒂慢慢地開口，彷彿不願相信自己會說這種話。

「那其實也不算少。現在要賣的話，泰瑟爾莊園的市值可超過十億美元。」

「二十億。」阿爾弗雷德插嘴道。

維多莉亞猛地搖了搖頭。「但我們不能賣掉泰瑟爾莊園！這棟房子必須在我們家族名下，那樣我們能得到什麼？什麼也沒有！我要靠賣掉維亞爾那幅可悲的畫來過生活嗎？」

費莉希蒂眼眶含淚地看向她丈夫，聲音顫抖地說：「如果我們被迫賣掉泰瑟爾莊園，我也只能拿到幾百萬元，我就要變成一個**沒沒無聞**的人了！」

哈利鼓勵地捏了捏她的手。「親愛的，妳是我老婆，妳是潘斯里梁太太，我們有自己的財產。妳絕對不會沒沒無聞。」

菲利普突然站起身來，整場會議第一次開口：「這顯然是媽一直以來的計畫，如果她想要我們其中一人繼承泰瑟爾莊園，就會直接留給他。但她把房子分給所有人，她知道如此一來我們只有一條路可走。她想要我們賣掉那棟該死的房子！」

新加坡，登布西山

PS咖啡廳是座落於登布西山前軍營公園地中的一塊綠洲。尼克跟著艾絲翠進入這個幽靜的環境，方才感覺自己能輕鬆地呼吸。

彷彿感應到他的想法，艾絲翠說：「很高興我們終於擺脫了。」

「在律師事務所跟整個家族的人待上兩小時……我覺得我要花一年才能恢復過來！」尼克笑著說，環顧四週看看瑞秋和卡爾頓到了沒。「噢，他們坐在角落那。」

「所以你明晚有個火辣的約會？」瑞秋打趣道。他們的座位就在玻璃櫥窗旁，說這話時兩人正沐浴在陽光下。

「希望是個火辣的約會！妳知道，有時候真正約出去後情況就會急轉直下。」卡爾頓說，喝了一口他的荔枝萊姆汽水。

「你和雪赫拉莎德上禮拜根本形影不離，都到這地步了，真不知道你要怎樣才能搞砸耶。」瑞秋抬起頭，看見尼克和艾絲翠穿過人滿為患的餐廳朝他們走來。「他們來了，我來問問艾絲翠……」

「不行！」卡爾頓害羞地說。

「問我什麼？」艾絲翠問，傾向瑞秋在她臉頰吻了下。

「以妳專業的意見，妳覺得卡爾頓約妳表妹出去不好嗎？」

「什麼，真的約會？我還以為他們已經到要去賭城結婚的地步了呢！」艾絲翠調侃道。

「別說了，我還不確定她是不是那麼喜歡我。」卡爾頓說。

「卡爾頓，如果她不喜歡你，你根本沒機會接近她。」

「真的？」卡爾頓有些懷疑。

艾絲翠坐到他旁邊。「首先，她父母對她的保護到了病態的地步，你也見過她的隨扈。我聽說她在巴黎不管去哪裡都有便衣探員跟著她，就連她自己都不知道是誰。但除此之外，雪赫拉莎德從十幾歲就害慘了無數人，我還沒見過那麼多癡心的年輕人為了她心碎呢。但你，酒窩先生，卻已通過羅馬禁衛軍的阻撓。」

「所以你要帶她去哪約會？」尼克語帶激勵。

「我在想要悠閒一點……或許去三十三酒吧之後，再來點酒後散步之類的。」

艾絲翠露出嫌棄的臉色。「你可能需要重新考慮一下。」

「卡爾頓，你得提升約會的品質才行，雪赫拉莎德．尚可不是那麼容易被打動的人。」尼克告誡道。

「好吧，我會注意的。」卡爾頓笑著說。

同一時間，瑞秋則心繫公開遺囑的結果，有些坐立難安。「好了，別再討論卡爾頓的感情生活了，你們怎麼樣？一切都……呃、還好嗎？」

尼克看向窗外。從他坐的位置看來，整間咖啡廳彷彿就像玻璃樹屋，而他只想跳到窗外，藏身於樹葉之中。「我不知道，我根本沒法思考，艾絲翠，妳覺得呢？」

艾絲翠往後靠到椅背上，重重地嘆了口氣。「我從來沒待過氣氛如此沉重的地方。有很多意外，我想大家當時都受到了驚嚇，特別是艾迪。」

「為什麼？」瑞秋問。

尼克輕輕笑了一下。「那可憐的傢伙以為自己會繼承泰瑟爾莊園。」知道瑞秋腦海冒出一個大問號，他繼續說：「也不是我繼承，我拿到了一小份，但泰瑟爾莊園就像一輪起司一樣瓜分給我爸、他的姊妹……還有阿歷斯泰，就是這樣。」

瑞秋張大了嘴。「阿歷斯泰？天啊，難怪艾迪嚇得不輕！」

「今日驚嚇，明日殘害手足。」艾絲翠打趣道。

「那妳呢？艾絲翠，妳對自己沒分到房子的一份覺得驚訝嗎？」瑞秋問。

「我沒想過我會呀。阿嬤把她知道我會珍惜的東西留給我，我就很高興了。」艾絲翠的電話響了起來，看到是查理來電，連忙站起身，說道：「等會兒回來，服務生過來的話，可以幫我點一杯蜜桃荔枝氣泡飲嗎？」

艾絲翠離開座位後，瑞秋問：「如果房子分給那麼多人，那要怎麼處理？」

尼克聳聳肩。「我猜這就是他們現在試圖搞定的事吧。其他人都回去開重要會議邊吃午餐了。」

瑞秋手伸過桌面捏了捏尼克的手。她只能想像目前的情況對尼克來說有多艱難，坐在那間辦公室，看著他奶奶整個人生如何分崩離析。她話鋒一轉，用輕鬆的語氣說：「我們點餐吧，我餓死了，我聽說這裡的虎牌啤酒和炸魚薯條很好吃。」

艾絲翠站在咖啡廳庭院，憂心地聽著查理跟她解釋情況。「我的保全小組搜過了，把我的公寓徹底搜了一遍，什麼也沒找到。隱藏攝影機、監視設備……什麼都沒有。我剛也接到新加坡來的報告——妳家也一樣什麼都沒找到。」

艾絲翠蹙起眉頭。「這是什麼意思？」

「我也不確定，我們在我床上被拍到這件事很不可思議，但沒人知道是怎麼拍到的。」

「會不會是無人機拍的？」艾絲翠感到納悶。

「不，角度不對。我們研究了影片的每個畫面，這影片一定是從床腳拍的，不是窗外。不管是什麼裝備現在已經不在了。」

「噢，那還真是安慰啊。」艾絲翠刻薄地說：「所以裝那東西的人又回來毀跡。」

「看起來是這樣沒錯。聽我說，我從以色列請了更多專家來做另一次評估，我要他們更仔細徹底地搜查，然後我會讓他們過去新加坡到妳家徹查一遍。在那之前，在我們查清真相前，我覺得妳最好不要回去。」

艾絲翠靠在一根柱子上，沮喪地嘆了口氣。「不敢相信會有這種事，感覺備受侵犯，好像我已經無處可去了。這裡到處都有麥可的眼線。」

「不然妳來香港怎麼樣？我現在在半島酒店，住在他們的半島套房，國家元首都會住這裡，這真的是目前最安全的地方了。」

「感覺如果現在我離開了，就好像輸了一樣。麥可會知道我們被他嚇到了。」

「艾絲翠，聽著，記得我昨天說的嗎？我們不會讓麥可贏的，我們不會讓他稱心如意。妳不是逃跑，而是來香港找我度過一段美好時光，為我們的婚禮做準備。妳外婆的葬禮結束了，我們也會開始我們的生活。」查理安慰地說。

「你說得沒錯，我會去香港。我們還有婚禮要準備！」艾絲翠宣布，聲音重燃活力。

新加坡，泰瑟爾莊園

就連樓下傭人活動的區域都能聽見艾迪在大吼大叫。阿玲、阿清和十幾名女傭在廚房的窗旁伸長了脖子，專心聽著從艾迪和費歐娜留宿的房間飄到樓下的聲響。

「幹他媽的！妳一直知道我外婆遺囑的內容，卻什麼也不跟我說！」艾迪吼道。

「我說了我什麼都不知道！我只是簽名的見證人，你還不懂嗎？我不會坐在那看她的遺囑！」費歐娜爭辯回去。

「怎麼可能？」

「小聲點，艾迪！別人會聽見！」

「我管誰會聽見！我要全世界的人都知道妳有多白癡！妳明明有機會看遺囑卻不看！」

「我是尊重你外婆的隱私！」

「隱私個屁！那我呢？為什麼我他媽的得不到應有的尊重？」艾迪持續咆哮。

「我不要再坐在這受你折磨了！吃顆抗抑鬱藥冷靜一下吧。」費歐娜從他們房間的長沙發站起來準備離開，但艾迪猛地一把抓住她。

「妳還不懂嗎？妳毀了妳小孩的人生，也毀了我的！」他叫道，抓住費歐娜的肩膀前後搖晃。

「放開我，艾迪！」費歐娜放聲尖叫。

「唉唷！那個艾迪做得太過火了。」阿清在聽見他的吼聲時，搖了搖頭。「聽起來他好像沒繼承到這房子，對不對？謝天謝地！」

「如果他覺得素儀會把房子留給他，他就是個大笨蛋！」阿玲附和道。

就在這時，一個東西撞到鑲嵌地板的沉悶聲響傳來。廚房裡，年紀輕輕的中國籍洗碗女傭家怡嚇了一跳。「我的天啊！他打她了嗎？聽起來她好像摔到地上了！幫幫忙啊！阿玲，我們該怎麼辦？」

阿玲只是嘆了口氣。「我們不該插手！記住，家怡，我們什麼也沒看見，什麼也沒聽見。那就是我們的職責，現在把前五道菜端到飯廳。快去！該餵食了。」

正當廚房其他女傭動起來時，家怡反而趕到艾迪的臥房。費歐娜對她一直很親切，她不准任何人傷害她。她上了樓梯去到客房所在的走廊，在她靠近他們的房間時，可聽見一個痛苦的呻吟聲。家怡慢慢打開門，輕聲問：「太太，妳沒事吧？」她往房內看去，看見艾迪蜷縮在地板上，頭枕著費歐娜的大腿。費歐娜席地而坐，宛如《聖殤》般的姿勢，在他像個男孩不住地抽泣時，冷靜地撫摸他的頭髮。她抬頭看向家怡，後者迅速地關上了門。

位於泰瑟爾莊園的飯廳，每個人都坐在由上海偉大的藝術家黃鵬帆所設計的桃花心木餐桌旁。阿玲和阿清預料這將會是一頓爭論不休的午餐，因此準備了楊家兄弟姊妹從小愛吃的菜——南瓜大蝦麵（凱薩琳的最愛）、臘腸炒飯加蛋（菲利普的最愛）、薑汁蒸白鯧（費莉希蒂的最愛）、糯米雞（雅莉絲的最愛）以及約克郡布丁（維多莉亞的最愛）。這些菜的相互矛盾，也只有他們的配偶才注意得到。

維多莉亞用叉子舀了一口布丁放進嘴裡，首當其衝開了第一炮。「菲利普，你說我們應該把泰瑟爾莊園賣了不是認真的吧？」

「我不知道還有什麼選擇。」菲利普回答。

「我們可以賣給你呀？你有最多股份，我們用家人折扣賣給你，這樣大家都可以保留自己的房間，泰瑟爾莊園就可成為我們家族的私人飯店。」

雅莉絲從她的五香雞肉飯抬起頭。維多莉亞這到底是什麼鬼建議？她可一點都不想打折出售她的股份。

菲利普搖搖頭，滿嘴的炒飯。「首先，我付不起你們每個人的股份，但那不是重點。我買這房子要幹嘛？我一年大部分的時間都住在雪梨——我不想為了照顧這隻『白象』[76]傷腦筋。」

「小凱，妳想留下泰瑟爾莊園嗎？妳買得起，對不對？」維多莉亞滿懷希望地詢問她的姊姊。

「這裡的每個東西都會讓我想起媽咪，讓我觸景傷情。」凱薩琳心事重重地說，胃口不佳地捲起麵條。

雅莉絲開口：「小凱說得對，媽咪走了，這棟房子已經跟原來不一樣了。媽咪明顯希望我們賣了它，她知道我們沒人真的想留下這棟房子。」

76 指所有者無法處理，又消耗巨大，沒有實質效用的資產。

維多莉亞看起來很苦惱。「那我怎麼辦？我要找間**公寓**搬進去嗎？天啊，感覺我突然成為『家道中落』的一員！」

「維多莉亞，現在沒人在乎這個。」雅莉絲反駁道：「看看我們的朋友和親戚——錢家、陳家和尚家。我們認識的人沒人還死守著舊宅不放，茂物宮、歐式別墅牛頓路三十八號、翡翠之家這些宏偉的建築早就不在了。就連指揮大樓都成了該死的瑞銀集團一部份。我在總共三房的公寓住了好幾十年，也很滿意。」

哈利贊同地頷首。「我夢想著享受住在小地方的滋味，就像那些建屋發展局的公寓！原因是我聽說最近這些公寓都有電梯！[77]」

雅莉絲環顧餐桌上她的兄弟姊妹，說道：「像這種規模的住宅幾乎已有一個世紀沒在市場出現了——就跟紐約的中央公園要出售差不多。在這個街區，賣屋的現行酬金是每平方英尺一千美金，這棟房子總共兩百八十萬平方英尺，就相當於二十四億美元。但我認為開發商會願意花更高的價格買下這裡，到時會有一場競價戰。相信我，我在香港有多年炒房的經驗，我們得循序漸進妥善安排，因為這是我們發大財的機會。」

維多莉亞誇張地嘆了口氣，雖然她暗地裡已在幻想要放在她倫敦的聯排別墅門階上的樹雕。「好吧，我們就把房子賣了吧，但我們不能一下就把它賣了，現在時機不太合適。」

77 很明顯，哈利．梁一生都未踏進建屋發展局的公寓，但就像其他毫無自覺按百分比領取津貼的人，總幻想降低生活品質，住進建屋發展局的公寓，表示：「因為我有資格。」

「我覺得我們至少要等六個月再賣，才不會被認為我們貪得無厭。」費莉希蒂邊啃她的魚骨邊說。

菲利普喝了口咖啡，皺了皺眉。「好啦，那我今晚就要回雪梨了——我再也受不了喝不到正統奶油咖啡的日子。六個月後我會回來，我們就可以正式拋售這棟房子。」

就在此時，阿玲走進飯廳通知他們一個消息：「有個東西剛送達，我覺得你們應該來看一下……」

兩名廓爾喀兵推著一台大型平板車進來，上面堆滿了五顏六色的禮盒，全來自巴黎的拉杜麗甜點店。一盒盒的松露巧克力和馬可龍蛋糕——出自傳奇甜點師之手的各種美味糕點。在這些精心擺設上方的是一個焦糖奶油鬆餅，前面附上一張巨大的浮雕卡片。阿玲抽出那張卡片遞給菲利普。他打開看了眼笑出聲來。

「是什麼？」埃莉諾興奮地問。

菲利普大聲念出卡片內容。「天運置業預祝楊家在即將來臨的羊年繁榮昌盛。我們誠摯地表示願以十八億八千萬的價格提出延長現金報價，收購泰瑟爾莊園。」

費莉希蒂倒吸了口氣，雅莉絲則面帶假笑地轉向維多莉亞。「我覺得我們不用擔心會被認為貪婪無厭了。」

新加坡，古魯尼園路二十八號

凱蒂聽見汽車返家的聲音時，正穿著誘人的Araks單肩連身泳衣飄在泳池中間的充氣沙發床上。她派女傭去雜誌店搜刮今晨上架的最新一期《快速時尚》，等了一個小時早已失去耐性。正當她把沙發床划到泳池畔時，女傭急急忙忙抱著一疊雜誌走下石階，司機緊隨其後，手裡同樣抱了一大疊。「怎麼這麼久？」凱蒂問。

「很抱歉，太太，書店開門前我們就到了，但他們得先把雜誌拆封一一掃描到電腦裡。不過我們把四十本全買了回來。」說著，她把自己那疊最上面那本遞給凱蒂。

雜誌包著塑膠套，封面一個巨大的金色線框，配上怵目驚心的標題：「史上最狂主題！」凱蒂拆著包裝，想趕快拿到雜誌，感覺心跳加速。她等不及看到自己的照片出現在封面，位於標題「凱蒂公主」下方。沙發床晃來晃去，她濕漉漉的指尖一直從塑膠套上滑掉。

「我來幫妳！」女傭說，察覺到女主人的興奮。她撕開包裝，將平滑的雜誌從封套拿出來遞給凱蒂。

凱蒂盯著封面，從一臉期待變成驚恐，《快速時尚》封面上那個與她對視的是柯萊特和她丈夫路西恩的照片。兩人坐在早餐桌前，旁邊還有一隻大猩猩。

「啊——！這是什麼？妳買錯了！」凱蒂維持横臥的姿勢大叫。

「沒有呀，太太，這是最新一期，全新的。我親眼看見店員從箱子拿出來。」

凱蒂仔細察看封面，標題寫著：「叢林之王：帕利澤伯爵夫婦。」

「不……不可能！」凱蒂從沙發床上坐起來，發狂地翻開雜誌尋找她的特輯，弄濕了頁面。尼祖．百克替她拍的美照去哪兒了？哈沃德親她臉頰的照片呢？到處都找不到。相反的，這集雜誌的專題報導是一篇長達十頁的文章，專門介紹柯萊特及其丈夫造訪蘇門答臘的情況，還附上照片。像是柯萊特坐在河畔的鍛鐵桌前，為一群猩猩舉辦茶會、跟著一團靈長類動物學家在雨林中跋涉，以及抱著一隻小猩猩的照片。

這時，凱蒂的氣墊已飄到泳池中間，她朝女傭吼道：「把我手機拿來！」

凱蒂生氣地按著她的電話打給奧利佛．錢，電話響了好幾聲才接通。

「奧利心靈熱線。」他開玩笑地說。

「最新一期的《快速時尚》你看了嗎？」凱蒂問，聲音因憤怒而顫抖。

「沒有，是今天上市嗎？這週我人在香港還沒看。恭喜呀！看起來怎麼樣？」

「恭喜？去看封面再來跟我說我他媽的看起來怎麼樣！」凱蒂大吼了聲，隨即掛斷電話。

靠，現在又怎樣了？奧利佛心想，難道他們最後選了她整過的鼻子拍起來稍微不好看的那張？他根本不可能在香港買到新加坡的《快速時尚》，但或許這一期已經上傳到網路上了。他打開搜索引擎登錄《快速時尚》雜誌的網站，不到幾秒便進入網頁，最新一期的封面跳了出來。

「幹他媽的！」奧利佛罵道，開始瀏覽文章：

生態戰士公主：帕利澤伯爵夫人柯萊特獨家專訪

帕利澤伯爵夫人毫無排場地走進英國駐新加坡大使館的花園，沒有私人助理或公關隨行。她跟我握了手，立即關心起我坐在太陽底下的情況，會不會太熱？需不需要換個位置？有人送上冷飲了嗎？

這位女士與我想像中的樣子大相逕庭。過去的柯萊特．邴，曾是最有影響力的時尚部落客——擁有超過五千五百萬追蹤者——現在就坐在我面前，穿著一件簡單典雅的Erdem碎花洋裝，完全沒有化妝，除了威爾斯金打造的婚戒，並未配戴任何首飾。我問她身上的洋裝是誰設計的，她笑了笑說：「這是Laura Ashley的衣服，是我在我家附近村莊的樂施會商店垃圾箱裡找到的。」

這個回答首當其衝暗示了伯爵夫人的生活看似平凡，卻也沒那麼簡單。她提到的村莊名叫伯福德，或許是英國最迷人的村莊之一，伯爵夫人與她丈夫帕利澤伯爵路西恩．蒙塔古－史考特也定居於此。兩人住在隱蔽的吉德列城堡中，裡頭共有十個房間、漂亮的老舊牧師住宅。那座城堡正是她公公格倫科拉公爵位於德比郡共三萬五千英畝的房產。

傳聞邱吉爾莊園出身的室內設計師亨麗埃塔．斯賓塞－邱吉爾一直忙於讓這棟小屋變成幸福樂園。但當我向伯爵夫人問起時，她只簡單地表示房子正在重新裝修，隨即把話題拉回到當前的議題上：「我的生活很無趣，談談蘇門答臘吧。」她露出熱情洋溢的笑容。

蘇門答臘是伯爵夫婦最近花這麼多時間在這些地方的原因。伯爵——眾所皆知的環境保護專家——和伯爵夫人實際上是在蘇門答臘認識的。「當時我有點漫無目的，獨自一人在印尼境內旅行了幾個月。」伯爵夫人坦承。「偶然在峇里島遇到路西恩，然後他跟我說他要去蘇門答臘某個偏遠地區，我很快便決定跟他一同前往。」

而這個決定永遠改變了她的人生。「路西恩帶我去猩猩救援中心，那是我第一次接觸到發生在這裡的可怕環境悲劇。蘇門答臘猩猩在保護現狀被列為『極危』，而由於森林濫砍及非法盜獵，目前數量急遽減少。猩猩寶寶被賣給野生動物貿易協會，捕捉猩猩寶寶的方式就是先殺母猩猩。每一隻出售的猩猩寶寶，估計就有六到八隻成年猩猩會在捕捉過程中死亡，你能想像嗎？」伯爵夫人說，原先像珍珠般白皙的臉龐因為憤怒而漲紅。

伯爵夫人在蘇門答臘第一週看到的情況讓她領悟到人生中獨特的使命：讓世人知道這場環境悲歌，倡導改變。「人們會談論亞馬遜，但在東南亞這個區塊發生的事更讓人恐懼。罪魁禍首就是棕櫚油業。每個人都應該停止購買含有棕櫚油的產品！為了尋找更多土地發展棕櫚林，遠古雨林被焚燒殆盡，完全消失，因此造成許多物種滅絕。紅毛猩猩是地球上最珍貴的物種之一，在二十五年內就可能在野外銷聲匿跡。」伯爵夫人眼眶含淚地痛訴。

「此外，看看大規模森林大火及人為毀林對此區域造成的環境傷害——看看新加坡如今的空氣品質，只要深呼吸立刻就能感受到森林大火對我們的影響！」

採訪到一半，伯爵夫人的丈夫走到露台上加入談話。他是一個身材高挑、非常英俊的英國小伙，一下便讓我聯想起《公主新娘》（*The Princess Bride*）的衛斯理。我對這位伯爵閣下如此平易近人感到驚訝，當他談起自己的新婚妻子時，整張臉就像癡情少年般亮了起來。「柯萊特對猩猩寶寶奉獻的精神——對待牠們的態度，毫不畏懼手會弄髒，全心全意地做這件事的樣子讓我很驚訝，我才會毫無保留地愛上她。我知道我找到了我的生態戰士公主，我們在營區度過一段時光後，我就再也不想讓她離開了。」

「我們的任務才剛開始，也有太多事要去完成，所以我們決定接下來的幾年要搬到新加坡居住。」伯爵夫人透露了這個訊息。「這裡會是我們在這整個區域工作的最佳地點。」伯爵附和道。

伯爵及其夫人會徵用新加坡最昂貴的住宅嗎？「我不確定我們是否會在這裡待很長時間，所以我們會在市中心租個小公寓。」伯爵夫人回答。為避免各位被誤導認為帕利澤伯爵夫婦把貂皮長袍和王冠藏起來，反而鍾情於工裝褲與涼鞋，柯萊特表示她正在策畫一場活動，能讓本文的讀者爭搶他們最好的珠寶。

「我準備與我的朋友劍橋公爵夫人和蔻妮莉雅．格斯特，共同籌辦一場紅毛猩猩救援慈善募款晚會。她們兩人都是專門救援動物的環保主義者——愛麗絲致力於救援瀕危海龜，蔻妮莉雅則是美國迷你馬，希望來自世界各地的朋友可以共襄盛舉，來參加這場受到瑪麗－海倫．德．羅斯柴爾德在費里耶爾城堡舉辦的傳奇普魯斯特化裝舞會啟發的晚會。」

倘若歷史重演，這個迷人的夜晚將成為春季慈善季中備受期待的晚會，但願成為這對美麗尊貴醒目的佳侶迎向美好未來的開端。

讀完一整篇文章後，奧利佛立刻打給《快速時尚》的紫羅蘭．潘。「妳能跟我解釋一下為什麼本月雜誌的封面不是凱蒂．邴，而是一隻該死的猴子嗎？」

「噢，奧利佛，我正好要打給你！這是我老闆最後一刻下的指令。這個月全球的《快速時尚》專題報導都是這篇文章。這是很重要的專題。」

「那凱蒂的專題呢？」

「這個嘛，因為這個月的封面是柯萊特，我們覺得……咳、外交擺第一。當然不能把凱蒂放進同一期，畢竟，她是她的繼母嘛。我們不想冒犯任何一方。但我個人其實很喜歡凱蒂的封面照片，尼祖的拍攝手法真是無話可說！我們會把她的照片留到後半年。事實上在秋季的時候刊登更好，你不覺得嗎？做為九月特輯的封面不覺得很棒嗎？」

奧利佛沉默了半晌，試著想出辦法跟凱蒂解釋事情經過。

「凱蒂不會生氣吧？我保證我們會給她特輯明星待遇，我們會在精品店為她舉行封面發布會。」

「生氣？紫羅蘭，我覺得妳不了解自己做了什麼，妳剛引發了第三次世界大戰。」

「天啊……」

「我該掛了，我得想想現在該怎麼解除核彈頭的發射。」

奧利佛掛上電話，深吸了口氣，隨即撥了凱蒂的號碼。在他解釋整個情況時，發現她異常冷靜。

「我其實覺得這樣對妳來說更好，凱蒂，登上秋季的封面更有聲望，想想看《時尚》九月的封面，發行量一直以來都是當年最高的，妳會有很高的曝光率，看《快速時尚》三月期刊的人少多了，而且說實話，這封面很可怕，妳看那母猩猩和牠下垂的棕色乳頭。」

「你看那文章了嗎？」凱蒂平靜地問。

「我看了。」

「所以你知道柯萊特和她丈夫這對皇室夫婦搬到新加坡的事囉！」

「凱蒂，他們不是皇室……」

「是嗎？那你告訴我為什麼他們在你妗婆的葬禮上享有皇室的待遇？別想否認，我在皇室家族的官方 IG 上看到柯萊特和帕拉越蘇丹皇太后的合照了！你騙了我！你跟我保證她不會出現在葬禮上的！」

「凱蒂，我根本不知道她丈夫的家族跟我舅公阿爾弗雷德的家族是舊識，我沒有故意瞞妳。」

「沒有嗎？那為什麼我感覺她一直做些出風頭的事？她受邀參加世紀葬禮，偷了我的雜誌封面，現在她又要在新加坡辦這個舉世無雙的慈善晚會，為那些該死的猴子募款！」

「那些紅毛猩猩需要一切可能的幫助，凱蒂。」

「那不是重點，柯萊特辦這個盛大晚會就是為了讓新加坡所有名流現身拜倒在她裙下，就好像她是他媽的示巴女王一樣！你知道她做這些事是為了報復我，對不對？她就是想一遍又一遍的羞辱我！」

奧利佛惱怒地嘆了口氣。「妳不覺得妳有點小題大作了嗎？妳甚至根本沒見過柯萊特，妳根本不知道她是怎麼想的！我真的不覺得她有要羞辱妳的意思。」

「她本來就是在羞辱我，她還羞辱了我的丈夫。你有注意到她一次都沒提到傑克的名字嗎？你以為她這些猴子事業的錢是哪來的？」

「凱蒂，這全是妳自己的幻想，讓自己陷入困境……」

「不，我要讓**你**陷入困境。我要你幫我取得頭銜，我要一個比柯萊特階級還高的正當皇室頭銜。」

奧利佛嘆氣道：「凱蒂，要取得任何頭銜都需要花時間。妳住新加坡，能以馬來西亞王室的頭銜為目標，但妳必須做很多惹人厭惡的奉承阿諛。若妳打得一手好牌，最快可在幾年內拿到頭銜。」

「我等不了那麼久，我不管你用什麼手段、花多少錢，我要拿到頭銜，而且要在柯萊特那個笨猩猩晚會之前拿到。」

「這太不現實了，凱蒂。我是說，我的確認識幾個雙性戀義大利王子可能願意——以換取報酬的方式——跟妳結婚，但前提是妳要跟傑克離婚。」

凱蒂嗤笑了聲。「你在說什麼啊？我才不要跟我丈夫離婚！」

「那我想妳要在一個月內取得頭銜是不可能的。」

「既然如此，那你被開除了！我不會再付你聘用定金，事實上，我現在什麼報酬都不會給你。尼祖．百克的拍攝費，還有你花在我家的裝潢費用，**全部！**」

「凱蒂，別這麼不講理，那些花費加起來將近一億美元。妳很清楚如果妳不付這些帳單我就慘了。」奧利佛十分驚恐。

「對呀，所以幫我取得頭銜！比伯爵夫人還高的有什麼？公爵夫人？公主？女皇？我不管你要賄賂誰，我下次再遇見柯萊特時，我要她不得不向我行禮。我要她輸得一敗塗地！」凱蒂叫道。

「凱蒂，冷靜一點，凱蒂？」奧利佛這才發現她掛了電話。一股恐懼忽地油然而生，凱蒂是他絕對不能失去的客戶，她每月支付他的聘用定金是他勉強維持生計的收入來源之一。

楊家、尚家及世界上所有人都不知道的是，自從霸菱集團在一九九五年破產以來，奧利佛的家族早已陷入經濟困難的地步。大部分錢家人都將投資組合放在倫敦一家著名的投資公司裡，該公司服務最崇高的貴族世家，包括英國女王伊莉莎白二世。但在那家公司破產後——諷刺的是全因為一個新加坡惡劣的股票經紀人——錢家和其他投資霸菱集團的人都完蛋了。

錢家其他人的帳戶只剩下微薄的錢，差不多一千萬，錢全用在維持他奶奶蘿絲瑪麗的生活品質上。那的確算是她的財產沒錯，所以她有權在人生最後幾年過上安逸的生活，但這也代表她幾乎什麼也沒有為她的五名兒女留下來。錢家在一九〇〇年代曾是新加坡最大的地主之一，現在卻只剩一處房產——他奶奶位於大威路上那棟寬敞平房，目前市值約三千五百萬，若是房市復甦，或許可賣到四千萬。五個小孩各拿一部分，代表倘若他們真把房子賣了，他爸最多也只能拿到六、七百萬，遠比他父母現在欠的債款還少。

長久以來，他們一直處於借貸的狀態，奧利佛年輕時作為富二代，出國留學讀的是頂級貴族學校，從羅西學院到牛津大學。但自從霸菱集團破產後，他陷入一個無法想像的處境，必須自力更生養活自己。奧利佛一直以來都處於世界僅有百分之一的人群中，少有人能了解活在一個周圍都是有錢人，唯有自己例外這個獨一無二的地獄是什麼感受。

沒人知道他為了家人及事業維持表面使了多少伎倆，他們跟銀行貸款的利息支出不斷膨脹，他必須每個月交換著使用十張信用卡。他父母在北京的胡同、他在倫敦和新加坡的公寓都有貸款。去年堪稱是最難熬的一年，讓他媽不得不賣掉錢家的傳奇玉石胸針和其他祖傳寶物，以支付始料未及的醫療費用。帳單滾滾而來，簡直沒完沒了。現在凱蒂又威脅要違約，不願意付他簽下的那些龐大裝修費用。如果他沒辦法創造奇蹟讓凱蒂拿到頭銜，他知道他整個人生、家人、事業和名聲都將崩塌。

新加坡，泰瑟爾莊園

尼克和瑞秋隔日來到這裡用午餐，發現飯廳成了臨時的情報室。四周都放了移動式公佈欄，餐桌上擺滿了大堆文件和各種小冊子，七、八名職員坐在一起，蜷縮在筆電前打著電子試算表。阿玲又拿了一袋進來，看見那對一頭霧水的夫妻。「噢，尼基，今天午餐在露台吃。」

「呃……這些人是誰？」尼克低語問道。

「他們是你哈利姑丈公司的員工，過來幫忙處理賣房報價事宜。」阿玲回答，看了尼克一眼，流露明顯不贊同的神色。

尼克和瑞秋走到露台發現有一小群親戚聚在一起。尤加拉一家一大早便飛回曼谷，鄭家大部分的人也在前一天離開。來自外地的客人只剩雅莉絲和阿歷斯泰，因為他們兩人都是這座房產的股東。

正當尼克和瑞秋站在陳列各式各樣菜色的自助餐桌旁時，維多莉亞翻著一本公開說明書說：「遠東發展的說明書真瞧不起人！二十五億五年付清，真以為我們這麼天真無知嗎？」

「這種根本不需要回覆。」雅莉絲表示。她抬起視線，看到尼克和瑞秋端著餐盤在鍛鐵桌旁坐下。「尼基，你知道你爸什麼時候會過來嗎？我們有很多事要他確認。」

「我爸回雪梨了。」

「什麼？他什麼時候走的？」

「昨晚，他沒跟你們說他要回家了嗎？」

「他是有說，但我們以為這麼多人跟我們報價，他可能會改變主意。噢！這個不負責任的傢伙！現在競標戰正在開打中，他明知道他不在我們什麼也沒辦法做！」費莉希蒂氣沖沖地說。

「我爸現在的作息很固定，而且他真的很想念每天清早去玫瑰灣附近咖啡店喝的咖啡味道。」尼克試圖解釋。

「這裡可是有著數十億元的利害關係，他卻在抱怨咖啡的事？好像我們的福爵咖啡不夠好喝！」維多莉亞抱怨道。

瑞秋加入對話。「有些人真的不喝咖啡就提不起勁。我在紐約上班前都要去趟喬咖啡帶一杯走，不然真的撐不過早上。」

「我不是很懂你們這種咖啡控。」維多莉亞嘖了聲，小心地攪拌她那杯用傳統工法製成的金黃花橙白毫紅茶，這可是她每個月從坦尚尼亞的特別保留地運來的。

「打給你爸，跟他說現在競標正如火如荼進行中，這週結束前房子就能賣掉。」費莉希蒂吩咐道。

尼克驚訝地看向他姑媽。「你們真的這麼快就要把泰瑟爾莊園賣了嗎？」

「我們必須在這物件還炙手可熱的情況下完成交易！就快過年了，現在大家對前景特別充滿展望，行事大膽。你知道現在最高競價已經超過三十億了嗎？」雅莉絲興奮地回答。

尼克挑了挑眉。「那價是誰出的，他們怎麼確保不會更動屋內擺設？」

費莉希蒂笑道：「拜託，尼基，沒有人會維持原樣啦。開發商只對這塊地感興趣——他們會把房子拆了。」

尼克一臉震驚地看向費莉希蒂。「等一下，他們怎麼可以拆掉？這房子不是受保護的歷史遺產嗎？」

維多莉亞搖搖頭。「如果是土生華人風格或黑白相間的殖民建築，可能會列入保護遺產，但這房子混合了各種不同的特色。當初是一名荷蘭建築師所建，原本擁有這地方的蘇丹來自馬來西亞，是棟裝飾性建築。」

「但當然，這也是這房子有價值的地方。這棟房產是永久產權，不受繼承與分區使用管制法令限制，是每個開發商的夢想之地！你看這個拔得頭籌的提案。」雅莉絲將一本紙面光滑的小冊子遞給尼克，上面寫著：

錫安莊園

豪華基督徒社區

想像一下聖靈所庇護的高淨值家庭門禁社區，靈感來自巴比倫空中花園的九十九棟精美別墅，坪數從五千到一萬五千平方公尺不等，佔地半英畝，環繞在美麗的人工潟湖加加利四周，還包括一道世界最高的人工瀑布，水源引自約旦河。社區中間則是「十二使徒」——由我們虔誠的弟兄老虎伍茲設計獨一無二的十二洞高爾夫球場；另外還有一間精緻的俱樂部會所「大衛王」，擁有三位一體的設施——由米其林主廚經營的世界級餐廳、肯定會成為新加坡最舒適的耶律哥水療中心，以及最先進的健身房。

來錫安，擁抱多采多姿的生活，並獲得救贖。

尼克一臉不敢置信地從冊子抬起頭，「妳說這個提案拔得頭籌是認真的嗎？豪華基督徒社區？」

「不覺得這是一個啟示嗎？這是朵莉絲・方的公司，你媽之前去富麗敦酒店參加她主辦的基督徒團契餐會。他們提出三十三億的價格，而且答應給我們每個人一棟別墅！」維多莉亞激動地表示。

尼克難以掩飾厭惡的表情。「維多莉亞姑媽，為了怕妳忘記，我得提醒妳耶穌拯救窮人。」

「我知道呀，你想說什麼？」

費莉希蒂插嘴道：「耶穌說：『致富光榮。』」

「事實上，那句話是已故中國共產黨主席鄧小平說的！」尼克回了一句。他倏地站起身，對瑞秋說：「我們走吧。」

當他們坐進復古 Jaguar XKE 敞篷轎車，沿著大門車道加速離去時，尼克轉向瑞秋，說道：「抱歉，跟我姑媽坐在一起讓我沒了食欲，我真的連再聽她們講一分鐘的話都受不了。」

「相信我，我懂你的感受，現在我們要去哪？」

「我想帶妳去我最喜歡的餐廳生益麵食吃頓好的，這家小吃從一九三〇年代開到現在。」

「太棒了！我開始餓了！」

不到十五分鐘，他們便抵達牛車水社區。停好車後，他們穿過沿途都是古色古香排屋的俱樂部街，朝安祥路前進，尼克開始跟瑞秋介紹這個地方。

「這是家小餐館，我敢說他們連從五〇年代起就開始用的富美家桌椅都沒換過。但他們家的麵是全新加坡最好吃的，所以大家都會來這用餐。最高法院前首席法官以前每天中午都會來這裡吃麵，因為這裡的麵一吃就上癮。妳絕對會欲罷不能。他們用的是手拉雞蛋麵，口感非常有嚼勁，難以置信地彈牙。再搭配紅燒雞肉，在蒜味棕色醬汁裡燉了好幾個鐘頭。噢，那肉汁真是……我等著看妳做出同樣的味道。現在已經過了午餐巔峰，我們應該不會等太……」

尼克停下腳步，盯著對街被金屬圍欄圍住的店面。

「怎麼了？」

「我們到了！生益麵食，但它去哪兒了？」

他們過了馬路，看見圍欄上貼了一張小小公告：

TORY BURCH
二〇一五年夏季開幕

尼克跑到隔壁店家，瑞秋看見他瘋狂地向裡面一臉困惑的店員比著手勢。過了一會兒，只見他一臉震驚地走出店外。

「店關了，瑞秋，生益麵食不在了。這個地段變得太繁華，原來老闆的兒子以一大筆錢賣掉房子，決定退休。而現在這裡將變成該死的 Tory Burch 精品店。」

「我很遺憾，尼克。」

「搞什麼！」尼克吼道，生氣地朝金屬欄踢了一腳。他沮喪地坐到人行道上，雙手摀著臉。瑞秋以前從未看過他這麼煩躁的樣子，她坐到他身邊，摟著他的肩膀。尼克坐在那兒發呆，幾分鐘後才開口：

「我在新加坡喜歡的東西都不在了，或說正急速消失。每次我回來，越來越多我喜歡去的地方關門或被拆掉，餐館、商店、建築、墓園，每個地方都不再純樸。我長大的這座島的特色幾乎整個抹滅。」

瑞秋只是點了點頭。

「生益麵食就是這樣的一個地方，我以為它不會受到波及。我的意思是，我敢發誓**他們家的麵是全世界最好吃的**。大家都讚不絕口，但現在店已經不在了，我們也無能為力。」

「人們大概永遠都要等到來不及時，才會明白他們失去的是什麼。」瑞秋說。

尼克猛地對上瑞秋的視線。「瑞秋，我要保護泰瑟爾莊園，我不能讓它被拆除，或變成只允許有錢基督徒居住的詭異門禁社區。」

「我也是這麼想的。」

「我本以為不論怎樣的結果我都能接受，我以為不是我繼承也無所謂，只要是我的家族成員拿到房子能將其維持原狀就好，但現在我發現我做不到。」

「其實我一直在想你是否真的不在乎失去那棟房子。」坐在一旁的瑞秋說道。

尼克思索著她的話，半晌才說：「我想有部分的我潛意識裡對泰瑟爾莊園抱持著不滿，因為每個人總把我跟那棟房子綁在一起，年輕時我一直無法擺脫它的陰影。我想這就是為什麼我和柯林會成為好朋友……我一直是『泰瑟爾莊園的孩子』，他則是『邱氏企業的孩子』，但我們不過是個孩子。」

「這某種程度來說也算是詛咒，對不對？你們兩個都沒受它影響很了不起。」瑞秋說。

「我其實在某些時候是跟它和平共處的，離開這裡也讓我以不同的角度審視這件事。我發現這個地方教會我很多東西，讓我發現自己性格冒險的一面，不論是爬樹還是建造堡壘。我還花了很多時間待在藏書室裡看我爺爺的舊書《二戰回憶錄》（*Winston Churchill's memoirs*）和孫中山的信，讓我對歷史產生興趣，但現在就好像我眼睜睜看著整個童年賣給了競價最高的人。」

「我了解你的感受，尼克。就連我在旁邊看了也覺得很難受。就是不敢相信一切都發生這麼快，而且你姑媽明明同樣在那棟房子長大，卻好像對出售一事毫不在乎。」

「即使我奶奶在她的遺囑裡說得很清楚了，我還是不覺得她會想看到泰瑟爾莊園像這樣被拆除或遺忘。在我看來，很多事都不能代表我奶奶遺囑的意思。」

「我也一直很懷疑，但我覺得在這件事上我沒資格說話。」

「但願有更多時間能讓我去挖掘，弄清楚為什麼我奶奶希望房子這樣被賣掉，但我姑媽對賣房一事的處理實在太快了。」

「等等，雖然你姑媽她們可以很快聯繫賣家，但你也聽到她們說的了，只要你爸不在就什麼也沒辦法做。而我知道，他現在正在雪梨的某個地方喝美味的卡布奇諾。阿歷斯泰呢？他也有股份。」

「嗯……仔細想想，我們已有好幾天沒在這裡看見阿歷斯泰了，對吧？」尼克說。

「如果你、你爸和阿歷斯泰聯合起來，你們三個的股份就足以阻止賣房進行。」

尼克從人行道站起來，興奮地吻著瑞秋。「妳知道妳很聰明嗎？」

「我是不知道想出這辦法需要多聰明啦……」

「不，妳是天才，妳剛讓我想出一個好點子！我們來打給我爸！」

香港，梅夫人婦女會

艾絲翠走進香港歷史悠久的婦女私人會所——梅夫人婦女會的餐廳，伊莎貝爾．胡坐在靠窗的位置向她揮手。她有點不安地朝查理的前妻走去，這是她們第三次見面，而上次在新加坡並不怎麼順利。

「艾絲翠，謝謝妳願意跟我共進午餐，我知道今天是妳在香港的最後一天，妳一定很忙吧。」伊莎貝爾說著，起身在艾絲翠的臉上輕吻一下。

「謝謝妳邀請我，我很開心來這裡。」

「是呀，這地方挺特別的，對不對？現在很少有這樣的地方了。」

艾絲翠花了點時間環顧四週，看著其他盛裝打扮來用餐的女士們。牆上印滿植物的圖騰，安妮女王時期的家具讓整間店的時間回溯到香港仍是英屬殖民地的時期，而這裡是所有高級官員和外籍人士妻子的專屬堡壘。一切都非常舒適。

查理前妻親切的歡迎令艾絲翠鬆了口氣，也很高興看到伊莎貝爾看起來如此神采奕奕，一身白色牛仔褲、粉色的羊絨毛衣，外面套了件絎縫背心十分優雅，看上去就是香港富裕世家的縮影。

「妳來香港都做了些什麼？」

艾絲翠猶豫了半晌，她不覺得向伊莎貝爾坦承她這週大部分的時間都在籌備即將到來的香港婚禮是個好主意，而昨天查理剛帶她去石澳看那棟為他們兩人建的豪華新房。「其實也沒什麼，我是來散心的。妳知道，就是覺得離開新加坡滿好的。」

「我懂，這幾個星期對妳來說一定很難熬，很遺憾聽到妳外婆過世的事，就我所知她是個很好的人。」

「謝謝。」

「我在給妳的信裡也提到，我跟我阿嬤感情非常好。事實上，以前她每個月都會帶我來這裡吃下午茶，所以我在這個地方留有許多回憶。」

「我外婆以前也常帶我去吃下午茶，我印象中最早的記憶之一，就是跟她在新加坡的萊佛士酒店喝茶，但在那之後不久，她就不再出門了。」

「她隱居了？」伊莎貝爾問。

「很難說。她不常出門是因為她覺得很多地方的標準都下滑了。她是個標準嚴苛的人，不喜歡餐廳的食物。所以她只去朋友家作客——那些她知道有好廚子的朋友家——或者在家享樂。她喜歡呼朋喚友來家裡作客，一直到過世都非常熱衷於交際。」

「聽起來她個性滿獨特的。她那一輩的女性，像我阿嬤都很有個性。我阿嬤以喜歡帽子為人所知，她有很多令人難以置信的收藏，而她一定要戴帽子才肯出門。」

一名女服務生過來為她們點餐。艾絲翠點了蘆筍濃湯後，伊莎貝爾隔著桌子看向她，一臉尷尬的樣子。「其實，我必須承認我整個早上都對跟妳吃午餐很緊張，關於我在新加坡對妳做的事，我還是覺得很愧疚。」

「真的沒關係，看到妳現在恢復了我很高興。」

「被我燙傷的女士，像是修女的那個？她沒事吧？我對那天的記憶很模糊，雖然我有意識，卻無法控制自己的行為。」

「修女？」艾絲翠不知道她指的是誰。

「我還記得我把湯扔過去時她的表情，她眼睛睜得好大，她的睫毛膏塗得像譚米．菲一樣厚，穿著一件修女服。」

「噢！妳說的是帕拉越蘇丹皇太后——她穿的是希賈布，一種頭巾。她沒事，湯沒潑到她。別擔心，對她來說這可能是十幾年來遇過最驚險的事了吧。」

「謝謝妳願意理解我，我還要謝謝妳在這麼困難的時期幫忙照顧我女兒。」

「別客氣，克蘿伊和達芬妮都很貼心。」

伊莎貝爾頓了一會兒，望向窗外山坡公園的景色。艾絲翠可看出她內心明顯正經歷一連串情緒。「妳很快就會成為她們的繼母，妳會比我花更多時間陪她們，而我……其實我很高興妳能進入她們的生命中，不是只有我這個精神不穩的媽媽。」

艾絲翠伸手放到伊莎貝爾的手上。「不要這麼說，妳把她們教得很好。妳是她們的媽媽，我也不打算取代妳的地位，我只希望到時候她們會願意將我當作朋友。」

伊莎貝爾露出微笑。「艾絲翠，我很高興今天有找妳共進午餐，我現在終於知道妳是怎樣的人了。」

午餐過後，兩人站在梅夫人婦女會主樓門口的那條花園道，向對方道別時，伊莎貝爾問：「妳接下來要做什麼？去中環逛街？需要我的司機載妳去嗎？」

「我幾個小時後就要搭機回新加坡了，但在那之前我要先跟查理見個面，我猜他現在在那棟房子等我決定裝潢的事。」

「石澳那棟新房？我一直都想看看那棟房子，畢竟克蘿伊和達芬妮之後有一半的時間會待在那裡。」

「是呀，其實如果妳有空的話，要不要現在跟我一起去看看？」

「呃……這個……我不想打擾……」伊莎貝爾猶豫地說。

「不會啦，應該沒問題，我傳訊問問查理。」

艾絲翠很快地傳了個訊息：

艾絲翠・梁：嘿！剛跟伊莎貝爾見完面，一切順利。

查理・胡：我很開心。

艾絲翠・梁：伊莎貝爾想參觀房子，帶她去可以吧？

查理・胡：妳可以的話我沒意見。

艾絲翠・梁：我可以呀，等會見。

「走吧！」艾絲翠從手機抬起頭說。兩人鑽進伊莎貝爾配備司機的 Range Rover 後座，揚長而去。他們朝著香港島的南邊前進，沿途景色出現戲劇化的改變，沿著山腰綿延不絕成群的高樓大廈成了風景優美的海灣與海景。

蜿蜒的高速公路帶他們穿過有著新月型海灘的淺水灣，接著又通過緊鄰海岸的深水灣和赤柱村，最終抵達石澳，這個位於香港島東南角的古老漁村，也是世界上最獨特的社區之一。

「查理一直很想住在這裡，但我不答應，我比較喜歡離市中心近一點。我無法忍受住在這種偏僻的地方，我完全是城市長大的小孩。」伊莎貝爾說著，她的 SUV 在一道壯觀的金屬門前停了下來，一旁連著警衛室。

「裡面沒人。」司機說。

「噢，我們還沒請人，在門鎖鍵盤上輸入 110011 就會開了。」艾絲翠邊瞄著查理剛傳給她的密碼邊回答。門默默地滑開，他們便繼續沿著車道駛向住宅。彎過轉角，矗立崖邊的海濱別墅便映入眼簾。

「這地方真挺有查理的風格。」隨著車子朝湯姆．昆迪格設計的這棟涵蓋鋼筋、石灰岩和玻璃的當代建築行駛時，伊莎貝爾笑了笑說。

「妳位於太平山的房子設計更傳統，對不對？」艾絲翠問。

「不知道妳是從哪聽來的，但那其實是經典的帕拉第奧式建築，二〇年代建的。我是以法國地方色彩的風格進行裝潢，我希望住在裡面感覺就像法國的莊園大屋，下次妳來香港的時候一定要來參觀。」

「我聽說那是香港最優雅的房子之一。」艾絲翠讚美道。

她們下了車，踏進一個被倒映池佔據的巨大庭院。主別墅的牆壁整面鋪著玻璃，造成室內外的無縫銜接。進到屋裡，艾絲翠再次對從四周望去清晰且壯觀的海景感到驚訝不已。

大廳裡，一面碩大的窗戶完美地框住海外一座小島，走進客廳，通往露台的窗戶大開，一個無窮盡的泳池從房子周圍延伸，水平線與南海漸趨融合。

查理從屋內轉角走出來迎接她們，伊莎貝爾大方地稱讚道：「查理，你又更上一層樓了，你終於完成了夢想，有一棟海濱別墅。」

「很高興妳喜歡，伊茲，裝潢完成還有一段時間，第一批大型家具也才剛送來，但是我可帶妳參觀克蘿伊和達芬妮的私人區域，來吧。」

在帶伊莎貝爾參觀完她女兒的房間後，三人進入飯聽，裡面擺著一張由中島喬治設計的巨大復古餐桌。查理站在一塊像極巨大浮木的自由設計裝飾旁，看著艾絲翠問：「妳覺得怎麼樣？會很像美國西北部嗎？」

艾絲翠看著那塊浮木思索了半晌。「我喜歡——在琳賽．阿德曼的吊燈下看起來很棒。」

「呼——我總算放心了。」查理笑著說。

伊莎貝爾盯著頭頂上的青銅燈具，好似從交錯的樹枝花莖中長出的吹製玻璃，不發一語。過去作為查理．胡的妻子，她會否決這裡所有的一切，但現在他們三人朝門口走去時，她只簡短地表示：「我想克蘿伊和達芬妮會喜歡這裡的。」

「我們隨時歡迎妳來。」艾絲翠回答，看見伊莎貝爾對房子的一切如此滿意，不禁讓她感到一陣飄飄然。今天真是令人意外美好的一天。當他們走進庭院時，艾絲翠的手機發出震動，有四個訊息接連跳了出來。

呂蒂文・多倫：我去接卡西恩發現他爸爸已經接走他了。

……

費莉希蒂・梁：妳在哪？今晚妳什麼時候回來？直接來泰瑟爾莊園！發生了很多事！我們需要妳！

……

奧利佛・錢：妳跟列支敦斯登的阿洛伊斯攝政王是朋友吧？還有杜拜那個哈曼丹詩人王子？能介紹我們認識嗎？回電給我，我會解釋。

……

呂蒂文・多倫：剛跟張先生通電話。我問他要不要幫忙帶卡西恩，但他要我放一天假，不知道怎麼了。

艾絲翠把手機放回包包，突然感到胃隱隱作痛，她到底為什麼非回去新加坡不可？

雪梨，邦代海灘

「你現在在碼頭釣魚嗎？」尼克在他爸接起電話時問道，他可聽見那頭傳來海浪拍打岸邊的聲音。

「不，我在邦代海灘的崖邊散步，往庫吉的方向。」

「我喜歡那段路。」

「是啊，今天天氣很適合散步。你知道你媽邀了黛西、娜汀、洛蕾娜和卡蘿來雪梨玩的事嗎？她那伙琴酒友全來了，一直跑廁所，我不得不出來避難。她們正在討論什麼……好像跟泰瑟爾莊園有關。」

「那正是我打來的原因，爸。賣房的事進展地很快，你那些姊妹似乎蓄勢待發想把房子賣給最高的出價者，我甚至不想提起那個開發商的計畫……」

「這很重要嗎？一旦我們把房子賣了，新房主可以隨意改建。」

「但我覺得大家都只看見眼前近利。」尼克據理力爭。「泰瑟爾莊園是很特別的建築，我們應該將其保存下來，我的意思是，我在這裡，就只是看向窗外花園——那些紅毛丹樹現在都結了果，全都紅透了。有什麼地方比得上那樣的景色。」

「我覺你有點多愁善感。」菲利普說。

「或許你說得沒錯，但我很驚訝其他人不像我一樣在乎這棟房子。每個人都只看到錢，我卻能看到更珍貴需要保護的東西。」

菲利普嘆了口氣。「尼基，我知道對你來說這棟房子就像夢幻島一樣美好，但對我們其他人來說，這棟房子就像監獄。住在宮殿裡並不是快樂的童年，在我成長過程中，除了規則外就沒別的。有很多房間我不能進去，很多椅子因為太珍貴不能坐。你不知道是因為在你出生後，我母親的個性跟從前不一樣了。」

「我知道，有些事我也聽過，但你還是有快樂的回憶吧？」

「對我來說，那房子只會讓我頭痛不已。別忘了，我剛開始會走路便被送出國上寄宿學校，所以那裡從未真正讓我有家的感覺。就連現在要我回新加坡跟那些人商量房產的事，都讓我覺得害怕。你知道我有多少英華中學的老同學打給我一起午餐、打高爾夫之類的聚會嗎？我大概一輩子不曾見過的人突然一副好朋友的樣子來找我，因為他們聞到錢的味道。」

「爸，我很難過你遇到這種事，但讓我問你一個問題……」尼克深吸一口氣，準備開始他的說服大計。「如果我能籌到資金，你能否考慮一下把你百分之三十的股份聯合我，或許還有阿歷斯泰，收購其他人的股權嗎？只要你給我一點時間，我想我可找到方法從這座莊園發展經濟價值。」

電話那頭沉默了一會兒，尼克不確定他爸是否生氣，還是剛好遇到特別難走的路。他突然再次開口：「如果你真那麼在乎泰瑟爾莊園，你何不乾脆主掌整個買賣的進行？做出你認為最好的選擇。我會授權你做我的代理人，還是委託人，管它什麼名字。我現在就立刻簽字把股份轉讓給你。」

「真的嗎？」尼克不敢相信自己的耳朵。

「當然是真的，反正這些股份總有一天是你的。」

「我都不知道該怎麼……」

「房子你要怎麼處理隨便你，只要別把我捲進去。」菲利普說著，爬上座落於懸崖、風景優美的墓園，遙望南太平洋。「尼基，我現在到了布朗特懸崖的那座墓園，你能保證……」

「我知道，爸，你跟我說過很多次了，你死後想葬在那裡，你想要永遠欣賞座頭鯨躍出海面的情景……」

「要是他們沒地了，你會幫我找另一處海濱墓園嗎？紐西蘭或塔州，只要不是新加坡就好。」

「沒問題。」尼克笑了起來。

他掛上電話後，發現瑞秋一臉好奇地看著他。「聽起來挺怪的，你們講話的內容。」

「是啊，這是我打過最怪的一通電話，我想我爸決定把泰瑟爾莊園的股份轉讓給我。」

「**什麼？**」瑞秋睜大了雙眼。

「他跟我說他會簽名把股份轉讓給我，我要怎麼做都行，只要別把他拖下水。」

「有什麼條件嗎？」

「沒有條件。我爸一直以來對錢沒什麼興趣，他就是不想受到打擾。」

「我想你的個性就是這樣來的……」瑞秋聳了聳肩。

「沒錯！但我還是不敢相信事情會這麼簡單！還以為我要飛去雪梨下跪拜託他咧。」

「有了你爸的股份，你現在就是最大的股東了！」瑞秋興奮地說。

「應該說是**我們**，我們可利用這個優勢阻止競標，拖延一些時間。」

「你現在要下樓跟你姑媽她們講這件事嗎？」

尼克咧嘴一笑。「現在正是時候。」

他們離開房間走進客廳，費莉希蒂、維多莉亞和雅莉絲全都坐著，異常安靜。

「我有事情要宣布。」尼克大膽地打破沉默。

費莉希蒂露出一個古怪的表情。「尼基，我們剛才接到一通電話，我們似乎接到一個新的提案。」

「我也有個提案。」

「這個提案非常不可思議……對方願意將整棟房子完整保存下來，而且不會在這塊地上蓋任何一個新建築。」雅莉絲說。

尼克和瑞秋驚訝地面面相覷。「真的假的？那他們的報價比錫安還高？」瑞秋半信半疑地問。

「高多了，他們提出一百億美元的價格。」

尼克簡直難以置信。「一百億？到底是誰願意花這麼多錢又不改建的？」

「某個來自中國的富豪，他明天想過來看房。」

「中國？他叫什麼？」瑞秋問。

費莉希蒂蹙起眉頭。「我記得沒錯的話，奧利佛說他的名字叫傑克什麼的。傑克．丁？傑克．平？」

尼克沮喪地扶額，嘆道：「天啊——是傑克．邴。」

二十四小時前……
馬來西亞，吉隆坡

「所以，她是皇后？」

「不，凱蒂，她是現任帕拉越蘇丹的母親，所以算是太后，但她被稱為蘇丹皇太后。」由於他們正搭乘直升機，奧利佛透過他的耳機麥克風解釋道。

「噢，所以我要向她行屈膝禮？」

「當然，她是千真萬確的皇室。還有記得，妳只能在她跟妳說話時開口。」

「什麼意思？」

「意思就是妳不能對她說話，你們的談話會由皇太后主導，她負責說，妳只需要閉緊妳那張櫻桃小嘴，除非她問妳問題。要是妳不得不離開房間——雖然在她沒走前妳真的不應該起身——但假如妳急欲嘔吐，確保自己以面朝她退出房外。妳不能讓皇太后看見妳的屁股，所以妳絕不能背對她，知道嗎？」

凱蒂猛地點頭。「我明白——不講話、不嘔吐、不屁股對她。」

「還有，我跟妳說過，妳今天最好不要抱持太大希望。這只是引薦而已，讓殿下有機會認識妳。」

「你的意思是她今天不會為我封爵？」

「凱蒂，女性在馬來西亞不會封爵。這裡的授勳系統完全不同。蘇丹皇太后可以任她的喜好賦予頭銜，但不要期待今天就會發生。」

「你聽起來在生我的氣。」凱蒂噘著嘴說。

「我沒有生妳的氣，只是直升機很吵，我必須提高音量而已。」其實自從凱蒂下最後通牒後，奧利佛就一直瀕臨精神崩潰的邊緣，而他對今天能否按照計畫進行感到焦慮。若是計畫失敗，他就得不償失了。為了安撫她，他接著說：「我只是想讓妳知道經由皇太后這樣的皇室賦予頭銜是**真正**的榮耀。他們將榮耀賦予真正終其一生為馬來西亞奉獻良多的人。建造醫院或學校，開公司支撐整個城鎮並為許多當地人提供工作的人。這些榮耀比柯萊特的頭銜更有意義。她做的不過是向某個有錢的傻瓜張開雙腿罷了。」

直升機掠過吉隆坡上空，飛過閃閃發光的雙子塔開始往下降。「這裡就是蘇丹皇太后住的地方？」凱蒂問，望向窗外武吉屯綠樹成蔭的獨特街區。

「這裡只是在她來首都小小的臨時住所，她在世界各地都有房子——肯辛頓公園的宅邸、俯瞰萊芒湖的別墅，當然還有帕拉越的宏偉宮殿。」奧利佛在直升機停到草坪上時對她說。

兩人跳下直升機，一名身穿制服的警官已等在草坪上。「歡迎來到努爾宮。」他邊說，邊領著他們走向一個看似結婚蛋糕的浩大白色宮殿。奧利佛和凱蒂穿過前門，進入一個寬廣的接待廳，有九個垂吊在格狀金箔天井的金字塔型水晶吊燈，像是倒反的洛克菲勒中心聖誕樹。

「你說這裡是她小小的臨時住所？」凱蒂說。

「噢，妳不知道，凱蒂，她在帕拉越的家比白金漢宮大十二倍。」

他們被帶到客廳，地板鋪著誇張的黑色大理石，牆壁則漆上閃亮的緋紅色。這地方擺滿了土生華人無價的鍍金木製古董，以及克勞德．拉蘭設計的奇異青銅家具，另一邊則掛了安迪．沃荷三聯畫，由鮮豔的粉紅和黃色構成年輕時期的蘇丹皇太后。「哇，這真是出乎我意料之外。」凱蒂明顯表現出對四周環境的敬畏。

「是啊，蘇丹皇太后在一九七〇年代絕對很叛逆。」兩人在一張沒有靠背的天鵝絨長椅上坐下來，奧利佛下了註解。長椅旁是一張克勞德．拉蘭的圓桌，上面擺著一個皇太后和一些名人顯要合影的金框照片。凱蒂看向照片，認出英國女王、若望．保祿二世、巴拉克和蜜雪兒．歐巴馬夫婦、英迪拉．甘地，還有一個滿頭金髮的女人。

「那個金髮女子是誰？看起來好眼熟，是哪國的女王嗎？」凱蒂問。

奧利佛瞇著眼看向那張照片，輕笑了聲。「不是，但很多女王很崇拜她，那是桃莉．巴頓。」

「噢。」凱蒂回答。突然間，那道雙扇門打了開來，兩名身穿禮服的儀隊衛兵走進門內。他們站在門的側邊，敲擊腳跟呈立正姿勢，並在大理石地板上敲擊刺槍槍托兩次。「我們要起立，凱蒂。」凱蒂倏地起身，撫平她身上那件 Roskanda 及膝裙前襬的皺紋，調整站姿。

站在右側的衛兵嚴厲地喊道：「Sama-sama, maju kehadapan! Pandai cari pelajaran![78]」他們再次用刺槍槍托敲擊地板時，蘇丹皇太后一身紫紅色的絲綢可巴雅走了進來，身後跟著四名侍從。她頭上披著一條相配的紫藍白三色的頭巾，也像瑪麗女王一樣，腰部以上覆滿珍貴的珠寶。頭巾中間，位於額頭上方的是一個太陽狀的鑽石別針，中間鑲著一顆二十五克拉的粉紅鑽石。她還戴了一對圓錐樹形的鑽石珍珠耳環，脖子上則是十到十二條的鑽石串鍊，純粹都是鑽石。

凱蒂目瞪口呆地看著眼前這位在鑽石擁簇下熠熠生輝的皇太后，隨即深深地向她行禮，讓奧利佛以為她在跳凌波舞。奧利佛優雅地鞠躬。

「奧利佛·錢，真榮幸呀！」

「我才該覺得榮幸，夫人。請容我謙恭地介紹來自上海、洛杉磯和新加坡的凱蒂·邴女士。」

「能造訪您的國家是我的榮幸，殿下。」凱蒂緊張地脫口而出，才想起她不該擅自開口說話。

蘇丹皇太后抿唇盯著凱蒂一會兒，不發一語。她在一張王座般的攝政風座椅坐了下來，奧利佛和凱蒂也回到座位上。一群女傭端著擺滿馬來西亞點心和熱茶的金漆淺盤進到房間。

當女傭開始為大家送茶時，蘇丹皇太后對奧利佛笑道：「吃吧，別害羞！我知道你很喜歡椰絲球。」

---

78 新加坡愛國歌曲，意即「我們共同學習進步」。

「您真是太了解我了。」奧利佛說，逕自拿了一顆內餡是棕櫚糖，外面則包著刨好椰絲的草綠色糯米球。

「今天怎麼會到我家這一帶？」

「其實是凱蒂最近對馬來西亞很風靡，既然我們來到市區，我覺得帶她來認識一下這個國家最偉大的傳奇人物最適合不過了。」

蘇丹皇太后頓時眉開眼笑。「噢，奧利佛，你這話倒把我說成化石了！孩子，跟我說說妳喜歡我的國家什麼？」

凱蒂腦袋一片空白地盯著蘇丹皇太后。在今天之前，她從未踏上馬來西亞這片土地，對這個國家根本一知半解。「呃……這個……我最喜歡這裡的人情，殿下。非常親切……又勤奮。」凱蒂回答，心裡想著在她古魯尼園路豪宅工作的六名馬來西亞籍女傭。

蘇丹皇太后再次抿唇，說道：「是嗎？我完全沒想到妳會這麼說呢。大部分人都會跟我說他們有多喜歡這裡的海灘和沙嗲，所以妳有想過住在這裡嗎？」

「如果我能找到像您這座宮殿一樣漂亮的地方，我很願意住下來。」

「謝謝妳呀，但這不算宮殿，只是棟房子而已。」

「凱蒂的丈夫傑克．邴是中國最首屈一指的工業家之一，他們夫婦倆都對在馬來西亞投資很有興趣。」

「我國跟中國的關係的確挺不錯的，我也很欣賞你們國家的第一夫人。」蘇丹皇太后說著，用手指拿起一顆椰絲球，放進口中慢慢咀嚼。

「噢，妳見過她？」凱蒂興奮地回答，再次把宮廷禮儀拋諸腦後。

「當然，我跟她在帕拉越的宮殿見過一面。她是個很有才華的女性，聲音也很好聽！奧利佛，告訴我上次我與你奶奶見面以來，她還好嗎？」

「她身體康健，夫人。但我得承認她最近的精神狀態不太好。誠如妳所知，我妗婆的去世對她打擊很大。」

備感無聊的凱蒂，開始盯著蘇丹皇太后和蜜雪兒．歐巴馬的合照發呆，她努力想出蜜雪兒身上那件紅色洋裝是哪個設計師的作品。是伊莎貝爾．托萊多還是吳季剛？她為美國第一夫人覺得可惜——這個女人只能穿美國設計師的作品。

蘇丹皇太后繼續說道：「對了，葬禮辦得挺華麗的，你聽了我兒子對素儀的悼詞感不感動？」

「很讓人難忘。我不知道蘇丹曾在泰瑟爾莊園住過一年。」

「對呀，他在新加坡國立大學修一門特別課程時，素儀很親切地接待他。我怕他覺得馬來西亞駐新加坡大使館不敷所需，而且他在泰瑟爾莊園更有家的感覺。你知道他的曾祖父做蘇丹時建了那棟房子吧？」

「原諒我，夫人，我都忘了。難怪陛下對那地方感覺如此親切，我能冒昧請問，素儀可曾被授予頭銜？」

凱蒂的耳朵忽地豎了起來。

「據我所知她沒有。大概在一九七〇年代，最高元首[79]——不知道是誰，我忘了——曾想為她加封，但她慷慨的拒絕了。當時她已經是楊爵士夫人，但從未用過這個頭銜。阿啦嘛，素儀需要頭銜做什麼？沒有人會質疑她的地位，我是說，她已經有了泰瑟爾莊園，還需要什麼呢？」

「說得沒錯。」奧利佛頷首，攪拌他那杯茶。

「奧利佛，跟我說說那棟宏偉建築今後的命運會如何？」蘇丹皇太后問，眉頭深鎖。

「這還真不好說。我的親戚每天都接到一大堆報價，我聽說最近有個更高的出價者進來，現在價格已到了數十億。」

「我一點也不意外。要是我再年輕一點，可能也會想將那座房子買下作為新加坡的住所。當然素儀不在了，那棟房子已不復從前，但不管最後買下它的是誰，都是極其幸運的。」

奧利佛誇張地嘆氣道：「可惜我不覺得那會發生，那房子鐵定會被拆掉。」

「天啊，怎麼會這樣？」蘇丹皇太后震驚得將手撫在胸前，現出她那顆五十八克拉的鑽戒。凱蒂的目光就像貓追著亮晶晶玩具般跟著那顆鑽石移動。

「那塊地太有價值了，所有參與競標的開發商都很有野心想開發泰瑟爾莊園，我覺得計畫中不包括那棟老宅。」

「但那實在是本末倒置！泰瑟爾莊園是東南亞最優雅的豪宅之一，那座玫瑰園，還有豪華交誼聽，都那麼精緻！必須有人把它們從那些貪婪開發商手中拯救出來！」

79 這裡指馬來西亞最高元首。馬來西亞九個州各有世襲統治者和皇室成員，最高元首就是每五年從這些統治者中選舉產生。

「我完全同意。」奧利佛說。

凱蒂饒有興趣地聽著兩人的談話，這是她第一次聽見那座宅邸的事。

「奧利佛，你應該有認識一些願意買下那棟房產，並照素儀的標準保存它的人吧？中國籍的新公爵夫人，搬到新加坡拯救猩猩的那個誰呢？我在葬禮上見過她。」

凱蒂驚慌地從茶杯抬起頭。

「呃，妳是說帕利澤伯爵夫人？」奧利佛尷尬地看了凱蒂一眼。

「對呀，就是她，你認識她嗎？她應該買下那棟房子，這樣她就會成為無可爭議的新加坡女王！」蘇丹皇太后表示，又拿了一顆甜甜的椰絲球放進嘴裡。

與蘇丹皇太后的會面結束後，凱蒂在直升機返回新加坡的途中不發一語。她一下直升機，便轉向奧利佛，問道：「皇太后說的那棟房子，現在賣價多少錢？」

「凱蒂，我知道妳剛都聽到了，但皇太后過的是幻境般的生活，柯萊特不會買下泰瑟爾莊園的。」

「為什麼？」

「我了解我的親戚——他們絕不會把房子賣給她。」

「是喔？你說柯萊特不會去參加你妗婆的葬禮，她去了；你說柯萊特不會對我造成威脅，然後她就把我從《快速時尚》封面的位置擠下去。我覺得我沒辦法再相信你說的話了。」

「好吧，我承認我不是德爾菲神喻，但還是有柯萊特做不到的事情。首先，她買不起那棟房子。」

「是嗎？多少錢？」

「我聽說目前最高標價是四十億，我知道柯萊特本身沒有那麼多的錢。」

凱蒂皺了皺眉。「她是沒有，但她有一個價值五十億的信託基金。如果她真想要那棟房子，她可以借用基金的錢。而我有預感她會想要，因為她非常想成為新加坡女王，他媽的宇宙女王！」

「聽著，凱蒂，如果這麼做能防止妳從這場無聊的競爭中失去理智，那妳就買吧。我甚至可以親自幫妳向我親戚他們報價。但我得提醒妳，為了讓楊家人認真考慮妳的報價，妳得拿出擊敗所有對手的價格才行。」

「那我們報五十億。」

「那沒用。妳必須意識到一件事，凱蒂，妳在中國大陸出生並嫁給某個有錢的權貴，但卻是暴發戶。妳還沒得到這些人所看重的尊敬程度。如果妳想從這些狂妄的傢伙手中拿到新加坡最有價值的房產，妳一定要做得徹底。妳得用錢讓他們感到驚嚇與敬畏。」

「那要多少錢？」

「一百億。」

凱蒂深吸一口氣。「好吧，那就給他們一百億。」

奧利佛對她答應得如此爽快感到震驚。「妳說真的？不用先跟傑克商量嗎？」

「我丈夫讓我來搞定，你只需要擔心幫我拿到房子的事，在狡猾的柯萊特把觸角伸向那棟房子前。如果你讓她在我眼皮底下偷了那房子，我不會原諒你的，你知道那代表什麼意思吧。」凱蒂警告道，鑽進等著她的車子。

送走她後，奧利佛拿出手機按下快速撥號。

「喂——？」一個聲音接起電話。

「成功了，太成功了。」奧利佛發出一聲喟嘆。

「那個叫凱蒂的女生要買那棟房子？」

「妳非信不可，薩拉阿姨，我真該向妳跪拜。」

「不敢相信竟然那麼容易。」帕拉越蘇丹皇太后說。

「妳一開始說起泰瑟爾莊園，她就完全忘了要頭銜的事，妳真是個天才！」

「是嗎？」

「我都不知道妳那麼會演！」

蘇丹皇太后像個小女生般笑了起來。「我的天啊，我好久沒那麼開心了！你那愚蠢的講話方式——『我能冒昧請問』——哈哈哈，你聽起來活像珍．奧斯丁小說的人物！我都要緊咬下唇避免笑出來，還有、噢，那些該死的項鍊讓我脖子超痠的！還以為我要被鑽石勒死了，呵呵呵呵呵！」

「如果妳不那樣打扮的話，凱蒂就不會對妳產生敬畏。她那個人被珠寶寵壞了，所以讓她震驚和敬畏是必要的。」

「真的是震驚和敬畏！你喜歡我讓我的衛兵在我進入大門時唱的歌嗎？」

「那真的是，我差點都要尿褲子了！我想說他們為什麼要唱新加坡兒童節的歌？」

「呵呵呵！你還記得以前有天你放學回家，你媽要你唱那首歌給我聽嗎？你對用馬來西亞語唱歌很驕傲，還有，你喜歡我提及中國第一夫人那部分嗎？」

「我喜歡，非常適合，薩拉阿姨。」

「我根本沒見過她，呵呵呵！」

「妳該贏得奧斯卡獎的，薩拉阿姨，我欠妳一個大人情。」

「只要送我一盒你家廚師紀瑞做的鳳梨酥，我們就扯平了。」

「薩拉阿姨，我會送妳一整箱鳳梨酥。」

「阿啦嘛，不要啦！我在減肥！我剛演戲的時候好緊張，害我今天吃太多椰絲球，呵呵呵呵。我現在要強迫自己去參加我孫女在舞廳的尊巴舞班了！」

新加坡，麥里芝蓄水池

這真是一個炎熱漫長外加蚊子叮咬的爬山日，當卡爾頓踏著沉重的腳步爬上另一個斜坡時，不禁心想他到底為什麼要跟雪赫拉莎德提議這個計畫。他的襯衫因為流汗濕透了，而且他確定沒有什麼 Serge Lutens 古龍水能蓋過此時身上的汗臭味。他轉過頭去看雪赫拉莎德，發現她正蹲在地上看著什麼。她的三名保鑣保持著些許距離，身穿運動服站在遠處注視他們。

「看！是巨蜥。」她指道。

「這小子挺大的。」卡爾頓說，發現一隻三呎長爬蟲類在灌木叢下休息。

「我想她是母的。」雪赫拉莎德糾正道：「我家從以前到現在養了很多寵物，我很了解爬蟲類。」

「薩里也有巨蜥？」

「其實是住在峇里島時養的，那時候我還小，我家在那裡住了三年左右。那時候我個性有點野，總是打著赤腳在島上到處跑。」

「這倒解釋了為什麼妳現在一點都不累。」卡爾頓回答，努力不讓自己一直盯著她因為網眼緊身褲和彈力針織運動內衣顯現出的完美魔鬼身材。

「有趣的是我不會流汗。從來沒有。我聽說伊莉莎白女王是唯一一個跟我有相同體質的人。」

「是嗎，像妳這樣的人大有人在。」卡爾頓說，兩人總算抵達樹梢吊橋。這是一段總長兩百五十公尺的吊橋，跨越這座自然保護區兩個最高點貝雅士山和加冷山。在他們穿過這條狹窄吊橋時，橋身開始晃動，但眼前視野忽地開闊起來，讓他們感覺自己彷彿漂浮在樹梢上。

他們走到橋中間，安靜地待了一會兒，欣賞引人入勝的景色。熱帶森林的樹冠自他們四周向外延伸直到天邊，唧唧鳥囀乘著微風在樹林間迴盪。

「真不可思議！謝謝你帶我來這裡。」雪赫拉莎德說。

「感覺我們好像離開新加坡了，對嗎？」

「是啊，這是這麼久以來第一個讓我想起童年的地方。我是說，看到這裡還有這樣的自然奇景很令人欣慰。」雪赫拉莎德盯著遠方的水庫，平靜的水面在夕陽下閃爍光芒。

「這座島變了這麼多嗎？我在約五年前才開始來這裡。」

「卡爾頓，你應該無法想像，我每次回來幾乎要看不出它原本的樣貌。很多懷舊氛圍都已不復存在。」

「我想這就是妳喜歡住在巴黎的原因？」

「算是吧。巴黎很棒的地方就在於每走過一條街就像進入一本正在展開的小說。我喜歡巴黎的原因其實是就算街道四處都是歷史，卻跟我沒關係。你懂嗎？」

「當然。我的家鄉在上海，但對我來說它不再是家。每次我回去的時候都感覺我永遠也無法擺脫過去。每個人都會清楚記得你做過的每一件事——家族的歷史和錯誤。」卡爾頓說，在轉身前臉色晦暗不佳。「但妳是這個意思吧？」

「不完全是，巴黎對我而言就像中立區，既不是新加坡也不是英國。你知道，即使我在新加坡出生，十歲前一直住在這裡，我卻從來不覺得這裡是我真正的歸屬。也許是因為我的外表，以前我的頭髮是完全金色的，感覺似乎所有人都認為我是**紅毛**。而我媽把我當外國人養也在不經意間加強我這種想法。除了我新加坡這邊的親戚，我接觸到的所有人都是英國人。我一點都不怪她，因為她非常想念家鄉，一開始對我爸的家族感到不堪重負。所以我們有點擠進這個老外泡泡裡，而那十年來，是我生命中首次認為我是個完全的英國人。」

卡爾頓對她會心一笑。「當妳真的去到英國後有點嚇到，對嗎？」

「嗯哼，當我們終於搬到薩里郡時，我發現英國人跟我對自己的認知不一樣。對他們來說，我就是一個從外國來的混血華人女生。所以我覺得自己在兩邊都很慘——我不像新加坡人，又不完全是英國人。」

卡爾頓點頭同意。「我人生大部分時間都在英國讀書，所以現在我也不完全屬於中國。在上海，人們會覺得我太西方作風；在新加坡，大家又覺得我是毫無文化的中國大陸人；但在倫敦，就算我很明顯是個外國人，我還是能做自己，沒人會去評判我。我想那就是妳在巴黎的感受，能感覺自由。」

「就是這樣！」雪赫拉莎德說，給卡爾頓一個迷人的微笑，他不得不強迫自己不要一直盯著她看。

一群男人從橋的另一端走來，在他們走近時，雪赫拉莎德不禁注意到他們看似義大利人，穿著無可挑剔的白外套，繫著領結。

「看來有出自費里尼電影的演員加入我們了。」雪赫拉莎德打趣地說。

「是啊，《甜蜜的生活》（*La Dolce Vita*），而且正是時候。」卡爾頓說。這些男人開始在他們面前設置一個精心設計的酒吧，拿出一些烈酒、雞尾酒器具和玻璃器皿。

「這是你安排的嗎？」雪赫拉莎德睜大眼睛問道。

「我總不能帶妳頂著炙熱的夕陽爬山，卻不提供夕陽飲品吧。」

其中三名男子拿出貝斯、薩克斯風和小巧的鼓組，並開始演奏邁爾士·戴維斯的曲子。

「我能為妳調一杯尼格羅尼嗎，夫人？」調酒師說，遞給雪赫拉莎德一個混合了金巴利、琴酒、紅色苦艾酒和冰塊的高球杯，一片橘皮優雅地蜷曲在杯緣。

「Grazie mille（義大利文的「非常感謝之意」）。」雪赫拉莎德答道。

「乾杯！」卡爾頓說著，用他那杯尼格羅尼碰了下她的杯子。

「你怎麼會知道這是我最喜歡喝的調酒？」雪赫拉莎德邊小口喝著她那杯開胃酒，邊問道。

「呃……我大概就是追蹤妳的IG。」

「但我的IG帳號沒有公開呀。」

「呃……大概是因為我有加尼克的IG吧。」卡爾頓坦承道。

雪赫拉莎德笑了起來，完全被迷住了。

卡爾頓對上她的眼睛，然後越過她的肩膀瞥向那些保鑣。「如果我現在吻妳會很瘋狂嗎？我是說，妳的保鑣會在兩秒內衝過來把我按到地上嗎？」

「你不吻我才會。」雪赫拉莎德說著，傾身向前吻了他。

在一個綿延不斷的長吻後，兩人抱在一起站在橋邊，看著夕陽在樹梢上閃閃發光，於地平線上投射出一團火紅的琥珀色澤。

當卡爾頓把車子停在雪赫拉莎德家門前的車道時，差不多是晚上七點半。他還不想放她下車，希望能帶她去吃晚餐，整個晚上都跟她待在一起。但他的禮儀還是佔了上風，他希望讓她決定接下來的發展。

雪赫拉莎德對他笑了笑，很明顯她也不希望他們的約會就此結束。「你要不要進來喝一杯？我爸媽通常這時候都會小酌一番。」

「可以嗎？我不想打擾你們。」

「當然，我想他們也想正式跟你見個面，他們對你很好奇。」

「如果妳覺得我這身髒兮兮的爬山裝不會難看的話……」

「噢，沒事啦，你這身打扮很隨性。」

卡爾頓把他那輛復古的一九七五年豐田 Land Cruiser 的鑰匙交給車道上負責泊車的侍者，兩人便走進線條流暢的玻璃塔優雅的大廳。對於一個可謂控制一個國家大部分國內生產總值的家族來說，尚家在新加坡過著十分謙遜的生活。阿爾弗雷德很久以前就把那座島上的有地房產全脫手了，但他在格蘭傑路上蓋了這棟非常慎重的私人公寓塔，他的每個孩子都拿到一層樓。

「晚安，尚小姐。」接待櫃檯的警衛齊聲說道。其中一人護送他們到了電梯，伸手在密碼鍵盤上按了安全密碼。電梯上升到頂層，門打開時，卡爾頓可聽見入口大廳傳來有人小聲交談的聲音。

兩人走進一個圓形類似中庭的下沉式客廳，然後卡爾頓停下了腳步。站在房間中央、一襲熠熠生輝孔雀藍禮服的人正是他前女友柯萊特。自從他發現她該為瑞秋中毒事件負責後，他已有差不多兩年不曾與她說話或見面。

「噢，妳好，看來今天的客人比我想的還多。」雪赫拉莎德說。

她父親李歐納．尚轉向他們，說道：「噢，終於啊，我四處揮霍的女兒回來了！雪赫拉莎德，過來見見路西恩和柯萊特，帕利澤伯爵夫婦。」

雪赫拉莎德漫步上前打招呼，接著向所有人介紹卡爾頓。仍處於震驚中的卡爾頓麻木地跟打扮入時的李歐納和印蒂雅握手，後者目光不贊同地掃過卡爾頓那身爬山裝。當他面對路西恩和柯萊特時，無可避免的時刻終究來了。她看起來變了許多，頭髮在頸後紮成一個優雅的斜圓髮髻，臉上化的妝遠比他記憶中還淡，但他很驚訝他對她的憤怒突然如潮水般湧來。上次他們見面的時候，他指控她試圖毒害他的姊姊。

「你好呀，卡爾頓。」柯萊特神態自若地說。

「柯萊特。」卡爾頓喃喃答道，努力保持冷靜。

「噢，你們兩個認識？」印蒂雅．尚訝異地說：「不過也是，妳在上海住過一段時間。」

「是啊。」柯萊特說。

「那你們一定得留下跟我們共進晚餐。」印蒂雅堅持道。

「好。」柯萊特甜甜地說。

卡爾頓朝這位女主人擠出一個笑容。「能跟你們共進晚餐是我的榮幸，尚太太。」

很快地，所有人都坐在飯廳裡的餐桌前，享受馬可仕・沈準備的十二道可口佳餚。卡爾頓看著掛在他們四周精緻簡約的畫作問：「這些畫是艾格尼絲・馬丁的作品嗎？」

「沒錯。」李歐納・尚回答，對卡爾頓認出這位藝術家感到印象深刻。

「你有收藏她的畫？」印蒂雅問。

「沒有。」卡爾頓回答。

「卡爾頓收藏車。」柯萊特說，眼底閃過一絲光芒。

「哦，是嗎？什麼款式？我最近在修一輛 MG Midget。」路西恩說。

「MG 我也喜歡，但其實我在中國有做汽車進口，我們主打 McLarens、Bugatti 和 Koenigsegg 這類的外國車。」

「我的天啊，那些都是速度很快的車，對吧？」印蒂雅表示。

「這些車都是精心設計的藝術品，真的；但妳說得沒錯，這些車的確是注重速度的設計。」卡爾頓平靜地回答。

「卡爾頓喜歡開快車，他以前常跟人賽車。」柯萊特咬了一口烤章魚，一臉純真的越過桌子看向他。

雪赫拉莎德看了眼卡爾頓，注意到他露出緊張的神情。

「噢，天啊，你有出過車禍嗎？」印蒂雅問，暗自決定以後絕對不要讓雪赫拉莎德再搭這位年輕人的車。

「我的確出過車禍。」卡爾頓坦承。

「發生什麼事了？你應該沒撞壞那些百萬跑車中的一輛吧？」路西恩笑道。

「那是個很嚴重的意外，教會我開車要非常小心，我現在已經不賽車了。」卡爾頓說。

「我很開心你沒事。」雪赫拉莎德對他微微一笑。

「這個嘛。」柯萊特目露精光地打岔：「在你害死一個女生，又讓另一個女生雙腳癱瘓後，最好還是別賽車了，對吧？」

當李歐納・尚被夏多內葡萄酒嗆到而咳嗽，他妻子彷彿被變成鹽柱般僵在座位上時，柯萊特朝卡爾頓笑了笑。他很了解這個笑容，並意識到或許柯萊特・邴這陣子搖身一變成了帕利澤伯爵夫人，但她還真該死的一點改變也沒有。

香港，太平山

克蘿伊躲在她房間的浴室打電話，蓮蓬頭大開。「爸，你說要打給你……就是……媽又怪怪的時候……」

查理感覺呼吸一陣緊窒。「發生什麼事了？妳跟達芬妮還好嗎？」

「呃、我們沒事，但你該過來一趟。」

查理查看了下手錶，目前剛過晚上十一點。「我現在立刻下班，十五分鐘內會到！寶貝，妳可以幫忙看住媽媽嗎？」

「嗯，好。」

查理可聽出她聲音蘊含著恐懼，隨即開著他的保時捷911急速趕過去。這輛跑車危險地沿著髮夾彎和陡峭的山坡路疾行，他用藍芽快速撥號打給伊莎貝爾的保全主管強尼．馮，卻直接進入語音信箱。他全程心跳狂飆，一直擔心抵達那棟宅邸後不知道會看到什麼情況。伊莎貝爾最近狀況很好，難道她又神經衰弱了？還是她把藥停了？

查理在離房子幾街區的地方，遇到塞車。車子一輛接一輛大排長龍。他焦急地靠在車子喇叭上，心想管他的，決定切進對向車道。他超過一整排車龍，發現他們的目的地都是同一個地方——伊莎貝爾的家。當查理停下車時，前門擠了一堆人。他下車走近大門旁的警衛室。「到底發生什麼事了？」

「私人派對。」其中一名警衛用廣東話回答。

「派對？**今晚**？我要進去。」

「等一下，你有受到邀請嗎？你叫什麼名字？」一個長了張娃娃臉的警衛問，抓著一台iPad，螢幕上顯示一連串的名字。

「我叫什麼？真的是，給我滾開！」查理勃然大怒，一把推開他，沿著車道往下跑。正當他到了車輛進出的通道時，三名身穿黑西裝的保鑣憑空出現，把他壓在身下。「抓到暴徒了！」其中一名警衛把查理的臉埋在地上，對著耳機進行匯報。

「放開我！這是我的房子！」查理在一個警衛抱住他的膝蓋時，發出一聲悶哼。

「是喔。」那名警衛嘲笑道。

「叫馮先生出來，我是查理·胡，這是我的房子！你們該死的薪水全是我付的！」

在聽見自己老闆的名字後，其中一名警衛匆忙地對著耳機講話。不一會兒，保全主管從主宅走出來，吼道：「那是胡先生！放開他，你們這幫蠢貨！」

查理從地上爬起來，擦去一臉灰土。「強尼，這裡到底發生什麼事了？你為什麼不接電話？」

「抱歉，我在屋裡，那裡太吵了。」強尼向他道歉。「胡太太今天下午突然決定辦派對，為雲南的地震受災戶募款。」

「你他媽的在玩我吧。」查理喃喃了句，走進屋裡。門廊至少擠了五十個人，一個男人突然從背後抓住他，給他一個熊抱。「查理！你來了！」說話的人是帕斯卡·彭，臉上塗著奇怪的白粉，兩頰上塗了腮紅。「我才跟蒂妲說，從沒看過你和伊莎貝爾這麼愉快的離婚，妳看！他還來參加她的派對呢！我前妻連我的電話都不接，哈哈哈。」

一個身材纖瘦穿著銀色連身褲、臉色蒼白的女人，外表帶著獨特的中性味道，對他甜甜一笑時，查理露出困惑的表情。「你就是查理呀！艾絲翠跟我說了好多你的事。」她用一種輕快的英國口音說道。

「是嗎？不好意思，我現在在找人。」查理擠過擁擠的門廊，走進寬敞的客廳，現已完全被改造成一個死氣沉沉的昏暗空間。所有伊莎貝爾的漂亮法式家具都蓋上黑布，連牆壁也掛著黑布。客人都坐在小酒吧桌旁，桌上點了紅色蠟燭，一個頭髮往後梳、身穿深紅色天鵝絨禮服的女人，手拿麥克風躺在一架三角鋼琴上。當鋼琴師敲響琴鍵時，她用一個深沉嘶啞的嗓音唱著歌。

「再次陷入愛情中，永遠不想……

我該如何是好，不可自拔。」

查理發現伊莎貝爾就在前排某個座位，穿了件紳士禮服，將頭髮往後梳，坐在一個看上去不超過二十五歲的男模特兒腿上。克蘿伊和達芬妮站在她身後，穿著相稱的黑色背心和短褲，還帶著黑色的圓頂禮帽，看起來非常不舒服。克蘿伊一看見她爸爸，臉色立刻因鬆了口氣恢復生氣。

查理大步走向伊莎貝爾那桌，問道：「我們可以談談嗎？」

「噓！烏緹．蘭帕在唱歌！」伊莎貝爾揮手趕他走。

「我們現在真的必須談談。」查理盡可能地保持冷靜，拉著她的手臂往房間後方走去。

「你是怎麼回事？現在全球最厲害的歌手之一在演唱，你卻來吵我！」伊莎貝爾鼻息間充斥著伏特加，查理看著她的眼睛，想弄清楚她只是喝醉了，還是躁鬱症發作。

「伊莎貝爾，今天是星期四，妳為什麼偏偏這時候要在家裡辦兩百人的派對？還有妳讓我們女兒穿的這是什麼？」

「你不知道嗎？這是威瑪共和國的服裝，一九三一年，我們在柏林的奇巧俱樂部穿的，克蘿伊和達芬妮扮的是莎莉．鮑爾斯呀！」

他重重嘆了口氣。「我現在要帶她們回我家，明天還要上學，而現在已經過凌晨了，她們眼睛根本都睜不開了。」

「你在說什麼呀？她們玩得可開心呢！克蘿伊很喜歡郝祥允，我還特別把他請來！」伊莎貝爾指著那個身材壯碩的男模特兒，剛才她一直坐在他身上為他暖腿。「你是在忌妒吧？放心，我覺得你那話兒更大。」

此時此刻，查理知道她已經失去理智了。或許伊莎貝爾行事作風蠻橫無理，但她從不口出穢言。「我沒忌妒……」他冷靜地開口。

「那就不要毀掉我們其他人的樂趣！」伊莎貝爾撂下一句，便走回座位上。這次她跨坐在那個男模身上，開始隨著音樂搖擺。

查理明顯可看出她正處於躁鬱症的巔峰期，她遲早會精神崩潰，誰曉得到時她會做出什麼事來。他兩手拉著克蘿伊和達芬妮，朝門口走去。到了前門，他小聲對強尼．馮說：「不要讓伊莎貝爾離開你的視線，聽懂了嗎？還有，在我明天帶她的醫生過來前，不要讓她出門。」

來。

凌晨三點，查理被一通電話吵醒。看見是伊莎貝爾打來的，他嘆了口氣，翻身仰臥接了起

「我女兒呢？」伊莎貝爾問，聲音聽來非常平靜。

「她們和我在一起，已經睡了。」

「你為什麼要那樣把她們帶走？」

「不是我帶她們走，她們很高興能離開那場怪胎秀跟我回家。」

「你讓她們沒有看到烏緹完美的表演，她唱了三首歌，她唱了〈我無怨無悔〉（*Je ne Regrette Rien*），我還想讓她們跟蒂妲．絲雲頓（Tilda Swinton）見面，什麼時候還會有這樣的機會？」

「我很抱歉，伊莎貝爾，很遺憾克蘿伊沒機會認識蒂妲，但她剛好是艾絲翠的朋友，所以她可能會有機會……」

「我管艾絲翠去死！你不知道這世上有人在痛苦嗎？你知道我們今晚為震災戶募得了兩百萬美元嗎？想想那些我們正在救助的兒童！」

查理惱怒地笑了起來，他知道在她症狀發作時跟她爭論毫無意義，但他就是忍不住。「妳可以從關心自己的小孩開始。」

「所以你覺得我是個壞媽媽。」伊莎貝爾說，聲音突然聽起來很難過。

「沒有，我覺得妳是個好媽媽，只是今晚精神不太好。」

「我沒有精神不好！今晚非常棒！我是一個慈善募款家，我很努力在幫助我們的孩子。」

伊莎貝爾開始用緩慢且深情的聲音唱著：「我相信孩子是我們的未來，好好教導他們，讓他們引領方向……」

「伊莎，已經凌晨三點了，我可以不要聽妳唱惠妮休斯頓的歌了嗎？」查理疲倦地說。

「我不要！那些混蛋擊垮了惠妮的精神，但永遠擊不垮我，你聽到了嗎？」

「伊莎，我要睡覺了，我明天起來就去找妳，我會帶女兒回家讓她們換制服。」

「你敢掛我電話，查理．胡！」伊莎貝爾問，但太遲了，查理早已掛斷。他從沒這樣掛過她電話。伊莎貝爾盯著窗外洶湧的海浪，心情就像雲霄飛車一樣墜落。查理不知道，她跟他通電話的整個期間都是坐在他位於石澳的新屋臥房裡。為了瞞過保安人員，她在烏緹．蘭帕第二首歌後，跟她調換衣服，穿著那件深紅色天鵝絨禮服從自己的派對中脫身，不被任何人發現。她坐進停在車道上的第一輛車，一路瘋狂地開往查理的房子。她輸入她記下的密碼：110011，現在正在湯姆．坤迪格設計的這棟空蕩蕩的房子裡閒晃，越想越憤怒。

所以就是這樣。你會在這棟漂亮的海濱玻璃別墅開啟新生活。在這棟會出現在粗俗的《建築文摘》上的夢幻建築，跟那些無聊的中世紀家具，每天早上身邊都會躺著一個乏味的洋娃娃。因為那就是她，那個做作的艾絲翠．梁。她以為自己穿了Alexis Mabille的衣服來吃午餐就稱得上漂亮，她還以為她很天然，她生來就是個只能做裝飾的娃娃，毫無內涵與膽量。每個人都覺得她既精緻又優雅，但我知道真相，我知道她到底是個怎樣的女人。

伊莎貝爾靠著餐桌，拿起手機，胡亂地刷著螢幕，直到找到她想找的東西。那是一個影片片段，被她存在鎖上的資料夾裡。那是查理和艾絲翠做愛的影片，當她點擊播放時，兩人的呻吟聲隨即響徹整個寬敞、空曠的房子。看看她，跟妓女沒兩樣；她跨坐在他身上，要求他深入她的體內，彷彿騎著她其中一匹種馬似的。這樣的女人不會只滿足跟克蘿伊和達芬妮做「朋友」，這種女人會想擁有一切。因為她有錢就覺得她可以買到任何想要的東西，她得到了查理，現在還想得到我的女兒，讓她們變得跟她一模一樣，露出修長的脖頸，再穿上高級的訂製服裝。她想坐在這棟完美的豪宅裡，跟我的女兒一起欣賞外頭漂亮的海景，在金黃色的陽光下撫摸著她們的頭髮，帶她們穿梭於花園中，彷彿身處泰倫斯．馬利克電影裡的場景似的，說服他們這才是他們唯一渴望的生活。「隨時歡迎妳來。」她說。說得好聽。一旦他們結婚後，她就會永遠把我關在門外。我很清楚。她以為自己能把我從他們的生命中抹去，但我絕不會讓這種事發生，絕對不會！伊莎貝爾用顫抖的手指在八卦專欄作家赫尼．蔡的微信留言板上留下一條訊息：

艾絲翠．梁偷走我的人生，她是個搞外遇、偷人丈夫的妓女。看她在這個影片中下流的表現就知道，她就是個無趣的富家女，有幾個臭錢、足以毀滅世界的家族繼承人。我詛咒她！詛咒查理．胡！我詛咒這棟充滿欺騙和罪惡的房子！這棟房子永遠不會有平和的一天，直到永遠！

伊莎貝爾上傳影片後，按下發送，影片遂流向全世界數百萬的微信用戶。她接著爬到那張中島設計的木製餐桌上，將其當作一個巨大衝浪板，脫下身上那件天鵝絨長禮服，捲成一條綳緊的長繩，把一端扔過琳賽．阿德曼設計的水晶吊燈。她拉緊繩索另一端，卡在自己白皙頸子的軟肉上，隨即慢慢走向桌邊，一步接著一步，凝視窗外那片月光海，然後往下跳。

新加坡，泰瑟爾莊園

「真是一敗塗地，巨大無比的災難。」卡爾頓在電話中向他姊姊回憶起和雪赫拉莎德的約會，嘆了口氣。

「我很遺憾，卡爾頓——聽起來滿令人難過的。」瑞秋說：「那柯萊特投下這枚重磅炸彈後，發生什麼事了？」

「基本上，讓大家都掃了晚餐的興致。在那之後，雪赫拉莎德什麼也沒吃，甜點上桌後我就起身走人了。很明顯我再多待一分鐘，雪赫拉莎德的爸媽會直接對我下驅逐令。」

「我想沒那麼糟糕啦。」

「不，事實上，情況更糟了。大家進了客廳喝茶和咖啡，而我知道柯萊特已迫不及待向他們分享當初在倫敦發生的事的所有細節，我敢說她毫不留情地告訴尚家人我是個多麼凶狠的怪物。雪赫拉莎德陪我走去車上，我本想向她解釋事情的原貌，但話一出口全變了樣。我很心急，又很緊張，我覺得她太震驚了，根本什麼也聽不進去。」

「這些訊息對第一次約會來說太多了，卡爾頓，給她一點時間平復情緒吧。」瑞秋溫柔地安慰他。

「她有一輩子的時間平復——我聽說她今早就回巴黎了，我們完了。」

「還沒完呢，或許她離開新加坡跟你沒關係。」

「是喔，我不覺得，她過去二十四小時一次也沒回我的訊息。」

瑞秋翻了個白眼。「天啊，你這個網宅！如果你真想挽回她，飛去巴黎，送她一千朵玫瑰，再帶她去瑪黑區選家浪漫的高空酒吧吃晚餐，**不要只會傳簡訊！**」

「事情沒那麼簡單，她周圍全天候都有保鑣跟著她，她不回我簡訊的話，我也不要當恐怖的跟蹤狂在她家門口排徊。」

「卡爾頓，就算你真的做了，也不會變成恐怖的跟蹤狂啦。雪赫拉莎德很顯然嚇壞了，因為柯萊特跟她說的那些鬼話。所以你得讓她看見你真正的樣子，你難道看不出來她正在等你向她解釋嗎？」

「我想她是回去巴黎過她的生活，跟某個留著鬍渣的法國佬約會吧。」

瑞秋嘆了口氣。「卡爾頓，你知道嗎？你被寵壞了，你很幸運，也可說是不幸，長了張好看的臉，在你人生中女生都會主動貼上來。你根本什麼都不用做。而雪赫拉莎德是第一個讓你感覺挑戰的女生，因為你必須費盡心思。現在，你遇到了喜歡的人，你要追嗎？」

卡爾頓沉默了半晌。「那我下一步該怎麼辦，瑞秋？」

「你得自己去想，我不會幫你出主意！你得想出一個瘋狂且浪漫的辦法，贏回她的芳心。聽著，我得掛電話了。今天早上有個準買家要來泰瑟爾莊園看屋，你絕不會想知道是誰。」

「為什麼？」卡爾頓問。

「因為那個人是傑克・邴。」

「屁啦，妳唬弄我的吧！」

「我也希望呀，他提出天價要標下這棟房子。」

「靠，柯萊特和她爸，邴家已經把觸手伸向新加坡了，不要賣給他。」

瑞秋嘆道：「我希望我能決定，我和尼克其實不想與他打到照面，我想我聽到有人來了。」

「好吧，再連絡。」

★

傑克．邴站在安達盧西亞風的庭院裡，盯著那些華麗的雕刻柱，抽著雪茄。「真不可思議，我至今從未見過這樣的房子。」他用中文說。

「我喜歡這個內院！我們可以打掉這個倒映池，換成**真正**的泳池。」凱蒂用英語提議道。

費莉希蒂、維多莉亞和雅莉絲皺了下眉，什麼也沒說。

奧利佛圓滑地插進對話。「凱蒂，這座倒映池是從西班牙地哥多華一磚一磚運過來的。妳有看到池邊這些藍色和珊瑚色的摩爾磁磚嗎？這些磁磚非常罕見，來自十三世紀。」

「噢，我不知道，那當然必須保留這池子了。」凱蒂說。

傑克盯著池子中央的蓮花形玫瑰石英，噴出聲響宛如催眠的涓涓細流。「我們一個地方都不能動，這房子雖然不如我們上海的豪宅大，卻有著驚人的風水。我可以感覺氣在四處流動，難怪你們家族在這裡如此繁榮。」傑克表示。

楊家姊妹禮貌地點頭，雖然她們沒人懂中文，只能聽懂大概百分之三十的話。傑克看向穿著整齊的三姊妹，心想：只有在這種地方長大的女人，才會穿那樣出門。而且她們甚至不會說中文，就像渡渡鳥一樣，是種沒用的物種，怪不得會失去這棟房子。

一群人穿過拱廊進入藏書室。

傑克看了看雙層書櫃和擺在印度紅木桌光滑桌面上的舊書。「我喜歡這風格的家具，是裝飾藝術吧？」

「這裡其實是詹姆斯爵士的藏書室，他收藏了一九四〇年代晚期所有皮耶．讓納雷設計的家具。」

「這裡讓我想起我爺爺過去常去歷史悠久的上海俱樂部。」傑克說。他又轉向屋裡的女士們。「我爺爺以前在熱水壺工廠工作，他同時也是一名小號手。他每晚會在西方人常去的俱樂部的爵士樂隊表演，賺取額外收入。我小的時候，晚上都會幫他擦小號，我會在上面吐口水，為了把小號擦亮一點。」

費莉希蒂緊張地退後一步，擔心他會真的在她附近示範怎麼吐口水。

「這些家具總價多少？」傑克問。

「呃……你說的是哪些？有一些……東西……是我們沒辦法賣的。」維多莉亞用她跟傭人溝通時會說的簡單中文表示。「奧利佛，『祖傳寶物』中文怎麼說？」

「啊，那叫『傳家寶』。」奧利佛對她說。

「噢，我喜歡這桌子和椅子，特別是那條紫藍雙色的地毯。」傑克指著地板。費莉希蒂盯著那張紫色絲綢地毯，腦海中忽然浮現她姑媽蘿絲瑪麗．錢曾告訴她的某個故事……

「妳知道妳媽媽曾經直視某個日本將軍的眼睛，挑釁他朝她開槍的事嗎？事情就發生在這間藏書室，當時素儀為某些高官舉辦牌聚。日軍佔領這裡後，總是強迫她做這種事，為他們舉辦這種墮落的宴會。我丈夫，也就是妳姑丈載泰，當時剛因為一些荒謬的罪行被逮捕。當那位將軍玩金拉米輸給妳媽時，她要求載泰無罪釋放。當然那位將軍對她大膽的行徑勃然大怒，馬上拔槍對準她的太陽穴。我當時就坐在她旁邊，以為她要完蛋了。

素儀毫不慌張，用她傲慢的風格說道：『將軍，如果你現在對我開槍，會毀了蘿絲瑪麗這身美麗的旗袍，上面會沾到我的腦漿，更別說這塊來自巴黎漂亮的裝飾藝術風的地毯。你知道這條地毯有多少價值嗎？這條地毯出自法國著名的設計師克里斯欽．貝哈德之手，可以做為禮物送給你的妻子，只要沒染上我的血。你也不想讓你妻子失望吧？』將軍沉默了一會兒，隨即大笑出聲。然後他放下槍，帶走了地毯，隔天，他們就把我丈夫從監獄放了出來，載泰永遠將素儀的恩惠銘記在心。

哎呀，戰時有太多故事能講了，但素儀不希望我說這些事。但妳知道她救了很多人的性命，而且多數人都沒有意識到真相。這也是她所希望的。戰爭結束後，她聽說那個將軍在馬尼拉因戰爭罪遭到處決。有天妳媽打給我說：『妳絕對猜不到剛送來的長盒裡裝了什麼——被那將軍帶回日本的那條紫色地毯，我猜他妻子從未認可過。』」

費莉希蒂從她的思緒回到現實，果斷地表示：「邴先生，這條地毯不賣，但屋裡某些東西可以。」

「那好吧。奧利佛，能否請你幫忙估價？這些女士願意讓我帶走的傳家寶我都要。」傑克面帶微笑看向楊家姊妹。

「沒問題。」奧利佛說。

「各位，我很中意這棟房子，我想無論何時造訪新加坡，我和我的家人都會很開心住在這裡。謝謝你們今早帶我們參觀房子，還有這是長期報價，所以你們可慢慢做決定。我知道對你們大家來說這個決定都不容易。」傑克說，隨即大步走出門外，把雪茄扔到礫石車道上，坐進第一輛黑色奧迪 SUV 的後座，隨著凱蒂和他們的保鑣先後坐進車裡後，一整隊車隊便揚長而去。

「那些人真讓人受不了。」在眾人坐到客廳的沙發上時，維多莉亞開口道。

「奧利佛，這些人你到底是從哪找來的？」費莉希蒂不屑地問。

「他們還不是最糟的，信不信由妳。傑克現在是一個精明的藝術收藏家，他們在上海有一間頂級的私人博物館，凱蒂現在的品味也變成熟了。更何況，她很願意學。放心，沒我的允許他們不會對這棟房子做任何改變。」

維多莉亞抬頭看見尼克跟瑞秋進到客廳十分訝異。「我不知道你們兩人在家呢！你們為什麼不出來跟這些人見面？瑞秋，妳在的話就能幫忙翻譯中文了！」

尼克重重地坐在裝飾藝術風的椅子上。「噢，我以前就見過他們了——幾年前我和傑克曾在上海見過面，而且我根本不想再見到他。他妻子我們也全見過啊，柯林結婚的時候。」

「等一下……你說那女的有去柯林的婚禮？」費莉希蒂看起來很吃驚。

「費莉希蒂姑媽，**她也去過妳家**，她以前跟阿歷斯泰交往過。」尼克惱怒地說。

「天啊，那是她？有著乳牛大棕色乳頭的那個？叫什麼普希．彭的？」雅莉絲脫口而出。

「她叫凱蒂・龐。」瑞秋說。

「我的天，我根本認不出她，她長得完全不一樣！難怪阿歷斯泰今天早上突然飛回香港！但我以為她是嫁給那個混混……卡蘿・戴沒用的兒子，也做了整形手術的？」雅莉絲說。

「那是很久以前的事了，雅莉絲姑媽，凱蒂攀上高枝了。」

「的確，其實她今天穿的那件碎花洋裝滿漂亮的，我很喜歡。讓她看起來一點也不俗氣。」維多莉亞表示。

「穿Dries Van Noten品牌的衣服想俗氣也很難。」奧利佛說。

「所以你們真的要把房子賣他們？」尼克語氣生硬地問。

「尼基，你告訴我們該如何拒絕一百億？這比目前最高報價多出三倍，不賺這個錢絕對蠢到家了！」費莉希蒂斷言。

奧利佛點頭。「所以不要再吹毛求疵了。」

尼克不快地瞥了奧利佛一眼。「說來容易，但你沒有在這棟房子長大，對我們有些人來說，這不只是錢的問題。」

奧利佛嘆了口氣。「聽著，尼基，我知道你對我很不高興，但我真的不是故意跟你作對。我喜歡你奶奶，對這棟房子的感情也比你想像的要深。我知道你想保存泰瑟爾莊園，所以我聽說邴夫婦決定在新加坡置產時，我就把兩件事連結在一起。他們喜歡這棟房子，並允諾會保持建築的完整性。事實上，他們也有足夠資金修復這棟房子，可讓這裡在未來好幾代一直保持最佳狀態。」

瑞秋開口：「這些人包括柯萊特・邴嗎？」

奧利佛的臉色脹紅，費莉希蒂則問道：「柯萊特・邴是誰？」

「柯萊特・邴是傑克的女兒，兩年前，她的私人助理羅克珊為了幫柯萊特，試圖對瑞秋下毒。」

「什麼？」費莉希蒂和維多莉亞驚恐地大叫。

「噢，天啊，我完全忘了那家子是怎樣的人。」雅莉絲咕噥道，雙手摀著臉。

「瑞秋，那是場不幸的意外，但妳得明白傑克和凱蒂已經跟柯萊特沒關係了。」奧利佛說。

尼克的臉上閃過一絲憤怒。「那才不是什麼不幸的意外，我妻子差點死了！奧利佛，你就說達成這筆交易你能拿到多少錢？除了你的銷售佣金——大概會是幾百萬美元吧——你和你工作的拍賣行能從賣新玩意兒給邴家那群貪婪的人抽多少錢？」

奧利佛從長沙發站起來，抱歉地笑了笑。「我想我還是先走好了，我看得出我讓你們非常焦慮，報價計劃就在桌上，期待收到你們的回覆。」

奧利佛一離開，維多莉亞便開口。「其實我一直在想……這一切都讓我覺得有點偶然，又難以置信，關於這個報價。尼基，邴家提供這個不可思議的價格，有部分可能是因為他們對瑞秋心懷愧疚。我覺得這全是媽咪的功勞，她在天堂看顧著我們。」

尼克煩躁地翻了個白眼。

「很難想像有人會付超過市值那麼多的錢買下泰瑟爾莊園……」雅莉絲說。

「這全是媽咪的計畫，她知道我們不會從尚氏基金拿到任何一毛錢，所以她希望我們盡可能用泰瑟爾莊園換取最多利益。她才會讓我們共同繼承，現在她又為我們創造奇蹟。」維多莉亞的聲音充滿了信念。

尼克突然起身看向他的姑媽。「聽著，如果你們晚上睡得著，要怎麼編故事我不管，但我個人無法接受把房子賣給想謀殺我妻子的家庭！我不覺得他們說會保存這棟房子的話值得相信——我敢打包票，凱蒂絕對在等著把這棟房子從頭到尾翻新，但要是我能拿出跟傑克一樣的價格，你們可以把房子賣給我嗎？」

瑞秋驚訝地看著他，雅莉絲回答：「尼基，別說傻話。讓你用那價格買下這房子太蠢了，我們不會做這種事！」

「妳沒有回答我的問題，如果我能拿出一百億，可以嗎？」

他的姑媽面面相覷。

「好，我們給你一個月的時間。」費莉希蒂最終軟化態度。

新加坡，聖淘沙島

每年，新加坡藝術博物館的收購委員會都會為了永久收藏的潛在作品開兩次會。特別委員會的成員是由這座城市年輕的精英收藏家組成，大多出自名門望族。正如大多數有資格的豪門後裔，只讓他們在博物館不錯卻普通的辦公室裡履行職責是遠遠不夠的，所以擁有名廚佳餚的旅遊勝地總是會被選作收購委員會的開會場所。

今天，會議選在聖淘沙島上的嘉佩樂酒店享用早餐，位於新加坡南岸的島嶼旅遊勝地。博物館館長艾卓恩・洪抵達可眺望分層無邊泳池的豪華接待室時，房裡已聚集十來個成員，氣氛十分熱絡。

「不敢相信呀！我簡直不敢相信！」蘿倫・李－梁（梁氏金融集團繼承人羅德里克・梁的妻子，以及李詠嫻老夫人的孫女）躲在一隅低聲對莎麗塔・辛格（前寶萊塢女演員，嘉雅莉・辛格的兒媳）說。

「發生那種事怎麼可能振作起來。」莎麗塔搖搖頭，摩挲她那條梵克雅寶項鍊上的珍珠母吊墜，彷彿抓著念珠似的。

「唯一的安慰就是她的乳房挺漂亮的，不知道她是不是有去豐胸？」蘿倫用她的VBH手拿包遮著嘴巴說道。

艾卓恩慢慢走到自助餐桌旁，夾了兩顆軟嫩的水煮蛋和幾片三角吐司。派翠西亞・林（來自林氏橡膠）站在他旁邊在火腿蛋鬆餅跟挪威蛋間游移不定，看了他一眼。「不錯的早晨，對吧？」

「是啊，感覺大家都補充了咖啡，準備開工了！好、很好，我們今天議程長著呢。」

「今天有什麼事要宣布嗎，還是你打算默不作聲？」

「我不知道妳在說什麼，派翠西亞。」館長皺起眉頭。

「別跟我裝傻，盛為！噢，天啊……**她真的來了！**」

艾絲翠一走進房間，全部人便陷入死寂般的沉默。她跟她表妹蘇菲．邱（來自邱氏企業）[80]打了招呼，從自助餐桌夾了一個法氏巧克力麵包，坐到那張大理石長桌空下的主位上。然後她忽然站了起來。「大家早，在我們開始開會前，我必須向各位坦承……」

大部分委員會成員在睜大眼睛看著艾絲翠的同時，倒抽了一口氣。

「我對卡普爾的作品非常偏愛。我喜歡他的作品很多年了，你們大概也知道我收藏了他好幾件作品，而我也匿名贊助安特衛普那座新裝置藝術的設置，所以這次我們將他的兩件新藝術作品列入審查，我會自行放棄投票。」

「真不敢相信……」蘿倫．李嘀咕道。

莎麗塔．辛格用湯匙敲著她的咖啡杯，在所有人望向她的時候開口，一副秉公辦理的語氣。

80 蘇菲是柯林．邱的妹妹，艾絲翠是他們媽媽這邊的表親，其亡母是哈利．梁的妹妹。沒錯，新加坡是個小型社會，在高淨值人群中圈子就更小了。

「我原以為我們的主席會謙卑地辭職下台，但她卻絲毫沒有這個意願。所以我想提出一項動議，要求艾絲翠．梁立刻從收購委員會撤職。」

艾絲翠震驚地盯著莎麗塔。

「我附議。」蘿倫．李很快地接口。

「怎麼回事？」艾卓恩脫口而出，在房間掀起一陣騷動時，仍塞了滿口的水煮蛋。

「莎麗塔，妳怎麼會突然提出這個動議？」艾絲翠問。

「艾絲翠，我就直說了吧，我們會因為妳的所作所為失去資助，博物館的聲譽都會受妳影響，我甚至不敢相信妳今早還敢出席會議。」

「我真的不知道……是因為我離婚的事嗎？」艾絲翠試圖保持親切和冷靜。

此時，坐在餐桌另一端的蘇菲．邱起身，跑到艾絲翠旁邊。「跟我來一下。」她低聲說，抓住她的手臂。

艾絲翠站起來跟著蘇菲走出門外。「發生什麼事了？」她不知所措地問。

「艾絲翠，顯然妳還不曉得這件事。」

「什麼事？」

蘇菲閉了會兒眼睛，吸了一口氣。「昨晚妳一個影片外流……現在正到處瘋傳……」

「影片？」艾絲翠仍一頭霧水。

「對，妳……和查理．胡的。」

艾絲翠的臉色一下變得慘白。「天啊。」

「我很抱歉……」蘇菲開口。

艾絲翠在原地杵了片刻，隨即進入危機管理模式。「我得走了，我要去學校接卡西恩，麻煩妳跟他們說一聲。」艾絲翠說著，朝她停車的位置跑去。

艾絲翠沿著聖淘沙公路橋高速行駛返回新加坡，感覺自己格外冷靜鎮定。她試著用藍芽打給查理，卻一直進入語音信箱。最後，她留言道：「查理，你一直沒接電話，我猜你已經聽說影片外流的事了。我幾分鐘前才知道，但我沒事，別擔心。我現在在去英華接卡西恩的路上。我覺得你最好也去接克蘿伊和達芬妮。如果她們還不知道，這件事還是由我們親自說明比較好，而不是從其他同學口中得知。你也知道小孩不太會拿捏分寸，我再打給你。」

艾絲翠一掛上電話，手機又再度響了起來。「查理？」

電話另一頭是短暫的沉默，然後傳出一個尖銳的嗓音。「天啊，你還跟那個恐怖的變態有聯繫，真不敢相信！」聲音來自她母親。

「媽，冷靜點。」

「性愛影片！我的老天，我做惡夢再慘也沒想到會聽見我的小孩跟這個詞扯上關係！我剛才帶幾個可怕的中國人參觀泰瑟爾莊園，一回家就從卡珊德拉·尚的口中聽到這個消息，妳爸非常生氣，我很怕他會心臟病發！」費莉希蒂哭道。

艾絲翠不禁注意到她媽總是設法哭得聲嘶力竭，同時指責她，讓她感到愧疚。「媽，我們又沒做錯什麼事！麥可背地裡在查理家裡偷拍我們，現在又把影片散布出去，這是犯罪，媽。」

「妳先跟查理上床才是犯罪！」

「那怎麼會是犯罪？」

「妳像個妓女！妳的名譽算全毀了，妳一輩子都要貼著這個標籤！」

「妳有看過影片嗎？只有十秒鐘的粒狀畫面……」

「我的天，如果我真看了影片，我眼睛會瞎掉！你們根本還沒結婚，妳怎麼可以跟他上床？這是上帝要懲罰妳！」

「我很抱歉我在還沒結婚就跟他上床，好嗎？我是跟查理上了床，噢，順便告訴妳，十幾年前，在他還是我未婚夫的時候我就跟他睡過了！」

「你們兩個人只會給我們帶來恥辱，妳讓我跟妳爸在眾人面前抬不起頭來，讓家族祖先蒙羞！卡西恩的人生也全被妳毀了！妳要他怎麼繼續在英華上課？」

「我現在正在去接卡西恩的路上。」

「我們已經接了，呂蒂文剛去學校接他，帶到我們這裡了。」

「噢，那好，我十分鐘後到。」

「不行！妳在想什麼？我們不希望看到妳出現！」

「媽，別不講理……」

「不講理？我都不知道我該怎麼振作起來！妳得離開新加坡，到事情平息後再回來！妳難道不知道這件事對妳爸的名聲會造成什麼傷害嗎？真的是，這可能會影響下次選舉呀！也能讓出售泰瑟爾莊園的事陷入危機！我的老天，價格可能會下跌！我感覺我血壓上升了，我得吃個藥，蘇娜里，我的藥呢？」費莉希蒂喊著她的一個女傭。

「媽，冷靜點，我不明白這件事跟泰瑟爾莊園有什麼關係！」

「妳怎麼不明白？妳正敗壞家族的遺風！不准到那森路來，聽懂了嗎？妳爸不想看見妳，他說妳對他來說已經死了！」

艾絲翠感到一陣疲憊，她媽媽猛烈的炮火令她不勘重負。還好她的手機此時發出一個嗶聲，查理的名字在螢幕上閃爍。

「好，媽，放心，我不過去了，我不會再讓妳覺得丟臉。」她說著，之後把電話切換到與查理通話。

短暫的停頓後，查理的聲音傳了過來。「艾絲翠，妳沒事吧？」

「我沒事，還好你打來了！」艾絲翠發出一聲喟嘆。

「妳在開車嗎？」

「對，我本來要去學校接卡西恩，但……」

「妳能找個地方停車嗎？」查理的聲音聽起來很奇怪。

「可以，我剛到東陵路，我先把車停到加油站……」

艾絲翠把車開進加油站後，鬆懈地靠回椅背。「我停好了。」

「好，首先，妳還好嗎？」查理問。

「其實我媽剛才用我從沒聽過的方式罵我，命令我出國，除了這件事，我好得很。那你今天怎麼樣？」

「我不知道該怎麼跟妳說這件事，艾絲翠……」查理的聲音顫抖。

「我猜你發現了麥可是怎麼流出影片的？」

「其實，這不是麥可做的。」

「不是他？」

「是伊莎貝爾。」

「伊莎貝爾？她怎麼拿到影片的？」

「還不清楚……現在我們還在努力找出真相，但影片的來源是她的手機。她把影片發到八卦部落格上。」

「她到底為什麼要這麼做？」

「她精神又出了問題，艾絲翠，這次她還上吊自殺。」

「你說什麼？」艾絲翠感覺自己失去思考。

「她在我們的新房子自殺，用餐廳的水晶吊燈上吊，她想詛咒那棟房子和我們的婚姻。」

「那現在呢？」艾絲翠硬擠出幾個字。

「水晶吊燈破碎救了她一命，現在她必須用呼吸器維持生命跡象。她仍在昏迷中，他們也不知道她是否能醒來。」查理說，聲音悲痛欲絕。

「不——」艾絲翠忍不住哭了出來，抽泣不已。

第四部

我常覺得人生的好運需要分配這一點很不公平。

——列夫．托爾斯泰（Leo Tolstoy），《戰爭與和平》（War and Peace）

什麼是慈善廚房？

——芭黎絲．希爾頓（Paris Hilton）

伊莎貝爾自殺未遂四天後，《每日郵報》上刊登了一篇獨家報導：

某女家族繼承人性愛影片外流致使對手自殺未遂！

美麗的新加坡女繼承人艾絲翠·梁與創業投資家麥可·張代價二十五億美元的離婚鬧得轟轟烈烈，不斷有人間接受到傷害。最新受害者是伊莎貝爾·胡，艾絲翠現任男友，億萬科技大亨查理·胡的前妻。

顯然梁小姐和胡先生在床上赤裸裸的影片讓胡太太情緒失控，將影片上傳到某個著名的華人八卦部落格後，胡太太便在她前夫位於石澳的那棟湯姆·昆迪格設計的全新豪宅中上吊自殺。

目前伊莎貝爾人在香港養和醫院，已昏迷超過一週的時間，消息指出胡先生極力讓這場悲劇處於保密狀態。但伊莎貝爾的母親，狄德麗·黎法官要求對她女兒的自殺詳加調查。「查理和艾絲翠要為此負責，我要讓全世界都知道他們對我女兒的所作所為！」這位香港高等法院的法官哭訴道。

現在全亞洲都在談論這樁醜聞，朋友和家人間支持的對象不同造成香港社會分裂。某個查理的支持者表示：「伊莎貝爾在過去二十年來一直患有心理疾病，早在錄下那支問題影片之前，伊莎貝爾和查理的婚姻就已破裂，由於伊莎貝爾躁鬱症發作將那支影片外流，所以查理和艾絲翠才是真正的受害者。」

「一派胡言！」伊莎貝爾的支持者反駁道：「這個影片讓伊莎感到心煩意亂，這是在她和查理婚姻還很幸福的時候錄的，知道他們外遇持續如此長時間讓她幾乎要崩潰。」

狄德麗·黎表示：「我可憐的孫女克蘿伊和達芬妮！首先他們的爸爸被一個下流的女人纏上，現在又可能失去媽媽！你能想像這件事爆發後，那個賤女人還敢在我女兒昏迷不醒時現身醫院嗎？」

本報曾試著連絡梁小姐，但她自從在養和醫院現身後，便銷聲匿跡了。當我們聯絡她家族企業梁氏控股集團時，其公司發言人珊卓·陳表示：「艾絲翠·梁並未在本公司擔任任何職務，一切無可奉告。」當我們詢問艾絲翠目前人在何處時，陳小姐匆忙回答：「不知道啦！她已永遠離開這個國家。」

巴黎，福斯坦堡廣場

走進她在聖日耳曼公寓那間設計前衛、窗几明淨的廚房，雪赫拉莎德打開平底鍋的蓋子，把手指放到餅皮上。還沒好。再次蓋上鍋蓋，她回到更衣室，脫下身上那件Delpozo荷葉邊透視襯衫。她剛才從一對時裝攝影師夫婦的公寓參加派對返家，「諾馬」的前糕點師在派對上準備一個精緻饗宴，但整場晚宴，雪赫拉莎德只想回到她的小窩，用平底鍋加熱放了兩天的披薩[81]。開一瓶紅酒，搭配《陰屍路》影集。

換上睡衣後，她端著一盤披薩到客廳，一屁股坐在灰絨面革沙發上，打開電視播放最新一集。在她最愛的影集開始播映時，窗外傳來一陣低沉的音樂蓋住人物的講話聲。雪赫拉莎德把電視音量調大，希望能蓋過噪音，但音樂卻變得更大聲。街上車子喇叭聲不斷，鄰居也生氣地朝著窗外大吼。

雪赫拉莎德煩躁地按了暫停，走到陽臺打開玻璃窗格門。突然間，完整的樂聲迴盪耳際。當雪赫拉莎德看向欄杆外，一個最古怪的景象盡收眼底。卡爾頓．鮑站在公寓外的一輛Range Rover車頂上，舉著一台收音機，放著彼得．蓋布瑞爾（Peter Gabriel）的〈在你眼中〉（*In Your Eyes*）。

81 這真的是加熱放了兩天的披薩的好方法，最後蓋上鍋蓋悶一分鐘，就可享有酥脆的餅皮和黏稠的乳酪。

「卡爾頓！你這是在幹嘛？」雪赫拉莎德非常丟臉地往下喊。

「我在引起妳的注意。」卡爾頓喊道。

「你想幹嘛？」

「我希望妳聽我解釋，我想讓妳知道我不是一個魯莽的殺人犯！我唯一覺得愧疚的是……」

「什麼？關掉音樂！我聽不到你說話！」

卡爾頓沒有關掉音樂，反而喊得更大聲：「我說我唯一覺得愧疚的是愛上——」

與此同時，四名身穿便服的保鑣突然抓住他的腳，把他從車頂上拉下來，整個人壓到地上。

「該死！」雪赫拉莎德笑了出來。她跑出門外，爬下四層樓梯出了公寓大門。「放開他！」她對在一旁盯著卡爾頓的保全人員說。

「尚小姐，妳確定嗎？」

「對，我確定！他沒問題，他是跟我一起的。」雪赫拉莎德堅稱道。

身材最壯碩的那名保鑣不情願地從卡爾頓背後放開他的膝蓋，當他從地上站起來時，雪赫拉莎德發現他的臉被柏油刮傷了。

「真慘，上來吧——要幫你消毒一下。」雪赫拉莎德說。他們走進建築，搭乘華麗的鍛鐵電梯時，她再次看向他。

「你剛才到底在做什麼？」

「我在展現我瘋狂的浪漫！」

雪赫拉莎德皺眉。「那叫浪漫？」

「我盡量將約翰．庫薩克模仿到位。」

「誰？」

「妳知道，《情到深處》那部電影。」

「情到深處？」

「妳沒看過那部電影吧？」卡爾頓說著，突然變得喪氣。

「沒有，但你站在車頂上的樣子的確很帥氣。」雪赫拉莎德說，拉過他吻了一下。

★

位於巴黎市的另一頭，查理在與艾絲翠的一位老朋友格雷古瓦．拉艾爾梅－皮耶爾共進一頓沮喪的晚餐後，回到了喬治五世飯店。今天的格雷古瓦比平時瀟灑，查理懷疑他對艾絲翠的下落知道的比他透露的還要多。她可能在巴黎待了三天，格雷古瓦推測，然後她就走了。不，她看起來沒有很焦慮，我以為她來巴黎是為了她一年兩次的高級時裝採購之旅。

這兩個星期以來，查理瘋狂地滿世界找尋艾絲翠。他擔心得幾乎快瘋了，從新加坡開始，再到巴黎和倫敦，走訪每一個她熟悉的角落，問遍她所有朋友。他接著去了趟威尼斯，看看她是否躲在多米亞拉．費尼茲－康提尼的宮殿，但多米亞拉就跟艾絲翠的眾多朋友一樣，如同人面獅身像般的沉默。我好久沒聽見艾絲翠的消息了，但我之前在費拉拉待了一個月。我們冬天常會去費拉拉度假。沒有，我沒聽說什麼醜聞。

他又回到巴黎，重新追蹤她的足跡，試著了解她如何做得到放棄整個人生，她的家人又為什麼好像對她失蹤了一個月毫不在乎。走進飯店，他徑直去到櫃檯查看是否有留給他的訊息。沒有，先生，今晚沒有你的留言。

查理上樓回到房間，打開陽臺門，讓清新的冷空氣流進來。冷空氣可激起他的心神，有助於整理思緒。巴黎是個啞彈。她是來過這裡，但很明顯不會再回來。下一步他應該去洛杉磯找找看，即使她哥哥亞歷克斯保證她不在那裡，他仍半信半疑。他整個保全小組和雇用的私人偵探從第一天起便讀遍所有書信資料，艾絲翠非常謹慎，沒留下任何文件，過去五個星期內沒有任何銀行轉帳和信用卡繳費的紀錄。肯定有人在幫她，而且是與她關係親密的人。

他走到陽臺上靠著欄杆，凝視著似乎總是籠罩著巴黎夜晚柔和的金光。這座一如往常叫人驚豔的城市，現在看來卻如此寂寥。他不該讓她來香港的。但她很堅持，想助他度過難關，只是當她看見伊莎貝爾躺在加護病房時，身上插著各種管子……他知道她很努力在他和孩子們面前表現堅強，但他看得出來她陷入了慌亂。而當伊莎貝爾的媽媽看見艾絲翠出現在醫院後，整個暴跳如雷，之後將整件事透露給《每日郵報》，因此傳了開來。這全是他的錯，他犯了一個該死愚蠢的錯。

查理回到室內，坐在床上。他打開床邊的抽屜，拿出一個不大的棕色填充信封。這封信是幾個星期前從這家飯店寄到香港給他的，裡面裝著一枚他向艾絲翠求婚的戒指的盒子，還有一張他讀了不下百遍的手寫信：

親愛的查理：

這幾天來我一直在思考，自從我五年前回到你身邊後，我只會讓你傷心而已。我把你扯進我和麥可之間的問題，讓你跟著蹚我離婚的渾水，現在我又讓你和你女兒深陷意想不到的悲劇中。克蘿伊和達芬妮差點失去媽媽，而這一切都該怪我。我感覺不管我多麼努力，我的所作所為都沒有好的結果，我唯一想到最好的方法就是走得遠遠的，如此就不會有傷害發生。我覺得我沒有資格跟你結婚，希望你和你的家人有朝一日能重回平安幸福的懷抱。

艾絲翠　敬上

另外，請把戒指交給我表弟尼基，瑞秋才應該擁有它。

查理把信放下，斜倚著床，直視天花板。艾絲翠曾經躺在這張床上，或許也盯著同樣的光景。這裡是她在喬治五世飯店最喜歡的一間套房，這還是當初他在大學時代帶她來巴黎時推薦給她的。那似乎是好久以前的事了，但願他能回到過去，用不同的方式回味他們曾經做過的事。查理翻了個身，把臉埋在枕頭裡，深深吸了口氣。覺得要是他吸得夠深，或許能聞到她的氣味。

新加坡，泰瑟爾莊園

尼克回來時，瑞秋正穿梭在玫瑰園，欣賞新開的花，深吸令人陶醉的香味。他去見了阿爾弗雷德．尚，希望籌到足夠的資金從他姑媽的手中買下泰瑟爾莊園。

「怎麼樣？」他一走進花園，她便開口詢問，雖然從他臉上的表情不難看出答案。

「我向他解釋整個提案，以為他至少會給我一點甜頭，畢竟泰瑟爾莊園是他父親的遺產。妳知道他怎麼跟我說的嗎？他覺得我們正處於另一次經濟泡沫時期，一旦爆發，全亞洲的房產市場將會崩塌。他說：『假使這個白癡願意花一百億元買下泰瑟爾莊園，你們還不接受就是超級大白癡。收下錢去買一些黃金，從長期看來，這才是值得保留的唯一資產。』」

尼克傾向其中一簇玫瑰花叢，說道：「這大概是我人生中第三次真正站在這裡聞這些玫瑰香吧。好笑的是，人總是在事情毫無變化時把一切視為理所當然。」

「我們可以自己種一個玫瑰園。」瑞秋向他打氣：「我們現在應該買得起鄉村的小別墅，你覺得呢？可買在佛蒙特州，或是緬因州，還有我聽說紐哈芬市很漂亮。」

「我不知道，瑞秋，四十億在那裡要買房子很難。」尼克面無表情地說。

瑞秋笑了笑。她還是搞不清楚這麼大筆錢的價值，尤其尼克這個月來又一直四處籌錢，離他所需的資金卻仍然遙遙無期。現在截止日就要到了，說服阿爾弗雷德舅公這個最後方法也失敗了，尼克別無選擇，只能向他的姑媽讓步。

瑞秋從一個折了一半的花莖上摘下一朵盛開的花，抬頭看向尼克。「我們進屋吧？」

「好，走吧。」尼克牽起她的手，兩人走上石階進到屋裡。尼克所有姑媽圍坐在藏書室的桌旁，一臉心事重重的樣子。

雅莉絲抬頭看他。「準備好打電話了嗎？」

尼克點頭，費莉希蒂拿起桌子中間的電話，撥了奧利佛的號碼。「哎呀！這是國際電話，現在我們不得不付長途費率了。」費莉希蒂抱怨道。

電話響了好幾聲才接通。

「奧利佛，聽得到嗎？我現在開擴音。」雅莉絲對著話筒大吼。

「我聽得到，妳可以講小聲點，我聽得很清楚。」

「你現在在哪，奧利佛？」

「我回倫敦了。」

「噢，真好啊，那邊天氣如何？」

「哎呀，咁嗨氣[82]！直接說正事，雅莉絲！」維多莉亞斥責道。

「噢，好吧……呃、我讓尼基來說吧，因為嚴格來說他算是最大的股東。」雅莉絲說。

「嗨，奧利佛，我只想跟你說我們達成了共識。」尼克頓了一會兒，深呼吸一下，接著說：

「我們接受傑克．邴用一百億買下泰瑟爾莊園。」

82 廣東話的「真囉嗦！」

「好，我代表他們收到，我們成交！」奧利佛答道。

費莉希蒂湊近話筒。「還有奧利佛，我們想請你用你的專業幫一些家具估價，我們會把大部分的家具和東西連同房子一起賣給他，除了少量我們想保存的物品。」

「媽咪的巴騰堡蕾絲桌布肯定是不賣的。」維多莉亞低語道。

「好極了，邴家人會很高興的，我知道做出這個決定對你們所有人都很不容易，但我可保證這筆交易非常值得。這個金額破了房地產買賣的紀錄，我覺得你們沒辦法在這個星球上找到另一個願意出這種價格的人。素儀妗婆會很高興的。」

尼克翻了個白眼，維多莉亞和雅莉絲則點頭表示同意。

「奧利佛，你會轉告他們吧？」費莉希蒂問。

「當然，我們講完電話我就會打給他，然後寫郵件給弗萊迪・陳請他擬定合約。」

「那就這樣，再見。」尼克關掉擴音。

女士們通通舒了口氣。「成交了。」費莉希蒂低喃道，彷彿剛淹死一窩小狗。

「我們做了正確的決定。一百億美元！媽咪會對我們感到驕傲。」雅莉絲說著，用一卷舒潔衛生紙輕拭眼睛。費莉希蒂看著她的妹妹，心想她說的是否屬實，她的母親真的會為她感到驕傲嗎？

尼克站起身來，穿過落地窗再次走進花園。正當瑞秋準備起身跟過去時，雅莉絲將手放到她手臂上。「他會想通的。」她對瑞秋說。

「我知道。」瑞秋溫柔地回答。

★

我剛讓他賺進四十億美元，而那混帳甚至沒對我說一聲謝謝。奧利佛在尼克瞬間掛斷電話時暗忖。他接著又拿起手機打給凱蒂。

「凱蒂？成交了。楊家接受了你們的報價。」

「是真的。」

「不、不行，妳不能下星期就搬進去，至少要幾個月才能完成交易。」

「對，他們會連同一些家具出售。當然我會告訴妳哪些東西值得，放心。」

「我覺得不能付他們多一點，然後叫他們明天就搬。他們已經住在那裡一百多年了，凱蒂，他們需要時間整理打包和搬運，好處是妳有時間可以計劃新的裝潢。」

「亨麗埃塔．斯賓塞－邱吉爾？我是認識她，但凱蒂，妳為什麼要請跟柯萊特一樣的設計師？」

「我知道她跟黛安娜王妃有關係，但我有個更好的主意。」

「全世界我只信任一個人可以為泰瑟爾莊園升級，妳下禮拜可以到歐洲跟我會合嗎？」

「不，不是巴黎。我們要去安特衛普，凱蒂。」

「不是在澳洲，安特衛普是比利時的一個城市。」

「噢，妳要順道來倫敦接我？妳人真好。」

「很好，我很期待。」

奧利佛掛上電話後，盯著電腦螢幕看了幾分鐘，然後他點開 iTunes，滾動滾輪瀏覽歌單，直到找到想聽的那首歌。他按下播放，普契尼（Puccini）的〈公主徹夜未眠〉（*Nessun Dorma*）隨即響徹一室[83]。奧利佛坐在椅子上聆聽歌的前幾段，而當音樂進入副歌時，奧利佛突然離開椅子，在自己的公寓裡扭腰擺臀地狂舞，這是種狂熱的放鬆，然後他倒在地板上哭了起來。

他得救了，危機終於解除了。出售泰瑟爾莊園賺取的佣金，讓他總算得已從過去二十年來的漫長惡夢中解脫。出售泰瑟爾莊園的佣金有百分之一點五，也就是一億五千萬美元，足以付清他的就學貸款和他父母沉重的債務。他們並不富裕，但至少夠用。他們家就可以再度回到足以令人尊重的程度。他再也不需要坐經濟艙。當奧利佛躺在他倫敦的公寓裡，盯著十年前就該整修的破裂灰泥天花板時，他開心地叫道：「黎明時，我會贏！我會贏、我會贏——！[84]」

83 當然是帕華洛帝演唱的版本。
84 All'alba vincerò! Vincerò, vincerò，〈公主徹夜未眠〉的歌詞。

洛杉磯，半島飯店

「我跟你一樣毫無頭緒。」亞歷克斯．梁說，將手指伸進他那杯蘇格蘭威士忌攪拌冰塊。「艾絲翠以前從未離開卡西恩這麼長時間，我不知道她在想什麼。」

查理從他的座位，凝視著空中酒吧外的棕櫚樹樹冠，比佛利山的每條街道似乎都有種這種樹。他不知道艾絲翠的哥哥說的是實話，還是在演戲，尤其他知道亞歷克斯——自從與父母關係疏遠後——與艾絲翠的感情特別好。查理換了個方式打探道：「我很擔心艾絲翠會精神崩潰，沒有人可以幫她，她已經失蹤五個星期了，你覺得你爸媽都不會有一點擔心？」

亞歷克斯憤恨地抬起頭，他的Persol太陽眼鏡映出傍晚的餘暉。「我是最沒資格回答這個問題的人，因為我已有好多年沒跟我爸聯絡了。」

「但你對他們應該有足夠了解，知道他們會有什麼反應吧？」查理逼問道。

「我在這個家一直都是敗家子，所以在我爸媽對我開火時，我早有心裡準備，但艾絲翠一直是他們疼愛的掌上明珠，成長過程極其完美，從未出什麼差錯，所以當事情進展沒那麼順利時一定對她造成了打擊。這時艾絲翠的醜聞讓我看起來就像聖人一樣——我無法想像他們會有什麼反應，或是會怎麼說。」

「她有跟我說她爸媽命令她躲一陣子，但如果他們像我所知的那樣對艾絲翠百般寵愛，我不懂他們為什麼會這麼無情；我的意思是，她根本沒做錯什麼！這一切都不是她的錯。」查理試圖反駁。

亞歷克斯靠回椅背上，從桌上的小碗裡抓了把芥末豌豆。「你必須知道一件事，就是我爸媽唯一關心的是他們的聲譽。面子在他們的人生中比任何東西都重要。我爸終其一生都在創造他的輝煌歷史——成為政界元老之類狗屁倒灶的事，我媽只關心自己是富裕世家中的女王蜂。所以他們周遭的一切都必須符合其嚴格的標準。我就是因為不合他們的期望，娶了一個膚色較黑的女生，就被他們逐出家門。」

「我仍不敢相信就因為你跟莎莉瑪結婚，他們就跟你斷絕關係，她可是劍橋畢業的兒科醫生！」查理提高音量。

「他們根本不在乎她多有成就，我永遠忘不了在我跟我爸說不管他祝不祝福，我都要娶她時他說的話。他說：『就算你不在乎你的未來，也要想想你跟那女的生的小孩，無論過了多少代，血緣永遠不會純淨。』這就是我跟我爸最後的對話。」

「真難以置信！」查理搖搖頭。「聽到他的想法你很驚訝嗎？」

「還好，我爸媽一直都是極端的種族主義和菁英主義者，他們那群人的想法都一樣。去掉財富與世故的表皮，你會發現他們就是一群守舊、心胸狹窄的人。問題在於他們太富有了，讓他們很容易覺得自己聰明絕倫，永遠是對的。」

查理笑了起來，喝一口啤酒。「我猜我很幸運，因為我爸總跟我說我是個什麼事情都做不好的笨蛋。」

「我爸走了狗屎運，在對的時機生對地方，因為當時整個城市恰逢前所未有的巨大發展。他還繼承了一個延續四代的帝國，我想他跟白手起家的你爸一樣總是瞧不起人，是因為他內心深處其實很沒安全感。他知道自己什麼事都沒做就拿到了財產，所以他們只能貶低那些有勇氣**自己賺錢**的人。他的朋友都同副德性，他們害怕大量湧入的新貴階層，這也是他們聚集在自己小天地的原因。我很開心自己遠離了那些人。」

「艾絲翠要是回到我身邊，只要她不願意，她絕對不需要再忍受她爸媽。我想為我們兩人建立一個全新的生活，帶她住在自己喜歡的地方。」查理的聲音充滿了深情。

亞歷克斯向查理舉杯。「其實我一直覺得你們兩個最初沒結成婚很可惜，你和艾絲翠第一次被我爸媽隨便一嚇就分了。我保證只要我知道艾絲翠的下落，絕對第一個告訴你。但我妹妹很聰明，她知道如何消失得乾乾淨淨，她知道大家會去哪找她。我要是你，就不會去她喜歡或她朋友所在的城市找，反而會往最不可能的方向去。」

送走亞歷克斯後，查理回到他的房間，發現管家已經做好了夜床服務。窗簾被放了下來，電視則轉到播放輕柔音樂的頻道。他脫掉鞋子，解開襯衫，把自己摔在床上。打客房服務叫了漢堡後，他從口袋裡拿出艾絲翠從巴黎寄給他的信，又讀了一遍。

當查理盯著信上的字時，從床腳前的電視液晶螢幕發出的亮光透過那張紙，查理第一次看到了那張信紙上出現先前沒注意到的東西。下方右下角出現一個淡淡的浮水印，內容是獨特華麗的花體字：

DSA

出現的字是首字母縮寫「DSA」，查理忽然想到雖然信封是巴黎的喬治五世飯店的東西，用的卻是某個人的專屬信紙。DSA 指的到底是誰？出於碰運氣的想法，查理決定打給他香港的朋友珍妮絲，後者似乎是那種在全世界都有人脈的人。

「查理，不敢相信你會打給我，我們好久沒聯絡了！」珍妮絲輕快地說。

「是啊，真的很久了。聽著，我現在有個謎題想請教妳。」

「噢，我喜歡解謎。」

「我這裡有張印著花體字的專屬信紙，我想弄清楚到底是誰的東西，我在想不知道妳能否幫忙。」

「你能拍照傳給我嗎？我會轉傳其他我認識的人。」

「可以的話，這個必須保密。」

「好吧，那就只傳給關鍵的人。」珍妮絲笑道。

「我現在拍照發給妳。」查理說。他掛上電話，下床把窗簾打開。夕陽餘暉灑進房間，讓他一時看不清東西，他舉起信紙對著落地窗的玻璃，拍了幾張照片，把最清晰的一張發給珍妮絲。

就在此時，門鈴響了。查理走到門邊透過貓眼往外看，是他剛叫的漢堡。他打開門，讓侍者推著推車進來時，他的手機又響了起來。他看見來電人是珍妮絲，趕忙接起電話。

「查理？是我，珍妮絲。你運氣不錯，本以為要把你的照片傳給別人鑑定，但我一看上面的花體字就知道是誰了。」

「真的？是誰？」

「全世界只有一個重要人物叫 DSA，就是迪亞哥．桑．安東尼奧。」

「迪亞哥．桑．安東尼奧是誰？」

「他是菲律賓的社會大佬之一，是馬尼拉的大家長。」

查理轉向侍者，後者正打開銀色圓頂蓋，露出裡面美味多汁的漢堡。「不好意思，我要外帶。」

新加坡，泰瑟爾莊園

瑞秋和她的死黨裴琳站在陽臺上，看著花園中尼克在樹蔭下遠去的背影。

「他這一週來一直這個樣子，下午獨自去散步，我覺得他是用自己的方式在跟這個莊園道別。」瑞秋說。

「沒有其他方法了嗎？」裴琳問。

瑞秋難過地搖搖頭。「沒有，我們昨天已經同意出售了，我知道這說不通，才剛拿到一大筆意外之財，但我還是為尼克感到心痛，就好像我們是一心同體的。」

「但願我也能找到一個與我一心同體的人。」裴琳說。

「我以為時機到了，妳就會跟我分享新的真命天子的祕密？」

「我也想呀，我本想我終於遇到一個不會被我嚇跑的人，但他跟其他男生一樣，一聲不吭地消失了。」

「抱歉。」

裴琳靠在陽臺欄杆上，瞇起眼睛望著夕陽。「有時候我會覺得不要告訴別人我是史丹佛畢業，有一家物業開發公司，還有我自己熱愛的事業會容易得多。」

「裴琳，妳也知道那些都是氣話。如果一個男生沒辦法喜歡真正的妳，他也不配跟妳在一起。」瑞秋嗤之以鼻。

「妳說得沒錯！我們來大喝特喝吧？他們把伏特加放哪？」裴琳問。

瑞秋帶裴琳回去房間，給她看床邊牆上一個小按鈕。「泰瑟爾莊園的這個是我絕對會想念的，按了這個按鈕後，樓下的鈴就會響，在妳數到十之前……」

忽然間，門外響起輕輕的敲門聲，一名年輕女傭進到房間行了個禮。「楊太太，有何吩咐？」

「嗨，家怡，我們想喝點東西，要兩杯伏特加馬丁尼加冰。」

「再加些橄欖。」裴琳補充道。

尼克沿著小徑走過蓮花池畔，進入位於莊園西北位置的樹林深處。他小時候都不敢到莊園的這個區域玩耍，可能是因為以前一個馬來西亞籍的傭人跟他說過這裡是樹靈居住的地方，人類不應該去打擾祂們。

一隻小鳥停在樹梢上發出尼克從未聽過的刺耳叫聲，他抬頭看向濃密的枝葉，試圖找出是什麼鳥。突然一道模糊的白色身影從他眼前掠過，讓他嚇了一跳。鎮定下來後，他又看見了那東西，在樹林的另一邊出現一個白色閃亮的形體。他慢慢地靠近，一穿過樹叢，便發現阿玲面朝一棵巨大登布樹的背影，抓著幾柱香。她一再地彎腰鞠躬拜拜，煙霧在她身旁四處縈繞飄蕩，透過低垂樹枝射進來的微光，在她的白色上衣形成反光。

祈禱結束後，阿玲將香插進一個放在樹洞裡的老舊美祿罐。她轉過身，在發現尼克時笑了笑。

「我不知道妳會來這裡拜拜，我一直以為妳都是在傭人樓後方的花園拜。」尼克說。

「我會在很多不同的地方拜拜。這棵樹是我的聖地，在我真的希望祈禱收到回應時就會來。」阿玲用廣東話回答。

「妳不介意的話，我想問妳在這裡向誰祈禱？」

「有時候是祖先，有時是美猴王，或者我的母親。」

尼克這才意識到自從阿玲十幾歲來到新加坡後，見到她母親的次數屈指可數。他突然想起兒時的某個回憶。記得當時他走進阿玲的臥房，看到她把一個手提箱塞滿東西——麥維他消化餅、黑嘉麗軟糖、幾組麗仕香皂和一些廉價的塑膠玩具，他問她這些是幹嘛的，阿玲告訴他是寄給家人的禮物。她要回去中國一個月看他們，當時尼克發了好大一頓脾氣，不願讓她走。

自那天起過了好幾十年，現在尼克和他的保母站在樹林裡，感到深深的愧疚。這個女人幾乎奉獻了一生為他的家族工作，拋下她在中國的父母和手足，花好幾年存夠回家的錢，才得以見他們一面。阿玲、主廚阿清、園丁雅各、司機艾默，這些人都在他家工作大半輩子。這裡是他們的家，現在卻要無家可歸了，他讓他們全部人失望了。

彷彿能讀懂他的心思，阿玲走過來把手貼上他的臉頰。「別難過了，尼基，又不是世界末日。」

突然間，淚水毫無預警地奪眶而出。阿玲抱著他，就像他小時候哭泣時做的那樣，在他倚著她的肩膀啜泣時，摩挲他的腦袋。尼克在他奶奶過世的那週內一滴眼淚也沒掉，現在一下情緒潰堤。

冷靜下來後，尼克沿著樹林小徑靜靜地走在阿玲身邊。當他們走到蓮花池畔時，在池邊的石椅坐下來，看著一隻白鷺小心翼翼地踩在淺水的位置找尋小魚。尼克問：「妳會留在新加坡嗎？」

「我大概會回中國至少一年。我想在我家的舊村蓋一棟房子，花些時間陪我的家人。我弟弟們都老了，連姪孫和姪孫女都有了，我都還沒見過面呢。現在我終於成為能盡情寵愛他們的有錢姑媽。」

尼克笑了笑。「我很高興阿嬤在遺囑裡提到妳。」

「你阿嬤一直對我很慷慨，我在這裡工作最初幾十年裡，快被她嚇死了。她很難取悅，但我想在最後二十年，她把我當朋友在看，不僅僅是傭人。我跟你說過前幾年她問我要不要在主宅裡選個房間的事嗎？她覺得我年歲大了，不適合在傭人樓和主宅間來回跑。但我婉拒了她，睡在那種豪華臥房讓我渾身不對勁。」

尼克微微一笑，沒有接話。

「其實，尼基，我真的不覺得你奶奶會希望她死後還留著房子。所以她安排了這一切，不然她不會像這樣照顧我、阿清和其他人，她什麼都想到了。」

「她可能什麼都想好了，但對我來說，仍存在很多謎團。我很自責我太過固執，一直到最後才願意回來跟她和解，白白浪費這麼多時間。」尼克感嘆道。

「我們永遠不會知道自己有多少時間，不要覺得後悔，你很幸運及時回到新加坡。」阿玲安慰他。

「我知道，我只是希望能再次跟她說話，了解她真正渴望的東西。」尼克說。

阿玲倏地坐直身子。「阿啦嘛！我真健忘，我差點忘了我手邊有東西是你阿嬤要給你的。走，跟我來我房間。」

尼克跟著阿玲回到她宿舍，她從衣櫃後面拿出一個仿冒老舊的 Samsonite 行李箱。他認出這個行李箱正是她好幾十年前回中國用的那個。阿玲在地上拉開行李箱的拉鍊，尼克看見現在放了一層層五顏六色的布，她用來製作掛在每間客房床腳漂亮的拼布床單那種面料。行李箱的底層是一個用深藍色綢緞捆起來的東西。

「你阿嬤在醫院的時候，要艾絲翠從她的保險庫和各個儲藏室拿了些東西。艾絲翠把這些東西交給我，幫你保管。我覺得你阿嬤不想讓你姑媽拿到這個。」阿玲說著，把那捆東西交給尼克。他解開打結的部分，露出包著的長方形皮盒。盒裡放了一個連著金鏈的復古懷錶，上面刻有百達翡麗字樣；裝滿金鎊的絲綢零錢包；以及一小疊用黃緞帶綁在一起的舊信。盒子底部是一個較新、平展的信封，他奶奶的字跡在信封面勾勒出尼克的名字。尼克隨即撕開信封，讀了起來：

親愛的尼基：

我覺得我的時間不多了，不知道是否能再見你一面。我有好多事想告訴你，但都找不到機會或勇氣。我想把幾個東西託給你保管，東西不是我的，而是屬於一個名叫尤拉席·蘇里辛烏的人。請幫我把這些東西交還給他。他住在泰國，你小凱姑媽會知道去哪兒找他。我委託你這件事也是因為我知道你會想親自見見他。我不在的時候，他能夠提供你需要的資源。我知道我可以指望他做你的強大後盾。

愛你的奶奶

「謝謝妳為我保管這些東西！」尼克說，吻了下阿玲的臉頰便離開房間。他穿過庭院進入主宅，上樓去到他的臥房，瑞秋正在用筆電工作。

「回來了？」瑞秋抬起頭來。

「妳絕對不會相信，但我剛拿到一個很厲害的東西！」尼克興奮地揮動手中的信。

尼克坐在床沿，很快地把信念給她聽。

聽完這封神祕信的內容後，瑞秋蹙起了眉頭。「不知道這是什麼意思？你認識這個人嗎？尤拉席？」

「我從未聽過我奶奶提起這個名字。」

「那我們快上網查查看。」瑞秋說著，在電腦上輸入他的名字，結果很快彈了出來。

「蒙昭・尤拉席・蘇里辛烏是泰王拉瑪四世的孫子，其人離群索居，但傳聞他是全世界最富裕的人之一，在銀行業、房地產、農業、漁業等都有投資。」

尼克的眼睛瞬間睜亮。「天啊，妳還不明白嗎？『他能夠提供你需要的資源。』而他是全世界最富裕的人之一——我覺得這個人就是我們拿到泰瑟爾莊園的關鍵！」

「我不確定這封信是否真的有這麼多訊息。」瑞秋謹慎表示。

「不，妳不像我了解我奶奶，她不做沒把握的事。她希望我去泰國見這個人——上面說了，人在曼谷的小凱姑媽知道哪裡可以找到他。瑞秋，這就是她一直以來的計畫！」

「但我們跟邴家的交易呢？」

「現在才過一天，我們也沒簽什麼合約，取消交易不算太晚，特別是或許這個人真能幫我們！我們應該搭下一班飛機去泰國！」

「或許你該自己去，而我留下來阻止一些可能發生的事。在你回來前，都不能讓你姑媽簽到合約。」瑞秋建議道。

「妳說得對！老婆，妳真是天使——沒有妳我真不知道該怎麼辦！」尼克說，抓起他放在櫥櫃裡的 Saddlers Union 旅行包。

泰國，清邁

飛機抵達清邁——被稱為「北方玫瑰」的泰國古城——後，尼克搭吉普車前往座落於因他暖山山腳下的別墅。正如其他位於此區的別墅般，這個圍牆環繞的院落隱藏在漫長陡峭的路上，從外面幾乎看不見。通過那道宛如堡壘般的高大門扉後，尼克發現自己身處一個難以形容的奢華樂園。

這座住宅是由八個皇家蘭納式的木石涼亭組成，繞人造湖而建，全由一連串橋梁和人行步道連結在一起。當尼克被帶著穿過一個綠意盎然的花園，走上漂浮在湖面的木棧道時，一片薄霧籠罩在寂靜的水面上，使他想要後退的感覺更為強烈。

佇立湖心的開放式涼亭裡，一名老人穿著花呢長褲和栗色羊毛衫，頭戴鴨舌帽，坐在一張美麗的木桌旁，拿著一把小刷子清理手中的徠卡相機。桌面上放了三、四台不同的舊相機，各處於其他需要維修的狀態。

男人抬起頭，看見尼克走近時咧開了嘴。尼克可看見他壓在帽下的髮絲灰白，雖然已九十出頭，臉上仍留有帥氣的痕跡。他放下手上的相機，從椅子上站起來，身手矯捷得讓尼克驚訝不已。

「尼可拉斯・楊，幸會！這一路上還好吧？」男人用參雜些許英國口音的英文說。

「我很好，殿下，謝謝關心。」

「請叫我尤拉席，我沒太早吵醒你吧？」

「一點也不會，早點出發很好，而且你的飛機是在日出時分抵達。」

「這是我讓你小凱姑媽安排的，我覺得日出時候的山最美，而且我得承認，我很早起。我這個年紀，早上五點就起床，到了傍晚也就沒力了。」

尼克僅僅微笑，尤拉席把尼克的雙手握進手裡。「很高興我們見面了，這些年來，我聽說很多你的事。」

「真的嗎？」

「是啊，你奶奶很為你驕傲，她總是說你的事。」

「來，坐吧，要喝茶還是咖啡？」尤拉席問，一群傭人端著放著茶點和菜餚的托盤出現。

「咖啡就好。」

當傭人們開始在涼亭寬闊的石架上擺設精心設計的早宴時，尤拉席說了幾句泰語。「抱歉這裡亂糟糟的，我很享受我的閒暇活動。」尤拉席說，把他的相機放到一旁，騰出位置放咖啡器具。

「你的收藏很厲害。」尼克說。

「噢，這些現在都沒在用了，最近我喜歡用佳能 Eos 數位相機拍照，但我很享受清理這些老相機，頗有冥想的效用。」

「所以你跟我奶奶很常聯絡囉？」尼克問。

「這麼多年一直斷斷續續的。你知道所謂老朋友就是……可能會有一、兩年無聲無息，但我們的確很努力保持聯繫。」尤拉席頓了半晌，盯著桌上那台舊 Rolleiflex 雙反相機。「素儀呀……我真想念她。」

尼克喝了一口咖啡。「你們是怎麼認識的？」

「我們是在一九四一年在孟買認識的，當時我們倆都是在印度事務所工作。」

尼克向前傾，驚訝地說：「等一下，你是說英國陸軍部的印度分支嗎？我奶奶以前在那工作？」

「是啊，她沒跟你說過？你奶奶一開始是在解密室，我在製圖部門，幫忙繪製詳盡的泰國地圖。製圖員不太了解泰國，尤其靠近邊境的偏遠北部地區，而我們需要精確的地圖以便攻入泰國。」

「真厲害，我一直以為她在日本佔領期間，是在某個摩訶羅闍的宮殿過著奢華的生活。」

「哦，的確如此。但是英國人發現她的能力後，就讓她做些……敏感的外交工作。」

「我都不知道……」

「你奶奶有種難以形容的獨特魅力，她不是那種典型的美女，卻總讓男人拜倒在她的石榴裙下。在戰爭期間，這是非常有力的工具。她很善於在某些方面影響那些王公的決斷。」

尼克手伸進包包，拿出他奶奶託付給他的皮盒，放到桌上。「其實我來這裡是因為我奶奶希望我將這些東西還給你。」

「噢，我的登喜路皮盒！沒想到這麼多年來還能重新拿回這個。」尤拉席興奮得像個孩子。「你知道，你奶奶非常固執，當初她堅持在戰況激烈時回去新加坡——真的很瘋狂——我把幾個有價值的隨身物品給她：我父親的懷錶、這些金鎊還有其他東西，我記不得了。我想她要回新加坡會需要一些可拿來賄賂的東西。但你看，她幾乎沒用到。」尤拉席開始為懷錶上發條，然後放到耳邊。

「你聽，這麼多年了，聲音還是很清楚！我要告訴我朋友菲利浦・斯登這件事！」尤拉席拿起那疊用緞帶綁在一起的信封，看了一會兒。「這是什麼？」

「我不知道，我以為是你的信，所以我沒打開。」尼克說。

尤拉席解開緞帶，仔細地看了下信件。「我的天啊！是我戰爭結束後寫給她的信，她每一封都留下來了！」他淺灰色的眼睛蒙上一層霧，又很快擦去眼淚。

尼克帶來了回購泰瑟爾莊園的招股說明書，正當他要把說明書從包包拿出來時，尤拉席突然站起來宣布：「好啦，來處理眼前的問題吧。」

尼克一頭霧水，仍跟著尤拉席健步如飛地走向另一側湖畔的涼亭，驚嘆於他健壯的步伐。

「尤拉席，但願我到你這年紀時，能跟你一樣行動矯捷！」

「但願如此，以你這年紀來說，動作似乎慢得很啊，快跟上！我住在印度時開始做瑜伽，至今從未停止日常練習。還有，讓身體呈現鹼性是很重要的，年輕人。你吃雞肉嗎？」

「我很愛吃。」

「那就不要吃了。雞會把自己的尿重新吸收進脂肪裡，所以肉質呈現高酸。」他說著加快腳步。當他們走到那座玻璃涼亭時，尼克看到兩名保鑣立於入口兩側。

「這是我的私人辦公室。」尤拉席解釋道。兩人走了進去，房間裡除了一尊放在壁龕裡的古董黃金佛像，和一張桌面是黑色鍍金的書桌，面朝湖面的窗戶外，什麼也沒有。尤拉席走到房間後方的一扇門前，把手放在安全掃描儀上。幾秒後，嵌鎖自動打開，他示意尼克跟他進去。

裡面是一個類似保險室的空間，四周牆面都是嵌入式的櫥櫃。角落擺著一個固定在地板上的富國銀行古董保險箱。尤拉席轉向尼克，說道：「到了，密碼給我吧？」

「等等，你問**我**密碼？」

「當然了，這是你奶奶的保險箱。」

「呃，我不知道密碼是什麼。」尼克說，對這個事態發展很意外。

「除非你擅長撬盜保險箱，不然沒密碼就打不開。我想想，要不打給人在曼谷的凱薩琳，說不定她知道密碼是什麼？」尤拉席拿出手機，不一會兒便接通凱薩琳的電話。兩人用泰語熱烈地講了一會兒，隨後尤拉席抬頭看向尼克。「你有帶耳環來嗎？」

「什麼耳環？」

「你奶奶的珍珠耳環，密碼就在上頭。」

「我想到了！耳環！我打給我妻子！」尼克驚訝地說。他很快地打了瑞秋的手機，片刻後，瑞秋接了起來，聲音昏昏欲睡。

「老婆，抱歉吵醒妳，對，我現在在清邁。記得我給妳的耳環嗎？我奶奶的珍珠耳環？」

瑞秋下床走向梳妝台，打開抽屜，她帶來的首飾都收在那裡。

「你要我找什麼？」瑞秋半夢半醒地問。

「妳有在珍珠上看到什麼號碼嗎？」

瑞秋拿起一只珍珠耳環對著窗戶照射進來的光線。「沒看到，尼克，珍珠整個很光滑明亮呀。」

「真的？可以再看仔細點嗎？」

瑞秋瞇起一隻眼，盡量近距離觀察每顆珍珠。「抱歉，尼克，我什麼也沒看到。你確定是這些耳環嗎？珍珠太小了，我不覺得有人會把訊息刻在上面，除非是藏在**裡面**。」

尼克回想他阿嬤把耳環給他時跟他說的話：「戰前我逃離新加坡的時候，我父親給了我這個耳環。當時日軍已經攻入新山，我們知道大勢已去。他們意義非凡，請小心保存。」現在想來這段話意義完全不同，他盯著保險箱，不知道裡面到底放了什麼。會是金條嗎？一疊古老債卷或某種金融文件，有助於幫他保護泰瑟爾莊園？裡面到底放了什麼珍貴的東西，需要他奶奶這麼大費周章保護？

「瑞秋，一定就是這個耳環，或許我們真的要把它撬開，還是妳把耳環放到水裡會浮現數字？我也不知道，妳試試看。」尼克煩燥地說。

「在我們破壞這些可愛的珍珠前，先放到水裡看看好了。」瑞秋走進浴室，打開水龍頭裝滿洗手盆。她再次觀察耳環——是很簡單的珍珠扣在金色耳釘上的款式，各有一個圓形的耳釘托。她先把耳釘托拔起，才將一個耳環浸到水裡。她忽然驚呼一聲——在耳釘托的下面刻了細小的金色中文字。「尼克，我以為我永遠不會這樣說，但是……有了，我找到了！耳釘托後面刻有中文字！」

瑞秋很快地破解密碼告訴尼克：「9、32、11、17、8」，尼克把轉盤轉到相應數字，在鎖似乎一個接一個咔噠一聲打開時，他的心跳砰砰作響。最後轉動手把開啟保險箱時，他屏住呼吸，不知道接下來會在裡面發現什麼。

保險箱的門開了，尼克往裡面看，只看到幾本用紅色皮革裝訂的小書，整齊地疊成一疊。尼克拿起其中一本隨意翻閱，每一頁寫的都是中文字，尼克這才意識到他看的是他奶奶從小到大的私人日記。

「這些怎麼會在這兒？」尼克完全摸不著頭緒。

尤拉席淡淡地笑了笑。「你奶奶很重視隱私，我想她覺得這裡是唯一可以好好保存這些日記的地方，以防有人在她死後偷看及刪改。她從來沒想過要把這些留在新加坡，也不希望這些東西被帶出這個院落。我聽說你是歷史學家，所以她希望你能看到日記，她跟我說過你有一天會來。」

「這就是全部了嗎？這些日記？」尼克問，彎下腰想看清楚昏暗的保險箱內部。

「我想是的，你有什麼要找的嗎？」

「我不知道，我以為她會把一些其他寶物放在這裡。」尼克有點失望。

尤拉席皺了皺眉。「那你應該看看這些日記，尼可拉斯。在這些日記裡你可能會找到很多意想不到的寶藏。我就不打擾你了，我們中午再聚，一起吃午餐？」

尼克點頭，拿出一疊日記放到書桌上。他覺得最好按照時間順序讀起，所以抽出了最舊那疊最下面那本。當他翻開封面，安靜塵封十年的皮套裂開了，接著彷彿從他奶奶的手寫字中聽見她年輕的嗓音：

一九四三年三月一日

感覺我們已經騎了一個禮拜，但肯跟我說才三天而已。我們每經過一個新哨站，我就會問他我們是否還在莊園裡，他都會喪氣地嘆氣表示沒錯。顯然母親的家族是西蘇門答臘最大的地主，騎馬要整整一週才能出去。高地風景很壯觀，從奇怪的野生動物什麼都有。另一次旅行可能看起來會很浪漫。要是我知道到我哥哥家要騎那麼多天的馬，我就帶自己的馬鞍來了！

一九四三年三月二日

終於到了。他們帶我上樓看阿傑，起初我不知道發生什麼事。我哥哥躺在床上不省人事，他英俊的臉龐浮腫、呈現紫青色，我幾乎認不出來。他的右下顎有一道很深、滲血的傷口，每個人都小心避開以免受到感染。我問發生什麼事了？我以為霍亂已經受到了控制。「妳來之前我們不想多說，他得的不是霍亂，是內出血。他遭到日本間諜虐打，拷問他一些重要人士的下落。他們殘害他的身體，仍無法讓他屈服。」我很震驚。

一九四三年三月五日

阿傑昨天去世了。他醒了一下，我知道他很開心見到我。他想要說話，但我阻止了他。我抱住他，不斷在他耳邊細聲說：「我知道、我知道，別擔心，一切都很好。」但這是騙人的，我親愛的哥哥走了，我不知道今後將如何是好。今晨我去到花園裡，看見所有杜鵑花都在一夜間綻放。一下全開花，呈現一片粉紅的光景。我穿過花園無可控制地大哭，濃密的花瓣刷過我的臉龐。阿傑知道我喜歡這種花，這是他送我的禮物，我知道是他做的。

尼克盯著日記，感到困惑不已。上面寫的簡直毫無邏輯。他的舅公阿傑被日兵嚴刑拷打，而他奶奶去了那裡？但戰爭期間她不是在印度嗎？他又翻了幾頁，一張信紙掉了出來。尼克看了眼那張平整泛黃的信紙，感到背脊發涼。他簡直不敢相信自己的眼睛。

新加坡，星際爭霸屋

埃莉諾坐立難安地在房裡來回踱步。「她遲到了，或許改變心意了。」

「哎呀，埃利諾，別緊張，她沒遲到，現在一點才過兩分鐘而已。別擔心，我相信她會來的。」洛蕾娜躺在卡蘿家巨大泳池畔那間臥房的豪華白沙發上，試圖安慰她。

「今天路上很塞！我的司機多繞了兩條路才到！不知道怎麼了，最近交通的狀況似乎越來越差。每個地方都這麼塞，到底為什麼要設置ERP[85]系統？我要叫羅尼打給當地議員抱怨這件事！」娜汀嘖了聲。

黛西像個營長似的重新確認計畫。「她過來後，大家都知道計畫吧？先喝香檳，然後我會很快讀一段聖經——箴言的部分。之後因為午餐時間稍作暫停，我叫我的廚師在飯裡放雞油，希望透過香檳、雞肉飯還有娘惹糕，她會吃很飽、帶點醉意昏昏欲睡，完美的組合！然後我們吃飯的時候，娜汀，妳知道該怎麼辦。」

娜汀奸詐地笑了笑。「當然，我剛才鉅細靡遺地教保母怎麼做。」

「各位，我真的必須說，我覺得這個主意很不好。」卡蘿警告道，緊張地捏了捏手。

「不會啦！這都是天意！這是偶然的！我們是運氣好，我侄女潔姬這禮拜剛好從布里斯本

85 新加坡令人印象深刻的電子道路收費系統（Electronic Road Pricing System），用於管理交通堵塞，也造成民眾大量挖苦。

來玩，之後可能沒有這樣的機會了！」埃莉諾興奮地搓揉雙手，此時她侄女回到房間。「行嗎？他們跟我說這些都是最先進的。」

「別擔心，埃兒姨媽，一切都準備就緒。」潔姬說。

「潔姬，這不會違背偽善密碼吧？」洛蕾娜小心地問。

「妳是說醫師誓言？完全不會，患者不反對就沒有問題。」潔姬答道。

娜汀．邵無聊地翻閱最新一期《快速時尚》。「嘿，你們都會去柯萊特伯爵夫人辦的這個時裝晚會嗎？感覺好像大家都從世界各地湧入參加這個大型活動。」

「大家都有誰？」洛蕾娜問。

「來自歐美的社交名流、好萊塢明星和環保人士。上面說全球的頂級設計師為了不落人後，都發瘋地遵守此次晚會的服裝要求。顯然每個人都會穿得像普魯斯特。」

「哈哈哈，我很懷疑大家都會打扮成普魯斯特的樣子，他是個個頭小、臉色蒼白的男人。他們會裝扮成他書中的角色！」洛蕾娜糾正道。

「我沒讀過他的書，《達文西密碼》是他寫的嗎？我看過那部電影，完全看不懂！」娜汀說：「管他的，反正謠言指出特別嘉賓是某個英國王妃！我聽說尤蘭妲．阿曼吉沃買了五桌，花了她五十萬美元。」

「那個姓阿曼吉沃的要在她家的淋浴間撕一百面額的美鈔撕整天也不關我的事，我是不會花任何一毛錢去參加什麼時裝晚會的！」黛西怒氣沖沖地說。

娜汀用懇求的目光看向黛西。「但這晚會是為了紅毛猩猩辦的，難道妳不關心這些可愛猩猩的困境嗎？」

「唉，娜汀，阿明過世的時候，妳哭了嗎？[86]」黛西問。

「呃……沒有。」

「我也沒有。所以我到底為什麼要付一萬美元跟一群紅毛坐在一起，吃紅毛料理，去拯救一堆阿明？」黛西辯駁道。

「黛西，妳只是不像我一樣對動物上心罷了。碧昂絲和蕾哈娜——我養的兩隻博美犬帶給我的快樂是妳不會了解的。」娜汀說。

就在此時，一名女傭帶著瑞秋走進卡蘿・戴的臥房。

「瑞秋，妳來了呀！」所有人興奮地說道。

「我當然會來！尼克跟我說過妳們週四都會舉行福音午餐會，我一直很好奇！抱歉我遲到了，我自己開車來，為了找這街區有點迷路。Google 地圖不是全部路都會顯示。」

「阿啦嘛，妳怎麼不讓艾默載妳來？現在老太太走了，他整天都在泰瑟爾莊園閒著沒事做呢。」埃莉諾說。

「噢，我沒想到！」瑞秋答道。

「瑞秋，這是我姪女潔姬。她是醫生，住在布里斯本。」埃莉諾接著說。

「幸會！」瑞秋說，跟眼前這個三十幾歲的漂亮女人握手後，與她一起坐到躺椅上。一名女

---

86 阿明是一隻紅毛猩猩，一九八〇年代作為新加坡動物園讓人為之狂熱的明星。

傭立刻把一大杯香檳塞進她手裡。「我不知道你們在福音會期間還會喝酒！」瑞秋很驚訝。

「當然會喝啦！畢竟耶穌把水變成酒了嘛。」埃莉諾隨口胡謅。「瑞秋，這是從拿督酒窖拿出來很貴的香檳，不要浪費，全喝了吧！」

「既然妳這麼客氣的話。」瑞秋愉快地說，卡蘿．戴則給了她一本聖經。

「今天由黛西姐妹帶領我們讀經。」卡蘿開口，其他人很快地把書翻到箴言那頁。

「好的，箴言31:10：『才德的婦人誰能得著呢？她的價值遠勝過紅寶石。』妳們覺得這句話是什麼意思？」黛西問。

「唯一比紅寶石有價值的是玻利維亞祖母綠。」洛蕾娜表示。

「那是妳沒看過我的Carnet新款紅寶石耳環！那耳環美得令人窒息，比我的祖母綠寶石還有價值。」娜汀打岔道。

「娜汀，妳都這年紀了還買珠寶？妳還戴不夠嗎？」黛西責備道。

娜汀狠狠地看她一眼。「什麼，妳說『不夠』是什麼意思？」

就在此時，一群女傭進到房間，每個人都端著一個裝著海南雞飯便當盒的漆盤。「唉呀，他們今天午飯準備得太早了。我跟我的管家說過，我們至少要到一點半才會開飯！」卡蘿佯裝抱怨道。

「不過還是趁熱吃吧！」洛蕾娜說。

「好呀！」女士們答道，便把聖經扔到一旁，津津有味地吃著各自的便當盒。

「等等，就這樣？」雖然瑞秋暗付這些女士的福音會或許不會對神學有什麼深入的探討，但這麼快就結束還是讓她很訝異。

「妳運氣很好，瑞秋，妳黛西阿姨聽說妳今天要來，親自吩咐她家廚師紀瑞做了拿手的海南雞飯。」埃莉諾解釋，很快地夾了塊香嫩多汁的雞肉塞進嘴裡。

「噢，哇，黛西阿姨謝謝妳。尼克第一次帶我去吃雞肉飯後，我就愛上它了！但願紐約也能找到正宗的雞肉飯。」瑞秋說。

說著，娜汀的 iPad 震了起來。「阿啦嘛，我都忘了！到了我每天跟倫敦的孫子道晚安的時候了。」她從她的 Bottega Veneta 大水餃包裡拿出 iPad，打開 Facetime。「喬許（約書亞的暱稱。），是喬許嗎？」接著一個圓臉的金髮女生出現在畫面上。「邵太太，我剛收到妳的緊急郵件，妳要我……」

娜汀很快打斷她的話。「對、對……史薇拉娜，妳不用提到我郵件寫的內容！叫約書亞來就好。」

「但我們現在在洗澡。」

「沒關係，叫他過來啦！」娜汀堅持道。

這位保姆把手機斜一邊，一個還在蹣跚學步、光溜溜的小孩出現在畫面上，他正坐在一個放了點水的巨大大理石浴缸中。

「阿啦嘛，他真可愛！」女士們稱讚連連。

「這就是我的小喬許！」娜汀低聲說。

「他沒有那麼小，妳不覺得他這年紀小雞雞很大嗎？我兒子都沒那麼大。」黛西低聲對洛蕾娜說。

「他爸爸不是阿拉伯人嗎？阿拉伯男人的生殖器都很大。」洛蕾娜低語道。

「他爸爸不是阿拉伯人，他是敘利亞猶太人。而且我們不該在福音會中談論這種事！」卡蘿一臉嫌惡地瞪著她們。

「唉呀，有什麼大不了的？聖經有很多關於生殖器的描寫！像是男孩割禮之類的廢話。」黛西說。

「其實澳洲已經沒有替男孩割禮的習俗了。」潔姬插嘴道：「這被認為是落伍的做法，還牽扯到人權問題。這些男孩應該要能自己決定是否割包皮。」

瑞秋一直盡情享用午餐，但討論包皮的話題頓時讓油亮的雞皮看起來有點倒胃口。在這些女士輪流對著 iPad 逗弄畫面上的胖小子後，娜汀在女傭端著美味的娘惹糕進來時，結束了通話。

黛西邊嚼一塊娘惹糕，邊說：「妳孫子真是太可愛了！看著他我都想捏捏他肥嘟嘟的臉頰！」

「他為我的人生帶來很大的快樂，僅次於碧昂絲和蕾哈娜。」娜汀說。

瑞秋好奇地看向娜汀，不禁納悶她是否聽錯了。

「真的，娜汀，妳該待在倫敦含飴弄孫的。現在這個年齡是最可愛的！」卡蘿建議道。

「我孫子孫女那年紀時也很討人喜歡，後來就到開始訓練他們用便壺的時候了！」黛西笑了起來。

「妳呢，瑞秋？什麼時候埃莉諾才能晉升為令人自豪的奶奶？」洛蕾娜直接了當地問。

瑞秋發現房間裡所有人突然都盯著她。「我和尼克之後的確打算生小孩……」

洛蕾娜抬起頭來。「那是什麼時候？」

瑞秋注意到埃莉諾專注地看著她，卻一言不發，所以仔細地斟酌字句。「過去幾年……太多事了……我們想等時機成熟。」

「相信我，根本不會有什麼時機成熟的時候，妳就是要去做！我連續三年生了三個兒子，一次就達成目標啦！」黛西輕鬆地說。

「現在生小孩比妳那個年代要面臨更多的挑戰，黛西阿姨。特別是在紐約養小孩，真的要……」

「那就在新加坡生呀，妳可以挑選這裡的保姆，有菲律賓、印尼、斯里蘭卡，甚至有少數是從東歐來的。」洛蕾娜打斷她的話。

「我們所有人都很樂意幫你們顧小孩！」娜汀自告奮勇。

瑞秋暗自對這個想法感到震驚——娜汀連自己的購物袋都顧不好了。她對所有人笑了笑，婉轉地表示：「阿姨，謝謝妳們的建議，我會銘記於心，跟我丈夫討論的。」

「是不是尼基不想要小孩？」黛西詢問道。

「呃、不是啦……」瑞秋尷尬地說。

「那妳呢？妳是不是擔心妳這個年紀沒辦法生小孩？」黛西追問道。

「不是那個問題。」瑞秋深吸一口氣，盡量不要被這些刺探影響心情。

「唉呀，阿姨，不要給瑞秋這麼大的壓力啦！」潔姬突然開口：「一個女人決定生孩子是她人生中最重要的決定。」

「好啦好啦，我們只是很想讓埃莉諾也加入當奶奶的行列！」黛西笑道，打破房內緊張的情緒。

瑞秋感激地看向潔姬。

潔姬站起來對瑞秋說：「走，跟我來，我們去呼吸一些新鮮空氣。」

瑞秋把她的托盤放在一旁，跟著潔姬出了臥房。潔姬很快地彎過轉角，打開卡蘿私人禱告室的門。「我們進去吧。」

瑞秋一走進去便看到房間中央有一張診察床，會在婦產科看到有支腳架的那種。

「妳知道的，瑞秋，我在布里斯本是執業的婦產科醫生，如果妳對自己的生殖系統有什麼醫療問題的話，我們現在就可以解決。」潔姬提議道，轉開一個開關。房裡突然充斥刺眼的白色螢光燈。

瑞秋盯著她愣了愣，一下說不出話來。

潔姬笑著把一件淺綠色的手術衣遞給瑞秋。「嘿，妳把這個穿上躺上去吧，我會很快幫妳檢查一下骨盆。」

「呃，不用了，謝謝。」瑞秋開始往後退。

潔姬手伸進口袋，拿出一副外科手套戴上。「檢查只要幾分鐘而已，埃兒阿姨只想知道妳卵巢的狀態如何。」

「別碰我！」瑞秋嚇得轉向門口。她跑進卡蘿・戴的臥房，一言不發地抓起她的包包。

「唉呀，這麼快？」娜汀說。

「還順利嗎？」卡蘿和藹地問。

瑞秋轉向埃莉諾，臉因憤怒而漲紅。「就在我覺得妳這個婆婆或許還有點正常的時候，妳卻給我搞這一齣？」

「妳在說什麼呀？」埃莉諾無辜地說。

「妳們在隔壁弄了一個該死的完整婦科診察室！這整個突襲計畫都是妳策畫的，對不對？就因為我和尼克還沒生，妳就覺得我身體有問題？」

「妳也不能怪她這麼想，我們都知道不是尼基的問題，他的基因很棒。」洛蕾娜說。

「妳們這些人到底有什麼問題？」瑞秋說。

埃莉諾忽地站起來，吼道：「什麼問題？妳看我的手，瑞秋，什麼都沒有！」她猛地攤開她的手掌。「為什麼我沒有孫子可抱？已經兩年多了，算上妳和我兒子睡一起都已經五年了！我的孫子呢？我的這雙手還要被冷落多久？」

「埃莉諾，**這件事重點不在妳**！當我和尼克準備好時，我們就會生！」瑞秋吼了回去。

黛西為了捍衛她的朋友開口道：「瑞秋，別那麼自私！妳和尼基已經玩夠了！是時候該妳盡責任讓埃利諾抱孫了！妳覺得她和菲利普還剩多少年的時間含飴弄孫？下次妳來新加坡時，我希望妳能抱著一個活力充沛的寶寶！」

瑞秋憤怒難耐。「妳以為這很簡單嗎？我只要打個響指，寶寶就會變魔術般的出現？」

「當然啦！現在要有孩子太容易了！」娜汀驚呼道：「我是說，我女兒芙蘭雀絲卡甚至不用自己懷孕。她怕有妊娠紋，所以雇了一個西藏的漂亮女孩當代理孕母。喬許出生後第二天，她就去了里約參加派對！」

卡蘿試圖插入話題：「各位，我們不要激動了，我想現在大家應該一起禱告……」

「妳想禱告？那就讓我來。主耶穌，感謝祢讓我離開這裡，阿門！」瑞秋說完，旋即衝出房外。

菲律賓，馬尼拉

來自墨利斯．葉的《每日八卦》專欄：

琪娜．克魯斯昨晚在位於達斯馬里尼亞斯的豪宅舉辦極其高雅的派對，期間發生的一件事令提塔斯坐立難安。克莉絲－艾曼紐．任（身穿蔻依訂製禮服，展現傲人曲線）以一首船長與塔妮爾的〈愛使我們緊緊相依〉（*Love Will Keep Us Together*）亮相，並由管弦樂團負責伴奏。突然一個強烈的撞擊聲讓所有打扮亮麗的賓客衝出會場湧入大聽，發現溫文儒雅的迪亞哥．桑．安東尼奧和一名外來者在大理石地板上扭打在一起。

「這個華人男子，雖然長得很帥，卻很明顯陷入瘋狂。他抓著迪亞哥的衣領，不停大吼：『告訴我她在哪！』」社交花蝴蝶朵莉絲．何（身穿 Elie Saab 的祖母綠禮服閃亮動人）興奮地表示：「太不可思議了，兩個男人在地上滾成一團，兩個人在這裡滾在地板上，紫色玻璃碎得遍地都是，旁邊還有一隻很大的烤乳豬！」這場架很明顯是從樓上開始的，迪亞哥在克莉絲琪娜的藏書室碰到這名外來者，兩人起了爭執，然後雙雙從《亂世佳人》風的圓弧雙樓梯滾下來，翻倒一個自助餐桌，上面放著正準備切片的菲律賓烤乳豬，並撞到拉蒙．歐里納的玻璃雕像。

「那玻璃雕的是我的胸部，如此美麗的傑作就這麼毀於一旦！」琪娜（一襲受人歡迎的聖羅蘭無袖禮服）備感惋惜。「真浪費！我很期待嚐嚐烤乳豬的味道呢。我聽說這豬很特別，終其一生只吃從西班牙進口的松露。」喬西．納托里（當然穿著自己設計的禮服）嘆氣道。幸好在外來者對迪亞哥身上那件Brioni豪華西裝外套造成過多傷害前，布魯諾馬爾斯——克莉絲琪娜養的那隻共兩百五十磅重的藏獒，朝外來者撲上去，根據圍觀民眾表示：「咬了他的屁股。」

然而，作風強悍的記者凱倫·達維拉（一身亞曼尼的誘惑裝扮）推翻了這個故事。「墨利斯，請做好事實查核！布魯諾馬爾斯沒有咬他的屁股！牠還只是隻幼犬，之所以朝地上的男人撲上去，是因為牠想吃烤乳豬！牠咬的是乳豬的屁股！」不管咬的是誰的屁股，布魯諾馬爾斯都是當天的英雄，因為外來者看見所有賓客聚集在一起，彷彿在欣賞曼尼·巴喬的拳擊擂台時，突然冷靜下來。（曼尼當天其實也在派對現場，只是當時人在地下室和琪娜的兒子下棋。）他什麼也沒說便衝出大門，鑽進一輛等在外頭的豐田Alphard，在其他賓客反應過來前揚長而去。

★

查理在他留宿的馬卡蒂萊佛士酒店套房的浴室裡，靠著洗臉盆，拿著一條包著冰塊的毛巾敷在臉上消腫。他怎麼會讓事情發展到這一步？他偷偷溜進琪娜·克魯斯的派對，在演奏開始時設法吸引迪亞哥的注意。迪亞哥提議兩人上樓去藏書室談事情，事情卻在迪亞哥拒絕透露艾絲翠的行蹤時，越演越烈。

「我向你保證，胡先生，你去搜尋馬尼拉各個角落，還有菲律賓總共七千座島嶼，你永遠都找不到她。如果她想讓你知道她在哪裡，她就會告訴你。」迪亞哥無動於衷地說。

「你不明白！如果她知道事情真正的經過，她就不會躲起來。情況改變了，有一些重要的訊息是她需要知道的！」他懇求道。

「那又是誰先讓她落得這種處境的？就我看來，艾絲翠的人生在過去幾個月發生這麼多不如意的事都是因為你介入了她的生活，偷拍狗仔照、影片外洩還有你前妻。不好意思，但我唯一的任務就是讓你不要再接近艾絲翠。」

也就是在此時一切都失控了。他知道他不該撲向迪亞哥，但一股衝動的情緒接管了他的身體。這次在馬尼拉全是精英份子的社交圈裡，他再度引起另一樁醜聞。這個消息會傳遍整個城市、全亞洲，很快就會傳到艾絲翠的耳裡。而這可能會讓她更想躲起來。該死，他真的又把事情搞砸了。

查理把毛巾裡的冰塊甩到洗手盆裡，潑了些冷水在臉上。關掉開著的水龍頭，他忽地聽見門外傳來輕輕的敲門聲。查理走出浴室，從貓眼往外看。他看到一個身材嬌小、穿了件金屬感金色晚禮服的菲律賓女生站在走廊上。

「誰？」

「我叫安琪兒，有人託我傳話給你。」

查理打開門，盯著那個女孩。她看起來才二十出頭，留著一頭及肩頭髮，戴著親切的微笑。

「查理先生，我老闆派我來告訴你，明天早上到帕賽市安祖斯大道的島嶼航空私人航站搭七點半的航班，你的名字會在名單上。」

「等等，妳怎麼知道我的？」

「今晚我也在琪娜的派對上，我一下就認出你了。」

「妳老闆是誰？他怎麼知道我住這裡？」

「我老闆無所不知。」安琪兒帶著神祕莫測的微笑回答後，便轉身離開。

翌日清晨，查理按照神祕女孩的指示，前往帕賽市的私人航站。他在機場休息室知道了這個航班是飛往菲律賓西南岸度假村的包機。他登上一架雙螺旋槳機，裡面坐滿要去海邊度假的遊客。而後飛機起飛，低空掠過海岸，四十五分鐘後在海邊一個荒涼的小跑道上降落。

查理下了飛機，天色昏暗下著雨。所有乘客都被引導坐上一輛外殼有著鮮豔彩繪的公車上，並且沿著泥濘的道路開往露天木屋住宅區。一塊有著漂亮彩繪的木頭標示寫著：愛妮島機場。木屋前方站了一排菲律賓女性，在雨中唱著迎賓歌。查理下了公車，正準備跟著遊客入住木屋時，一名身材健壯的菲律賓小伙子走近他，來人穿了件白色 polo 衫和燙得筆挺的深藍工裝褲，手上拿著一把白色的高爾夫球傘。

「查理先生嗎？我叫馬可，請你跟我來。」男子說話帶著美國口音。他跟著男人沿著小路走到一個私人碼頭，那裡停了一艘優雅的里瓦（Riva）快艇。兩人上了船，馬可便發動引擎。

「今早下了雨，座位下方的雨衣是為您準備的。」馬可邊說，邊熟練地將船轉向，駛向寬闊的海上。

「沒關係，我喜歡下雨。我們要去哪兒？」強烈的風聲和洶湧的波浪讓查理只得大喊。

「往西南方向二十五海浬的方向。」

「你怎麼認出我的？」

「噢，我老闆給我看了您的照片，您在一群美國遊客中很突出。」

「聽起來你在美國住過一段時間。」查理說。

「我是聖塔克魯茲加大畢業的。」

「你應該不會告訴我你老闆是誰吧？」

「你很快就知道了。」馬克稍稍點了點頭。

大約三十分鐘後，烏雲逐漸消散，讓後方的廣大天空及蓬鬆的白雲得以露面，使海水的顏色呈現藍寶石般的深邃剔透。快艇繼續沿著蘇祿海行駛，查理放眼望去，水平線上古怪的岩層彷彿幽靈般現身。很快地，他們便被浮在波光粼粼的湛藍水面上的數百座小島包圍，每座島嶼都好似由一塊巨大岩石精雕細琢成奇特的形狀，充滿茂密的熱帶植被及糖粉般的白沙灘。

「歡迎蒞臨巴拉望。」馬可表示。

查理敬畏地望著島上神祕的景色。「感覺像在作夢一樣，這些島嶼看起來彷彿不屬於地球——反而像來自亞特蘭提斯。」

「這些島已有一千四百萬年的歷史了。」馬可解釋。他們很快經過一片在上午陽光照射下閃閃發光的高聳岩壁。「而且是海洋保護區的一部分。」

「大部分都是無人島嗎？」查理問。船正經過一座島，上面有一片特別原始的新月形沙灘。

「有些是，但並非全部。我們剛經過的那座島上有一間很棒的海灘小酒吧，日落後才開始營業。他們有最好喝的瑪格麗特。」馬克笑道。

快艇接著很快通過幾座小島，一座較大的島嶼隨即映入眼簾。「您有帶泳褲嗎？」馬可問。

查理搖搖頭。「我不知道此行要到哪。」

「你椅子下方的櫃子裡有件泳褲，應該合你的尺寸。你會需要的。」

當他們繞過島的另一端時，查理匆匆地換上那件尺寸剛好的藍白條紋泳褲。馬可把船停在岩石海灣，遞給查理一個潛水面鏡和呼吸管。「現在潮水漲得有點高，所以我們會在水下待久一點。你潛水沒問題吧？」

查理點頭。「我們要去哪？還是我來猜，我很快就知道了。」

馬可又咧嘴一笑，露出森森白牙。「這是見到我老闆唯一的方法。」他脫掉他的衣服，露出底下Speedo的游泳裝備，隨即潛入水中。查理也跟著潛進海裡。當兩人一起浮出水面，在快艇旁載沉載浮時，馬可說：「海浪衝擊岩石時很危險，一潛下去後，會看到岩石下方有個洞穴。我們要穿過洞口，最多只需憋氣十五到二十秒的時間。」

「現在？」

「等我信號，這個大浪過去後就下潛，不然我們會被浪推去撞岩石。明白了嗎？」

查理點頭，戴上他的潛水面鏡和呼吸管。

「就是現在！」馬可潛入水中，查理緊隨其後。他們沿著陡峭的崖壁往下游，突然岩壁間出現一個大洞穴。馬可沒有戴面鏡或其他潛水裝備，游著自由式，帶領查理穿過水下通道。

不久後，查理再次浮出水面。他喘了口氣，而當他扯下面具時，眼前的景象幾乎讓他驚愕地忘記呼吸。他在一片平靜無波的潟湖中間，四周環繞著高聳的石灰岩層。唯一進出這個祕境的方法就是通過那個水下洞穴。清澈碧綠的淺水中似乎蘊含很多色彩鮮豔的魚、珊瑚礁和海葵，潟湖的一側是白得發亮的沙灘，棕櫚樹的枝葉懸在上方將其完美地隱蔽起來。

查理對四周難以置信的美麗感到驚愕無比，他默默地在海上浮了半晌，彷彿剛進入一個完全不同世界的新生兒。馬可對上他的目光，向他點頭示意。「我老闆就在那裡。」

查理轉向那片隱蔽的沙灘，站在一片棕櫚樹中間的人正是艾絲翠。

新加坡，泰瑟爾莊園

瑞秋尚未完全清醒，便聞到咖啡的味道。是她鍾愛的Homacho Waeno合作社咖啡豆經過烘烤、磨碎，而後放進法式濾壓壺沖熱水泡開的香味。但等一下——她還在新加坡，而要說泰瑟爾莊園最不完美的一點就是咖啡了。瑞秋睜開眼睛，看見她平時吃早餐用的托盤放在花呢格紋單人沙發旁的擱腳凳上，Mappin & Webb茶壺銀色的漂亮曲線在晨光下閃閃發光，光彩奪目的尼克則坐在沙發上對她微笑。

「尼克！你怎麼會在這裡？」瑞秋嚇得坐起身來。

「呃，上次我確認過這裡是我們的臥房。」尼克笑著起身，給她一個吻。

「你什麼時候從泰國回來的？」

「一小時前我搭尤拉席親王的私人飛機回來的。妳猜機上的咖啡是什麼的？」

「我的天——我還以為我在作夢！」在尼克把杯子拿給她，盤腿坐在她身側的床上時，瑞秋驚呼道。

「哼嗯嗯……」瑞秋喝了一口，滿意地舒了口氣。

「很開心妳喜歡。」尼克不覺莞爾。

「我還以為你這禮拜會留在清邁呢。」

「我去清邁本來是以為可見到會借我幾十億美元的人，但我發現那裡的寶藏遠遠超出我的想像，擁有無法以金錢衡量的價值。我在我阿嬤的日記中讀到的東西太重要了，多一天都等不及。我必須跟妳分享。」

瑞秋坐起來靠在枕頭上，她好久沒看到尼克這麼興奮的樣子了。「你發現什麼了？」

「有太多事想跟妳說了，我都不知道該從何說起。首先，我知道了尤拉席親王是我奶奶的初戀。他們在印度認識，當時在二戰期間，她因為日軍入侵新加坡而逃往印度。她當時二十二歲，他們談了場轟轟烈烈的戀愛，一起在印度旅行。」

「我沒有很意外，畢竟她把自己最私人的日記託付給他。」瑞秋表示。

「是啊，但這段故事有個驚喜：事實上我奶奶在日本大量佔領新加坡期間，藉由尤拉席的幫助想辦法偷偷回到島上。這真是太瘋狂了，當時日軍行為十分狂暴，但她還是這麼做了。當她與父親團聚後，才發現她父親為她安排了一樁婚事，要嫁給她從未見過的男人。」

瑞秋點頭，想起素儀曾經跟她說過的故事。「五年前，我跟你阿嬤一起喝茶時，她曾告訴我她父親特別為她選定詹姆斯，而且她對此感到感激。」

「但她其實被她父親又拉又踐地進行了儀式，並且在他們結婚最初幾年裡，她非常討厭我爺爺，對他態度很差。戰後，她去了曼谷和尤拉席相聚，雖然這時他們兩人都分別與別人結了婚，他們還是情不自禁地恢復關係。」

瑞秋睜大了雙眼。「真的？」

「對，但這還不是最令人震驚的，她發現自己因為外遇懷孕了。」

「不會吧！」瑞秋倒抽了口氣，差點把咖啡灑了出來。「那小孩是誰？」

「凱薩琳姑媽。」

「我的天啊，這一切都說得通了。這也是為什麼小凱姑媽認識尤拉席親王的原因，所以她才會繼承清邁那座莊園！你是除了她外，唯一一個知道這件事的人嗎？」

尼克點頭。「其實我昨晚回曼谷時跟她聊了一下，挺有趣的。我們坐在她的花園眺望昭披耶河，她完全侃侃而談。當然我奶奶被發現懷孕時，陷入了麻煩。尤拉席沒辦法離開他妻子，他是親王，跟家族政治的命運密不可分，何況他們還有兩個年幼的孩子——所以我奶奶面臨兩個選擇：不是跟我爺爺離婚，帶著私生子獨自一人生活，被社會拋棄，就是她說出真相，乞求他讓她重回他身邊。」

「難以想像當初那段日子對她來說有多煎熬。」瑞秋沉思道，突然為素儀感到難過。

「我一直知道我爺爺是個道德高尚的人，但我並不清楚到何種程度。他不只讓阿嬤回到他身邊，還從來沒有因為外遇的事怪罪過她。他知道在這樁婚姻裡，她從沒愛過他，但他決定要贏得她的心。他也成功了。作為一個虔誠的基督徒，他完全原諒她，並把小凱姑媽當作親生女兒撫養。事實上，我一直覺得爺爺很偏愛她。」

「所以你覺得之後你奶奶就慢慢愛上他了？」瑞秋問。

「根據小凱姑媽說的，我奶奶深深地愛上了他，在她了解他真正的為人後。我昨晚離開前，小凱姑媽跟我說了件她從未向別人提起的事——阿嬤過世的那天，她是唯一在房間跟她待在一起的人。」尼克回憶起他姑媽的話，聲音變得有些哽咽：

「我這次剛回來新加坡時，你奶奶跟我說神靈找過她。她說她哥哥阿傑來過，她父親也現身房間。當然，當時我以為她是因為打了嗎啡看到幻覺。然後下午她就走了，在她呼吸越來越困難時我就坐在床邊。我看了監控儀，覺得一切還算正常，所以不想那麼早按警鈴。突然間媽咪睜開眼睛握住我的手。『當個乖女兒，把椅子給他坐吧。』她說。『誰？』我問，然後我看到她臉上的表情，宛如見到自己所愛。『詹姆斯！』她的語氣充滿愉悅，說著她便嚥下最後一口氣。我敢發誓，尼基，我感覺得到他。我感覺到我父親在房裡，坐在那張椅子上，然後感覺到他們一起離開。」

瑞秋坐在床沿，眨了眨含淚的眼眸。「哇，他們的確彼此相愛，我開始有點理解為什麼你奶奶這麼反對我們結婚了。」

「她覺得她父親選擇把她嫁給我爺爺是對的，她應該從開始就不要違背他的意願，所以她才會這麼堅決要我聽她的話！」尼克說。

「是呀，但我也好奇她是怎麼發現我媽媽外遇，和別的男人生了小孩，而我就是那小孩的事。我一定讓她回憶起過去的恐懼和對婚外情的罪惡感吧。」

尼克嘆了口氣。「這是不對的，但她以為她是在保護我。我給妳看個東西，這個原本夾在日記裡。」尼克拿了一張折起來的信遞給瑞秋。花俏的紋章下方以紅色的浮雕字寫道：

溫莎城堡（WINDSOR CASTLE）

親愛的素儀：

妳和妳哥亞歷山大在戰爭期間最黑暗的日子所作的一切實在難以言謝。讓我們重要的英國及澳洲官員在泰瑟爾莊園避難，拯救無數人的性命。妳的英雄事蹟多不勝數，我將永遠銘記於心。

喬治六世（George R.I）　敬上

「喬治六世……」瑞秋狐疑地看著尼克。

「沒錯，就是英國女王伊莉莎白二世的父親。他在二戰期間是英國國王。瑞秋，我奶奶的日記裡記載很多讓人難以置信的事。妳也知道，我在成長的過程中，聽說了很多關於我爺爺是戰爭英雄的故事，他作為外科醫生是怎麼拯救無數性命。沒想到就在新加坡遭佔領之初，我奶奶和她哥哥也為救人不遺餘力。亞歷山大在印尼負責監管我曾祖父的企業，暗地裡卻幫助了許多重要人士逃亡海外。他幫新加坡一些重要的抗日份子——像是陳嘉庚和黃奕歡——躲到蘇門答臘。最後，一名日本間諜為了問出祕密，將他刑求致死。」

「天啊！」瑞秋倒抽了口氣，雙手摀住嘴巴。

「結果我奶奶也在日軍大舉入侵期間偷偷潛回新加坡。在他死前，她曾大膽前往印尼看望亞歷山大。她一定很崇拜他，也正是他的死促使我奶奶決定將他的抗爭延續下去。泰瑟爾莊園成為諜報人員從馬來西亞來到新加坡的祕密通道，再安全逃往印尼及澳洲；也是高層祕密集會的地點和日軍追查重要人士的避難所。」

「真不可思議！我會覺得這棟房子太顯眼了。」瑞秋說。

「的確是這樣沒錯，但日本佔領軍的元帥寺內壽一在當時徵用泰瑟爾莊園，接管主宅。我奶奶和所有傭人都被安排住在後屋，她便設法在這位將軍的眼皮子底下藏匿如此多人。她讓他們喬裝成部分在莊園工作的職員，因為四處都是傭人，所以日軍從未察覺。她接著讓他們從溫室通往植物園的祕密通道進出。」

「就是你之前潛入莊園那裡！」瑞秋驚呼出聲。

尼克把信拿起來面向瑞秋。「這件事不止關係到我失去童年的家及過去的聯繫，而是更重要的事。這棟房子屬於歷史悠久的名勝，是全新加坡人的遺產，比任何形式的改變都還重要，我相信自然環境保護主義者會認為這棟房子急需保存下來。」

「意思是你有辦法阻止房子出售給邴家？」

「這正是我想弄清楚的。我了解傑克·邴，他一定會爭到底。」

「你姑媽也會。她們想從此次買賣拿到錢。若是你剝奪她們認為自己合法繼承的東西會怎樣？」

「要是沒有人的繼承權會被剝奪呢？我這幾天一直在思考這個問題，我想我有個計畫可以挽救這個歷史地標，並讓它在未來增值。」

「真的嗎？」

「對，但我們需要找到願意相信我們、口袋又很深的出資者。」

瑞秋的腦袋開始左思右想。「我大概知道我們可以跟誰談了。」

巴拉望，馬丁洛克島

查理和艾絲翠站在潟湖海灘上，深擁在一起。「我不會再讓妳離開我了。」查理高興地發出喟嘆，而艾絲翠抬頭對他微笑。他們接著坐在沙灘上，輕柔沖刷岸面的海水淹過他們的腳丫，凝視著四周令人嘆為觀止的高聳岩層，靜靜地握著彼此的手。

艾絲翠首先開口：「我不是故意讓你擔心的，在我聽見你在琪娜家跟迪亞哥起衝突後，我才知道你這麼擔心我。你的下巴還好嗎？看起來有點瘀青。」

「沒事。」查理心不在焉地揉揉下巴。「老實說，我從來沒想過妳會這麼想，妳怎麼會覺得我不擔心？我是說，妳已經人間蒸發將近六個星期了！」

「我沒有人間蒸發。我跟卡西恩每天都會用 Facetime 視訊，我的家人也都知道我沒事。但我猜我媽大概沒跟你提這件事吧？」

「沒有！我上一次跟她通電話她說她沒有妳的消息，她也不在乎，然後她就掛了。」查理怒氣沖沖地說。

「我能想像。」艾絲翠笑著搖搖頭。「我很好，查理。實話說，好得不能再好了。我需要獨處一段時間。來到這裡後，我才發現我從未獨處過。我每次出遊都跟家人一起，不然就是為了工作、參加婚禮或一些社交場合。我從來沒有為了我自己到任何地方旅行。」

「我明白，我知道妳需要時間獨處，但我也害怕妳情緒失控，對事情的發展一無所知。」

「我一直都不想知道，查理，我甚至不確定我現在是否還想知道。這就是我的目的，我需要去到一個能讓我真正逃離的地方，拋下一切，這樣我才能弄清我內心真正的想法。」

查理凝視著毫無波瀾的水面，在上午的陽光照射下越發湛藍。「妳怎麼找到這個地方的？」

「我好多年前在這地方就有一座小島。不是這裡，這是馬丁洛克島，隸屬政府管轄。但我在離這裡不遠的地方有一座小島，是我姑婆瑪蒂達．梁私下留給我的。你知道她有點古怪……奉行陰謀論，她是真的相信這個世界總有一天會爆發核戰而被剷平，所以她在巴拉望買了一座小島，建了房子，稱為『終極避風港』。她希望我在萬不得已的時候可使用這座島。之前我從沒來過這裡，不敢相信我竟然等到這時候才來。」

「這裡是人間仙境。但願布魯克．雪德絲下一秒就會渾身赤裸地從水裡走出來！」

「你想得美！」

「不過事實上，現在就有個更美的尤物在我眼前。」查理說著，欣賞在艾絲翠白色薄紗下若隱若現的漂亮小麥肌。彷彿看穿他的想法，艾絲翠站起身。「你有在隱密的潟湖裸泳過嗎？」

「呃，馬可不是很快就會回來？」查理有點驚慌失措。

「馬可幾小時內暫時不會回來。」艾絲翠說著，解開她白色比基尼的綁帶，潛入潟湖中。查理反覆地觀察四周，確定四下空無一人，才脫下他的泳褲，跟在她後頭躍進湖內。

他們徜徉在清澈的海水中，看著五顏六色的魚群在珊瑚礁間鑽來鑽去，海葵順著海流無欲無求地揮舞觸角，嵌在沙裡的巨蛤，會將殼打開一個縫吸進海水，再狠狠關上。他們仰漂在潟湖中央，盯著天上飄過的雲層，而後查理抓著艾絲翠的手拉她上岸，兩人在平滑閃亮的沙灘上做愛。

兩人愉悅的呻吟聲在潟湖間迴盪，使他們與大自然、大海和天空融為一體。

查理躺在柔軟的沙灘上，曬著太陽開始感到昏昏欲睡，微風拂過棕櫚樹葉有點催眠。四周忽然充斥著有人講話的聲音。

「那是什麼？」查理懶洋洋地問。

「應該是遊客吧。」艾絲翠回答。

「遊客？什麼？」查理直起身子，看到一群身穿亮黃色T恤的人穿過現在只有部分淹在水中的洞穴，進入潟湖，潮水早已退去。

「靠，我的泳褲在哪？」查理匆忙四下尋找。「妳沒跟我說這裡遊客會來。」

「當然有遊客，這裡是巴拉望最出名的景點！」艾絲翠笑出聲來，看著查理赤裸地在沙灘上狂奔想找到自己的泳褲。

「噢，兄弟！你在找這個嗎？」一名澳洲衝浪者從潟湖的另一邊喊道，拿著查理的藍白相間泳褲。

「對，謝謝！」艾絲翠喊道。她轉向躲在棕櫚樹後面的查理，仍止不住笑。「噢，出來啦！沒什麼好害羞的！」

★

「妳真的變了。我都不知道我認識的那個艾絲翠會情不自禁地在潟湖做愛，或者在一群澳洲遊客前一絲不掛，大搖大擺地在海灘上走來走去。」當他們回到艾絲翠的私人島嶼，坐在山丘上那棟白色豪華別墅的露台上用午餐時，查理說道。

「我這麼說或許有點陳腔濫調，但遠離俗世讓我顛覆視野。我發現很多我害怕的事並非出自我自身的恐懼，而是來自我的父母和祖父母，只是我在無意識中接納了他們的觀點，從而影響我的每個決定。所以，就算一些人在某個偏遠小島與世隔絕的沙灘上看見我裸體，那又怎樣？我對自己的身體感到驕傲，沒什麼好掩藏的。當然我的腦海會浮現某個聲音說：『艾絲翠，穿上衣服吧，這樣不符合妳的身價，妳是梁家人，妳會令妳的家族蒙羞。』然後我意識到大多數時候出現的，都是我媽批判的聲音。」

「妳媽總會讓妳瀕臨抓狂邊緣。」查理說，又夾了一大隻椰奶蝦放到他的蒜頭飯上[87]。

「我知道，這也不全是她的錯。她對我說了些難聽的話，但我早就原諒她了。她自己也受到了傷害——你看，她出生在二戰時期，就在新加坡發生難以想像的恐怖事端當時，她怎麼可能不把我祖父母的生活經驗作為借鑒？我外公受到日軍監禁，差點無法從行刑隊手下逃脫，我外婆作為一個新手媽媽，還試圖暗中幫助抗戰組織，並小心不要被殺。」

查理點頭表示理解。「我媽整個童年都是在馬來西亞的興樓集中營中度過的。她的家人被迫自己種植作物取得糧食，每個人幾乎都要餓死。我很確定這就是為什麼我媽現在會這個樣子的原因。她要她的廚師到超市買三天前打折的麵包省錢，卻花三萬美元幫她的寵物魚整形，完全不合

87 用椰奶烹煮的新鮮大蝦，一種巴拉望佳餚。

常理。」

艾絲翠俯瞰露台下方風平浪靜的小海灣。「科學家研究我們會從父母那裡遺傳到健康問題，但我們同時也繼承了一連串的恐懼和痛苦——一代一代傳承下去。每當我媽出於這種恐懼作出反應我都能感覺出來，但我現在得到最強烈的感受就是意識到**我不需要為她的痛苦負責**。我不會再把她的痛苦當作是我該承受的，我也不想讓我兒子經歷這一切！」

查理看著艾絲翠，琢磨她說的每一句話。「我喜歡妳的想法，但我有個問題——妳誰啊？感覺妳好像在用全新的語言跟我說話。」

艾絲翠神祕地笑了笑。「我得承認，我在這裡待了五個星期，但我不是一個人。我離開新加坡後先去了巴黎，見到我的朋友格雷古瓦。他跟我說他有個朋友住在巴拉望。這才是我來這裡的真正原因，我不想待在亞洲——當時我正在前往摩洛哥的路上，要去阿特拉斯山脈一個我知道的地方，但格雷古瓦鼓勵我見見他的朋友。」

「這個人是誰？」

「她叫席夢-克莉絲汀．德．艾雅拉。」

「她跟香港的佩德羅．保羅和伊文婕琳有關係嗎？」

「他們好像是親戚——他們家族人很多。總之，我也不知道該怎麼形容她。有些人稱她為能量醫師或治療師，對我來說，她就只是一個很有智慧的人。她在鄰近的島嶼有一個很漂亮的家，我來到這裡後，幾乎每天都會跟她見面，進行一場很棒的談話。她引導我呼吸冥想，為我的心靈帶來不可思議的突破。」

「比如說？」查理問，頓時擔心艾絲翠會受到某個宗教神棍的影響。

「這個嘛，最大的收穫就是意識到我整個人生都在預防我父母的恐懼，總是竭盡所能做個完美的女兒，從不走錯路，從不出現在公眾面前。看看這麼做我得到什麼？我一直背負著完美外殼，維持我個人生活與關係的隱私，讓我比從開始就過自己想要的生活實際上受到更大傷害！」

查理點頭，稍微鬆了口氣。「其實我非常同意妳說的。在我看來，妳似乎一直活在陰影之下，妳比任何人認為的還聰明，也更有才華。我一直覺得妳可以做得更好。」

「你知道我父母否絕了多少我想做的事嗎？大學畢業後，我受到邀請進入巴黎聖羅蘭時裝品牌工作，他們命令我回家；然後他們又不讓我自己在時尚圈創業，因為這工作對他們來說太普通了；後來我想投身非時尚產業的事時，像是解決嚴重雛妓問題和性交易，他們聽都不願聽。艾絲翠．梁這個身分唯一能做的事就是在嚴格審查的公司董事會或極私密的委員會任職，任何不需要拋頭露面的工作。就好像我的家族好幾代以來一直害怕自己的財富，因為可能會有人因為我們有錢、庸俗和炫富指責我們。在我看來，我們的財富是讓我們有幸為這個世界提供巨大貢獻，而不是躲起來！」

查理興奮地拍起手來。「所以回來吧，艾絲翠。跟我一起，我們可以一起做這件事。我知道妳寫那封信的時候頭腦很混亂，所以我會把那封信的內容忘了。我要跟妳在一起，我要妳當我的妻子，過妳想要的生活，成為妳內心真正渴望的人。」

艾絲翠將目光移開好一會兒，盯著眼前那棟美麗的白色別墅，在陽光下熠熠生輝。「沒有那麼簡單……我不知道我是否準備好了，我覺得在我回去面對這個世界以前，我還需要多一點時間療癒自己。」

「艾絲翠！妳離開後發生了很多事。能讓我告訴妳嗎？或許我可以幫妳。」查理懇求道。

艾絲翠深吸一口氣。「好，你就說你想說的吧。」

「首先，伊莎貝爾醒過來了，她看起來恢復得不錯。她有嚴重的失憶症狀，對前一晚發生的事一無所知，但她會好起來的。」

「感謝老天。」艾絲翠低喃道，閉上了眼睛。

「另外我想告訴妳的大事就是麥可毫無異議地簽了離婚協議書。」

「什麼？」艾絲翠從椅子上坐起身來，備感震驚。「怎麼會？」

「事情發展挺曲折的，我就從影片外流說起吧。結果影片一開始是在伊莎貝爾手中，不是麥可，她一直都在監控我們。在印度跟蹤我們的狗仔和我房間的偷拍影片都是她做的。」

艾絲翠難以置信地搖搖頭。「她是怎麼辦到的？」

查理笑了笑。「妳絕對無法相信，妳知道達芬妮那個破舊的長頸鹿填充玩偶嗎？」

「知道！她晚上沒有那娃娃就睡不著。」

「那是伊莎貝爾送她的禮物，結果在裡面發現一個構造十分複雜的相機和錄音設備。」

「天啊……」

「達芬妮會帶著那該死的娃娃跟著她兩邊住，所以伊莎貝爾對我的一舉一動瞭若指掌。她會拿到我們的影片完全是出於意外，因為在妳來的前一天，達芬妮就在我房間睡，那隻長頸鹿被她留在床腳的櫃子上。」

「難怪影片拍攝的角度這麼奇怪！」艾絲翠輕笑說：「但她到底怎麼裝進這個精緻的隱藏式攝影機？」

「麥可幫她的，他們一直都是共謀關係。因為伊莎貝爾自殺未遂，警方介入調查她手機影片的來源，整件事才曝了光。」

艾絲翠難過地搖搖頭。

「所以是他們聯合起來……心懷怨恨的前妻和前夫。」

「是啊，但他們倆的那點關係正是造成他簽字的一線曙光。幾星期前我飛到新加坡，與麥可長談，得到了不錯的答覆。我告訴他只要他撤銷訴訟，在離婚協議書上簽字，就可以繼續享受億萬黃金單身漢的生活，不然他就要面臨以下幾點：第一，他會因為幫助教唆伊莎貝爾非法植入攝影機而坐牢；第二，他會因為敲詐勒索坐牢，誰叫他蠢到用簡訊把影片寄給妳，還跟妳要五十億美元；第三，他會因為惡意散播影片坐牢。等到新加坡法院跑完所有我對他的指控時，他就要在樟宜監獄度過餘生，或者更糟糕，他會被引渡到香港，送到中國東北位於俄羅斯邊境附近的集中營，跟和他一樣俊俏的犯人過著十分痛苦的生活。」

艾絲翠靠回椅背，思考他剛所說的一切。

查理笑了笑。「麥可答應我今後永遠不會再找妳和卡西恩的麻煩，所以一旦妳在離婚協議書上簽字，妳就自由了。」

「自由……」艾絲翠低語道：「查理，我愛你，很謝謝你在過去幾週為我所做的一切。但倘若讓我對自己誠實——這個新生的我——並且對你完全坦白，我不知道自己是否會想再踏入婚姻。我不確定我是否做好回到新加坡的準備，我去了這座島每個角落，認識當地人，我真的很喜歡這個地方。我覺得我在這裡可以做很多事，幫助這裡的原住民。我真的願意留在這裡，現在我只想讓卡西恩也過來。我看見這裡每個孩子都很開心……他們的生活跟大自然融為一體，如此自由奔放。他們像水手一樣跟著狹窄的木船盡情奔跑，又像雜技演員般爬上棕櫚樹，把成熟的果實敲落，整天笑個不停。讓我稍微想起我在泰瑟爾莊園度過的童年。卡西恩現在的生活一直完全是功課、考試、上中文課、網球課和鋼琴競賽，除此之外就是坐在電腦前打暴力的電動。我都不記得他上次開懷大笑是什麼時候了，如果我要過真正自由的嶄新生活，我希望他也跟我一起。」

查理深深地凝視著艾絲翠的眼睛。「聽我說，我希望妳能擁有夢想中的生活，為了妳自己，也為卡西恩。我只有一個問題：在妳嶄新的人生中，有屬於我的位置嗎？」

艾絲翠看著查理，不知道該如何回答。

比利時，安特衛普

凱蒂佇立原地盯著精緻的家具、陳設、大自然及光線交織而成的神祕變化。每樣東西陳列的方式都散發出純潔雅緻，整個房間充斥著平靜及悄然的生機。「這就是我要的！我想把泰瑟爾莊園變成這樣子！」她對奧利佛說。他們漫步在運河區，一個始於十九世紀的工業地塊，附近是由穀物圓筒倉改建而成的工作室及私人展廳，位於艾伯特運河上方，所有者正是全球最受人仰慕的室內設計師之一——阿克賽．費爾伍德特。

「我們已經身在半途了，凱蒂。泰瑟爾莊園的架構很好，其完美的古雅情調是花再多錢也買不到的。所以我們不需要為了打造十七世紀的氛圍而翻新地板或建新牆。但妳看這個新石器時代的青銅斧改變了整個房間給人的感覺，還有長餐桌上簡單的蕨類植物萎靡美麗的樣子。這些都跟擺設手法有關，阿克賽正是箇中好手。」

「我現在就想見他！」凱蒂說。

「放心，他快到了。妳沒聽他助手說嗎？他現在正跟比利時的瑪蒂爾德王后共進午餐。」奧利佛低語道。

「噢，他的口音太難懂了。我以為他說他在看《瑪蒂達》（*Matilda*），我還想為什麼我千里迢迢飛來見他，這個人還在看童書？」

「阿克賽的作品備受尊崇，世界上很多君主都是他的客戶。」當兩人走進一個燈火通明的房間時，奧利佛向凱蒂解釋道。巧的是，裡面除了一個古老佛頭石雕外，什麼也沒有。

「我們可以也在花園裡擺佛頭嗎？我覺得在樹林走一走，發現四處都有佛頭的蹤影感覺很酷。」凱蒂提議道。

奧利佛暗自發笑，試著想像維多莉亞發現泰瑟爾莊園四周有十幾個佛頭會有什麼反應。但凱蒂的想法還不賴，或許讓凱蒂躋身社交圈的方法是讓她成為新加坡的佩姬．古根漢，將泰瑟爾莊園打造為當代藝術殿堂，像是紐約的史東王藝術中心或馬爾法的奇納提基金會。他們可以讓全球偉大的藝術家進駐，在固定位置擺設裝置藝術。克里斯多會用銀色的面料將整棟房子包起來，詹姆斯．特瑞爾可以在溫室設置光影投射裝置，或許還可請來艾薇薇為蓮花池做些不同凡響的改造。

在他陷入想像自得其樂時，阿克賽．費爾伍德特進入房間引起一陣騷動。一身完美的灰西裝搭配黑色高領毛衣，隨行的助理則穿著簡樸。「奧利佛．錢，很榮幸又見面了！」這位傳奇的室內設計師表示。

「阿克賽，該覺得榮幸的是我。請容我為你介紹邴太太。」

「歡迎光臨運河區。」阿克賽說，禮貌地向凱蒂鞠躬。

「謝謝。阿克賽，你的作品讓我為之驚嘆！我先前從未見過這樣的設計，我感覺現在就想搬進來。」凱蒂發自內心地稱讚。

「謝謝，邴太太，如果妳喜歡眼前的這些設計，或許在妳待在安特衛普這段時間，我可帶妳去參觀我的私人住宅森林城堡。」

「這可是千載難逢的機會，凱蒂，森林城堡是世界上最美麗的城堡之一。」奧利佛解釋道。

凱蒂向阿克賽眨眨眼。「我很樂意！」

「要是我早點知道兩位要來，我就邀請你們共進午餐了。女王陛下今天是以個人的名義邀請我們，還帶來一對有趣的夫婦。」

「希望你吃得還愉快。」奧利佛說。

「當然啦。這對年輕夫婦才剛收購新加坡最宏偉的地產，很顯然是那座島上最壯觀的私人住宅。」

凱蒂的臉色一下變了。

阿克賽繼續說：「等等，我都忘了——你來自新加坡，對不對，奧利佛？」

「是的。」奧利佛勉強擠出微笑。

「你聽過這棟房子嗎？這是一棟裝飾性建築，混和了各種時期的風格，但它佔地六十四英畝。我記得好像叫『蒂沃利莊園』。」阿克賽歪著頭思考。

凱蒂一臉平靜地走出展廳，去到陽臺，從室內可看見她快速滑著 iPhone 螢幕。

「你說的應該是泰瑟爾莊園吧。」奧利佛糾正他。

「對，就是那裡！那女士的父親將這棟房產送給她當結婚禮物，她希望我能為她做設計。佣金非常龐大呢。」

奧利佛望向窗外，聽見凱蒂用中文狂吼，瘋狂地對著手機指手畫腳。「我知道你從不談論你的客戶，但我猜這對夫婦應該是一個英國貴族和他的中國妻子吧？」

阿克賽笑了笑。「真是沒什麼逃得過你的法眼啊？我在亞洲從未設計過這種規模的作品，我想我需要你的幫忙。」

「恭喜啊，阿克賽，這是我的榮幸。」奧利佛硬擠出一句話，因為他覺得他快吐了。

「好啦，我能幫你跟邴太太什麼忙呢？」

奧利佛看著凱蒂把她的手機從陽臺扔到下方的運河裡。「噢，我們只是剛好來到這附近。我準備帶凱蒂去德瑞斯的流行殿堂（Het Modepaleis），所以我想我們可以順道來這裡逛逛。」

★

「他說柯萊特跟以前不一樣了。她改變了生活方式，他對她想為這個世界做好事感到驕傲。所以她在新加坡需要一個適合的房子——你怎麼這麼容易上當受騙？」

「對，說出來，全發洩出來……」一個安慰的聲音從她上方傳來。

「他說柯萊特私底下到上海看他，跪在他腳邊，求他原諒她。妳能相信嗎？」凱蒂躺在一張按摩床上，她的按摩治療師艾蓮雅把一排熱石頭放在她的脊椎部位。

「好、很好。我把這塊石頭放在妳的後腰，我要妳好好感覺熱量進入妳的第二脈輪，然後深入妳的憤怒並釋放它……」艾蓮雅鼓勵道。

「他說：『不要讓我在妳和我女兒之間做出選擇，因為妳會輸。我只有一個女兒，但我可以再娶別人。』我恨他我恨他我恨他！」凱蒂尖叫道，潸然淚下，滴到鋪著榻榻米的地板上。

突然間，地板劇烈搖晃，幾塊石頭從她背上滾落，掉到床邊。奧利佛坐在按摩床旁邊的座椅上，繫好安全帶。

「那不是亂流，凱蒂，而是妳的憤怒被釋放到宇宙中，妳覺得怎麼樣？」艾蓮雅問，開始用冒著蒸氣的熱毛巾擦著凱蒂的腳。

「他媽的太爽了！我要叫機長把飛機開去撞他那張臭臉！」凱蒂再次尖叫，隨即陷入一陣痛苦的嗚咽。

奧利佛從凱蒂的波音747-81 VIP商務機二樓水療室的座位望下窗外，嘆了口氣。他們現在正飛越英吉利海峽上空，很快就要抵達倫敦。「我不知道現在就展開報復好不好，凱蒂，我在想或許妳該把目光放長遠一點。看看傑克給妳的生活，三架私機隨妳使用，手藝了得的艾蓮雅在妳最需要的時候，幫妳做熱石按摩療程，妳在世界各地擁有那麼多美麗的住所；還有別忘了哈沃德，妳幫傑克生了個兒子，他長大後，就會漸漸掩蓋柯萊特的光芒。凱蒂，妳知道慈禧太后嗎？」

「就是那個在《末代皇帝》裡一開始就死掉的老太太，對不對？」凱蒂低語道。

「對，慈禧太后是咸豐帝的妃子之一，皇帝死後她發動了宮廷政變，成為當時中國真正的掌權者。慈禧在中國史上的影響力遠比其他皇帝還大——她將中國從一個中世紀的帝國轉變為現代化國家，開放西方勢力進來，並廢除婦女纏足。這一切都是她的功勞。凱蒂，儘管就技術而言她沒什麼權力，因為她是女性。」

「那她是怎麼辦到的？」凱蒂問。

「她透過繼承皇位的五歲兒子間接治理整個國家。在他十幾歲去世後，她又收養另一個男孩，把他推上皇位，如此一來就能透過他進行統治。作為皇太后，宮廷禮儀甚至不允許她在男性面前拋頭露面，所以她都是在絲綢屏風後與大臣會面。妳其實可以從慈禧身上學到很多東西。妳得等待時機，盡可能成為哈沃德引以為傲的母親來穩固地位。妳需要成為他人生中最有影響的人，有朝一日他將統治邴氏帝國，而妳會成為幕後真正的掌權者。凱蒂，綜觀歷史，掌握絕對權力的人並非總是那些備受矚目的人。慈禧太后、黎胥留，以及科西莫·德·麥地奇，這些人行事低調，但他們通過耐心、智慧和暗中行動造就極大的權力和影響力。」

「耐心、智慧和暗中行動。」凱蒂重複他的話。她突然翻起身，在按摩床上坐起來，熱石頭從她背上滾落，掉在地板上，艾蓮雅急忙將石頭撿起來。「買下泰瑟爾莊園的合約簽了嗎？」

「律師應該還在起草協議書。」

「所以交易尚未完成囉？」

「對，雖然有紳士協定，但在簽合約前不算正式買賣。」奧利佛很納悶她這麼問的目的。

「你不是跟我說過，在傑克出價前，還有其他對泰瑟爾莊園感興趣的買家？」

「是啊，我表弟尼克是想買，但他拿不出可跟傑克報價競爭的數目。」

「他需要多少？」

「他好像還差四十億美元吧。」

凱蒂的眼睛一亮。「那如果我祕密投資他買下房子呢？我偷偷出錢，不讓傑克買下房子你覺得怎麼樣？」

奧利佛驚訝地盯著她。「凱蒂，妳本身有那麼多錢嗎？」

「我跟伯納德的離婚協議拿到二十億，然後我把所有錢都拿去投資亞馬遜。你知道這些股票在過去一年中漲了多少嗎？我現在有超過五十億，而且這些錢只需放在列支敦堡集團的帳戶就有了。」凱蒂自豪地表示。

奧利佛傾身向前，問道：「妳真的要用這些錢為我表弟出資嗎？」

「你還是可以拿到佣金啊，不是嗎？」

「是沒錯，我只是擔心妳一次投入那麼多錢會承擔風險而已。」

凱蒂安靜了半晌，感動於奧利佛真的關心她並非她的財產。「只要柯萊特沒辦法得到那棟房子，每一分錢都很值得！」

「那我先去打個電話。」奧利佛解開安全帶，離開水療室。五分鐘後，他帶著一臉得意的笑容回來。「凱蒂，事情發展越來越有趣了。我剛跟我表弟尼基通電話，結果泰瑟爾莊園被認可為國家歷史名勝，他集結了一群合作夥伴製定一項新提案準備與傑克・邴競爭。」

「意思是柯萊特一樣不會拿到房子？」

「很有可能，但他們急需多找一位投資者，他們現在還差三十億。」

「只差三十億？聽起來像是交易。」

「要我打到機長室讓飛機掉頭嗎？」

「當然。」

奧利佛拿起控制台座機。「你好，計畫改變了，我們要去新加坡，越快越好。」

「不要太快，我想繼續熱石按摩。」凱蒂咕噥道，再次慢悠悠躺回按摩床上，伸展身軀。

新加坡，泰瑟爾莊園

一年後……

「我迫不及待要看新娘了。不知道她會選哪個設計師為她設計禮服？」賈桂琳．凌在結婚儀式前的婚禮招待會上對奧利佛．錢說道。這對幸福佳偶邀請的兩百名賓客全湧進安達盧西亞風的庭院，一邊享用雞尾酒和開胃餅，一邊欣賞藝術家詹姆斯．特瑞爾在庭院外緣的圓柱拱廊設置的光影投射裝置。

「我們來打賭。」奧利佛斗膽表示。

「最近你賺錢的方式讓我不知道該不該跟你賭。對了，恭喜你完成阿布達比的委託。」

「謝謝。現在還只是一座宮殿。公主對我們在這裡做的設計印象非常深刻，付了我一大筆聘用定金，讓我很不好意思。不管怎樣，我們就賭下次兩人都在倫敦時，請對方去達芙妮（Daphne's）吃午餐，我賭詹巴迪斯塔．瓦利。」奧利佛說。

「好，請吃達芙妮。我賭艾利克西．馬畢，我知道她很喜歡他的設計。」

另一頭大門忽地敞開，院內弦樂四重奏戛然而止，一個身穿燕尾服的年輕人氣宇非凡地走了進來，下巴抵著一把小提琴。

「噢，妳看，是查理．席姆！最近到處都能看見他的蹤影啊？」這位英俊無比的演奏家沿著拱廊漫步，拉著艾爾加的《愛的禮讚》（*Salut d'Amour*）。拱廊另一頭的門慢慢拉開，查理步出門外，邊繼續拉琴，邊轉身向賓客點頭示意跟著他。走廊上點了數以千計的許願蠟燭，從玫瑰園經過用十三世紀的摩爾磁磚砌成的豪華海水游泳池，進入樹林。

賓客們跟在這位一邊歡快地拉琴、一邊悠閒漫步的音樂家身後，在來到蓮花池畔時發出陣陣驚呼。樹上掛著上百個淺粉色的燈籠，從樹枝傾洩而下，與大量由白色石滬蘭花、牡丹和白茉莉點綴的藤蔓交織在一起。一條專為婚禮架起的美麗拱橋從池塘一端延伸到另一端，鋪上完全不同色調的玫瑰，使整座橋看上去像是印象派筆下的產物，宛如莫內在吉維尼（Giverny）故居中的其中一座橋樑。

賓客就座後，四名大提琴手位於四個角落開始演奏G小調巴哈大提琴協奏曲，宣告婚禮儀式開始。一個可愛的小花童穿著輕薄精緻的Marie Chantal白色禮服，沿著中央走道灑下玫瑰花瓣，其後跟著卡西恩．張，一身白色亞麻西裝（但打著赤腳）緩步前行，專注地捧著一個天鵝絨枕頭，小心翼翼不要弄掉婚戒。

緊接著，尼克和瑞秋手挽著手現身。埃莉諾得意洋洋地看著尼克，一身深藍色的Henry Poole燕尾服，瑞秋陪伴在側——埃利諾不得不承認她那身那西索．羅德里奎茲（Narciso Rodriguez）所設計樣式簡單的淡粉色真絲縐紗禮服，看起來的確光采動人。

「唉呀，好像他們又辦了一次婚禮。」埃莉諾擤了擤鼻子，對她丈夫說，擦著眼淚。

「收斂下妳瘋狂的保護模式。」菲利普打趣道。

「我哪有瘋狂！我救了他們的婚姻，真是忘恩負義的小孩！」

尼克和瑞秋在走道末端分開，站到他們作為伴郎和伴娘的位置上，分別佇立橋的兩側。突然間，一道光照亮了置於橋後的三角鋼琴，呈現浮在池塘中間的效果。坐在鋼琴前的是一個年輕人，頂著一頭略微蓬亂的粉金色頭髮。

艾琳．胡猛抽了一口氣。「阿啦嘛，是紅髮艾德，我喜歡他的歌！」

當紅髮艾德開始演唱他廣受歡迎的情歌〈自言自語〉（*Thinking Out Loud*）時，新郎一襲Gieves & Hawkes訂製燕尾服十分帥氣，與香港雲中教堂的美籍牧師一起走到橋中間，而隨著完整的樂隊出現在池塘另一端，為艾德的歌聲伴奏，新娘在走廊尾端隆重登場。

賓客紛紛起立，看著新娘驕傲的父親吳輝明緊張地牽著女兒裴琳穿過走道。新娘穿著一件白色的露肩禮服，下半身是荷葉邊的拖地長裙，以淡粉色的絲綢玫瑰作點綴；頭髮向上捲成一個精心編織的髮髻，還戴了個G. Collins & Sons鑲著珍珠和鑽石的復古王冠。

賈桂琳和奧利佛面面相覷，異口同聲地說：「亞歷山大．麥昆！」

在裴琳走過他們身邊時，賈桂琳讚許地點點頭。「真高雅。莎拉．波頓（Sarah Burton）又一次成功了！」

「我們都猜錯了，但我們還是可以在達芙妮共進午餐。當然妳請客囉，賈桂琳，因為妳錢比我多嘛。」奧利佛眨了眨眼。

裴琳走到橋中間，與看起來有些不安、貌似克里斯．漢斯沃的牧師和她將要共結連理的男人——阿歷斯泰．鄭會合。

這對夫婦互相向對方念出手寫的誓言，尼克和瑞秋相視而笑，妮娜．吳身穿有著金色亮片、低垂領口的Atelier Versace禮服，大聲啜泣。楊家姐妹——費莉希蒂、凱薩琳、維多莉亞和雅莉絲帶著不同程度的棄嫌盯著新娘的母親，一邊悄然落淚。

「不敢相信我的寶貝阿歷斯泰要結婚了。」雅莉絲擤了擤鼻子，對她的姊姊說。「感覺好像昨天他還因為怕黑睡不著，爬到我的床上，但現在看看他。」

「這孩子夠聰明，娶了裴琳這個能幹的女生！我必須承認，她和阿歷斯泰對泰瑟爾莊園做的一切讓我很佩服。」費莉希蒂說。

「他們做的每件事我都很佩服！」凱瑟琳打岔道。畢竟一年前，尼克在與傑克．邴簽合約前，向她們提出新提案時，是她在她們姊妹間投出關鍵的一票。

尼克的新提案在泰瑟爾莊園飯店暨博物館完工時正式上路，主宅作為歷史名勝保存下來，而由柯林．邱和亞拉敏塔．李共同經營高雅的精品飯店更為其注入了新生。位於主宅附近佔地二十畝那座綠意盎然的花園中，矗立著奧利佛．錢與阿克賽．費爾伍德特精心合作設計的四十間賓客別墅。除此之外，位於泰瑟爾玫瑰村後方，還有一個總共四十五英畝的永續住宅社區，是吳氏建設——裴琳家族的建設公司——專為藝術家及中產家庭打造的。

「我覺得爸爸會以尼基為榮。過去他每天晚上回到這座糜爛的宮殿時，都不是很自在，因為他作為醫生，整天都在島上奔波為窮人看病。」雅莉絲誇讚道。卡珊德拉．尚坐在楊家姊妹後面一排座位，湊向前說：「我聽說泰瑟爾村的房子在第一天就全售出了，因為至今在新加坡還沒有花園住宅不到一千萬美元的！但住在格洛路上豪宅的富豪絕對會生氣，因為一般民眾就要入侵這個繁華社區了！」

「他們對泰瑟爾村做什麼我不管，但花園裡那些佛頭必須拿走！」維多莉亞憤怒地表示。

「不知道是不是裴琳的想法，她爸媽看起來很像佛教徒。」

費莉希蒂搖搖頭。「我覺得不是裴琳，那些佛頭應該跟投入三十億參與尼克提案的那個神祕投資者有關。我只想知道是誰！」

結婚儀式結束後，賓客全聚到了亞歷山大餐廳參加婚宴——這是亞拉敏塔．李經營的酒店集團旗下的豪華新餐廳，前身是溫室。原本種滿素儀獲獎的雜交蘭花品種，現在則將其移植於手工玻璃容器中，懸掛在天花板上。在燭光照耀下，數百盆蘭花彷彿天界生物般的，在十七世紀木製長餐桌上方翩翩起舞。

首先向這對新人敬酒的人是艾迪。「裴琳，即使妳知道妳已經受到我們家的歡迎，我還是想正式歡迎妳成為鄭家的一份子。還有我弟弟阿歷斯泰，我從未向今日這樣為你感到驕傲，我只想讓你知道我很感激並珍惜你！我愛你，老弟！」艾迪說，緊緊地抱住阿歷斯泰，頭埋在他衣領間開始啜泣。

艾絲翠坐在家人那桌，轉向一旁的費歐娜問：「艾迪還好吧？」

費歐娜笑了笑。「他沒事。阿嬤過世後，我強迫他去看心理諮商。我對他下最後通牒——不接受治療，我就離開他。起初他非常抗拒，但現在看來諮商已完全改變了他和我們的生活。他跟那些情婦都斷了關係，非常忠於我和孩子們，也學會以更健康的方式處理情緒。」

「我已有一年多沒見到他了，他看起來變化的確很大。」艾絲翠說，看著艾迪持續趴在阿歷斯泰的肩頭上哭。

「妳也了解艾迪，他每做一件事時，總是全力以赴。那妳最近怎麼樣？看起來妳很適應島上的生活——妳看起來很棒！」費歐娜說，讚賞地看著艾絲翠小麥色的肌膚、自然曝曬的髮色，以及她新的穿衣風格：看起來像是悠閒的海灘時尚與華麗帝國的結合。艾絲翠穿著一件簡單的靛藍染沙龍布裙，頸部一條驚人的珍珠項鍊，由相互交錯的垂直繩索穿成，從她的下巴一直延伸至胸口。

「謝謝。」

「這項鍊太不可思議了！這是阿嬤的嗎？」

「不是，這是來自卡布里島的 Chantecler——查理送我的生日禮物。」

「我想問妳這件洋裝哪買的，看起來很精緻，卻感覺很舒服！」

艾絲翠露出有點靦腆的笑容。「老實說，這是我做的。」

「真的假的？我以為妳會說這是聖羅蘭的衣服，八〇年代某個不起眼的度假系列。」

「不是，這是二〇一六年艾絲翠．梁度假穿著。我在學縫紉，也有製作屬於自己的面料。這其實是竹棉，用海水手工染色。」

「我的天啊，艾絲翠，真是太厲害了！我能跟妳買嗎？」

艾絲翠笑了起來。「當然，妳要的話，我可以幫妳做一件。」

「我猜妳在仙境的生活並不無聊？」

「一點也不無聊。我完全愛上了我在巴拉望的生活，每天都充滿冒險。我和查理辦了所學校，與布魯克林一所名為聖安娜很棒的藝術專門學校合作。查理找到了新的興趣——教書！所有數學和科學課都由他負責，卡西恩也是他的學生。這孩子從未這麼快樂，坐在沒有牆壁的教室上課，享受海風規律的吹拂。妳真應該找時間帶孩子們來看看。」

查理為他們端了兩杯香檳慢慢走過來。「謝謝，查理。今晚的婚禮有給你們啟發嗎？」費歐娜調侃道。

「哈哈，或許有一點吧。但是現在我很享受和我英俊的戀人一起活在愧疚中。更何況，這讓我爸媽生氣到不行。」艾絲翠說，在她媽看過來時，給了查理一個繾綣溫柔的吻。

婚宴結束後，新娘站在最上層的階梯背對玫瑰園，下方則是一群準備接捧花興奮的女生。裴琳興高采烈地把捧花丟在空中，那束鈴蘭捧花劃過一個完美弧線，落在了雪赫拉莎德．尚手裡。人群一陣歡呼，讓雪赫拉莎德臉都紅了。

尼克發現卡爾頓一臉驚嚇的表情，狡黠地說：「換你有壓力了。」

「不會吧。」卡爾頓嚴肅地點點頭，隨即咧嘴笑了起來。

寬廣的草坪上搭起一個華麗的露天宴會廳，鋪著鑲嵌地板，四周巧妙地擺著大面的巴洛克立鏡，讓舞者感覺自己彷彿在彼得霍夫宮中繞著宴會廳起舞。隨著樂隊賣力演出，賓客紛紛下了舞池，尼克、瑞秋和凱蒂站在舞池旁，看著柯林和亞拉敏塔兩個月大的兒子奧伯隆。

「他好可愛！」凱蒂逗弄著皺巴巴的嬰兒。「你看，哈沃德，你不久前就像這樣。」

「我有那麼小嗎？」凱蒂的三歲兒子問。

「當然啦，寶貝！你是我的小豆莢！」

「我覺得我們該帶奧伯隆回家了。他現在有點難哄，音樂那麼大聲他也沒辦法睡著。」亞拉敏塔有些焦急地對柯林說。

「好吧好吧，討厭這麼早就要走了。各位，媽咪發話了。」柯林抱歉地環顧大家。「不過，今晚是我們計畫的好兆頭，你們不覺得嗎？我們的兩位合夥人風光結婚，一切都進行得很順利！泰瑟爾莊園飯店暨博物館將成為新加坡首屈一指的聚會場所！」

「不，它會成為全亞洲首屈一指的聚會場所！」凱蒂堅稱道。

「噢，我忘了說，前不久我收到一個歐洲王子的詢問，他想包下整個飯店一個星期辦一場豪華生日派對！」亞拉敏塔說。

「我們現在已經有皇室客人了！或許帕利澤伯爵夫人會想在這裡辦另一場盛大晚會。」瑞秋露出頑皮的笑容。

「對了，她現在怎麼樣？」亞拉敏塔問凱蒂。大家都知道，柯萊特去年在歷史悠久的良木園酒店舉辦「拯救紅毛猩猩普魯斯特化妝晚會」，遭逢可怕的災難。柯萊特堅持要將整個空間改建，使其看起來跟一九七一年原版的普魯斯特晚會的法國城堡一模一樣，搭配正宗的一九七一年照明設備。在她演講到一半時，講台上那盞一九七〇年代的燈電線出現短路，要是當時柯萊特沒穿詹巴迪斯塔．瓦利設計的那件價值數百萬、縫了八百一十八克拉玫瑰亮片的禮服就不會出事了。

「我聽她爸說，她現在的狀況越來越好。她依然住在英國那間很棒的療養設施中，現在說話也不會流口水了，但她要回到蘇門答臘還要一些時間。」凱蒂甜滋滋地說。

哈沃德拉了拉她的袖子。「媽媽，我又餓了。」

「好，寶貝。」凱蒂說。她帶著哈沃德走到樹林裡一個僻靜的角落，脫下那件Raf Simons露肩連身褲特別設計的衣身，露出左胸。凱蒂現在是依附教養的忠實信徒，在她兒子愉快地吸吮她的乳頭時，她欣賞著所有令人難忘的古佛頭，對她這個裝飾建議感到非常滿意。這些佛頭絕對會為這個地方帶來善緣。

花園的另一端，尼克和瑞秋正在散步，觀察新開發的項目是如何進行的。「他們的工作速度快得令人難以置信。」尼克偷看一間平房內部的情形，說道。

「是呀，我們去年聖誕節回來時，這裡還只是一個很大的工地，現在已經蓋了這些美麗的小別墅，就彷彿本來就在這裡似的！」瑞秋順著其中一道再生石牆爬行的常春藤摸過去，敬佩地說。

「要是沒有妳，這一切根本不會開始。是妳想到要將裴琳、阿歷斯泰、柯林和亞拉敏塔拉進來建立這個夢幻團隊，看看現在多麼成功。他們在一年內就建立這整個生態村，亞拉敏塔甚至還懷孕生了小孩！奧伯隆真是個小可愛，對不對？」

「他很可愛。」瑞秋頓了一會兒，彷彿下定決心開口。「很高興她有了自己的小孩……因為他會成為我們小孩的最佳玩伴。」

尼克看著他的妻子，眼睛瞪得像碟子一樣大。「妳說的是我想的那個意思嗎？」

瑞秋點點頭，淚水奪眶而出。

尼克激動地抱著她。「什麼時候的事？怎麼不告訴我？」

「我在等待適合的時機。前幾天我做了檢查，已經大約六週了。」

「六週！」尼克一屁股坐在別墅外某個石雕長椅上。「天啊，我頭在暈！」

「你沒事吧？」瑞秋問。

「沒事！我只是太高興了！」尼克說，突然抬起頭看著瑞秋。「聽著，我們不能跟我媽說這件事。」

「當然啦！」

尼克起身牽過瑞秋的手，沿著小徑漫步回到婚禮派對上。「如果我媽表現好的話，或許我們可以在小孩十八歲時讓他們見面。」

瑞秋想了一會兒。「還是等到二十一歲吧。」

當樂隊奏起一首抒情歌時，尼克帶著瑞秋進入舞池。尼克讓她緊靠在他懷裡，稍微閉上眼睛，想著他幾乎可以感覺到小孩的心跳。他再次睜開眼睛，凝視他美麗的妻子，穿過舞池看向艾絲翠和查理恩愛地抱在一起，最後看向那座豪宅，明亮的燈光從窗戶透出來，看上去生氣勃勃，彷彿重獲新生。

完結啦！

高寶書版集團
gobooks.com.tw

TN 262
瘋狂亞洲富豪 III：遺產爭奪戰
Rich People Problems

作　　者　關凱文（Kevin Kwan）
譯　　者　陳思華
主　　編　吳珮旻
責任編輯　蕭季瑄
內頁排版　賴姵均
封面設計　張閔涵
企　　劃　鍾惠鈞

發 行 人　朱凱蕾
出　　版　英屬維京群島商高寶國際有限公司台灣分公司
　　　　　Global Group Holdings, Ltd.
地　　址　台北市內湖區洲子街88號3樓
網　　址　gobooks.com.tw
電　　話　(02) 27992788
電　　郵　readers@gobooks.com.tw（讀者服務部）
　　　　　pr@gobooks.com.tw（公關諮詢部）
傳　　真　出版部　(02) 27990909　行銷部 (02) 27993088
郵政劃撥　19394552
戶　　名　英屬維京群島商高寶國際有限公司台灣分公司
發　　行　英屬維京群島商高寶國際有限公司台灣分公司
初　　版　2020 年 1 月

國家圖書館出版品預行編目(CIP)資料

瘋狂亞洲富豪. III: 遺產爭奪戰／關凱文(Kevin Kwan)著; 陳思華譯 -- 初版. -- 臺北市：高寶國際出版：高寶國際發行, 2020.01
面；　公分. -- (文學新象；TN 262)
譯自：Rich People Problems

ISBN 978-986-361-781-5(平裝)

874.57　　108013544